Das unvollendete Porträt

Mary Westmacott

Besser bekannt als
Agatha Christie

Das unvollendete Porträt

Roman

Scherz

Übersetzt aus dem Englischen
von Leni Sobez und Uta McKechneay.
Ungekürzte und neu bearbeitete Fassung von Lia Franken

Die Originalausgabe erschien unter dem Titel
«Unfinished Portrait» bei HarperCollins Publishers.

Erste Auflage der Neuausgabe 2001
Copyright © 1934 by Agatha Christie Mallowan
Alle deutschsprachigen Rechte
beim Scherz Verlag, Bern, München, Wien.
Alle Rechte der Verbreitung, auch durch Funk,
Fernsehen, fotomechanische Wiedergabe,
Tonträger jeder Art und auszugsweisen
Nachdruck, sind vorbehalten.

VORWORT

Meine liebe Mary: ich schicke dir dieses Manuskript, weil ich nicht weiß, was ich damit anfangen soll. Ich glaube wirklich, dass ich es doch veröffentlichen will. Man macht so was eben. Ich nehme an, das wahre Genie stapelt seine Bilder im Studio und zeigt sie keinem Menschen, doch so war ich nie; allerdings war ich auch nie ein Genie – nur Mr. Larraby, der viel versprechende junge Porträtmaler.

Nun, meine Liebe, du weißt am allerbesten, wie es ist, wenn man von allem, was man gern und deshalb gut getan hat, abgeschnitten ist; deshalb sind wir ja Freunde, du und ich. Und vom Schreiben verstehst du mehr als ich.

Wenn du dieses Manuskript liest, wirst du sehen, dass ich Barges Rat gefolgt bin. Erinnerst du dich? Er sagte: ‹Versuch es mit einem neuen Medium.› Das ist ein Porträt, und wahrscheinlich ein verdammt schlechtes, denn ich kenne dieses Medium noch nicht. Wenn du sagst, es sei nicht gut, dann glaube ich es, aber wenn du meinst, dass auch nur eine Spur von dem darin zu finden ist, was wir beide als die wesentliche Basis der Kunst betrachten, dann sehe ich nicht ein, warum es nicht gedruckt werden sollte. Ich habe die richtigen Namen benutzt, aber du kannst sie ändern. Doch wen stören sie schon? Michael bestimmt nicht. Und Dermot würde sich ja nicht wieder erkennen. Er ist nicht so. Und wie Celia ja selbst sagte, ist ihre Geschichte eine sehr durchschnittliche, die jedem passieren könnte, und sie passiert oft genug. Es ist ja auch nicht ihre Geschichte, die mich interessierte, es ist und war immer nur Celia selbst. Ja, Celia selbst…

Siehst du, ich hätte sie gerne auf Leinwand festgehalten, doch da dies nicht möglich ist, versuchte ich es auf andere Art. Aber ich arbeite hier mit einem für mich ungewohnten Medium. Worte, Sätze, Kommas und Punkte sind nicht meine Sache. Nun, das wirst du ja selbst sehen. Du wirst sagen, denke ich, que ça se voit!

Ich habe sie von zwei Standpunkten aus gesehen. Erstens von meinem eigenen aus, und zweitens so, wie sie sich selbst sieht, weil ich vierundzwanzig Stunden lang wenigstens für Momente in ihre Haut hatte schlüpfen können. Die beiden Standpunkte decken sich nicht immer. Das ist es, was für mich so quälend und faszinierend war. Ich möchte Gott sein und die Wahrheit kennen.

Aber ein Autor kann ja für die Figuren, die er schafft, Gott sein. In seiner Macht liegt es, mit ihnen zu tun, was er will – das denkt er wenigstens. Manchmal überraschen sie ihn jedoch. Ich möchte wissen, ob der richtige Gott auch manchmal dieser Meinung ist ... Ja, das würde ich gern wissen.

Mehr, meine Liebe, will ich darüber nicht sagen. Tu für mich, was du tun kannst.

Immer der Deine,

J. L.

Buch I

Die Insel

Es gibt eine einsame Insel
Sie liegt
In der Mitte der See
Und die Vögel rasten ein wenig
Auf ihrem langen Flug
Nach dem Süden
Eine Nacht verweilen sie
Dann schwingen sie sich auf
Zu den südlichen Meeren…

Ich bin eine einsame Insel
Mitten in der See
Und ein Vogel vom Festland
Ruhte auf mir aus…

I

Die Frau im Garten

Kennst du das Gefühl, etwas sehr gut zu wissen und sich nicht um alles in der Welt daran erinnern zu können?

Den ganzen Weg die gewundene weiße Straße in die Stadt hinab hatte ich dieses Gefühl.

So ging es mir, als ich das über der See hängende Felsplateau des Parks verließ, und das Gefühl wurde mit jedem Schritt stärker, immer zwingender. Schließlich blieb ich dort stehen, wo die Palmenallee auf den Strand stößt. Weil mir plötzlich klar wurde, dass es hieß: jetzt oder nie. Dieses schattenhafte Ding, das im Hintergrund meines Gehirns lauerte, musste hervorgezogen, musste angeschaut, geprüft und festgenagelt werden, damit ich wusste, was es war. Es musste festgehalten werden, sonst war es zu spät.

Ich tat, was ich immer tue, wenn ich mich zu erinnern suche: ich ging die Tatsachen durch.

Der Weg von der Stadt her? Ein staubiger Weg. Die Sonne brannte auf den Nacken. – Nein, da war nichts.

Und der Park der Villa? Kühl und erfrischend, die hohen Zypressen dunkel vor dem hellen Himmel, der grasige Pfad, der zum Plateau über der See führte, wo die Bank stand. Das Staunen und die Verärgerung darüber, die Bank von einer Frau besetzt zu finden.

Im ersten Augenblick war ich verlegen. Sie hatte den Kopf gedreht und sah mich an. Eine Engländerin. Ich fühlte mich verpflichtet, irgendetwas zu sagen, womit ich meinen Rückzug einleiten konnte.

«Schöne Aussicht von hier oben.»

Das hatte ich gesagt – eine alberne, konventionelle Phrase. Sie antwortete mit den Worten und in dem Tonfall, den man von einer wohl erzogenen Frau erwarten durfte.

«Ja, ganz herrlich», hatte sie gesagt. «Und was für ein schöner Tag.»

«Aber der Weg von der Stadt hier herauf ist ganz schön weit.»

Sie stimmte mir zu und fand auch, dass es ein langer, staubiger Weg war.

Das war alles. Einfach zwei Engländer im Ausland, die sich nicht kannten und sich vermutlich auch nicht wieder sehen würden, die ein paar nichts sagende, unverbindlich-höfliche Phrasen wechselten. Ich zog mich zurück, umrundete ein paarmal die Villa, um die seltenen Pflanzen zu bewundern, und machte mich auf den Weg zurück in die Stadt.

Das war eigentlich schon alles – und doch auch wieder nicht. Ich wurde das Gefühl nicht los, dass ich etwas sehr gut kannte und mich doch nicht daran erinnern konnte.

Lag es an ihrem Verhalten? Nein, ihr Benehmen war völlig normal und angenehm gewesen. Sie hatte ausgesehen und sich so verhalten, wie neunundneunzig von hundert Frauen es tun würden.

Außer – sie hatte keinen Blick auf meine Hände geworfen.

Da! Merkwürdig, dass ich das niederschreibe. Mich wundert dieser Satz, wenn ich ihn betrachte. Ein Paradox, wenn es je eines gegeben hat. Doch ich kann nicht erklären, was genau ich damit meine.

Sie hatte meinen Händen keinen Blick gegönnt. Und du weißt, ich bin daran gewöhnt, dass Frauen meine Hände anschauen. Frauen reagieren schnell. Und sie sind so mitfühlend. Ich kenne ihr Mienenspiel, das ich manchmal segne, oft verdamme. Mitleid, diskretes Übersehen, die Entschlossenheit, nicht zu zeigen, dass sie's bemerkt haben; und dann die plötzliche Freundlichkeit.

Diese Frau hatte nichts gesehen und nichts bemerkt.

Ich fing an, mir Gedanken über sie zu machen. Eigentlich seltsam. In dem Augenblick, in dem ich ihr den Rücken kehrte, hätte ich sie schon nicht mehr beschreiben können. Ich hatte sie blondhaarig und etwa dreißigjährig in Erinnerung. Das ist alles. Aber auf meinem Weg zur Stadt entwickelte sich ihr Bild langsam wie auf einer fotografischen Platte, die man in einer Dunkelkammer entwickelt. (Es gehört zu meinen frühesten Kindheitserinnerungen, wie ich mit meinem Vater in unserem Keller Negative entwickelt habe.)

Ich werde nie vergessen, wie aufregend das war. Wie der Entwickler das Foto überspült. Wie dann plötzlich ein winziger Fleck erscheint, dunkler wird und langsam Form annimmt. Die Aufregung – die Ungewissheit. Die Platte wird rasch immer dunkler, trotzdem erkennt man noch immer nichts Genaues. Nichts als ein Mischmasch aus hellen und dunklen Stellen und dann das Erkennen – der Ast eines Baumes, ein Gesicht oder eine Stuhllehne, und man weiß nicht, ob das Negativ auf dem Kopf steht oder nicht, und dreht es nötigenfalls um. Man beobachtet, wie aus dem Nichts ein ganzes Bild entsteht, bis es so dunkel wird, dass man wieder nichts erkennt.

Besser kann ich nicht beschreiben, wie es mir erging. Den ganzen Weg zur Stadt hinab sah ich das Gesicht immer klarer. Die kleinen, eng anliegenden Ohren mit den Ohrgehängen aus Lapislazuli, die große Welle des intensiv flachsblonden Haares über dem einen Ohr, die Kontur des Gesichtes, die klaren, weit auseinander stehenden blauen Augen, die auffallend dichten, dunkelbraunen Wimpern und die dünnen, erstaunt hochgezogenen Brauen. Ich sah das kleine, viereckige Gesicht mit der recht harten Linie des Mundes.

Ihre Züge enthüllten sich mir – aber nicht auf einmal, sondern nach und nach – wie beim Entwickeln von Fotos.

Ich kann nicht erklären, was dann geschah. Die anfängliche Entwicklung war abgeschlossen, und ich war da angelangt, wo sich das Bild verdunkelt.

Aber dies war keine fotografische Platte, sondern ein Mensch, und die Entwicklung ging weiter. Von der Oberfläche verlagerte sie sich nach *innen*. Besser kann ich es leider nicht erklären.

Vermutlich hatte ich die Wahrheit vom ersten Augenblick an gekannt. Die Entwicklung spielte sich in *mir* ab. Ihr Bild stieg aus meinem Unterbewusstsein auf, bis es mir voll bewusst war…

Ich *wusste* Bescheid, doch ich hätte nicht sagen können, was ich wusste, bis es mir plötzlich dämmerte. Es sprang mich förmlich an, aus dem Schwarz und Weiß. Ein kleiner Fleck – und dann das ganze Bild.

Ich machte kehrt und rannte, so schnell ich konnte, den staubigen Weg bergauf. Eigentlich habe ich eine gute Kondition, doch es schien mir, dass ich nicht schnell genug vorwärts kam. Ich rannte den Weg zurück durch das Tor der Villa, an den hohen Zypressen vorbei, über den grasigen Pfad.

Die Frau saß noch genau dort, wo ich sie verlassen hatte.

Ich war außer Atem. Keuchend warf ich mich neben sie auf die Bank.

«Hören Sie», stieß ich hervor, «ich weiß ja nicht, wer Sie sind, noch irgendetwas über Sie. Aber das dürfen Sie nicht tun. Hören Sie? *Das dürfen Sie nicht tun!*»

II
AUFFORDERUNG ZUR TAT

Erst im Nachhinein ging mir auf, wie sonderbar es war, dass sie keine Einwände erhob, was doch der Konvention entsprochen hätte. So hätte sie zum Beispiel sagen können: ‹Was um alles in der Welt wollen Sie damit sagen?› Oder sie hätte mich nur ansehen und unter ihrem Blick erstarren lassen können.

In Wahrheit lagen diese Konventionen schon längst hinter ihr. Für sie zählten nur noch grundlegende Dinge. Was man auch sagte oder tat – nichts setzte sie mehr in Erstaunen.

Dass sie dabei so ruhig war, ängstigte mich am meisten. Mit einer Laune kann man umgehen. Sie geht vorüber, und je heftiger sie auftritt, desto schneller und vollkommener ist auch die Reaktion darauf. Aber eine ruhige, vernunftbestimmte Entschlossenheit ist etwas ganz anderes, weil sie langsam heranwächst und man sie nicht so einfach übergehen kann.

Sie sah mich nachdenklich an, sagte aber nichts.

«Wollen Sie mir wenigstens den Grund dafür sagen?», fragte ich sie eindringlich.

Sie neigte den Kopf, als hielte sie das für gerechtfertigt.

«Es ist einfach am besten so», antwortete sie ruhig.

«Da irren Sie sich aber», sagte ich. «Sie irren sich gewaltig.»

Auch solche Gefühlsausbrüche erschreckten sie nicht mehr. Sie blieb ganz ruhig. Darüber war sie längst hinaus.

«Ich habe viel darüber nachgedacht. Es ist am leichtesten und schnellsten. Es schafft keinem Menschen Ungelegenheiten.»

Diese letzte Bemerkung verriet mir, dass sie eine gute Erziehung genossen hatte. Man ist rücksichtsvoll, in jeder Lage.

«Und was kommt danach?», fragte ich sie.

«Das Risiko muss man eben eingehen.»

«Glauben Sie an ein Danach?», fragte ich neugierig.

«Ich fürchte, ja. Nichts – das wäre fast zu schön, um wahr zu sein. Einfach friedlich einzuschlafen und nicht mehr aufzuwachen… Wie unbeschreiblich schön…» Träumerisch schloss sie die Augen.

«Welche Farbe hatte die Tapete in Ihrem Kinderzimmer?», fragte ich unvermittelt.

«Malvenfarbene Irisblüten, die sich um eine Säule ranken…» Sie erschrak. «Woher wussten Sie übrigens, dass ich in diesem Augenblick daran dachte?»

«Ich hatte eben diesen Eindruck… Wie haben Sie sich als Kind den Himmel vorgestellt?»

«Ein grünes Tal, grüne Weiden, mit einem Schäfer und seinen Schafen. Der Psalm. Sie kennen ihn doch?»

«Wer hat Ihnen das vorgelesen – Ihre Mutter oder das Kindermädchen?»

«Mein Kindermädchen…» Sie lächelte ein wenig. «Der gute Hirte. Ich glaube, dabei habe ich noch niemals einen Schäfer mit seinen Schafen gesehen, aber auf einem Feld in unserer Nähe gab es zwei Schafe. Jetzt ist da alles zugebaut.»

Ich dachte: ‹Seltsam. Wäre das Feld nicht bebaut worden, wäre *sie* jetzt vielleicht nicht hier.› Ich fragte sie: «Waren Sie als Kind glücklich?»

«O ja», versicherte sie mir eifrig. «Viel zu glücklich.»

«Ist das möglich?»

«Ich glaube schon. Sehen Sie, dann ist man nicht auf die Dinge vorbereitet, die einem zustoßen. Man kann sich gar nicht vorstellen, dass es dazu kommen könnte.»

«Sie hatten also tragische Erlebnisse», vermutete ich.

Aber sie schüttelte den Kopf. «Das kann man eigentlich nicht sagen. Was mir widerfahren ist, ist gar nicht so ungewöhnlich. Vielen Frauen stoßen so dumme, gewöhnliche Dinge zu. Ich war nicht besonders vom Pech verfolgt, war nur besonders dumm. Ja. Und die Welt hat keinen Platz für die richtig Dummen.»

«Meine Liebe, jetzt hören Sie mir einmal zu», forderte ich sie auf. «Ich weiß, wovon ich rede. Ich war auch schon einmal soweit, wie Sie jetzt sind, und hatte genau wie Sie jetzt das Gefühl, dass das

Leben nicht lebenswert ist. Ich habe auch schon diese blinde Verzweiflung erlebt, aus der es keinen Ausweg zu geben scheint, und ich sage Ihnen, Kind, auch der größte Kummer dauert nicht ewig; er geht vorüber. Nichts dauert ewig. Es gibt nur einen wirklichen Tröster und Heiler, und der heißt Zeit. Geben Sie der Zeit eine Chance.»

Ich hatte ernst und eindringlich gesprochen, wusste aber sofort, dass ich einen Fehler gemacht hatte.

«Sie verstehen mich nicht», erklärte sie. «Ich weiß genau, was Sie meinen, denn das habe ich auch schon gefühlt. Ich habe es einmal versucht, und es ist nicht gelungen. Darüber war ich dann froh. Dies ist jetzt ganz anders.»

«Dann erzählen Sie es mir doch», bat ich.

«Sehen Sie, das hat sich sehr langsam entwickelt. Es ist nicht leicht, es klar zu schildern. Ich bin neununddreißig und sehr kräftig und gesund, und die Karten besagen, ich würde siebzig oder noch älter werden. Und das, wissen Sie, kann ich nicht ertragen. Noch dreißig oder mehr lange, leere Jahre...»

«Aber Sie müssen doch nicht leer sein! Sehen Sie, in diesem Punkt irren Sie sich. Etwas kann erblühen und sie ausfüllen.»

Sie schaute mich an.

«Davor fürchte ich mich ja», flüsterte sie. «Den Gedanken kann ich einfach nicht ertragen.»

«Dann sind Sie also feige.»

«Ja, ich war schon immer feige. Eigentlich merkwürdig, dass dies außer mir selbst nie jemand so klar gesehen hat wie ich selbst. Ich habe Angst... Angst... Angst.»

Wir schwiegen beide.

«Das ist doch ganz natürlich», fuhr sie nach einer Weile fort. «Wenn ein Funke aus dem Feuer springt und sich ein Hund verbrennt, so hat der Hund Angst vor Feuer, weil er nie weiß, wann wieder ein Funke aus dem Feuer springen wird. Das ist eine bestimmte Form der Intelligenz, denn nur ein absoluter Narr hält ein Feuer nur für warm und behaglich und weiß nicht, dass man sich am Feuer auch verbrennen kann.»

«Dann wollen Sie sich eigentlich nur der Möglichkeit des Glückes nicht stellen», sagte ich.

Das klang zwar seltsam, aber ich wusste, dass es nicht so seltsam war, wie es klang, denn ich weiß einiges über Nerven und Seelen. Drei meiner besten Freunde wurden im Krieg verschüttet, und ich persönlich weiß, wie einem Mann zumute ist, der verstümmelt wurde. Ich weiß genau, was das bewirkt. Sehr oft wird auch die Seele verstümmelt. Der Schaden ist unter Narben verschwunden, wenn die Wunde geheilt ist, doch er ist da. Man ist verkrüppelt und nicht mehr heil und unversehrt.

«All das vergeht mit der Zeit», erklärte ich ihr, doch ich wusste, dass es wenig überzeugend klang. Eine oberflächliche Heilung nützte ja nichts, wenn die Wunde zu tief ging.

«Sie wollen ein kleines Risiko vermeiden und gehen ein sehr viel größeres ein», hielt ich ihr vor.

«Aber das ist doch ganz anders!», rief sie geradezu eifrig. «Wenn man weiß, wie etwas ist, geht man das Risiko nicht ein. Ein unbekanntes Risiko kann ein Abenteuer sein, hat etwas Faszinierendes. Der Tod hingegen ist eine unbekannte Größe…» Es war das erste Mal, dass dieses Wort zwischen uns ausgesprochen wurde, und als ob zum ersten Mal eine Spur von Neugier in ihr aufkam, wandte sie leicht den Kopf und fragte: «Woher wussten Sie das eigentlich?»

«Das kann ich Ihnen nicht genau sagen. Ich habe selbst einiges hinter mir und weiß es vermutlich aus eigenem Erleben.»

«Ah, ich verstehe…» Sie zeigte kein Interesse an meinen Erfahrungen, und ich glaube, dass ich mich von da an ganz in ihren Dienst stellte. Die Kehrseite, die andere Seite, kannte ich so gut. Mitgefühl und Zärtlichkeit der Frauen. Ich wollte geben, nicht empfangen, wenn ich mir darüber auch nicht im Klaren war.

In Celia war keine Zärtlichkeit, kein Mitgefühl. Sie hatte es irgendwie verschwendet, und sie hatte ja selbst gesagt, sie sei sehr dumm gewesen. Ihr Unglück war so groß, dass kein Mitleid für andere mehr übrig blieb. Diese neue harte Linie um ihren Mund herum sprach Bände. Sie war der sprechende Beweis dafür, was sie alles durchgemacht, wie sie gelitten hatte. Sie begriff sofort, wusste gleich, dass auch ich schon viel durchgemacht hatte. Wir waren einander ebenbürtig. Sie hatte auch kein Mitleid mit sich selbst und verschwendete keines auf mich. In ihren Augen war es Pech für mich, dass ich etwas erraten hatte, was eigentlich niemand erraten konnte. Sie war, wenigstens in diesem Moment, ein Kind. Sie hatte sich absichtlich in ihre Kindheitswelt zurückgezogen, um dort Zuflucht vor der Grausamkeit des Lebens zu suchen.

Gerade diese Haltung reizte mich ungeheuer. So etwas hätte ich in den letzten zehn Jahren gebraucht – die Aufforderung zur Tat.

Nun, ich handelte. Ich hatte große Angst, sie sich selbst zu überlassen. Also überließ ich sie nicht sich selbst. Ich verbiss mich in sie wie ein Blutegel. Sie ging ganz friedlich mit mir zur Stadt hinab. Sie hatte eine Menge gesunden Menschenverstand. Sie erkannte, dass sie ihre Pläne vorerst nicht durchführen konnte. Sie gab sie jedoch deshalb nicht auf, sie vertagte sie nur. Das wusste ich – ohne dass sie ein Wort darüber zu verlieren brauchte.

Ich gehe hier nicht in die Details. Die Beschreibung der kleinen spanischen Stadt erübrigt sich; zu erwähnen ist nur, dass ich nach dem gemeinsamen Abendessen in ihrem Hotel insgeheim mein Gepäck von meinem in ihres bringen ließ.

Nur das Wesentliche zählt.

Ich wusste, dass ich bei ihr zu bleiben hatte, bis etwas Entscheidendes geschah – bis sie zusammenbrach und sich in ihr Schicksal fügte.

Ich blieb wie gesagt bei ihr, wich nicht von ihrer Seite. Als sie auf ihr Zimmer ging, sagte ich zu ihr: «Zehn Minuten lasse ich Ihnen Zeit, dann komme ich nach.»

Mehr Zeit durfte ich ihr nicht geben. Ihr Zimmer lag im vierten Stock. Vielleicht ließ sie die Rücksicht auf andere Menschen, die man sie als Kind gelehrt hatte, doch noch außer Acht und brachte den Hoteldirektor in tödliche Verlegenheit, indem sie im Hotel aus dem Fenster sprang und nicht von den Klippen.

Ich ging zu ihr hinauf. Sie saß im Bett, als ich kam, und ihr blassgoldenes Haar war aus dem Gesicht gekämmt. Ich bin überzeugt, dass sie an dem, was wir taten, nichts Merkwürdiges fand, ich tat es jedenfalls nicht. Was man im Hotel davon hielt, weiß ich nicht. Wenn sie wüssten, dass ich um zehn Uhr abends das Zimmer einer Dame betrat, um es um sieben früh zu verlassen, hatten sie wohl ihre Schlüsse daraus gezogen. Aber damit konnte ich mich nicht aufhalten. Ich hatte ein Leben zu retten, da war mein Ruf doch äußerst unwichtig.

Also, ich setzte mich zu ihr aufs Bett, und wir redeten.

Wir redeten die ganze Nacht.

Eine sonderbare Nacht – ich habe nie mehr eine solche Nacht erlebt.

Über ihren Kummer sprach ich nicht mit ihr, wodurch er auch bestimmt sein mochte.

Stattdessen fingen wir am Anfang an; bei den malvenfarbenen Irisblüten und den Lämmern und den Himmelsschlüsseln im kleinen Tal beim Bahnhof.

Nach einer Weile redete nur sie, und ich schwieg. Ich existierte gar nicht mehr für sie, höchstens als eine Art menschliches Aufnahmegerät, in das man hineinsprach.

Sie sprach so, wie man mit sich selbst – oder mit dem lieben Gott – spricht, ohne Hitze und Leidenschaft. Einfach erinnern, ein Vorfall, eine Erinnerung leitete zur nächsten über. Der Aufbau eines Lebens, eine Art Brücke.

Eigentlich sonderbar, welche Auswahl an Ereignissen man bei solchen Gelegenheiten trifft. Denn eine Wahl müssen wir treffen, wie unbewusst auch immer. Denk einmal darüber nach – nimm irgendein Jahr aus deiner Kindheit. Du erinnerst dich vielleicht an fünf oder sechs Vorfälle. Wahrscheinlich waren sie gar nicht besonders wichtig. Warum erinnert man sich dann aus 365 Tagen ausgerechnet daran? Ein paar dieser Vorkommnisse waren einem damals nicht einmal wichtig erschienen. Trotzdem sind sie im Gedächtnis haften geblieben, haben einen all die Jahre begleitet...

In jener Nacht lernte ich Celia mit meinen inneren Augen sehen.

Ich kann, wie gesagt, vom Standpunkt Gottes aus über sie schreiben... Ich will mich jedenfalls bemühen, das zu tun.

Sie erzählte mir wichtige und unwichtige Dinge und versuchte nicht, eine Geschichte daraus zu machen.

Sie nicht – aber ich wollte es! Es kam mir vor, als könne *ich* ein Muster erkennen, das *sie* nicht sehen konnte.

Um sieben Uhr früh ging ich. Sie lag auf der Seite und schlief wie ein Kind.

Die Gefahr war vorüber, die Last von ihren Schultern geglitten und auf die meinen gelegt. Sie war jetzt sicher …

Am späten Vormittag brachte ich sie dann zum Schiff und nahm Abschied.

Und da geschah es. Das, was, wie mir scheint, das Ganze verkörpert …

Vielleicht irre ich mich auch … Vielleicht war es nur ein ganz gewöhnlicher trivialer Vorfall …

Jetzt will ich jedenfalls nicht darüber schreiben …

Nicht, bevor ich versucht habe, Gott zu spielen, und mir das entweder gelingt oder misslingt.

Bis ich versucht habe, sie mit diesem neuen, mir noch nicht vertrauten Medium auf Leinwand zu bannen.

Worte …

Ich habe Wort an Wort gereiht …

Kein Pinsel mehr und keine Farben – nichts mehr von dem mir so lieb gewordenen Werkzeug.

Ein Porträt in vier Dimensionen, denn in deiner Branche, Mary, gibt es sowohl Zeit wie Raum …

BUCH II

LEINWAND

«Zieht die Leinwand auf.
Hier ist ein geeignetes Sujet.»

I

Zu Hause

1

Celia lag glücklich in ihrem Bettchen und schaute die malvenfarbenen Irisblüten an der Wand ihres Kinderzimmers an.

Am Fußende ihres Bettchens hielt ein Wandschirm das Licht von Nannies Lampe ab, und hinter diesem Schirm las Nannie, unsichtbar für Celia, die Bibel. Nannies Lampe war etwas Besonderes, eine rundliche Messinglampe mit einem rosa Porzellanschirm. Sie war immer sauber, weil Susan, das Hausmädchen, ungeheuer genau war. Susan war ein liebes Mädchen, das wusste Celia, obwohl sie manchmal herumzappelte und immer etwas herabstieß, das dann zerbrach. Sie war ein großes Mädchen mit Ellbogen von der Farbe rohen Fleisches. Celia erinnerten sie vage an das rätselhafte Wort «Ellbogenschmiere».

Ein leises Flüstern. Nannie murmelte die Worte beim Lesen vor sich hin. Auf Celia wirkte das beruhigend. Die Augen fielen ihr zu…

Die Tür ging auf, und Susan kam mit einem Tablett herein. Sie gab sich die größte Mühe, sich lautlos zu bewegen, doch ihre lauten und quietschenden Schuhsohlen machten ihr einen Strich durch die Rechnung.

Leise sagte sie: «Tut mir Leid, dass ich Ihr Essen jetzt erst bringe.»

Nannie sagte nur: «Psst! Sie schläft.»

«Oh, ich will sie um nichts in der Welt aufwecken.» Susan linste schwer atmend um die Ecke des Wandschirms.

«Ein schlaues kleines Ding, finden Sie nicht auch? Meine kleine Nichte ist nicht halb so schlau.»

Susan zog den Kopf zurück und stieß an den Tisch. Ein Löffel fiel zu Boden.

«Du darfst nicht so herumzappeln, Susan», mahnte Nannie leise.

«Ich wollt ja gar nicht», versicherte Susan verlegen und ging auf

Zehenspitzen zur Tür, so dass ihre Schuhe noch mehr quietschten als sonst.

«Nannie?», rief Celia vorsichtig.

«Was ist denn, Liebes?», fragte Nannie.

«Ich schlafe gar nicht, Nannie.»

Nannie ging darauf nicht ein. Sie sagte nur:

«Nein, ich weiß, mein Liebes.»

Eine Pause entstand.

«Nannie?»

«Ja, mein Liebes?»

«Nannie, hast du was Gutes zu essen bekommen?»

«Ja, etwas sehr Gutes.»

«Was denn?»

«Gekochten Fisch und Siruptörtchen.»

«Oh», seufzte Celia sehnsüchtig.

Kleine Pause. Dann erschien Nannie, eine kleine, alte, grauhaarige Frau mit einer unter dem Kinn gebundenen Haube, mit einer Gabel in der Hand, und auf der Gabel hatte sie ein Stück Siruptörtchen aufgespießt.

«Und jetzt bist du aber ein ganz liebes Mädchen und schläfst, nicht wahr?», sagte die Nannie mit einem warnenden Unterton.

«Ja», hauchte Celia glückselig.

Das Stück Siruptörtchen zerging ihr förmlich auf der Zunge. Nicht zu glauben, dieses Entzücken.

Nannie verschwand wieder hinter der Trennwand. Celia kuschelte sich auf der Seite zurecht. Die malvenfarbenen Irisblüten tanzten im Schein des Kaminfeuers. Sie hatte den Nachgeschmack des Siruptörtchens noch immer auf der Zunge. Beruhigendes leises Rascheln hinter der Trennwand. Sie war nicht allein im Zimmer. Völlige Zufriedenheit.

Celia schlief...

Es war Celias dritter Geburtstag, und sie tranken im Garten Tee. Ihr hatte man nur ein Cremetörtchen erlaubt, aber Cyril aß drei. Cyril war ihr Bruder, ein großer Junge – elf Jahre alt. Cyril wollte noch ein Cremetörtchen, doch die Mutter sagte: «Nein, Cyril, du hast genug gehabt.»

Es kam zu dem üblichen Wortgefecht. Cyril fragte immer wieder: «Aber warum denn nicht?»

Eine winzige rote Spinne lief über die weiße Tischdecke.

«Sieh mal», sagte die Mutter, «diese Spinne bringt Glück. Sie läuft auf Celia zu, weil sie heute Geburtstag hat. Das bringt Glück.»

Celia war freudig erregt und kam sich sehr wichtig vor. Cyrils Wissbegier wandte sich etwas Neuem zu.

«Mami, wieso bringen Spinnen Glück?»

Schließlich ging Cyril, und nun hatte Celia die Mutter ganz für sich allein. Ihre Mutter lächelte sie an; es war nicht das Lächeln, das Mütter sonst für kleine Mädchen haben.

«Mami, bitte, erzähl mir eine Geschichte», bat Celia, denn Mamis Geschichten liebte sie über alles. Sie waren nicht wie die der anderen Leute. Andere Leuten, wenn man sie bat, erzählten Geschichten vom Aschenbrödel oder von Hans im Glück; Nannie erzählte einem Geschichten aus der Bibel wie die von Moses im Binsenkörbchen, und gelegentlich auch von Captain Strettons kleinen Kindern in Indien. Aber Mamis Geschichten!

Man wusste nie, was sie erzählen würde, ob von Mäusen, Kindern oder Prinzessinnen. Es konnte alles möglich sein. Das einzig Dumme an Mamis Geschichten war, dass sie sie nie ein zweites Mal erzählte. Sie behauptete immer – für Celia völlig unverständlich –, sie könne sich nicht mehr daran erinnern. Jede Geschichte wurde nur einmal erzählt, eigentlich schade.

«Und was willst du hören?», fragte Mami.

Celia hielt den Atem an. «Von Hellauge und Langschwanz und dem Käse.»

«Oh, die habe ich alle vergessen. Da werde ich dir wohl eine ganz neue Geschichte erzählen müssen.» Sie starrte über den Tisch hinweg ins Leere; ihre leuchtenden haselnussbraunen Augen tanzten, und ein ganz ernster Ausdruck lag auf dem zarten Oval ihres Gesichts, die kleine gebogene Nase hoch in die Luft gereckt. Ihr ganzer Körper war angespannt in dem Bemühen, sich zu konzentrieren.

«Jetzt weiß ich's», sagte sie. Plötzlich schien sie von weither zurückzukehren. «Die Geschichte von der neugierigen Kerze.»

«Schön!», seufte Celia selig. Sie fühlte sich schon wie verzaubert – ganz im Bann der Geschichte... Die neugierige Kerze!

3

Celia war ein ernsthaftes kleines Mädchen. Sie dachte viel über Gott nach und wie man gut und heilig werden könne. Wenn sie irgendwo auf einen Glücksbringer stieß, wünschte sie sich stets, gut zu sein. Sie fand sich damit manchmal leider recht überheblich, aber wenigstens behielt sie das für sich.

Manchmal hatte sie furchtbar Angst, zu «weltlich» zu sein. Das besonders dann, wenn sie ihr gestärktes Musselinkleid mit dem goldgelben Gürtel anhatte und für den Nachtisch nach unten ging. Aber im Großen und Ganzen war sie doch recht zufrieden mit sich. Sie zählte zu den Auserwählten. Sie war *gerettet*.

Aber ihre Familie machte ihr diesbezüglich Sorgen. Es war schrecklich. Bei ihrer Mutter war sie nicht ganz sicher. Angenommen, sie käme nicht in den Himmel? Ein quälender Gedanke!

Dabei waren die Gebote doch so einfach. Es war gottlos, am Sonntag Krocket zu spielen. Ebenso Klavier zu spielen (außer Kirchenlieder). Celia wäre lieber den Märtyrertod gestorben, als am Tag des Herrn einen Krocketschläger in die Hand zu nehmen, wenn es auch sonst zu ihren größten Freuden zählte, Bälle nach Belieben über den Rasen zu schießen. Ihre Eltern spielten aber am Sonntag Krocket, und ihr Vater saß auch am Klavier und sang dazu Lieder wie: «Er besuchte Mrs. C., trank eine Tasse Tee, doch ohne Mr. C.» Eindeutig *kein* Kirchenlied!

Das machte Celia schreckliche Sorgen. Sie wandte sich ganz

verängstigt an Nannie. Diese gute, ehrenwerte Frau geriet dadurch in ein schreckliches Dilemma.

«Deine Eltern sind deine Eltern», erklärte Nannie, «und alles, was sie tun, ist richtig und anständig, und was anderes darfst du nicht denken.»

«Aber sonntags Krocket zu spielen ist unrecht», sagte Celia.

«Ja, mein Liebes. Man muss den Sabbat heiligen.»

«Aber wieso…? Aber dann…»

«Mach dir darüber nur keine Gedanken, Liebes. Tu nur deine Pflicht.»

Als Celia einmal gebeten wurde, mit den Eltern Krocket zu spielen, lehnte sie ab.

«Warum um Himmels willen…», sagte ihr Vater. «Das ist Nannie. Sie hat ihr weisgemacht, dass es unrecht ist», flüsterte ihm Mami zu. Und zu Celia sagte sie:

«Ist schon gut, Liebling, du brauchst nicht zu spielen, wenn du nicht willst. Aber, weißt du, Gott hat uns eine sehr schöne Welt geschenkt, und er will, dass wir glücklich sind. Sein Tag ist ein ganz besonderer Tag, an dem wir nicht für andere Leute arbeiten sollen. Aber es ist völlig in Ordnung, dass wir uns an etwas freuen.»

Aber sosehr sie ihre Mutter auch liebte, Celias Überzeugungen gerieten dadurch nicht ins Wanken. Nein. Nannie wusste da viel besser Bescheid. Aber sie machte sich weiterhin Sorgen um die Mutter. Doch Mami hatte ein Bild des heiligen Franziskus an der Wand, und da meinte Celia, der liebe Gott werde es ihr sicher nachsehen, dass sie am Sonntag Krocket spielte.

Größere, viel größere Bedenken hatte sie ihres Vaters wegen. Er machte oft Witze über heilige Dinge. Eines Tages beim Lunch erzählte er eine lustige Geschichte von einem Kuraten und einem Bischof. Celia fand das überhaupt nicht lustig. Sie fand es einfach schrecklich.

Eines Tages schließlich brach sie in Tränen aus und flüchtete sich schluchzend zu ihrer Mutter. Vor lauter Weinen konnte sie kaum sprechen, als sie Miriam ins Ohr flüsterte, wovor sie solche Angst hatte.

«Aber Liebes, dein Vater ist doch ein sehr guter Mensch und sehr religiös», versicherte ihr die Mutter. «Jeden Abend kniet er nieder wie ein Kind und betet. Er ist einer der besten Menschen auf der ganzen Welt.»

«Aber er lacht über die Pfarrer, und er spielt und singt weltliche Lieder am Sonntag. Und ich habe so Angst, Mami, dass er einmal in die Hölle kommt.»

«Was weißt du schon von der Hölle, Schätzchen?», sagte ihre Mutter ärgerlich.

«Dorthin kommt man, wenn man sehr böse ist», erklärte Celia.

«Wer erschreckt dich denn mit solchen Dingen?», fragte Mami.

«Das macht mir keine Angst», erwiderte Celia erstaunt. «Ich komme ja nicht in die Hölle, denn ich werde immer gut sein und in den Himmel kommen. Aber ich möchte doch, dass Papi auch in den Himmel kommt.» Ihre Mundwinkel zuckten.

Da sprach die Mutter lange und ernsthaft mit ihr über Gottes Liebe und Güte und dass Gott nie so grausam sein würde, Menschen ewig im Fegefeuer schmoren zu lassen.

Doch Celia war nicht im Geringsten davon überzeugt. Gute Menschen kamen in den Himmel, böse in die Hölle. Wenn sie doch nur sicher sein könnte, dass Daddy kein schlechter Mensch war.

Es war eine unumstößliche Tatsache, dass es den Himmel und die Hölle gab. Das war wie Reispudding oder die unumstößliche Tatsache, dass man sich hinter den Ohren waschen oder ‹Ja, bitte› und ‹Nein, danke› sagen musste.

4

Celia träumte sehr viel. Manche ihrer Träume waren ein wenig verrückt, andere lustig, und manche waren sehr schön. Dann träumte sie von Orten, die sie kannte, aber in ihren Träumen waren sie immer anders als in Wirklichkeit.

Das war schrecklich aufregend, weshalb, konnte sie nicht erklären.

Beim Bahnhof gab es ein kleines Tal. In der Wirklichkeit liefen die Gleise daran entlang, aber in den guten Träumen gab es dort einen Bach, mit Schlüsselblumen an den Uferbänken und bis in den Wald hinein. Jedes Mal sagte sie überrascht und erfreut: «Na so was, das habe ich nicht gewusst. Ich dachte immer, hier sei eine Eisenbahn.» Stattdessen lag da ein liebliches grünes Tal, durch das ein glitzernder Bach floss.

Dann gab es in den guten Träumen weite Felder an der Rückseite des Gartens, während dort in Wirklichkeit ein hässliches, rotes Ziegelhaus stand. Noch aufregender waren die Geheimzimmer im eigenen Haus. Manchmal gelangte man durch die Speisekammer dorthin, manchmal, und das kam besonders unerwartet, führte der Weg aber durch Daddys Arbeitszimmer. Sie waren immer da, wenn sie die Wege und Räume auch manchmal vergaß. Immer wieder aber gab es ein herrlich aufregendes Wiedersehen, und doch war alles jedes Mal ein wenig anders. Aber immer diese sonderbare geheime Freude, sie zu finden...

Es gab aber auch einen grässlichen Traum. Da war ein Mann mit gepudertem Haar in blauer und roter Uniform, und er hatte eine Pistole. Das Schrecklichste an ihm war, wenn seine Hände aus den Ärmeln kamen, denn da waren keine *Hände*, nur *Stümpfe*. Wenn dieser Mann in einem Traum vorkam, wachte Celia immer schreiend auf. Und lag man dann sicher und behütet im Bett, Nannie im Bett daneben, war alles in Ordnung.

Eigentlich gab es keinen Grund dafür, dass sie dieser Mann mit der Pistole so erschreckte. Sie brauchte nicht zu befürchten, dass er sie erschießen würde. Die Pistole war ein Symbol und keine Drohung. Nein, es war etwas in seinem Gesicht, in den harten, durchdringend blauen Augen, dem bösen Blick, mit dem er sie ansah. Das machte einen krank vor Angst.

Da waren auch immer Dinge, an die man untertags dachte. Niemand wusste, dass sie in Wirklichkeit auf einem weißen Zelter ritt, wenn sie die Straße entlanglief. (Was ein Zelter war, wusste sie nicht genau. Sie stellte sich ihn als Superpferd von der Größe eines Elefanten vor.) Wenn sie an der niederen Ziegelmauer entlangging, wo die Gurken wuchsen, wandelte sie am Rande eines bodenlosen Abgrundes dahin. Manchmal war sie eine Herzogin, eine Prinzessin, dann wieder eine Gänseliesel oder ein Bettelmädchen. All dies machte das Leben ungeheuer interessant für Celia, und deshalb war sie auch ein so genanntes braves Kind, weil sie glücklich und zufrieden ganz allein spielte und nicht immer die Erwachsenen beanspruchte, die sie unterhalten mussten.

Die Puppen, die sie geschenkt bekam, erschienen ihr nie wirklich. Sie spielte zwar pflichtschuldigst mit ihnen, wenn Nannie ihr das vorschlug, aber ohne aufrichtige Begeisterung und Freude.

«Sie ist ein gutes Kind», sagte Nannie. «Fantasie hat sie ja keine, aber man kann schließlich nicht alles haben. Master Tommy, Captain Strettons Ältester, hat mir immer die Seele aus dem Leib gefragt.»

Celia stellte selten Fragen. Ihre Welt war in ihrem Kopf. Die Welt außerhalb erregte ihre Neugier nicht.

5

Einmal in einem April geschah etwas, das ihr vor der Welt außerhalb Angst einjagte.

Sie und Nannie pflückten Schlüsselblumen. Es war ein klarer, sonniger Frühlingstag, und kleine Schäfchenwolken zogen über den blauen Himmel. Sie gingen die Bahnlinie entlang (wo in Celias Träumen der Bach floss) und den Hügel hinauf in ein Wäldchen, in dem die Himmelsschlüssel wie ein dicker gelber Teppich wuchsen. Sie pflückten und pflückten. Es war ein lieblicher Tag, und die Schlüsselblumen verströmten einen zarten Duft wie von Zitronen, den Celia liebte.

Und dann röhrte plötzlich eine grobe Stimme – es war wie in dem Traum vom Pistolenmann – und schrie sie an, was sie hier täten. Es war ein großer Mann mit rotem Gesicht. «Das hier ist Privatbesitz, wer hier eindringt, kommt ins Gefängnis», sagte er.

«Es tut mir Leid, das wusste ich nicht», sagte Nannie.

«Sie sehen besser zu, dass Sie schnell von hier verschwinden!» Als sie sich zum Gehen wandten, rief er ihnen nach: «Ich brate euch bei lebendigem Leib! Ich schwöre es euch! Wenn ihr nicht in drei Minuten aus dem Wald raus seid, werdet ihr geröstet.»

Celia stolperte vor sich hin, so schnell sie konnte, und klam-

merte sich verzweifelt an Nannies Ärmel. Warum ging Nannie
bloß nicht schneller? Der Mann würde ihnen nachlaufen und sie
einholen. Dann würde er sie lebendigen Leibes in einem großen
Topf kochen. Ihr war ganz schlecht vor Angst. Verzweifelt stolperte sie vor sich hin und zitterte am ganzen Leib. Sie geriet immer
mehr in Panik. Er kam ihnen ganz bestimmt schon nach. Er war
schon hinter ihnen her, war ihnen dicht auf den Fersen. Bald würden sie im Kochtopf landen. Ihr war furchtbar übel. Schnell,
schnell – bloß raus aus diesem Wald!

Als sie endlich auf der Straße waren, seufzte Celia vor Erleichterung tief auf. «Jetzt kann er uns nicht mehr braten», murmelte sie.

Nannie schaute sie erstaunt an; denn Celia war kreidebleich.
«Was ist denn los, Liebes? Du hast doch hoffentlich nicht geglaubt, dass er uns wirklich lebendig braten würde? Weißt du, das
war doch nur ein Scherz.»

Willig der Falschheit gehorchend, die in jedem Kind steckt,
murmelte Celia, obwohl sie noch immer unbeschreibliche Angst
hatte: «Ja, natürlich, Nannie. Ich weiß, es war nur ein Scherz.»

Sie vergaß diesen Vorfall ihr Leben lang nicht. Die Angst war so
entsetzlich *wirklich* gewesen.

6

An ihrem vierten Geburtstag bekam Celia einen Kanarienvogel.
Er wurde auf den nicht besonders originellen Namen Goldie ge-
tauft. Das Tierchen wurde sehr zahm und saß mit Vorliebe auf
Celias Finger. Sie liebte es, es gehörte ihr, sie fütterte es mit Hanfsamen, und Goldie war von nun an der Gefährte ihrer Abenteuer.
Sie selbst war eine Königin, Goldie ihr Sohn und ein Prinz und
natürlich sehr schön. Seine Kleider waren aus goldenem Samt mit
schwarzen Ärmeln.

Später bekam der Prinz eine Frau, die Daphne hieß. Sie war ein
großer Vogel mit vielen braunen Federn, ziemlich hässlich und
warf immer ihren Wassernapf um. Sie wurde auch nie so zahm wie
er. Celias Vater nannte sie «Susan», weil sie so ungeschickt herumzappelte.

Die echte Susan neckte die Vögel immer mit einem Zündhölz-
chen, so dass sie Angst vor ihr hatten und herumflatterten, sobald
sie in die Nähe des Käfigs kam. Susan fand das komisch. Sie lachte
auch sehr, wenn in der Mausefalle ein Mäuseschwänzchen gefunden wurde.

Aber Susan hatte Celia sehr gern. Sie spielte Verstecken mit ihr
und rief «puh!», wenn sie hinter einem Vorhang heraussprang.
Celia konnte Susan nicht besonders leiden, weil sie so groß und
ungeschickt war. Viel lieber hatte sie Mrs. Rouncewell, die Köchin. Celia nannte sie Rouncy. Sie war ein Monument von einer
Frau und die Verkörperung der Ruhe. Nie hatte sie es eilig. Mit
langsamen, würdigen Schritten bewegte sie sich durch die Küche
und das Ritual des Kochens. Sie war nie in Eile, niemals aufgeregt.
Die Mahlzeiten waren immer auf die Minute pünktlich fertig.
Rouncy hatte keine Fantasie. Wenn Celias Mutter Rouncy fragte,
was sie zum Mittagessen vorschlage, dann gab sie immer die gleiche Antwort: «Nun, Ma'am, wir könnten Hühnchen und einen
Ingwerpudding machen.» Mrs. Rouncewell konnte Soufflés,
Cremes, jede Art von Gebäck, Pasteten und die kompliziertesten
und aufwendigsten französischen Gerichte herstellen, aber sie
schlug nie etwas anderes als Hühnchen mit Ingwerpudding vor.

Celia hielt sich gern in der Küche auf. Die Küche war wie
Rouncy selbst, sehr groß, sehr weitläufig, sehr sauber und sehr
friedlich. Inmitten dieser Sauberkeit und Geräumigkeit herrschte
Rouncy, deren Kiefer sich unaufhörlich kauend bewegten. Sie aß
immer – einen Bissen hier, einen Happen dort.

«Nun, Miss Celia, was möchtest du gern?», fragte sie.

Dazu lachte sie ein breites, liebes Lächeln, ging zum Schrank
und gab Celia eine Hand voll Rosinen oder Korinthen. Manchmal
war es auch ein Stück Sirupbrot, ein Eckchen Marmeladen-
törtchen – etwas gab es immer.

Celia trug ihre Beute in den Garten an ihren Geheimplatz an
der Gartenmauer und dort, tief in den Büschen, war sie eine Prinzessin, die sich vor ihren Feinden versteckte. Aber ihre getreuen
Anhänger brachten ihr um Mitternacht zu essen.

Nannie saß oben im Kinderzimmer und nähte. Sie war froh,

dass Miss Celia einen so schönen, sicheren Garten zum Spielen hatte, keine grässlichen Teiche oder gefährlichen Stellen. Nannie wurde allmählich alt. Sie saß gerne da und nähte und dachte dabei über alles Mögliche nach. Sie dachte an die kleinen Strettons, die natürlich längst erwachsen waren. Und an die kleine Miss Lilian, die bald heiraten würde. Auch an Master Roderick und Master Phil, die beide in Winchester im Internat waren. Gedanklich kehrte sie immer weiter in die Vergangenheit zurück…

7

Einmal geschah etwas Schreckliches – Goldie war verschwunden. Er war so zahm geworden, dass man gewöhnlich den Käfig offen ließ. Er flatterte im Kinderzimmer herum, setzte sich auf Nannies Haube, pickte sie. «Master Goldie, das geht doch nicht», tadelte ihn dann Nannie milde. Dann setzte er sich auf Celias Schulter und pickte ihr Hanfsamen von den Lippen. Schenkte man ihm aber einmal keine Aufmerksamkeit, benahm er sich wie ein verzogenes Kind und schimpfte und plärrte.

An diesem schrecklichen Tag ging Goldie verloren. Das Fenster des Kinderzimmers stand offen, Goldie musste wohl hinausgeflogen sein. Celia weinte und weinte. Nannie und ihre Mutter versuchten sie zu trösten. «Er kommt schon zurück, Schätzchen», sagten sie. «Er fliegt nur eine Runde.»

«Wir stellen den Käfig hinaus, dann kommt er schon.»

Aber Celia weinte und ließ sich nicht trösten. Sie hatte einmal jemanden sagen hören, dass kleine Kanarienvögel von größeren Vögeln totgehackt wurden. Goldie war sicher schon tot, lag tot unter irgendeinem Baum. Nie wieder würde sie seinen kleinen Schnabel fühlen.

Den ganzen Tag weinte Celia und wollte nichts essen. Goldies Käfig draußen vor dem Fenster blieb leer.

Schließlich war es Zeit, schlafen zu gehen. Celia lag in ihrem kleinen weißen Bett und schluchzte. Sie umklammerte die Hand ihrer Mutter. Sie brauchte Mami jetzt mehr als Nannie. Nannie hatte vorgeschlagen, dass ihr Vater ihr vielleicht einen neuen Vogel schenken könnte. Die Mutter konnte sich besser in das Kind hineinfühlen. Celia wollte nicht *irgendeinen* Vogel (schließlich blieb ihr ja noch Daphne), sie wollte *Goldie*. Ach Goldie, Goldie, Goldie – wie lieb sie Goldie hatte! Und Goldie war weg, wahrscheinlich totgehackt. Verzweifelt drückte sie die Hand ihrer Mutter. Die Mutter erwiderte den Druck.

Und während sie noch schluchzte, hörte man einen leisen Ton – das Piepsen eines Vogels.

Master Goldie flatterte von der Vorhangstange herab, wo er den ganzen Tag über ruhig gesessen hatte.

Celia vergaß nie mehr die überströmende Freude dieses Augenblicks.

Und wenn sie künftig über irgendetwas untröstlich war, sagte man zu ihr: *«Denk doch mal an Goldie auf der Vorhangstange!»*

8

Der Traum vom Pistolenmann veränderte sich; irgendwie wurde er noch beängstigender.

Er fing eigentlich erfreulich an, meistens als Picknick oder Party. Und dann, als man gerade den größten Spaß hatte, überfiel einen ein merkwürdiges Gefühl. Irgendetwas war schlimm. Was konnte es sein? Natürlich, der Mann mit der Pistole war da... Er war es aber nicht selbst, sondern einer der Gäste war der Pistolenmann...

Das Schreckliche daran war, dass praktisch jeder der Pistolenmann sein konnte. Alle waren fröhlich, lachten und unterhielten sich. Und plötzlich ging dir dann ein Licht auf.

Mami oder Daddy oder Nannie konnten es sein, oder jemand, mit dem du dich gerade unterhieltest. Du sahst Mami ins Gesicht. Mami war es – ohne jeden Zweifel. Plötzlich hatte Mami diese harten, stahlblauen Augen und aus ihren Ärmeln... oh, diese entsetzlichen Stümpfe! Und dann wachte man schreiend auf, weil Mami der Pistolenmann war...

Erklären konnte man das doch keinem, weder Mami noch Nannie. Wenn man darüber sprach, hörte es sich gar nicht so erschreckend an. Jemand sagte: «Schätzchen, du hast einen schlimmen Traum gehabt», und streichelte dich. Und du schliefst wieder ein – aber du wolltest nicht schlafen, denn der Traum kam vielleicht wieder.

«Mami ist nicht der Pistolenmann», sagte Celia dann in der dunklen Nacht verzweifelt zu sich selbst. «Ich weiß das ganz genau. Sie es es nicht. Sie ist meine Mami!»

Doch in der Nacht, wenn die Schatten da waren und der Traum noch immer irgendwo im Zimmer hing, konnte man gar nichts sicher wissen. Vielleicht war *nichts* das, was es zu sein schien, und das hatte man schon immer irgendwie gewusst…

«Miss Celia hatte schon wieder einen schlechten Traum, Ma'am», sagte Nannie. «Von einem Mann mit einer Pistole.»

«Nein, Mami, nicht von einem Mann mit einer Pistole, sondern vom Pistolenmann. Von meinem Pistolenmann.»

Ob sie Angst habe, dass er auf sie schießen könnte?, fragte Mami.

Celia schüttelte heftig den Kopf.

Sie konnte es nicht erklären.

Ihre Mutter beharrte nicht auf einer Erklärung. Sie sagte nur ganz sanft: «Bei uns bist du doch ganz in Sicherheit, mein Schätzchen, niemand kann dir etwas tun.»

Das war tröstlich.

9

«Nannie, wie heißt dieses Wort hier auf diesem Plakat?»

«Tröstlich, Liebes. Mach dir eine tröstliche Tasse Tee, heißt es da.»

So ging das Tag für Tag. Celia war unersättlich, wenn es um neue Wörter ging. Sie kannte die Buchstaben, aber ihre Mutter wollte nicht, dass sie zu früh lesen lernte. Celia sollte damit erst anfangen, wenn sie sechs war.

Theorien über Erziehung sind sehr schön, doch meistens kommt es anders, als man denkt. Celia war fünfeinhalb, als sie alle Geschichten in ihren Bilderbüchern lesen konnte, auch fast alle Wörter, die sie sonst irgendwo sah. Manchmal verwechselte sie sie allerdings auch. Sie kam zu Nannie und erkundigte sich: «Bitte, Nannie, wie heißt doch dieses Wort gleich wieder? Gierig, oder selbstsüchtig? Ich kann mich einfach nicht erinnern.» Da sie nach dem Anblick und nicht nach der Schreibweise der Wörter las, hatte sie ihr Leben lang Schwierigkeiten mit der Rechtschreibung.

Celia fand Lesen herrlich. Eine ganz neue Welt mit Feen, Hexen, Kobolden und Trollen öffnete sich ihr. Märchen waren ihre Leidenschaft. Kindergeschichten aus dem wirklichen Leben interessierten sie nicht sehr.

Es gab wenig Kinder ihres Alters, mit denen sie spielen konnte. Sie wohnten ziemlich abgelegen, und es gab damals noch nicht viele Autos. Ein Mädchen – ein Jahr älter als sie – hieß Margaret McCrae. Margaret wurde manchmal zum Tee eingeladen, doch wenn Celia zu Margaret eingeladen wurde, weigerte sie sich immer ganz entschieden hinzugehen.

«Magst du denn Margaret nicht?», wurde sie dann gefragt.

«Oh, doch, ich mag sie sehr gern.»

«Warum willst du denn dann nicht zu ihr gehen?»

Celia schüttelte nur den Kopf. «Celia ist schüchtern», erklärte Cyril.

Ihr Vater meinte, es sei unnatürlich, nicht mit anderen Kindern spielen zu wollen.

Sie konnte es nicht erklären. Sie konnte es einfach nicht erklären.

Und dabei war die Sache eigentlich sehr einfach. Margaret hatte all ihre Vorderzähne verloren, und deshalb sprach sie in einem zischenden Lispeln. Celia verstand nie richtig, was Margaret eigentlich sagte. Am schlimmsten war es gewesen, als Margaret mit ihr spazieren ging. Sie hatte gesagt: «Celia, ich erzähle dir eine schöne Geschichte», und hatte sofort damit angefangen. Sie erzählte etwas von einer Prinzessin, die vergiftet wurde. Doch aus ihrem Mund kamen nur Zisch- und Lispellaute. Celia hörte angestrengt zu, doch sie stand dabei Todesqualen aus. Margaret blieb immer wieder stehen und fragte Celia: «Iss dass nich eine ssöne Gessichte?» Celia wollte um keinen Preis zugeben, dass sie keine Ahnung hatte, worum es in der Geschichte ging. Sie bemühte sich um eine unverfängliche Antwort. Innerlich sandte sie ein Stoßgebet zum Himmel, wie es ihre Art war. «Bitte, bitte, lieber Gott, ich will wieder nach Hause. Lass Margaret bloß nicht merken, dass ich sie nicht verstehe. Bitte, ich möchte schnell nach Hause. Bitte, lieber Gott!» Irgendwie hatte sie das Gefühl, dass sie unverständlich sprach, sei der Gipfel der Grausamkeit! Margaret durfte das nie erfahren.

Aber die Nervenbelastung war schrecklich.

Als sie nach Hause kam, war sie blass und weinte. Seitdem glaubten alle, sie könne Margaret nicht leiden, und dabei hatte sie das Mädchen so gern, dass sie es die Wahrheit nicht wissen lassen wollte.

Und niemand verstand sie, niemand! Celia fühlte sich deshalb ganz entsetzlich einsam.

10

Am Donnerstag war immer Tanzstunde. Beim ersten Mal war Celia erfüllt mit Angst. Der Raum voller Kinder – großer, überwältigender Kinder in seidenen Röcken.

Mitten im Saal stand Miss Mackintosh und zog sich ein Paar lange weiße Handschuhe an. Sie war der Furcht einflößendste, aber auch der faszinierendste Mensch, der Celia je begegnet war.

Miss Mackintosh war Ehrfurcht gebietend und faszinierend; sie war sehr groß, und Celia meinte, sie müsse wohl die größte Person auf der ganzen Welt sein. (Später im Leben war es für Celia wie ein Schock zu entdecken, dass Miss Mackintosh nur ein wenig mehr als mittelgroß war. Dass sie so groß wirkte, lag daran, dass sie wogende bauschige Röcke trug, sich kerzengrade hielt und eine starke Ausstrahlung hatte.)

«Ah», sagte Miss Mackintosh liebenswürdig. «Das ist also Celia. Miss Tenderden?»

Miss Tenderden sah ängstlich drein. Sie tanzte ausgezeichnet, hatte aber keine Persönlichkeit. Sie kam herbeigeeilt wie ein übereifriges Hündchen.

Celia wurde ihrer Obhut anvertraut und stand bald darauf in

einer Reihe kleiner Kinder, die mit «Expandern» arbeiteten, königsblauen Gummibändern mit einem Griff an jedem Ende. Nach diesen Dehnungsübungen wurden sie in die Geheimnisse der Polka eingeweiht. Anschließend mussten die kleinen Kinder sich setzen und durften den glitzernden und funkelnden Wesen in den Seidenröcken dabei zusehen, wie sie einen komplizierten Tanz mit Tamburins vollführten.

Danach kam Lancers, ein kleiner Junge mit dunklen, mutwilligen Augen, auf Celia zugestürzt.

«Sag mal, möchtest du vielleicht meine Partnerin sein?»

«Das geht leider nicht», meinte Celia bedauernd. «Ich weiß nicht, wie.»

«Wie schade.»

Da kam Miss Tenderden herbeigeeilt und beugte sich über Celia. «So, du weißt nicht, wie? Nein, natürlich nicht, meine Liebe, aber das lernst du schon noch. So, hier hast du einen Partner.»

Das war ein sandhaariger Junge mit vielen Sommersprossen, und der andere Junge mit den mutwilligen Augen hielt ihr dann vor, dass sie nicht mit ihm habe tanzen wollen, und das halte er für eine Schande.

Ein Schmerz durchzuckte Celia. Später erlebte sie das immer wieder. Wie sollte sie das nur erklären? Wie sollte sie denn sagen: «Aber ich möchte ja mit dir tanzen. Ich möchte viel lieber mit dir tanzen. Das alles ist nur ein Irrtum.»

Es war die erste Erfahrung, wie schlimm es war, den falschen Partner zu haben. Aber Miss Mackintoshs Befehle trieben sie auseinander. Sie trafen sich noch einmal beim großen Reigen, aber der Junge sah sie nur vorwurfsvoll an und presste ihre Hand.

Celia erfuhr nicht einmal seinen Namen, weil er danach nie mehr in die Tanzstunde kam.

11

Als Celia sieben Jahre alt war, verließ Nannie sie, da Nannies ältere Schwester leidend wurde und ihrer Pflege bedurfte.

Celia war darüber untröstlich und weinte bitterlich. Sie schrieb ihr täglich einen kurzen Brief mit unmöglicher Rechtschreibung. Es bereitete ihr unendliche Mühe, diese Briefe zusammenzustoppeln.

«Liebling, du brauchst Nannie nicht jeden Tag zu schreiben, sie erwartet das gar nicht», sagte Mami zu ihr. «Zweimal in der Woche genügt.»

Aber Celia schüttelte entschieden den Kopf.

«Dann meint Nannie aber, ich hätte sie vergessen. Aber ich werde sie niemals vergessen.»

«Celia ist in ihrer Zuneigung viel zu beharrlich», sagte Mami zu Daddy.

Der meinte lachend: «Im Gegensatz zu Cyril.»

Cyril schrieb nur dann aus dem Internat, wenn er etwas brauchte oder wenn man ihn dazu zwang. Sein Charme war jedoch so groß, dass man ihm sein schlechtes Betragen immer nachsah.

Dass Celia so starrsinnig darauf beharrte, ihrer Nannie treu zu bleiben, machte ihrer Mutter Sorgen.

«Das ist doch nicht normal», sagte sie immer wieder. «In ihrem Alter sollte man viel schneller vergessen können.»

Eine neue Kinderfrau wurde nicht eingestellt. Susan badete sie am Abend und weckte sie am Morgen. Fertig angezogen ging sie ins Schlafzimmer ihrer Mutter, die im Bett frühstückte. Celia bekam eine Scheibe Toast mit Marmelade und durfte dann eine fette Porzellanente in der Waschschüssel ihrer Mutter schwimmen lassen. Manchmal rief Daddy sie zu sich ins Ankleidezimmer nebenan und schenkte ihr einen Penny, den sie in eine bunte, hölzerne Sparkasse stecken durfte. Er erklärte ihr, wenn die Büchse voll sei, dürfe sie sich mit ihrem eigenen Geld etwas Aufregendes kaufen.

Celias Gedanken drehten sich nun vor allem darum, was sie sich Aufregendes kaufen sollte. Jede Woche schwebte ihr etwas anderes vor. Zuerst dachte sie an einen großen Schildpattkamm, den Celias Mutter in ihrem schwarzen Haar tragen sollte. Susan hatte Celia einmal einen solchen Zierkamm in einem Schaufenster gezeigt. «Adelige Damen tragen solche Kämme», hatte Susan ehrfürchtig gesagt. Ganz oben auf der Liste stand auch ein Plisseerock aus weißer Seide für die Tanzschule – ein anderer von Celias Träumen. Nur Kinder, die gut tanzten, trugen solche Röcke. Es würde zwar noch Jahre dauern, bis Celia alt genug sein würde, in einem solchen Rock zu tanzen, aber eines Tages wäre es soweit. Dann wünschte sie sich sehnsüchtig ein Paar echt goldene Pantoffeln. Für Celia stand fest, dass es so etwas gab. Auch ein Sommerhaus im Wald gefiel ihr oder ein Pony. Wenn sie genug Geld in der Spardose hatte, würde einer dieser Wünsche in Erfüllung gehen.

Tagsüber spielte sie im Garten mit dem Reifen, der manchmal eine Postkutsche, oft aber ein Expresszug war, oder sie kletterte vorsichtig und unsicher auf Bäume, suchte Verstecke im dichten Buschwerk, wo niemand sie fand, und dort dachte sie sich romantische Geschichten aus. Bei Regen las sie im Kinderzimmer Bücher oder malte in alten Exemplaren der Zeitung *Queen* herum. Zwischen Tee und Abendessen fanden die wundervollsten Spiele mit ihrer Mutter statt. Manchmal bauten sie aus Badetüchern, die über Stühle gehängt wurden, Häuser und krochen darin herum, ein andermal machten sie Seifenblasen. Sie wusste nie im Voraus, was sie spielen würden. Aber Mami fiel immer etwas Faszinierendes, Wunderschönes ein. Spiele, die ihr selbst nie eingefallen wären. So etwas konnte sich nur Mami ausdenken.

Am Vormittag hatte sie jetzt Unterricht, und Celia fühlte sich sehr wichtig. Rechnen brachte ihr Daddy bei, und sie war sehr stolz, weil er sagte: «Dieses Kind hat ein ausgesprochen mathematisches Gehirn. Sie zählt nicht mit den Fingern wie du, Miriam.» Da lachte die Mutter dann und gab zu, dass sie mit Zahlen nichts anfangen könne. Mit Addition und Subtraktion begann es, die Multiplikationen machten ihr besonders viel Spaß, das Dividieren kam ihr ziemlich schwierig vor. Dann kamen seitenlange Textaufgaben. Die mochte Celia. Es ging dabei um Jungen und Äpfel, um Kuchen, um Schafe auf der Wiese, um arbeitende Menschen. Und obwohl das im Grunde auch nur verkappte Additionen, Subtraktionen, Multiplikationen und Dividierrechnungen waren, waren die Endergebnisse Jungen, Äpfel oder Schafe. Das machte viel Spaß.

Nach der Rechenstunde kam der Schreibunterricht. Ihre Mutter schrieb oben auf der Heftseite eine Zeile, die Celia dann abschreiben musste, bis die Seite voll war. Das gefiel ihr nicht sehr, doch ab und zu schrieb Mami einen besonders lustigen Satz. Etwa so: *Schielende Katzen können nicht gut husten.* Dann musste Celia schrecklich lachen. Wenn sie Worte schreiben sollte, die ihr vorgesagt wurden, schrieb sie meistens so viele unnötige Buchstaben hinein, dass die Worte unkenntlich wurden.

Abends, wenn Celia gebadet hatte, kam Mami ins Kinderzimmer, um die Decke um Celia festzuziehen. Sie versuchte immer, so still zu liegen, dass die Decke am Morgen noch genau so war wie abends, doch das gelang niemals.

«Soll ich dir eine Lampe hinstellen, Liebchen? Oder möchtest du, dass ich die Tür auflasse?»

Celia wollte niemals ein Nachtlicht haben. Sie fand warme Dunkelheit tröstlich und ließ sich gerne in sie hineinfallen.

«Du hast jedenfalls im Dunkeln keine Angst», pflegte Susan zu sagen. «Wenn man meine kleine Nichte im Dunkeln allein lässt, schreit sie sich die Lunge aus dem Hals.»

Celia dachte schon seit geraumer Zeit bei sich, dass Susans kleine Nichte ein ziemlich dummes, unangenehmes kleines Mädchen sein musste. Warum sollte man sich denn im Dunkeln fürchten? Das Einzige, was man fürchten musste, waren schlechte Träume. Wenn sie vom Pistolenmann träumte, wachte sie schreiend auf, sprang aus dem Bett (sie fand sich im Dunkeln bestens zurecht) und rannte zu Mamis Zimmer. Mami brachte sie wieder ins Bett zurück und versicherte ihr, es sei kein Pistolenmann da und niemand könne ihr etwas Böses tun. Fast immer schlief sie beruhigt sehr bald wieder ein, um im Tal beim Bahnhof Himmelsschlüssel zu pflücken, denn im Tal gab es keine Eisenbahn, sondern einen Bach, dessen Ufer ganz gelb waren von Schlüsselblumen.

II

AUF DEM KONTINENT

1

Sechs Monate nach Nannies Weggang erzählte Mami Celia eine außerordentlich interessante Neuigkeit. Sie würden ins Ausland gehen – nach Frankreich.

«Und ich darf mitkommen?»

«Selbstverständlich, Schätzchen.»

«Und Cyril?»

«Ja.»

«Susan und Rouncy auch?»

«Nein, nur Daddy, du, Cyril und ich. Daddy fühlt sich nicht ganz wohl, und der Arzt sagt, er soll den Winter in einem wärmeren Land verbringen.»

«Ist es in Frankreich warm?»

«Im Süden schon.»

«Wie sieht es dort aus, Mami?»

«Es gibt sehr hohe Berge mit Schneegipfeln.»

«Warum mit Schneegipfeln?»

«Weil sie so hoch sind.»

«Wie hoch denn?»

Und Mami versuchte Celia zu erklären, wie hoch die Berge seien, doch Celia konnte sich das nicht vorstellen. Sie kannte nur Woodbury Beacon, seine Kuppe war in einer halben Stunde zu erreichen. Aber Woodbury Bacon konnte man kaum als Berg bezeichnen.

Am aufregendsten war das Reisenecessaire, ein richtiges Reisenecessaire ganz allein für Celia. Es war aus dunkelgrünem Leder, hatte innen eine ganze Reihe von Fläschchen, Platz für eine Bürste, für Kamm und Zahnbürste und sogar für einen winzigen Reisewecker und ein Reisetintenfässchen! Es war Celias wundervollstes Besitztum.

Die Reise war herrlich, schon die Überquerung des Kanals mit dem Schiff. Mami legte sich hin, aber Celia blieb mit dem Vater auf Deck. Sie fühlte sich ungeheuer erwachsen und wichtig.

Frankreich selbst enttäuschte sie, denn viel anders sah es auch nicht aus als England. Aber die uniformierten Französisch sprechenden Gepäckträger und der komisch hohe Zug, in den sie stiegen, waren aufregend, und dass sie im Zug schlafen sollten, ebenso. Sie hatte zusammen mit ihrer Mutter ein Abteil, Cyril eines mit seinem Vater nebenan.

Cyril tat natürlich ungeheuer blasiert. Cyril war sechzehn und ließ sich von nichts beeindrucken. Seine Fragen klangen recht überheblich, doch es ließ sich nicht leugnen, dass die große Lokomotive des französischen Zuges ihm imponierte.

Celia fragte ihre Mutter:

«Sind da *wirklich* Berge, Mami?»

«Ja, mein Schatz.»

«Und die sind ganz, *ganz* hoch?»

«Ja.»

«Höher als Woodbury Beacon?»

«Viel, viel höher. So hoch, dass die Gipfel schneebedeckt sind.»

Celia konnte noch immer nicht an die hohen Berge mit den Schneekappen glauben, so dass ihre Mutter ihr schließlich erklärte, sie seien so hoch, dass man den Kopf zurücklegen müsse, um den Gipfel zu sehen. Das tat Celia nun häufig, um sich darauf vorzubereiten.

«Was ist, Schätzchen?», erkundigte sich die Mutter besorgt. «Hast du einen steifen Hals?»

Celia schüttelte nachdrücklich den Kopf.

«Nein, ich denke an die hohen Berge.»

«Dummes kleines Ding», meinte Cyril in gutmütiger Herablassung.

Aufregend war auch das Zubettgehen im Schlafwagen, denn wenn sie am nächsten Morgen aufwachten, würden sie in Südfrankreich sein.

Um zehn Uhr morgens erreichten sie Pau.

Dreizehn große Reisekoffer mit gewölbtem Deckel und zahllose

Ledertaschen hatten sie, also war es verständlich, dass es einen sehr großen Wirbel um das Gepäck gab.

Schließlich war auch das erledigt, und sie saßen in der großen Kutsche, die sie zum Hotel brachte. Celia hielt nach den Bergen Ausschau und sah sie nicht.

«Wo sind die Berge, Mami?»

«Dort, Liebling. Siehst du denn nicht diese Reihe weißer Gipfel?»

Ach, die waren es, diese Zickzacklinie, die aussah, als sei sie aus weißem Papier geschnitten. Aber die waren doch gar nicht so hoch. Wo waren denn die riesigen, ungeheuer hohen Berge, die fast bis in den Himmel ragten, hoch über Celias Kopf?

«Ach so», sagte Celia.

Eine bittere Enttäuschung machte sich in ihr breit. Das sollten hohe Berge sein?

2

Nachdem sie die Enttäuschung wegen der Berge überwunden hatte, genoss Celia das Leben in Pau sehr. Die Mahlzeiten waren aufregend. Aus einem ihr unerfindlichen Grund nannte man sie Tabeldott. Auf einer langen Tafel gab es Dinge zu essen, die wunderschön aussahen und ebenso herrlich schmeckten. Im Hotel wohnten noch zwei Kinder, Zwillingsschwestern, ein Jahr älter als Celia. Sie, Bar und Beatrice unternahmen alles gemeinsam, und zum ersten Mal, nach acht ruhigen Jahren, entdeckte Celia die Freuden dummer Streiche.

So aßen die drei Kinder auf dem Balkon Orangen und schnippten Kerne und Schalen auf vorübermarschierende Soldaten hinab; wenn die Männer in ihren fröhlichen blauen und roten Uniformen zornig nach oben schauten, tauchten sie sofort hinter das Balkongeländer und wurden unsichtbar. Oder sie schütteten kleine Salz- und Pfefferhäufchen auf alle Teller der Tabeldott, so dass Victor, der alte Ober, sehr entrüstet den Kopf schüttelte. Oder sie versteckten sich in einer Nische unter der Treppe und kitzelten mit einer langen Pfauenfeder die Beine aller Damen, die die Treppe hinabstiegen, um den Speisesaal aufzusuchen.

Ihren schönsten Streich heckten sie gegen das gestrenge Zimmermädchen des obersten Stockes aus. Sie hatten sich zusammen mit ihr in die Besenkammer gedrängt, worauf das Mädchen einen unverständlichen Schwall wütender Worte von sich gab, die Tür zuknallte und den Schlüssel umdrehte. Sie waren Gefangene.

«Jetzt hat sie uns erwischt», beschwerte sich Bar erbittert. «Ich bin neugierig, wann sie uns rauslässt!» Sie schauten einander düster an. Bars Augen funkelten rebellisch. «Ich kann es nicht ertragen, dass sie uns überlistet hat. Wir müssen etwas tun.»

Bar war immer die Anführerin. Ihre Augen wanderten zu einem schmalen Fensterschlitz. «Ob wir uns da durchquetschen könnten? Keine von uns ist dick. Celia, guck mal, was da draußen ist.»

Celia berichtete, da sei eine Dachrinne und sie sei breit genug, dass man in ihr entlanggehen könne.

«Gut», bestimmte Bar. «Suzanne wird schauen, wenn wir ihr doch entwischt sind.»

Sie mussten sich unheimlich plagen, bis das Fensterchen offen war, und dann krochen sie eine nach der anderen durch. Die Dachrinne endete an einem Sims von Fußbreite mit einem etwa fünf Zentimeter hohen Rand. Darunter ging es fünf Stockwerke abwärts.

Die belgische Dame von No. 33 schrieb der englischen Dame von No. 54 eine höfliche Mitteilung, ob Madame wisse, dass ihr Töchterchen mit den beiden Mädchen von Madame Owen über den Sims im fünften Stockwerk liefe?

Das, was folgte, empfand Celia als sehr ungerecht. Niemand hatte ihr jemals verboten, über Simse zu laufen.

«Du hättest herunterfallen und tot sein können.»

«Ach wo, Mami, da war doch genug Platz. Man konnte sogar beide Füße nebeneinander stellen.»

Dieser Vorfall blieb ihr in Erinnerung, weil die Erwachsenen unerklärlicherweise so ein Geschrei darum machten.

3

Selbstverständlich musste Celia Französisch lernen. Cyril hatte als Lehrer einen jungen Franzosen, der täglich kam, und für Celia fand man eine junge Dame, die jeden Tag mit ihr Spaziergänge machen und französisch sprechen sollte. Sie war Engländerin, ihr Vater der Besitzer des englischen Buchladens, aber sie hatte ihr ganzes Leben in Pau verbracht und sprach beide Sprachen gleich gut.

Miss Leadbetter war eine sehr feine junge Dame, ihr Englisch knapp und geschliffen. Sie sprach langsam und mit herablassender Freundlichkeit.

«Schau, Celia, das ist ein Laden, in dem Brot gebacken wird. Er heißt *boulangerie*.»

«Ja, Miss Leadbetter.»

«Und hier läuft ein kleiner Hund über die Straße. *Un chien qui traverse la rue. Qu'est-ce qu'il fait?* Das heißt, was tut er?»

Dieses letzte Beispiel Miss Leadbetters war nicht gerade glücklich gewählt. Hunde tun oft Dinge, die feine junge Damen erröten lassen, und ausgerechnet das tat dieser Hund.

«Ich weiß nicht, wie das, was der Hund tut, auf Französisch heißt», antwortete Celia.

«Schau weg, mein Liebes», befahl Miss Leadbetter. «Das ist kein schöner Anblick. Da vor uns ist eine Kirche. *Voilà une église.*»

Kein Wunder, dass diese Spaziergänge für beide ziemlich langweilig waren.

Nach zwei Wochen schickte Celias Mutter Miss Leadbetter wieder weg. «Eine unmögliche Person», sagte sie zu ihrem Mann. «Sie bringt es fertig, dass einem auch die aufregendsten Dinge noch langweilig erscheinen.»

Celias Vater fand das auch. Er meinte, Celia würde Französisch sowieso nur richtig von einer Französin lernen. Der Gedanke an eine Französin behagte Celia überhaupt nicht. Als typische Engländerin traute sie keinem Ausländer über den Weg. Na ja, wenn sie ja nur mit dieser Frau spazieren gehen sollte… und daher engagierte man Mademoiselle Mauhourat für Celia und die Spaziergänge.

Der Name gefiel Celia, denn er klang so lustig. Mademoiselle Mauhourat war groß und dick und trug immer Kleider mit mehreren Capes übereinander, mit deren Schwung sie immer etwas von den Tischen stieß.

Mademoiselle Mauhourat war sehr zärtlich und überschwänglich. «*Oh, la chère mignonne, la chère petite mignonne!*», rief sie begeistert, kniete vor Celia auf dem Boden und lachte ihr freundlich ins Gesicht. Celia blieb Abstand wahrend britisch und mochte das gar nicht. Mademoiselle brachte sie in Verlegenheit.

Mademoiselle redete ohne Unterlass und Celia ließ den Redestrom ergeben über sich ergehen. Mademoiselle war sehr freundlich; je freundlicher sie war, desto weniger konnte Celia sie leiden.

Nach zehn Tagen erkältete sich Celia und hatte ein wenig Fieber.

«Ich glaube, ihr geht heute besser nicht spazieren», sagte ihre Mutter. «Mademoiselle kann sich hier mit dir beschäftigen.»

«Nein!», fuhr Celia heftig auf. «Schick sie bitte weg. Schick sie weg!»

Mami sah ihr Töchterchen aufmerksam an. Es war ein Blick, den Celia gut kannte – ein seltsamer, heller, prüfender Blick. Sie sagte ruhig: «Gut, mein Liebes, ich werde das tun.» In diesem Moment ging die Tür auf, und Mademoiselle kam mit den üblichen zahlreichen Capes hereingeschwebt.

«Lass sie gar nicht mehr reinkommen», bettelte Celia. Mami sprach etwas mit ihr in einem schnellen Französisch, und Mademoiselle rief mitleidig und bekümmert aus: «*Oh, la pauvre mignonne!*» Sie warf sich neben Celias Bett auf die Knie: «*La pauvre, pauvre mignonne.*»

Celia sah ihre Mutter flehend an. Sie schnitt entsetzliche Grimassen. «Schick sie weg», sollten sie besagen. «Schick sie doch bitte weg!»

Glücklicherweise wischte Mademoiselle mit ihren zahlreichen Capes eine große Vase mit Blumen vom Tisch, alle Aufmerksamkeit konzentrierte sich auf das Unglück, und nach vielen Entschuldigungen verließ Mademoiselle Mauhourat endlich das Zimmer.

«Liebling, du hättest keine solchen Grimassen schneiden sollen.

Mademoiselle Mauhourat wollte nur freundlich sein. Du könntest ihre Gefühle verletzt haben.»

«Aber Mami, das waren *englische* Grimassen», erklärte Celia.

Sie begriff nicht, warum ihre Mutter schallend lachte.

Am Abend sagte Miriam zu ihrem Mann: «Celia mochte Mademoiselle Mauhourat auch nicht. Ich dachte da an ein Mädchen, das ich heute bei der Schneiderin sah ...»

Bei der nächsten Anprobe sprach sie dann mit dem Mädchen. Sie war Lehrling und musste die Stecknadeln halten, wenn Madame etwas anprobierte; sie mochte etwa neunzehn Jahre alt sein und hatte das Haar in einem ordentlichen Knoten aufgesteckt. Ihr Gesicht mit der kleinen Stupsnase sah rosig und gutmütig aus.

Jeanne war überaus erstaunt, als die englische Dame sie fragte, ob sie mit nach England kommen wolle. Sie meinte, das hinge davon ab, was Maman dazu zu sagen habe. Miriam ließ sich deren Adresse geben und ging sofort in das kleine, pieksaubere Café, das sie führte. Madame Beaugé hörte sich erstaunt den Vorschlag der englischen Dame an. Sie sollte einer Dame als Zofe zur Hand gehen und sich um ein kleines Mädchen kümmern? Sie meinte, Jeannne habe doch gar keine Erfahrung und sie sei auch nicht besonders geschickt. Ihre ältere Tochter Berthe dagegen ... Aber die englische Dame wollte ausgerechnet Jeanne haben, und so wurde Monsieur Beaugé zu Rate gezogen. Er meinte, man dürfe Jeannes Glück nicht im Wege stehen, und da der Lohn gut sei, viel besser als in der Schneiderei, habe er nichts dagegen.

Drei Tage später übernahm eine etwas nervöse, gleichzeitig aber sehr beglückte Jeanne ihre neuen Pflichten. Sie hatte Angst vor dem kleinen Mädchen, weil sie kein Wort Englisch konnte. Doch einen Satz hatte sie schnell gelernt: «Guten Morgen, Miss.»

Jeannes Akzent war seltsam, deshalb verstand Celia sie nicht. Man schwieg also vorwiegend. Celia und Jeanne starrten sich wie fremde Hunde an. Jeanne wickelte sich Celias Locken um die Finger. Celia starrte sie noch immer wie gebannt an.

«Mami», fragte Celia beim Frühstück, «spricht Jeanne denn überhaupt kein Englisch?»

«Nein, Liebling.»

«Wie komisch ...»

«Magst du Jeanne?»

«Sie hat ein sehr lustiges Gesicht. Mami, sag ihr doch bitte, sie kann mein Haar kräftiger bürsten.»

Nach drei Wochen konnten die beiden einander schon verstehen. Am Ende der vierten Woche begegneten sie auf einem Spaziergang einigen Kühen. Jeanne schrie: *«Mon Dieu! Mon Dieu! Des vaches, des vaches! Maman!»*

Voller Panik packte sie Celia an der Hand und zog sie einen Hang hinauf.

«Warum schreist du denn so?», erkundigte sich Celia erstaunt.

«J'ai peur des vaches.»

«Die sind doch harmlos», antwortete Celia. «Aber wenn wir wieder Kühen begegnen, darfst du dich hinter mir verstecken.»

Von da an waren sie die besten Freundinnen. Jeanne war recht unterhaltend. Celia hatte einige Puppen, für die Jeanne nun Kleidchen nähte, so dass sie kleine Szenen spielen konnten. Abwechselnd war Jeanne Zofe (eine ziemlich unverschämte), Mutter, Vater (ein Soldat vom Scheitel bis zur Sohle, der sich den Schnurrbart zwirbelte) – oder sie spielte die drei schlimmen Kinder. Einmal musste sie sogar die Rolle des Pfarrers übernehmen, sich die Beichte anhören und den armen Sündern schreckliche Strafen auferlegen. Das entzückte Celia. Sie wollte das immer und immer wieder spielen.

«Non, non, Miss, c'est très mal, ce que j'ai fait là.»

«Pourquoi?»

Jeanne erklärte es ihr. «Ich habe mich über Monsieur le Curé lustig gemacht. Das ist eine Sünde.» «O Jeanne, bitte noch einmal. Es war so lustig.» Und die weichherzige Jeanne ließ sich herbei, neue Sündenschuld auf sich zu laden, weil Celia von diesem Spiel nie genug bekam.

Celia wusste bald gut über Jeannes Familie Bescheid. Berthe war *très sérieuse*, Louis *si gentil*, Edouard *spirituel*, und *la petite* Lise war gerade erst zur Kommunion gegangen. Die Katze war so geschickt, dass sie sich im Café inmitten all der Gläser hinlegen und zusammenrollen konnte, ohne dass je eins zerbrach. Celia erzählte von ihrem Goldie, von Rouncy und Susan, vom Garten und all dem, was sie tun würden, sobald sie wieder in England seien. Jeanne war noch nie am Meer gewesen. Sie hatte große Angst vor der Schiffsüberfahrt von Frankreich nach England.

«Je me figure», sagte sie, *«que j'aurais horriblement peur. N'en parlons plus! Parlez-moi de votre petit oiseau.»*

4

Einmal ging Celia mit ihrem Vater spazieren, als jemand sie von einem kleinen Tisch vor dem Hotel anrief.

«John! Wenn das nicht der gute alte John ist!»

«Bernard!»

Ein großer, gemütlich aussehender Mann war aufgesprungen und schüttelte Daddy herzlich die Hand.

Das war Mr. Grant, ein alter Freund des Vaters, und sie hatten einander seit Jahren nicht mehr gesehen, und keiner von beiden ahnte, dass der andere auch in Pau war. Die Grants wohnten in einem anderen Hotel in Pau, aber von nun an kamen die beiden Familien nach dem *déjeuner* regelmäßig zusammen, um miteinander Kaffee zu trinken.

Mrs. Grant war nach Celias Überzeugung die entzückendste Person, die sie je gesehen hatte. Sie hatte silbergraues Haar, das immer sehr hübsch frisiert war; wunderschöne dunkelblaue Augen, klare, angenehme Züge und eine ebenso klare Stimme. Sofort erfand Celia eine neue Rolle und nannte sie Königin Marise. Königin Marise besaß alle Eigenschaften von Mrs. Grant. Ihre ergebenen Untertanen beteten sie an. Drei Mal war sie das Opfer eines Meuchelmordversuches, aber jedes Mal wurde sie gerade noch rechtzeitig von einem jungen Mann namens Colin gerettet, den sie sofort zum Ritter schlug. Ihre Krönungsrobe war aus grünem Samt, und auf dem Kopf trug sie eine silberne, diamantenfunkelnde Krone.

Mr. Grant jedoch wurde nicht zum König ernannt. Sie fand ihn zwar nett, doch sein Gesicht war zu dick und zu rot, nicht annähernd so hübsch wie das ihres Vaters mit dem braunen Bart und der Gewohnheit, das Kinn immer so wundervoll in die Höhe zu werfen, wenn er lachte. Celia fand, so wie ihr Vater musste ein Vater sein, immer voll von netten Einfällen, bei denen man sich nicht so töricht vorkam wie bei denen von Mr. Grant.

Jim, ein netter, sommersprossiger Schuljunge, war ihr Sohn. Er hatte runde blaue Augen, die immer erstaunt wirkten, war immer gut aufgelegt und betete seine Mutter an.

Er und Cyril umschlichen einander wie fremde Hunde. Cyril war zwei Jahre älter als Jim und auf einem Internat, was Jim Respekt abnötigte. Beide Jungen übersahen Celia, die ja nur ein Mädchen und noch dazu ein Kind war.

Nach drei Wochen kehrten die Grants nach England zurück. Celia hörte, wie Mr. Grant zu ihrer Mutter sagte:

«Ich war erschüttert, als ich den alten John sah, aber er behauptet, seit er hier ist, gehe es ihm sehr viel besser.»

Später fragte Celia ihre Mami, ob ihr Vater denn krank sei.

«Nein, natürlich nicht», antwortete die Mutter zögernd. «Jetzt geht es ihm wieder sehr gut. Es waren nur die ewige Feuchtigkeit und der Regen in England.»

Celia war sehr froh, dass ihr Vater nicht krank war; außerdem nieste er nie, hatte auch niemals Fieber und lag nie außer der Zeit im Bett. Freilich, manchmal hustete er, aber er rauchte ja auch zu viel. Ihr Vater hatte ihr das erklärt.

Trotzdem... Ihre Mutter hatte ganz merkwürdig dreingesehen...

5

Im Mai verließen sie Pau und reisten erst nach Argelès am Fuße der Pyrenäen weiter, dann nach Cauterets in den Bergen.

In Argelès verliebte sich Celia. Der Gegenstand ihrer Liebe hieß Auguste und war Liftjunge. Er war achtzehn, dunkelhaarig und groß und sah ziemlich düster aus. Bar, Beatrice und ihre Eltern waren ebenfalls mitgekommen, doch die schwärmten für Henri, den blonden Liftjungen.

Ihm waren die Hotelgäste, die er rauf und runter beförderte, jedoch ziemlich gleichgültig. Celia brachte den Mut nicht auf, mit ihm zu sprechen. Nicht einmal Jeanne wusste von ihrer heimlichen Leidenschaft. Vor dem Einschlafen stellte sie sich vor, Augustes Pferd gehe durch und sie könne gerade noch die Zügel festhalten und Auguste damit retten; oder sie und Auguste waren die einzigen Überlebenden eines Schiffbruches, und sie rettete sein Leben, weil sie mit ihm zur Küste schwamm und seinen Kopf über Wasser hielt. Gelegentlich rettete er sie auch aus einem Feuer; aber das war irgendwie doch nicht ganz so zufriedenstellend. Der Höhepunkt der Szene war immer, wenn Auguste mit Tränen in den Augen zu ihr sagte: «Mademoiselle, Ihnen verdanke ich mein Leben. Wie kann ich Ihnen das je vergelten?»

Es war eine kurze, sehr heftige Leidenschaft. Einen Monat später waren sie in Cauterets, und dort verliebte sich Celia in Janet Patterson.

Janet war fünfzehn, ein hübsches, angenehmes Mädchen mit braunem Haar und freundlichen blauen Augen. Schön war sie nicht, aber zu Kindern, besonders zu jüngeren Kindern, war sie sehr lieb und nie gelangweilt, wenn sie mit ihnen spielte.

Celia hatte fortan für eine Weile nur noch den einzigen heißen Wunsch, bald erwachsen zu sein und so zu werden wie ihr Idol. Dann konnte sie auch eine gestreifte Bluse mit Kragen und Krawatte tragen und in ihren Zopf ein schwarzes Band flechten. Und diese mysteriöse Sache, eine Figur, würde sie auch haben. Janet hatte eine Figur, die sich deutlich unter der gestreiften Bluse abzeichnete. Celia, das magere Kind, das von seinem Bruder Cyril nur immer «dürres Huhn» genannt wurde, wenn er sie ärgern wollte, woraufhin sie stets in Tränen ausbrach, war hingerissen von Rundlichkeit und Fülle und stellte sich vor, wenn sie erst erwachsen sei, werde sie auch die richtigen Rundungen an den entsprechenden Stellen aufweisen.

«Mami», fragte sie eines Tages, «wann werde ich einen Busen haben, der wegsteht?»

Die Mutter musterte sie. «Den wünschst du dir wohl sehr, Liebling?»

«O ja», hauchte Celia sehnsüchtig.

«Nun ja, wenn du vierzehn oder fünfzehn bist, etwa in Janets Alter.»

«Bekomme ich dann auch eine gestreifte Bluse, Mami?»

«Vielleicht. Ich finde sie aber nicht sehr hübsch.»

Celia sah sie vorwurfsvoll an. «Ich aber schon. Mami, bitte versprich mir, dass ich eine gestreifte Bluse bekomme, wenn ich fünfzehn bin, ja?»

«Wenn du sie dann noch willst ...»

Natürlich wollte sie das!

Sie machte sich auf die Suche nach ihrem Idol. Zu ihrer großen Verärgerung ging Janet mit ihrer französischen Freundin Yvonne Barbier spazieren. Celia hasste Yvonne Barbier eifersüchtig. Yvonne war sehr hübsch, sehr elegant, sehr überlegen. Obwohl sie auch erst fünfzehn war, sah sie wie achtzehn aus. Yvonne hatte sich bei Janet untergehakt und sagte mit gekünstelter Stimme zu ihr: *«Naturellement, je n'ai rien dit à Maman. Je lui ai répondu ...»*

«Lauf, Schätzchen», sagte Janet freundlich. «Yvonne und ich sind im Moment sehr beschäftigt.»

Celia ging und war sehr traurig. Wie sehr sie doch diese grässliche Yvonne Barbier hasste! Aber zwei Wochen später reiste Janet mit ihren Eltern ab, und ihr Bild verblasste schnell. Was dagegen blieb, war ihre Sehnsucht nach einer «Figur».

Cauterets gefiel Celia sehr gut. Überall waren Berge, wenn sie auch lange nicht so eindrucksvoll aussahen, wie Celia sie sich vorgestellt hatte. Solange sie lebte, brachte sie es nie fertig, Berglandschaften wirklich uneingeschränkt zu bewundern. Sie hatte immer das Gefühl, betrogen zu werden.

Die Vergnügen in Cauterets waren unterschiedlicher Natur. Am Morgen ging man nach La Raillière, wo ihre Eltern scheußlich schmeckendes Wasser tranken. Nach dem Wassertrinken gab es Zuckerstangen in verschiedenen Farben. Meistens hatte Celia Ananas, ihre Mutter zog Anisgeschmack vor, der Vater mochte nichts von dem süßen Zeug. Seit sie in Cauterets waren, erschien er ihr viel fröhlicher.

«Miriam, dieser Ort sagt mir zu», meinte er. «Ich spüre richtig, wie ich hier ein ganz neuer Mensch werde.»

«Dann wollen wir so lange wie möglich hier bleiben», antwortete seine Frau.

Auch sie schien fröhlicher und lachte viel mehr. Die Sorgenfalte zwischen ihren Brauen verschwand. Celia sah sie kaum, da sie das Kind bei Jeanne gut aufgehoben wusste; sie widmete sich ausschließlich ihrem Mann.

Meistens machte Celia am Vormittag mit Jeanne einen Spaziergang in den Wald und die Berge; es ging steil auf und ab, und oft kürzte Celia den Weg ab, indem sie sich auf den Hosenboden setzte und hinabrutschte. Jeanne stieß Jammerrufe aus.

«Oh, Miis – ce n'est pas gentil ce que vous faites là. Et vos pantalons. Que dirait Madame votre mère?»

«Encore une fois, Jeanne. Une fois seulement.»

«Non, non. Oh, Miis!»

Nach dem Mittagessen nähte Jeanne meistens, und Celia ging auf den Platz und spielte mit anderen Kindern. Ein kleines Mädchen namens Mary Hayes wurde ihr als passende Gefährtin empfohlen. «So ein nettes Kind», sagte Celias Mutter. «So lieb und so gut erzogen. Die geeignete Freundin für Celia.»

Celia spielte nur mit Mary Hayes, wenn es sich nicht vermeiden ließ; denn sie fand das Mädchen außerordentlich langweilig. Eine Amerikanerin namens Marguerite Priestman gefiel ihr viel besser. Sie kam aus einem Staat des Westens und hatte einen grauenhaften Akzent, der Celia faszinierte. Marguerite hatte eine Kinderfrau, eine alte Dame mit einem riesigen schwarzen Hut, deren Standardphrase war: «Nun bleibst du aber endlich bei Fanny, hörst du?»

Gelegentlich kam ihnen Fanny zu Hilfe, wenn sie sich stritten. Eines Tages lagen sich die Kinder buchstäblich in den Haaren und waren schon den Tränen nahe.

«Erzähl Fanny sofort, was vorgefallen ist», befahl die alte Frau.

«Ich habe Celia eine Geschichte erzählt. Sie behauptet, was ich sage, stimmt nicht. Es stimmt aber doch.»

«Erzähl Fanny die Geschichte.»

«Es sollte so eine schöne Geschichte werden. Sie handelt von einem kleinen Mädchen, das ganz einsam und allein in einem

Wald aufwuchs, weil der Arzt es nicht in seiner schwarzen Tasche geholt hat –»

Celia unterbrach sie.

«Das stimmt doch überhaupt nicht. Marguerite sagt, die Ärzte finden die Babys im Wald und bringen sie den Müttern. Das ist einfach nicht wahr. Weil nämlich die Engel die Babys nachts bringen und in die Wiege legen.»

«Nein, die Ärzte bringen die Babys.»

«Nein, die Engel!»

«Stimmt ja gar nicht!»

Fanny hob ihre riesige Hand.

«Jetzt hört mir mal gut zu.»

Da horchten sie auf. Fannys kleine schwarze Äuglein glitzerten, während sie blitzschnell überlegte und das Problem auf ihre Weise löste.

«Es besteht gar kein Grund zur Aufregung. Celia hat ebenso Recht wie du, Marguerite. In England ist es mit den Babys eben anders als in Amerika.»

Wie einfach war doch die ganze Sache. Celia und Marguerite strahlten sich an und waren wieder Freundinnen.

Fanny murmelte: «Du bleibst hier bei Fanny», und strickte seelenruhig weiter.

«Soll ich jetzt die Geschichte weitererzählen?», erkundigte sich Marguerite.

«Ja, tu das», bat Celia. «Hinterher erzähle ich dir dann das Märchen von der Opalfee aus dem Pfirsichkern.»

Marguerite fuhr also mit ihrer Erzählung fort. Nach einer Weile unterbrach Celia sie wieder.

«Was ist denn ein Skarrapin?»

«Ein Skarrapin? Meine Güte, Celia, weißt du wirklich nicht, was ein Skarrapin ist?»

«Nein, was ist das denn?»

Eine knifflige Frage. Celia schloss aus Marguerites wirrer Erklärung, dass ein Skarrapin eben ein Skarrapin war! Ein Skarrapin blieb für sie ein Fabeltier, das irgendwie mit Amerika zu tun hatte.

Erst sehr viel später, und da war Celia schon längst erwachsen, ging ihr ein Licht auf. Marguerites Skarrapin war ein *Skorpion*, und mit dieser Erkenntnis hatte Celia ein Stück ihrer Kindheit verloren.

6

In Cauterets aß man sehr frühzeitig zu Abend, schon um halb sieben. Celia durfte dabei sein. Danach saßen sie alle draußen an runden Tischen, und ein- oder zweimal wöchentlich kam ein Zauberer. Den betete Celia an, weil ihr sein Name so gut gefiel. Ihr Vater sagte nämlich, er sei ein *prestidigitateur*. Celia ließ die Silben genussvoll auf der Zunge zergehen.

Der Zauberer war ein großer Mann mit einem langen schwarzen Bart. Er tat die erstaunlichsten Dinge mit bunten Bändern, die er meterweise aus dem Mund zog. Am Ende seiner Vorführung kündigte er immer «eine kleine Lotterie» an. Jeder legte einen Beitrag auf einen Holzteller, den er herumreichen ließ. Dann kam die Preisverteilung – ein Papierfächer, ein Lampion, ein paar Papierblumen und dergleichen, und die Gewinner waren immer und ausnahmslos Kinder. Celia hätte schrecklich gern einen Fächer gewonnen, doch sie musste sich mit zwei Lampions zufrieden geben.

Eines Tages sagte der Vater zu ihr: «Nun, wie würde es dir gefallen, diesen Burschen da zu besteigen?» Er deutete auf den Berg hinter dem Hotel.

«Ich, Daddy? Ganz bis nach oben?»

«Ja. Du darfst auf einem Maultier reiten.»

«Was ist ein Maultier, Daddy?»

Er erklärte ihr, ein Maultier sei nicht ganz ein Esel, auch nicht ganz ein Pferd, sondern etwas von beidem. Celia war ganz aufgeregt bei dem Gedanken an das Abenteuer. Ihre Mutter meldete einige Zweifel an. Ob es denn auch für Celia sicher genug sei?

Der Vater lachte sie aus. Es sei absolut sicher.

Sie und Cyril sollten mit dem Vater an dem Ausflug teilnehmen. Cyril sagte indigniert: «Was, die Kleine kommt auch mit?

Mit der wird es nichts als Ärger geben.» Er hatte Celia wohl recht gern, aber er sah seinen männlichen Stolz verletzt, wenn das «Kind» schon mitdurfte. Dies war eine Männerexpedition, und da hatten Kinder und Frauen zu Hause zu bleiben.

Am frühen Morgen des großen Tages stand Celia auf dem Balkon und sah die Maultiere ankommen. Sie trotteten um die Ecke und sahen eher wie Pferde aus, nicht wie Esel. Celia rannte begeistert nach unten. Ein kleiner, braunhäutiger Mann sprach mit Vater und erklärte ihm, er persönlich werde auf *la petite demoiselle* aufpassen. Ihr Vater und Cyril stiegen in den Sattel. Dann hob der Führer Celia hoch und setzte sie auf ihr Maultier. Ihr kam es furchtbar hoch vor. Aber herrlich aufregend.

Sie ritten los.

Die Mutter winkte ihnen vom Balkon aus nach. Celia war stolzerfüllt und fühlte sich erwachsen. Der Führer lief immer neben ihr her und schwatzte mit ihr, aber Celia verstand kaum etwas von dem, was er sagte, weil er einen sehr spanischen Akzent hatte.

Es war ein herrlicher Ritt. Die Zickzackpfade wurden allmählich steiler, und schließlich hatten sie auf einer Wegseite eine senkrechte Felswand, auf der anderen einen ebenso steilen Abhang. Celias Maultier hatte die etwas beunruhigende Angewohnheit, immer am Rand des Abhangs zu laufen und an jeder Kehre stehen zu bleiben und mit den Hinterbeinen auszuschlagen. Celia meinte, es sei ein sehr kluges Pferd, nur den Namen fand sie komisch; es hieß Anisette.

Gegen Mittag erreichten sie den Gipfel. Dort war eine winzige Hütte mit einem runden Tisch davor; an den setzten sie sich, und wenig später brachte ihnen eine Frau ein sehr gutes Mittagessen: es gab ein Omelett, gebackene Forellen, cremigen Käse und Brot. Und Celia konnte mit einem großen, sehr wolligen Hund spielen.

«*C'est presque un Anglais*», sagte die Frau. «*Il s'appelle Milor.*»

Milor war sehr liebenswürdig. Celia konnte mit ihm machen, was sie wollte.

Bald sah Celias Vater auf die Uhr und fand, dass es Zeit sei, sich an den Abstieg zu machen. Er rief nach dem Führer.

Der kam lächelnd an und hatte etwas in der Hand.

«Sehen Sie mal, was ich gerade gefangen habe», sagte er. Es war ein großer, bunter Schmetterling.

«*C'est pour Mademoiselle*», sagte er.

Bevor sie noch begriff, was er vorhatte, zog er eine Nadel aus der Tasche und pinnte Celia den Schmetterling geschickt ganz oben auf ihren Strohhut.

«*Voilà que Mademoiselle est chic*», äußerte er sich lobend und trat einen Schritt zurück, um sein Kunstwerk zu bewundern.

Sie bestiegen ihre Maultiere und begannen den Abstieg.

Celia fühlte sich elend. Der Schmetterling lebte noch, und sie spürte seine Flügel an ihren Hut schlagen. Von einer Nadel durchbohrt! Ihr war ganz schlecht bei dem Gedanken. Sie fühlte sich hundeelend. Und dann rollten ihr dicke Tränen über die Wange.

«Was ist denn los, mein Püppchen?», fragte der Vater besorgt, als er es bemerkte. «Bist du müde? Hast du Schmerzen? Tut dir der Kopf weh?»

Celia schüttelte nur den Kopf und schluchzte herzzerreißend.

«Sie hat Angst vor dem Pferd», meinte Cyril.

«Hab ich nicht.»

«Dann verrate mir doch, warum du so flennst.»

«*La petite demoiselle est fatiguée*», vermutete der Führer.

Celias Tränen strömten immer heftiger. Alle starrten sie besorgt an und fragten, was los sei, aber sie konnte es einfach nicht sagen. Der Führer hatte versucht, ihr eine Freude zu machen, und den durfte sie nun nicht kränken. Er war so stolz auf seine Idee gewesen, den Schmetterling an ihren Hut zu stecken. Sie konnte doch nicht offen zugeben, dass ihr das nicht gefiel. So konnte sie natürlich niemand, aber auch wirklich *niemand* verstehen! Die Flügel des armen Schmetterlings flatterten immer heftiger. Celia weinte, als könnte sie nie wieder aufhören. Bestimmt hatte sich noch nie ein Mensch so elend gefühlt wie sie.

«Wir sehen besser zu, dass wir so schnell wie möglich zurückreiten», sagte ihr Vater. Er sah gekränkt aus. «Wir bringen sie zurück zu ihrer Mutter. Meine Frau hatte völlig Recht. Der Ausflug war einfach zu viel für das Kind!»

Celia hätte am liebsten aufgeschrien: «War er nicht! War er nicht! Das ist es doch gar nicht.» Doch sie sagte nichts, denn dann würden sie sie wieder fragen: «Ja, warum weinst du denn dann?» Also schüttelte sie nur benommen den Kopf.

Sie weinte während des ganzen Rittes bergab. Ihr wurde immer elender zumute. Sie weinte noch immer, als man sie vor dem Hotel vom Maultier hob. Ihr Vater trug sie nach oben, wo die Mutter wartete. «Du hattest Recht, Miriam», sagte er, «es war zu viel für das Kind. Ich weiß nicht, ob ihr etwas wehtut oder ob sie nur übermüdet ist.»

«Bin ich nicht», schluchzte Celia.

«Sie hat Angst gehabt, weil es so steil war», sagte Cyril.

«Hab ich nicht», behauptete sie weinend.

«Was hast du denn dann?», drang ihr Vater in sie.

Celia starrte ihre Mutter wie betäubt an.

Sie wusste, dass sie nie, niemals über ihren großen Kummer sprechen konnte. Der musste für immer in ihrem Herzen verschlossen bleiben. Sie wollte es ja sagen, ach, wie gern hätte sie es allen ins Gesicht geschrien. Doch sie brachte es nicht fertig. Sie fühlte sich auf geheimnisvolle Weise zum Stillschweigen verpflichtet – als habe jemand ihre Lippen versiegelt. Ach, wenn Mami nur *wüsste!* Mami würde es verstehen. Aber sie konnte es Mami nicht sagen. Alle sahen sie an und warteten darauf, dass sie etwas sagte. Alles in ihr zog sich schmerzhaft zusammen. Sie schaute ihre Mutter nur mit einem Blick an, der flehte: hilf mir doch, bitte!

Miriam erwiderte den Blick.

«Ich glaube, sie mag den Schmetterling an ihrem Hut nicht», sagte sie. «Wer hat ihn dort hingesteckt?»

Oh, diese Erleichterung – diese wundervolle, schmerzende, qualvolle Erleichterung.

«Unsinn», begann ihr Vater, doch Celia unterbrach ihn; ein Damm schien in ihr geborsten zu sein.

«Ich hasse ihn, ich hasse ihn!», schrie sie. «Er lebt noch und flattert mit den Flügeln. Man hat ihm sehr wehgetan!»

«Warum hast du dann nicht den Mund aufgemacht?», hielt ihr Cyril vor.

«Ich nehme an, sie wollte den Führer nicht kränken», sagte die Mutter.

«O Mami!», rief Celia. In diesen zwei Worten lag alles – ihre Erleichterung, ihre Liebe, ihre Dankbarkeit, ihre Bewunderung.

Ihre Mutter hatte sie verstanden.

III

GRANNY

1

Im folgenden Winter reisten Celias Eltern nach Ägypten. Sie hielten es für unzweckmäßig, Celia mitzunehmen, und so kam sie mit Jeanne zu Granny.

Granny wohnte in Wimbledon, und Celia war sehr gern bei ihr. Der Garten war ein winziges Stück Rasen, der mit Rosenbäumchen eingefasst war, und Celia kannte jedes einzelne Bäumchen persönlich, sogar im Winter: «Das ist die rosafarbene la France – Jeanne, die würde dir gefallen.» Aber die Krone und die Glorie des Gartens war ein Geißelblattbaum, der über ein Stützkorsett aus Draht gezogen worden war, so dass er eine Laube bildete. Dieser Baum war wirklich unvergleichlich. Celia betrachtete ihn als eines der aufregendsten Wunder, die die Welt zu bieten hatte. Und dann der altmodische Mahagonisitz im W.C.! Er war sehr hoch, und wenn sich Celia nach dem Frühstück dorthin zurückzog, fühlte sie sich wie eine Königin auf ihrem Thron. Sie nickte gnädig, streckte eine Hand aus, damit sie von imaginären Untertanen und Höflingen geküsst werden konnte, und zog diese höfische Szene so lange hinaus, wie es irgend möglich war.

Und dann Grannys großer Vorratsschrank, der neben der Tür zum Garten stand. Jeden Morgen schloss Granny ihn mit einem klirrenden Schlüsselbund auf. Dazu stellte sich Celia regelmäßig pünktlich ein – mit der Pünktlichkeit eines Kindes, eines Hundes oder eines Löwen zur Fütterungszeit. Granny nahm Zucker heraus, Butter oder Eier, einen Topf Marmelade. Lange Diskussionen mit der alten Sarah, der Köchin, schlossen sich an.

Die alte Sarah war das genaue Gegenteil von Rouncy, denn sie war so dünn, wie jene dick war; eine kleine alte Frau mit einem verschrumpelten Nussknackergesicht. Fünfzig Jahre lang hatte sie in

Grannys Diensten gestanden, und immer ging es um das gleiche Thema: zu viel Zucker wurde verbraucht, und das halbe Pfund Tee war auch schon wieder zu Ende! Inzwischen war das ein Ritual geworden – Grannys tägliches Schauspiel der tüchtigen, sparsamen Hausfrau, die den verschwenderischen Dienstboten auf die Finger schaute.

Nach Beendigung dieser Rituale gab Granny vor, Celia zum ersten Mal an diesem Tag zu sehen. «Was tut das kleine Mädchen hier? Will es etwa etwas?»

«Ja, Granny, ja, ich will etwas.»

«Na, dann wollen wir mal sehen.» Sie versenkte sich in die Schranktiefen und förderte irgendetwas zutage – ein paar Pflaumen, etwas Quittenpaste, ein Stückchen Engelwurz – etwas gab es immer für ein kleines Mädchen.

Granny war eine sehr ansehnliche alte Dame. Ihre Haut war weiß und rosig, und zu beiden Seiten der Stirn lagen zwei schöne Wellen ihres weißen Haares. Um ihren hübschen Mund spielte meistens ein gutmütiges Lächeln. Ihre Figur war majestätisch mit einem prächtigen Busen und stattlichen Hüften. Sie trug immer Samt- oder Brokatkleider, deren Röcke sehr füllig und in der Taille stramm zusammengenommen waren.

«Ich hatte immer eine schöne Figur, Liebes», sagte sie zu Celia. «Fanny, meine Schwester, hatte das schönste Gesicht in der Familie, aber keine Figur! So dünn wie zwei zusammengenagelte Bretter. Kein Mann schaute sie lange an, wenn ich in der Nähe war. An der Figur liegt den Männern, nicht am Gesicht.»

‹Die Männer› nahmen großen Raum in Grannys Konversation ein, denn sie war zu einer Zeit aufgewachsen, da man Männer für den Mittelpunkt des Universums hielt. Frauen waren nur dazu da, diesen großartigen Wesen zu dienen.

«Mein Vater war der schönste Mann, den man sich vorstellen kann. Volle sechs Fuß groß. Er war sehr streng, und wir Kinder fürchteten ihn.»

«Wie war denn deine Mutter, Granny?»

«Ach, die arme Seele! Erst neununddreißig, als sie starb. Zehn Kinder waren wir. Eine Menge hungriger Mäuler. Aber wenn ein Kind kam, blieb sie immer einen ganzen Monat im Bett.»

«Warum blieb sie da im Bett, Granny?»

«Das ist so üblich, Herzchen. Diesen Monat genoss sie. Es war sowieso die einzige Erholung, die sie je hatte. Mit Frühstück im Bett und einem gekochten Ei. Viel hatte sie davon allerdings auch nicht. Wir Kinder kamen regelmäßig an und störten sie. ‹Mutter, kann ich dein Ei mal probieren? – Kann ich den ersten Löffel haben?› Wenn jedes Kind probiert hatte, blieb für sie nicht mehr viel übrig. Sie war viel zu gut. Ich war vierzehn, als sie starb, die Älteste. Mein armer Vater war ganz gebrochen. Sie hatten einander sehr geliebt. Sechs Monate später folgte er ihr ins Grab.»

Celia nickte dazu, denn das erschien ihr richtig und passend. In den meisten Büchern im Kinderzimmer gab es eine Szene an irgendeinem Totenbett. Meistens lag ein Kind im Sterben – immer ein besonders gutes, engelhaftes Wesen. «Woran ist er denn gestorben?», wollte sie wissen.

«An galoppierender Schwindsucht.»

«Und deine Mutter?»

«Sie verfiel einfach, Liebes. Wenn du im Ostwind ausgehst, musst du immer schön den Hals einwickeln, das darfst du nicht vergessen. Der Ostwind bringt einen um. Die arme Miss Sankey – neulich hat sie noch Tee bei mir getrunken. Vor einem Monat kam sie aus einem dieser ekligen Schwimmbäder, und sie hatte keine Boa um den Hals, obwohl ein scharfer Ostwind wehte. Eine Woche später war sie tot.»

Beinahe alle von Grannys Geschichten und Erinnerungen endeten so. Dabei war sie ein sehr heiterer Mensch. Aber Geschichten von unheilbaren Krankheiten, vom plötzlichen Tod eines Menschen, von geheimnisvollen Leiden entzückten sie. Celia war daran so gewöhnt, dass sie ihre Neugier mitten in einer von Grannys dramatischen Geschichten nicht mehr zähmen konnte und begierig fragte: «Und dann ist er gestorben, Granny?» Granny antwortete dann: «O ja, er ist gestorben, der arme Kerl.» Oder das arme Mädchen, der arme Junge oder auch die arme Frau – je nachdem, von wem die Geschichte handelte. Grannys Geschichten gingen niemals gut aus. Vielleicht die natürliche Reaktion auf ihre kerngesunde und robuste Persönlichkeit.

Oft erging sich Granny in geheimnisvollen Warnungen. «Nimm von keinem Menschen, den du nicht kennst, Süßigkeiten an, Liebling, und wenn du älter bist, dann steig nie in ein Eisenbahnabteil mit einem unverheirateten Mann darin.»

Diese letzte Warnung machte Celia traurig. Sie war ein ziemlich schüchternes Kind und wusste nicht, wie man es einem Mann ansah, ob er verheiratet war oder nicht. Durfte man ihn danach fragen? Der reine Gedanke daran erschien ihr unmöglich.

Als eine Dame, die bei Granny zu Gast war, einmal murmelte: «Ziemlich unklug, dem Kind so etwas einzureden», bezog sie das nicht auf sich.

Grannys Antwort kam laut und kräftig.

«Kinder, die so gewarnt sind, kommen selten zu Schaden. Junge Leute sollten so etwas wissen. Und da gibt es was – so was haben Sie noch nie gehört. Mein erster Mann hat es mir erzählt... (Granny war drei Mal verheiratet – so attraktiv war ihre Figur gewesen und so gut hatte sie mit dem männlichen Geschlecht umzugehen gewusst. Den Ersten hatte sie mit Tränen, den Nächsten voll Resignation und den Dritten mit großer Pracht begraben.) Er sagte immer, Frauen müssten in diesen Dingen Bescheid wissen.»

Dann flüsterten die beiden Frauen miteinander. Das, was Celia hörte, erschien ihr langweilig. Sie ging lieber in den Garten hinaus.

2

Jeanne war unglücklich, denn sie hatte Heimweh nach Frankreich und ihrer Familie. Die englischen Dienstboten, behauptete sie, seien gar nicht freundlich.

«Sarah, die Köchin, ist nett, obwohl sie mich immer eine Papistin nennt. Aber Mary und Kate lachen über mich, weil ich meinen Lohn nicht wie sie für Kleider ausgebe, sondern nach Hause schicke zu Maman.»

Granny versuchte Jeanne aufzuheitern. «Bleib nur so vernünftig», sagte sie. «Kein Mann lässt sich davon einfangen, wenn man sich mit unnützem Kram behängt. Wenn du so wie bisher deinen

Lohn nach Hause schickst, hast du ein schönes Sümmchen zusammen, wenn du heiratest. Lass die anderen sich mit Firlefanz behängen! Einem ordentlichen Dienstboten steht einfache, saubere Kleidung viel besser. Bleib ein vernünftiges Mädchen.»

Manchmal brach Jeanne in Tränen aus, wenn Mary oder Kate sie besonders schlecht behandelten. Die englischen Mädchen mochten Ausländerinnen nicht. Jeanne war dazu noch katholisch – wo doch alle wussten, dass römisch-katholische Leute der Scharlachroten Frau, der Hure Babylon, huldigten.

Leider heilten Grannys Ermunterungen auch nicht alle Wunden.

«Hast ganz Recht, auf deinem Glauben zu beharren, mein Mädchen. Ich halte zwar selbst vom Katholizismus nicht allzu viel. Die meisten Katholiken, die ich kenne, sind Lügner. Ich wäre vielleicht mehr für den Katholizismus zu haben, wenn die Priester heiraten dürften. Und dann diese Klöster! Ah, wenn ich daran denke, wie viele schöne junge Mädchen als Nonnen in Klöstern eingesperrt sind und niemand mehr etwas von ihnen hört. Ich möchte nur wissen, was mit ihnen geschieht. Die Priester sollten mal *diese* Frage beantworten.»

Es war nur gut, dass Jeanne nicht genug Englisch verstand …

Madame sei sehr liebenswürdig, sagte sie, und sie werde versuchen, nicht auf die anderen Mädchen zu hören.

Granny nahm sich Mary und Kate vor und tadelte sie wegen ihrer Unfreundlichkeit zu einem armen Mädchen in einem fremden Land. Die beiden taten schrecklich erstaunt, denn sie hätten nie, niemals etwas zu Jeanne gesagt und sie bilde sich das alles nur ein.

Es verschaffte Granny immerhin eine gewisse Befriedigung, dass sie entsetzt ablehnte, als Mary sie bat, sich ein Fahrrad anschaffen zu dürfen.

«Mary, eine solche Absicht ist ja ungeheuerlich! Ich werde keinem von meinen Hausmädchen ein so unpassendes Gefährt gestatten!»

Mary meinte trotzig, ihrer Cousine in Richmond habe man es erlaubt.

«Davon will ich kein Wort mehr hören!», wehrte Granny ab.

«Das Teufelszeug ist viel zu gefährlich. Viele Frauen haben sich mit diesen Dingern Leiden zugezogen, so dass sie ihr Leben lang keine Kinder bekommen können. Sie sind Gift für die inneren Organe einer Frau.»

Mary und Kate hätten nun aus Trotz gern gekündigt, doch das taten sie denn doch nicht, denn die Stellung war gut, das Essen erstklassig – kein minderwertiger, schon halb verdorbener Mist, wie er in manchen Häusern für das Personal gekauft wurde –, die Arbeit leicht. Die alte Dame war zwar eine Despotin, aber auf ihre Art doch auch wieder recht gut. Zu Weihnachten war sie sehr großzügig, und hatte man zu Hause Schwierigkeiten, dann half sie eigentlich immer. Sarah hatte zwar eine scharfe Zunge, damit musste man sich abfinden, doch sie kochte ausgezeichnet.

Wie alle Kinder, so war auch Celia häufig in der Küche zu finden. Die alte Sarah war viel grimmiger als Rouncy, aber sie war ja auch sehr alt. Hätte jemand Celia erzählt, sie sei hundertfünfzig, so wäre sie nicht im Geringsten überrascht gewesen. Niemand war so alt wie Sarah. In manchen Dingen war sie ungeheuer eigen und empfindlich. Eines Tages war Celia in die Küche gekommen und hatte Sarah gefragt, was sie koche.

«Gänseklein, Miss Celia.»

«Was ist Gänseklein?»

«Es ziemt sich nicht für kleine Mädchen, nach solchen Dingen zu fragen.»

«Aber was *ist* es denn?» Jetzt wurde Celia natürlich erst recht neugierig.

«Miss Celia, jetzt reicht es aber. Eine junge Dame wie du dürfte solche Fragen gar nicht stellen.»

Aber Celia tanzte in der Küche herum, so dass ihre blonden Zöpfe flogen, und dazu sang sie: «Was ist Gänseklein, Gänseklein, Gänse-Gänse-Gänseklein?»

Die wütende Sarah schlug mit der Pfanne nach Celia, die den Rückzug antrat, nicht ohne jedoch noch einmal durch das Küchenfenster hineinzusingen: «Sarah, was ist Gänseklein?»

Sarah wurde rot vor Wut und gab keine Antwort. Doch sie murmelte erbost vor sich hin.

Schließlich bekam Celia dieses Treiben satt und suchte ihre Großmutter auf.

Granny saß am liebsten im Esszimmer, von wo aus sie die kurze Zufahrt zum Haus überblicken konnte. Noch zwanzig Jahre später konnte Celia diesen Raum haargenau beschreiben: die schweren Spitzenvorhänge, die rotgoldene Tapete, die düstere Atmosphäre, den feinen Apfelduft und den schwachen Geruch nach dem mittäglichen Braten. Den viktorianischen Esstisch, die massive Mahagonikredenz, den kleinen Tisch beim Kamin, auf dem die Zeitungen gestapelt waren. Die schweren Bronzeskulpturen auf dem Kaminsims, («Dein Großvater hat siebzig Pfund auf der großen Weltausstellung in Paris dafür bezahlt»), das mit rotem Leder gepolsterte Sofa, auf dem Celia manchmal ein Mittagsschläfchen hielt und das so rutschig war, dass es sich als äußerst schwierig erwies, auch wirklich in der Mitte zu liegen, die Häkeldecke, die über der Rückenlehne des Sofas hing, und die mit Nippeskram voll gestellte Fensterbank. Dann das drehbare Bücherregal auf dem runden Tisch. Und natürlich der mit rotem Samt gepolsterte Schaukelstuhl, in dem Celia einmal so heftig schaukelte, dass sie in hohem Bogen herausflog und eine ordentliche Beule am Kopf davontrug. Die ledergepolsterten Stühle an der Wand und schließlich der großartige Ohrenbackensessel, in dem Granny saß und dies oder jenes tat.

Granny war niemals müßig. Sie schrieb viele Briefe in ihrer spinnenzarten Handschrift. Meistens halbierte sie die Bögen. Einen ganzen Briefbogen schrieb sie doch nicht voll, und Verschwendung konnte sie nicht leiden. («Celia, wer nicht zur Verschwendung neigt, leidet auch niemals Not.») Sie häkelte Schals in Purpur, Blau oder Malvenfarbe, die gewöhnlich für die Familien der Dienstboten bestimmt waren. Oder sie strickte aus flaumiger Wolle Babysachen. Und dann gab es die Filetarbeiten. Beim Tee standen der Kuchen und die Kekse auf diesen Spitzendeckchen. Außerdem wurden Westen für die alten Herren aus Grannys Bekanntenkreis bestickt, ihre Lieblingsarbeit. Mit einundachtzig hatte Granny immer noch einen Blick für «die Männer». Sie strickte ihnen auch Bettsocken.

Unter Grannys Anleitung stickte Celia einen Satz Waschtisch-matten, die für Mami bestimmt waren. Sie waren aus Frottéstoff, wurden erst mit Languetten eingefasst und dann umhäkelt. Das erste Set arbeitete Celia in Hellblau. Sie und Granny waren mit dem Ergebnis sehr zufrieden. Wenn das Teegeschirr abgeräumt war, spielten Celia und ihre Großmutter mit ernster und geschäf-tiger Meine Spillikins und dann Cribbage. «Weißt du, warum Cribbage so ein nützliches Spiel ist, meine Kleine?» – «Nein, Granny.» – «Weil du dabei *rechnen* lernst.»

Granny unterließ es kein einziges Mal, Celia darauf hinzuweisen. Sie war so erzogen worden, nie um des reinen Vergnügens willen etwas Vergnügliches zu tun. Man aß, weil es der Gesundheit diente. Gedämpfte Kirschen, die Granny leidenschaftlich liebte und fast täglich zu sich nahm, verzehrte sie, «weil sie so gut für die Nieren waren». Käse, den sie auch sehr mochte, fördere die Verdauung, sag-te sie, und ein Glas Portwein, das ihr zum Nachtisch serviert wurde, sei ihr vom Arzt verordnet worden. Besonders wichtig war es, auf den Nutzen des Alkohols hinzuweisen (vor allem für das schwache Geschlecht). «Schmeckt er dir nicht, Granny?», pflegte Celia zu fra-gen. «Nein, mein Liebes», erwiderte Granny stets und verzog das Gesicht beim ersten Schluck. «Ich trinke das nur der Gesundheit zuliebe.» Wenn sie diese immer gleiche Phrase erst einmal von sich gegeben hatte, leerte sie das Glas genüsslich.

Nur aus ihrer Liebe zum Kaffee machte sie keinen Hehl, die gab sie offen zu und schlug vor Begeisterung die Augen zum Himmel auf, wenn sie sich eine zweite oder dritte Tasse genehmigte. «Rich-tig maurisch», pflegte sie zu sagen.

Gegenüber vom Esszimmer, auf der anderen Seite der Halle, lag das Morgenzimmer, wo «die arme Miss Bennett», die Näherin, saß. Ihrem Namen wurde stets das Adjektiv «arm» vorangestellt.

«Die arme Miss Bennett», sagte Granny zum Beispiel. «Ich musste sie einfach einstellen. Das gebietet die Nächstenliebe. Ich fürchte, manchmal hat das arme Ding nicht einmal genug zu es-sen.»

Kam eine besondere Delikatesse auf den Tisch, so erhielt auch die arme Miss Bennett ihren Teil.

Sie war eine kleine Frau mit sehr viel grauen, zerrupften Haaren wie ein Vogelnest um den Kopf gelegt. Sie war nicht missgebildet, wirkte aber so. Granny sprach sie mit ultrafeiner Stimme mit «Madam» an. Eine sehr tüchtige Schneiderin war sie jedoch nicht. Die Kleider, die sie für Celia nähte, waren viel zu groß und zu weit, so dass ihr die Ärmel grundsätzlich über die Hände fielen. Die Armlöcher saßen viel zu tief.

Die Gefühle der armen Miss Bennett durfte man natürlich niemals verletzen. Beim geringfügigsten Anlass saß Miss Bennett schmollend da, nähte wütend, hatte rote Flecken auf den Wangen und schüttelte erregt den Kopf.

Die arme Miss Bennett hatte in der Tat ein trauriges Schicksal hinter sich. Sie erzählte immer wieder gerne, dass ihr Vater die allerbesten Verbindungen gehabt hatte und den ersten Kreisen entstammte. «Ich sage das ganz im Vertrauen, obwohl ich das gar nicht dürfte – er war ein großer Herr. Das hat mir meine Mutter wiederholt versichert. Ich soll ihm sehr ähnlich sein. Sicher haben sie meine Hände und Ohren bemerkt, die ja immer ein Beweis für Rasse sind. Es wäre ein ungeheurer Schock für ihn, wenn er wüsste, dass ich so meinen Lebensunterhalt verdiene. Von Ihnen spreche ich da nicht, Madam, denn Sie sind ganz anders als die anderen. Aber was man sonst oft einzustecken hat! Man wird ja fast wie ein Dienstbote behandelt. Nun, Madam, Sie verstehen, was ich meine.»

Granny achtete also immer sorgsam darauf, dass die arme Miss Bennett stets gut behandelt wurde. Sie bekam ihre Mahlzeiten auf einem Tablett serviert. Miss Bennett selbst war zu den Dienstboten sehr hochmütig, kommandierte die Mädchen herum und war sehr unbeliebt. «Und dabei ist sie ja doch nur ein Zufallskind und kennt nicht einmal den Namen ihres Vaters», hörte Celia die alte Sarah murmeln. «Sich so aufzuspielen!»

Selbstverständlich wollte Celia wissen, was ein Zufallskind sei, und Sarah wurde tiefrot. «Eine junge Dame, Miss Celia, stellt solche Fragen nicht», wurde sie belehrt.

«Ist es ein Gänseklein?», fragte Celia hoffnungsvoll.

Worauf Kate schallend lachte und von Sarah dafür einen scharfen Tadel bezog.

Hinter dem Morgenzimmer lag der Salon. Darin war es kühl und dunkel. Auf Celia wirkte er geheimnisvoll. Er wurde nur benutzt, wenn Granny eine Gesellschaft gab. Überall standen samtbezogene Stühle, Tischchen und Brokatsofas, und die Schränke waren zum Bersten gefüllt mit allerlei Porzellan-Krimskrams. In einer Ecke stand ein Klavier mit dröhnendem Bass und sehr dünnen Obertönen. Die Fenster gingen in den Wintergarten, und von dort aus kam man in den Garten. Den Kaminrost und die Feuereisen hielt Sarah persönlich blitzblank, und man hätte sich fast in ihnen spiegeln können.

Im Oberstock befand sich das Kinderzimmer, ein niedriger, lang gestreckter Raum, von dem aus man auf den Garten blickte. Darüber war das untere Dachgeschoss, das Mary und Kate bewohnten, und über ein paar weitere Stufen gelangte man in drei sehr schöne, luftige Schlafzimmer und ein luftloses Zimmerchen mit einem Fensterschlitz. Dort wohnte Sarah.

Celia fand die drei Schlafzimmer viel großartiger als die bei sich zu Hause. Eines hatte Möbel aus einem grauen, astigen Holz, die beiden anderen aus Mahagoni. Grannys Schlafzimmer lag über dem Esszimmer. Es hatte ein riesiges Pfostenbett, einen noch größeren Mahagonischrank, der eine ganze Wand einnahm, einen hübschen Waschtisch, einen Frisiertisch und eine Kommode mit sehr vielen Schubladen. Jede Schublade in diesem Raum war bis zum Rand voll mit Stapeln von säuberlich zusammengelegten Gegenständen. Wenn die Schubladen aufgezogen wurden, ließen sie sich manchmal nicht mehr schließen. Das setzte Granny furchtbar zu. Alles war gut verschlossen. Die Tür des Schlafzimmers konnte abgeschlossen, mit einem Riegel gesichert und darüber hinaus mit zwei Messinghaken verschlossen werden. Hatte sich Granny in ihr Schlafzimmer zurückgezogen, konnte sie sich sicher fühlen; denn sie hatte immer eine Rassel und eine Trillerpfeife in Reichweite, mit denen sie sofort Alarm geben konnte, falls ein Einbrecher in ihre Festung einzudringen versuchte.

Auf dem Frisiertisch stand unter einem Glassturz eine große Krone aus weißen Wachsblumen, eine Trauergabe zum Ableben ihres ersten Ehemannes. Eine gerahmte Gedenkschrift für den zweiten Mann hing an der rechten Wand, und an der linken ein Foto des schönen Marmorgrabsteins des dritten Ehemannes.

Auf dem Bett lag ein dickes Federbett, und die Fenster wurden nie geöffnet. Die Nachtluft, sagte Granny, sei gesundheitsschädlich. Frische Luft betrachtete sie sowieso als Risiko. Nur an den heißesten Sommertagen ging sie in den Garten. Wenn sie einmal ausging, dann meistens in die Army and Navy Stores. Sie fuhr dann mit dem Wagen zum Bahnhof, nahm den Zug nach Victoria Station und von da aus einen anderen Wagen zu den Läden. Bei solchen Gelegenheiten hüllte sie sich fest in ihren Mantel. Darüber hinaus schützte sie sich, indem sie sich mehrmals eine Federboa um den Hals schlug.

Besuche machte Granny nie, man kam zu ihr. Den Gästen wurden Kuchen und süßes Gebäck angeboten, dazu einer von Grannys selbst gebrauten Likören. Die Herren fragte man, was sie wünschten. «Sie müssen meinen Cherrybrandy probieren – den mögen alle Herren.» Dann wurden die Damen zum Trinken animiert. «Nur ein kleines Schlückchen – gegen die Kälte.» Granny bestand auf diesem Vorwand, denn sie war der Ansicht, dass kein weibliches Wesen in aller Öffentlichkeit zugeben durfte, dass es Alkohol mochte. War es Nachmittag bzw. nach dem Mittagessen, pflegte sie zu sagen: «Sie werden sehen, meine Liebe, das ist gut für die Verdauung.»

Wenn ein alter Herr, den sie eingeladen hatte, noch keine Weste besaß, führte ihm Granny eine ihrer Westen vor und sagte lebhaft und gestelzt: «Ich würde Ihnen ja auch so eine Weste machen, wenn ich sicher wäre, dass Ihre Frau nichts dagegen hat.» Woraufhin die Ehefrau dann regelmäßig ausrief: «Ach bitte, machen Sie ihm eine. Ich wäre entzückt!» – «Ich will Ihnen keine Unannehmlichkeiten bereiten», meinte Granny dann schalkhaft. Woraufhin der alte Herr ihr etwas Galantes sagte, wie zum Beispiel: «Ich würde mich glücklich schätzen, eine Weste tragen zu dürfen, die Sie mit Ihren zarten Händen für mich gearbeitet haben.»

Nach einem solchen Besuch hatte Granny sehr rote Wangen und war ein ganzes Stück größer als sonst. Sie liebte Gäste über alles.

«Granny, darf ich ein wenig zu dir kommen?»

«Mein Gott, kann sich Jeanne nicht oben irgendwie mit dir beschäftigen?»

Celia zögerte, um einen befriedigenden Satz zu finden. Schließlich meinte sie:

«Im Kinderzimmer ist es heute nicht sehr gemütlich.»

«So, so. Das ist auch eine Möglichkeit, sich auszudrücken», sagte Granny lachend.

Celia fühlte sich immer unbehaglich und elend, wenn es zwischen ihr und Jeanne Meinungsverschiedenheiten gab. An diesem Nachmittag waren die Unstimmigkeiten aus heiterem Himmel und in völlig unerwarteter Form aufgetaucht.

Es ging um die richtige Möbelverteilung im Puppenhaus, und Celia hatte irgendwann ausgerufen: *«Mais, ma pauvre fille…»* Schon war es passiert. Jeanne war in Tränen ausgebrochen.

Zweifellos sei sie ein *pauvre fille* und ihre Familie zwar arm, aber respektabel, erklärte sie, und ihr Vater sei in ganz Pau geachtet, ja sogar mit dem Bürgermeister befreundet.

«Aber ich habe doch gar nicht behauptet –», setzte Celia an. Doch Jeanne ließ sich nicht beirren und fuhr fort:

«Zweifellos komme ich dem kleinen Fräulein, das so reich und so wunderschön gekleidet ist und mit seinen Eltern große Reisen macht, das nur Samt und Seide trägt, wie eine armselige Bettlerin vor –»

«Ich habe nichts dergleichen gesagt –», fing Celia in steigender Verwirrung wieder an.

Aber auch *les pauvres filles* seien nicht gefühllos. Sie, Jeanne, habe durchaus Gefühle. Die habe Celia verletzt. Sie sei im Innersten getroffen.

«Aber Jeanne, ich habe dich doch lieb!», rief Celia verzweifelt aus.

Doch Jeanne ließ sich nicht beschwichtigen. Sie nahm ihre schwierigste Näharbeit hervor, einen Kragen aus Steifleinen für Granny, stichelte schweigend daran herum, schüttelte wiederholt den Kopf und war nicht dazu zu bewegen, auf Celias flehentliche Bitten zu antworten. Celia ahnte natürlich nichts von den abfälligen Bemerkungen, die Kate und Mary beim Mittagessen über Jeannes Familie gemacht hatten. Sie hatten abschätzig gesagt, Jeannes Eltern müssten wirklich bitterarm sein, wenn sie der Tochter den gesamten Verdienst abnähmen.

Celia begriff nicht, was mit einem Mal in Jeanne gefahren war, und trottete traurig die Treppe hinunter, um sich zu Granny zu flüchten.

«Und was hast du jetzt vor?», fragte Granny. Sie schaute über ihren Brillenrand und ließ ein großes Wollknäuel fallen. Celia hob es auf.

«Granny, erzähl mir aus der Zeit, als du ein kleines Mädchen warst. Was habt ihr gesagt, wenn ihr nach dem Tee hinunterkamt?»

«Wir sind immer alle zusammen hinuntergekommen und haben an die Tür des Salons geklopft. Mein Vater sagte dann: ‹Kommt rein.› Da sind wir hineingegangen und haben die Tür zugemacht. Ganz leise. Vergiss nicht – Türen muss man immer leise schließen. Eine Dame knallt niemals eine Tür zu. Als ich ein junges Mädchen war, haben Damen Türen überhaupt nicht zugemacht. Damit hätte man sich die Hände ruiniert. Auf dem Tisch stand Ingwerwein. Jedes Kind bekam ein Glas.»

«Und dann habt ihr gesagt –», animierte Celia ihre Großmutter. Sie kannte die Geschichte in- und auswendig.

«Wir sagten alle nacheinander: ‹Auf dein Wohl, Vater, und auf dein Wohl, Mutter.›»

«Und was sagten eure Eltern?»

«Kinder, wir haben euch lieb.»

Das entzückte Celia immer wieder. Sie hätte selbst nicht sagen können, was sie an der Erzählung so begeisterte.

«Jetzt erzähl mir von den Kirchenliedern», verlangte sie. «Von dir und Onkel Tom.»

Granny häkelte eifrig weiter und erzählte dabei zum hundertsten Mal die immer gleiche Geschichte.

«In der Kirche hing eine große Tafel, auf der die Nummern der

Lieder aus dem Gesangbuch standen. Der Kirchendiener verteilte die Gesangbücher. Er hatte eine schöne wohltönende Stimme. ‹Jetzt wollen wir zur Ehre und zum Ruhme Gottes das Lied Nr. –.› Er hielt inne, denn die Tafel war verkehrt herum aufgehängt. Er setzte noch einmal an. ‹Jetzt wollen wir zur Ehre und zum Ruhme Gottes das Lied Nr. –.› Nachdem er sich zum dritten Mal verheddert hatte, wurde es ihm zu viel. ‹He, Bill, dreh die vermaledeite Tafel rum!›»

Granny war eine glänzende Schauspielerin. Sie brachte jeden beliebigen Akzent auf unnachahmliche Manier heraus.

«Da habt ihr aber gelacht, du und Onkel Tom.»

«Ja, wir haben beide schallend gelacht. Mein Vater hat uns ganz streng angesehen. Nur angesehen, das war alles. Als wir zu Hause waren, wurden wir sofort und ohne Mittagessen ins Bett geschickt. Dabei war Martinstag, und es gab Gänsebraten.»

«Habt ihr nichts von der Gans bekommen?», fragte Celia verschreckt.

«Nein, nicht einen Bissen.»

Celia ließ sich diese Katastrophe durch den Kopf gehen. Schließlich seufzte sie aus tiefster Seele und verlangte:

«Bitte, Granny, mach, dass ich ein Huhn bin.»

«Dafür bist du zu groß.»

«O nein, Granny, bitte lass mich ein Huhn sein.»

Granny nahm die Brille ab und legte ihre Häkelei beiseite.

Sie spielten die Komödie durch und ließen nicht das kleinste Detail aus. Es fing damit an, dass sie Mr. Whiteleys Laden betraten und Mr. Whiteley selbst zu sprechen verlangten. Sie bräuchten ein besonders schönes Huhn für ein ganz besonderes Diner. Mr. Whiteley sollte ihnen selbst ein Huhn aussuchen. Granny spielte abwechselnd sich selbst und Mr. Whiteley. Das Huhn wurde eingepackt (d.h. Granny wickelte Celia in Zeitungspapier). Dann wurde das Huhn heimgetragen, gefüllt (ziemlich arbeitsreich), dressiert, auf den Spieß gesteckt (wobei Celia vor Entzücken schrie), in den Ofen geschoben und schließlich auf einer Platte serviert. Dann kam der Höhepunkt: «Sarah, Sarah, komm schnell her! Das Huhn ist ja noch *lebendig!*»

Kein Spielkamerad konnte sich mit Granny messen. In Wahrheit machten Granny diese Spiele ebenso viel Spaß wie Celia. Zudem war sie unglaublich gutmütig. Noch gutmütiger als Mami. Wenn man lange genug bettelte, gab sie nach. Sie gestattete sogar Dinge, die schlecht für einen waren.

4

Von den Eltern kamen Briefe in Druckschrift.

Mein allerliebstes kleines Popsy-Wopsy: Wie geht es meinem kleinen Mädchen? Geht Jeanne schön mit dir spazieren? Magst du die Tanzstunde? Hier haben die meisten Leute fast ganz schwarze Gesichter. Ist das nicht lieb von Granny, dass sie dich mit zur Pantomime nehmen will? Ich bin überzeugt, dass du ein sehr liebes Mädchen und Granny behilflich bist, denn sie ist sehr gut zu dir. Gib Goldie von mir ein Küsschen und einen Hanfsamen.

In Liebe,
dein Daddy

Und Mutter schrieb:

Mein allerliebstes Schätzchen, du fehlst mir sehr. Ich hoffe, dass es dir bei Granny, die so gut zu dir ist, gut gefällt und dass du ein liebes, gutes Mädchen bist, das ihr Freude macht. Hier ist die Sonne schön heiß, und es gibt hübsche Blumen. Schreibst du Rouncy für mich ein paar Zeilen? Granny schreibt dir den Umschlag. Rouncy soll die Christrosen pflücken und an Granny schicken, und sag ihr auch, Tommy muss am Weihnachtstag einen Extrateller Milch bekommen.
Viele Küsse an dich, mein Lämmchen, mein Süßerchen, von
deiner Mutter.

Ah, das waren schöne, wundervolle Briefe! Warum war Celia so schwer ums Herz, wenn sie daran dachte, dass Mami immer die

Christrosen vom Beet an der Hecke für Granny in Moos packte und dazu sagte: «Schau doch nur die schönen, weit offenen Blüten an!» Ach, Mami…

Tommy, der große weiße Kater. Und Rouncy, die ständig kaute…

Sie wollte nach Hause. Bei Mami sein, die ‹mein Lämmchen› und ‹mein Süßerchen› sagte, die dazu ein Lachen in der Stimme hatte und sie ganz schnell und ganz fest an sich drückte.

«Ach, Mami, liebe Mami…»

Granny kam die Treppe hinauf und fragte: «Was ist in dich gefahren? Warum weinst du? Du führst dich ja auf wie ein Marktweib. Dabei brauchst du gar keinen Fisch zu verkaufen.» Das war Grannys immer gleich bleibender Scherz.

Celia fand ihn gar nicht komisch. Er reizte sie erst recht zum Weinen. Wenn sie traurig oder unglücklich war, konnte ihr Granny nicht helfen. Dann wollte sie Granny nicht sehen. Granny machte alles nur noch schlimmer.

Sie zwängte sich an Granny vorbei und schlich sich in die Küche. Sarah buk gerade Brot.

Sarah sah sie forschend an.

«Hast du einen Brief von deiner Mami bekommen?»

Celia nickte stumm. Die Tränen flossen wieder. Sie fühlte sich so einsam. Die ganze Welt erschien ihr leer.

Sarah fuhr fort, den Brotteig zu kneten.

«Kindchen, sie kommen bald nach Hause, wirst schon sehen. Pass nur auf, wenn die Büsche Blätter kriegen, dann kommen sie!»

Sie begann den Teig auszurollen. Ihre Stimme klang ungeheuer tröstlich.

Sie zweigte einen kleinen Klumpen Teig für Celia ab.

«Da, Schätzchen, hier hast du Teig. Mach dir selbst ein paar Laibchen, die backe ich dann mit.»

«Zöpfe und Häuser?» «Zöpfe und Häuser.» Celias Tränen hörten auf. Celia machte drei lange Würste und flocht sie zu einem Zopf. Die Enden musste man ganz fest zusammendrücken. Und wenn man ein Haus machte, kam zuerst eine große Teigkugel, darauf eine kleine, und zum Schluss drückte man ganz fest den Daumen hinein. Das war der schönste Moment beim Backen. Sie machte fünf Zöpfe und sechs Häuser.

«Es ist schlimm für ein Kind, von seiner Mutter getrennt zu sein», murmelte Sarah vor sich hin.

Und auch ihr stiegen die Tränen in die Augen.

Sarah starb etwa vierzehn Jahre später. Erst da entdeckte Celia, dass eine sehr feine und gebildete Nichte, die manchmal zu Besuch kam, in Wirklichkeit Sarahs Tochter war, die ‹Frucht einer Sünde›, wie man in Sarahs Jahren sagte. Vor der Dame, der sie über sechzig Jahre lang treu diente, wurde diese Tatsache streng geheim gehalten. Ihr fiel lediglich ein, dass Sarah einmal krank geworden war und deshalb nicht rechtzeitig aus dem ohnehin sehr seltenen Urlaub zurückkehren konnte. Bei Sarahs Rückkehr war dann allen aufgefallen, wie unglaublich mager Sarah war. Welche Qualen musste Sarah ausgestanden haben, wie sich geschnürt haben, wie verzweifelt musste sie gewesen sein. Was musste die treue Seele ihr Leben lang mitgemacht haben! Sie hatte ihr Geheimnis gewahrt, bis der Tod es enthüllte.

Anmerkung von J.L.:

Seltsam, wie ungeheuer lebendig unzusammenhängende Worte und Sätze eine Erzählung machen können. Wahrscheinlich sehe ich diese Leute viel klarer, als Celia sie sah, während sie mir von ihnen erzählte. Ich kann mir Granny, diese lebhafte, gütige Person, so ganz Vertreterin ihrer Generation, mit der scharfen Zunge, dem Tyrannisieren der Dienstboten, aber so gut zu ihrer Näherin, ausgezeichnet vorstellen, auch deren zarte Mutter, die ‹ihren Monat› genoss. Bemerkenswert ist der Unterschied, den sie zwischen Mann und Frau macht: die Frau ‹verfiel›, der Mann starb an galoppierender Schwindsucht. Das hässliche Wort Tuberkulose taucht überhaupt nicht auf. Frauen verfallen, Männer galoppieren in den Tod. Amüsant die Anzahl und Kraft der Nachkommen dieser hinfälligen Eltern. Celia erzählte mir auf meine Bitte hin, dass von diesen zehn Kindern nur drei frühzeitig gestorben sind, und die eher durch Unfall. Ein Matrose am Gelbfieber, eine Schwester bei einem Wagen-

unfall, eine andere Schwester im Kindbett. Die übrigen sieben sind über siebzig Jahre alt geworden. Was wissen wir schon über Erbanlagen?

Das Haus mit den Vorhängen aus Spitze und den soliden Mahagonimöbeln gefällt mir ungemein. Es hat Rückgrat, Tradition. Diese Generationen wussten, was sie wollten, und sie bekamen und genossen es. Sie besaßen einen stark ausgeprägten aktiven Vollblut-Selbsterhaltungstrieb.

Celia zeichnet das Haus ihrer Großmutter viel genauer als das eigene Zuhause. Sie muss als Kind im aufnahmefähigsten Alter dort gewesen sein. Ihr Zuhause besteht eher aus Leuten als aus dem Haus; da sind Nannie, Rouncy, die zappelige Susan, Goldie in seinem Käfig.

Und sie entdeckt ihre Mutter. Eigentlich sonderbar, dass sie sie nicht schon vorher entdeckt hatte.

Denn ich halte Miriam für eine Frau mit einer ausgeprägten Persönlichkeit. Sie muss zauberhaft gewesen sein mit einem Charme, den Celia nicht geerbt hat. Selbst im Brief mit den Ermahnungen, brav zu sein, schimmert die wirkliche Miriam durch. Mein Schätzchen und Lämmchen und Süßerchen – das ist eine impulsive Frau, keine Sprüchemacherin, eine Frau mit intuitivem Verständnis.

Die Gestalt des Vaters ist etwas verschwommener. Für Celia ist er ein braunbärtiger, gutmütiger, träger Riese, der immer voll Spaß steckt. Seiner Mutter gleicht er nicht, vielleicht schlug er seinem Vater nach, in Celias Erzählung nur durch die Wachsblumen unter dem Glassturz präsent! Er war sicher eine freundliche Seele, und jeder hatte ihn gern; vielleicht sogar lieber als Miriam, doch ihre Gabe des Verzauberns und Verzaubernlassens hatte er gewiss nicht. Auch nicht ihre innere Ruhe, ihre harmonische Natur, ihre Süße. Celia kam nach ihm.

Aber etwas hatte Celia von ihrer Mutter geerbt, etwas Gefährliches – eine sehr ausgeprägte Intensität in ihrer Zuneigung.

So sehe ich es; vielleicht habe ich nicht Recht damit. Schließlich wurden alle diese Menschen zu meinen eigenen Schöpfungen…

IV

TOD

1

Wie aufregend! Celia durfte nach Hause!

Die Bahnreise schien kein Ende zu nehmen. Celia hatte ein hübsches Buch, sie waren im Abteil allein, aber die Ungeduld wuchs von Minute zu Minute. Die Fahrt erschien ihr endlos.

«Freust du dich so auf zu Hause, Püppchen?», fragte der Vater. Dazu knuffte er sie freundschaftlich. Wie groß und braun gebrannt er aussah, viel größer, als Celia ihn in Erinnerung hatte. Mutter dagegen schien ihr viel kleiner und zarter geworden. Wie seltsam, dass sich Größen und Gestalten so zu ändern vermochten...

«Ja, Daddy, ich freue mich sehr.» Celia sagte das sehr gemessen, weil das bedrängende, schmerzhafte Gefühl in ihrer Brust nichts anderes zuließ.

Ihr Vater sah ein wenig enttäuscht aus.

Lottie, die Cousine, die mit ihnen reiste und eine Weile bei ihnen bleiben sollte, sagte verächtlich: «Was ist sie doch für eine düstere kleine Maus!»

«Nun, ein Kind vergisst schnell...», antwortete der Vater ein wenig sehnsüchtig.

«Sie hat nichts, gar nichts vergessen», erklärte Miriam bestimmt. «Sie fließt nur innerlich über.»

Dazu drückte sie Celias Hand und lächelte sie verschwörerisch an.

«Sie hat aber gar keinen Humor», stellte Lottie, das hübsche, dickliche Mädchen, fest.

«Nein, überhaupt keinen, ebenso wenig wie ich... Das behauptet wenigstens John immer.»

«Mami, sehen wir sie bald?», fragte Celia eifrig. «Die See?»

«In fünf Minuten ungefähr.»

«Ich glaube, sie würde lieber an der See leben und im Sand spielen», meinte Lottie.

Celia sagte darauf nichts. Wie sollte sie das auch erklären? Die See bedeutete, dass sie jetzt gleich nach Hause kamen. Der Zug fuhr in einen Tunnel, verließ ihn, tauchte in den nächsten. Ah, und da war sie, die dunkelblaue, glitzernde See. Sie war so wundervoll, dass Celia die Augen schließen musste.

Dann bog der Zug in Richtung Landesinneres ab. Bald würden sie *zu Hause* sein!

2

Ah, wie groß war das Haus! Riesige Räume mit wenigen Möbeln und viel Platz. So kam es ihr jedenfalls nach Wimbledon vor. Es war alles so aufregend, dass sie nicht wusste, was sie zuerst tun sollte.

Der Garten – ja, als Erstes musste sie in den Garten. Wie irr vor Wiedersehensfreude rannte sie den Pfad entlang. Da war die Buche – merkwürdig, sie hatte kaum an sie gedacht. Dabei war sie fast das Wichtigste von Zuhause. Und der Sitz unter der Laube, der jetzt nahezu überwuchert war. Und im Wald hinter dem Garten blühten vielleicht schon die Glockenblumen. Nein, es gab keine. Ob sie schon verblüht waren? Und da war der Baum mit dem Gabelstamm, wo man so herrlich Königin-im-Versteck spielen konnte.

Ah, und da war ja auch der kleine weiße Junge! Drei rostige Stufen führten zu ihm hinauf. Er trug auf dem Kopf einen Steinkorb, und da hinein legte man eine Opfergabe, wenn man einen Wunsch hatte.

Das ging so vor sich: Man verließ das Haus und überquerte den Rasen, der ein breiter Strom war. Dann band man sein Pferd an der Rosenlaube fest, suchte eine Opfergabe und setzte ernst den Weg zu Fuß fort. Man gab sein Opfergeschenk ab, sagte den Wunsch, machte einen tiefen Knicks und zog sich wieder zurück. Der Wunsch würde erfüllt werden. Allerdings hatte man nur einen

Wunsch in der Woche frei. Celia hatte immer den gleichen Wunsch, der ihr noch von Nannie eingegeben worden war – den, gut zu sein.

Nannie hatte ihr immer erklärt, es sei nicht recht, Dinge zu wünschen. Der Herr werde einem schon schicken, was man brauche, und da der liebe Gott via Granny, Mami und Daddy sehr großzügig zu ihr gewesen war, behielt Celia ihren frommen Wunsch bei.

Jetzt dachte sie: «Ich muss ihm unbedingt ein Opfer bringen. Ich muss, ich muss, ich muss!» Und zwar auf die altbewährte Weise – auf dem Pferd über den Fluss des Rasens, das Pferd an der Rosenlaube festbinden, dann den Weg hinauf und die Opfergaben hinlegen – zwei schon etwas welke Löwenzahnblüten. Die kamen in den Korb. Dann konnte sie den Wunsch aussprechen …

Doch Celia musste an Nannie denken und verkniff sich ihren frommen Wunsch, den sie so lange gehegt hatte.

«Ich möchte immer glücklich sein», wünschte sich Celia.

Und dann der Küchengarten. Ach, da war ja Rumbolt, der Gärtner. Er sah verärgert aus und blickte finster drein wie immer.

«Hallo, Rumbolt, ich bin wieder da!»

«Das sehe ich, Missie! Aber tritt nicht auf die Salatpflanzen, die hab ich eben erst gesetzt.»

Celia trat von einem Fuß auf den anderen.

«Kann ich Stachelbeeren essen, Rumbolt?»

«Aus. Es gab in diesem Jahr nicht viel. Ein paar Himbeeren könnten noch da sein …»

Celia tanzte glücklich davon.

«Aber iss nicht alle auf, ich möcht auch noch eine Schüssel voll als Nachtisch!», rief der Gärtner nach.

Ein ‹paar› Himbeeren! Es waren Hunderte. Celia stopfte in sich hinein, was Platz hatte.

Als sie nicht mehr konnte, besuchte sie ihr Privatversteck an der Mauer. Der Eingang war schwer zu finden, weil er fast ganz zugewachsen war.

Dann war die Küche mit Rouncy an der Reihe. Rouncy sah

noch sauberer und größer und dicker aus als sonst, und noch immer kaute sie ununterbrochen. Und dazu lachte sie kehlig.

«Du meine Güte, Miss Celia, bist du aber ein großes Mädchen geworden!»

«Was isst du da, Rouncy?»

«Ich hab gerade ein paar Kekse für den Tee gemacht.»

«Bitte, gib mir auch einen, Rouncy!»

«Dann isst du wieder nichts zum Tee.»

Aber das war nur ein Pro-forma-Protest, denn sie machte das Backrohr auf und holte das Blech mit den heißen Keksen heraus.

«Vorsichtig, die sind heiß!», warnte Rouncy.

Ah, und wie schön waren die halbdunklen Korridore, und vom Dielenfenster im Oberstock schaute man in die grüne Krone der Buche.

Ihre Mutter kam aus dem Schlafzimmer und sah Celia oben an der Treppe stehen, die Hände fest auf ihren Leib gedrückt.

«Was ist denn, mein Schätzchen? Warum hältst du dir das Bäuchlein?»

«Ach, Mami, die Buche ist so schön, so schön!» «Ich glaube, du fühlst alles mit dem Bauch, Celia.» »Es tut nicht richtig weh, Mami, es ist ein angenehmer Schmerz.»

«Dann bist du also froh, wieder zu Hause zu sein, mein Lämmchen?»

«O Mami!»

3

«Rumbolt ist düsterer denn je», stellte Vater beim Frühstück fest.

«Ich hasse es, diesen Mann hier bei uns zu haben», rief Miriam. «Hätten wir ihn nur nicht eingestellt…»

«Aber er ist ein erstklassiger Gärtner. Der beste Gärtner, den wir je hatten. Denk nur an die Pfirsiche vom letzten Jahr.»

«Ja, das weiß ich. Aber ich wollte ihn nie.»

So heftig hatte Celia ihre Mutter noch nie erlebt. Ihr Vater sah sie so nachsichtig an, wie er sie, Celia, manchmal musterte.

«Nun, ich habe dir ja nachgegeben», meinte er gut gelaunt. «Ich habe ihn damals trotz seiner guten Zeugnisse abgewiesen und stattdessen diesen Faulpelz Spinaker eingestellt.»

«Es kommt mir alles sonderbar vor», sagte Miriam. «Er war mir so unsympathisch. Dann haben wir das Haus vermietet, als wir nach Pau gefahren sind, und Mr. Rogers schrieb uns, Spinaker habe gekündigt und er wolle einen anderen Gärtner einstellen, der ausgezeichnete Zeugnisse habe. Als wir dann wieder nach Hause kamen, fanden wir doch noch diesen Rumbolt vor.»

«Miriam, ich weiß wirklich nicht, warum du ihn nicht leiden kannst. Er ist zwar ein trauriger Typ, aber trotzdem ein anständiger Mensch.»

Miriam schüttelte sich.

«Ich weiß es auch nicht. *Irgendetwas* ist es ...»

Sie starrte vor sich hin.

Das Stubenmädchen kam herein. «Bitte, Sir, Mrs. Rumbolt möchte Sie gern sprechen. Sie wartet an der Haustür.»

«Was sie wohl will? Ich gehe besser mal nachsehen.» Daddy stand auf, legte seine Serviette weg und ging hinaus. Celia starrte ihre Mutter an. Mami sah so komisch aus – als hätte sie schreckliche Angst.

Wenig später kam der Vater zurück.

«Rumbolt scheint vergangene Nacht nicht zu Hause gewesen zu sein. Merkwürdig. Sie scheinen in letzter Zeit öfter Krach gehabt zu haben ... Ist Rumbolt eigentlich da?», wandte er sich an das Stubenmädchen.

«Ich habe ihn nicht gesehen, Sir, aber ich frage Mrs. Rouncewell.»

Der Vater ging wieder und kam nach etwa fünf Minuten zurück. Als er die Tür aufmachte und eintrat, stieß Miriam einen Schreckensschrei aus. Auch Celia erschrak zu Tode.

Daddy sah so seltsam aus, so äußerst seltsam – wie ein alter Mann. Er schien Schwierigkeiten zu haben, Atem zu holen.

«Was ist, John, was ist?» Miriam war aufgesprungen und rannte zu ihm. «Du musst einen schrecklichen Schock ... Setz dich doch ...»

Ihr Vater verfärbte sich merkwürdig blau. Nur unter größter Anstrengung stieß er die Worte hervor.

«Im Stall aufgehängt... Ich habe ihn... abgeschnitten... Muss es vergangene Nacht getan haben...»

«Das muss ein schrecklicher Schock für dich gewesen sein – das tut dir gar nicht gut.» Ihre Mutter sprang auf und holte den Brandy vom Buffet.

Dabei rief sie:

«Ich habe es gewusst! Ich wusste, dass da irgendwas nicht stimmt!»

Sie kniete sich neben ihren Mann hin und hielt ihm das Glas mit Brandy an die Lippen. Ihr Blick fiel auf Celia.

«Kindchen, lauf zu Jeanne hinauf. Du brauchst keine Angst zu haben. Daddy fühlt sich nicht ganz wohl...» Sie flüsterte ihrem Mann zu: «Sie soll das nicht hören. Es wäre ein Schock fürs ganze Leben für sie.»

Celia verließ verstört den Raum. Oben an der Treppe standen Doris und Susan und wisperten miteinander.

«Hat es die ganze Zeit mit ihr getrieben, und seine Frau hat davon Wind gekriegt. Na, die stillsten Wasser sind immer am tiefsten.»

«Hast du ihn gesehen? Hing ihm die Zunge heraus?»

«Nein. Der Herr hat verboten, dass irgendjemand hingeht. Wenn ich nur ein Stückchen von dem Strick kriegen könnte. Es heißt doch, ein Strick, an dem sich einer aufgehängt hat, bringt Glück.»

«Der Herr hat einen ordentlichen Schock, mit seinem schwachen Herzen und so.»

«Was ist denn eigentlich passiert?», wollte Celia wissen.

«Der Gärtner hat sich im Stall aufgehängt», antwortete Susan genüsslich.

«Ach so!» Celia schien nicht sehr beeindruckt zu sein. «Warum willst du denn ein Stück Strick haben?»

«Ein Stück Strick, an dem sich einer aufgehängt hat, bringt Glück», erklärte man ihr.

«Ach so», sagte Celia wieder.

Sie akzeptierte Rumbolts Tod als Tatsache, wie sie jeden Tag passieren konnte. Besonders gern hatte sie ihn nie gehabt. Er war nie besonders nett zu ihr gewesen.

Abends, als ihre Mutter die Decken um sie feststopfte, sagte Celia: «Mami, kann ich ein Stückchen von dem Strick haben, an dem sich Rumbolt aufgehängt hat?»

«Wer hat dir das von Rumbolt gesagt? Ich hatte es doch ausdrücklich verboten!»

Celia riss die Augen auf. «Susan hat mir's gesagt. Kann ich ein Stück von dem Strick haben? Das bringt Glück, sagt Susan.»

Plötzlich, und für Celia ganz überraschend, lachte Mami schallend.

«Warum lachst du, Mami?», fragte Celia misstrauisch.

«Weil es schon so lange her ist, dass ich neun Jahre alt war. Ich hatte ganz vergessen, wie man sich da fühlt.»

Ehe Celia einschlief, fiel ihr ein, dass Susan einmal an der See war und dort um ein Haar ertrunken wäre. Die anderen Dienstboten hatten darüber gelacht und gesagt: «Du ertrinkst nicht, Susan, du bist zum Hängen geboren.»

Zwischen Ertrinken und Hängen musste es also einen Zusammenhang geben, überlegte sie im Halbschlaf. Ich möchte viel lieber ertrinken.

Am nächsten Tag schrieb Celia folgenden Brief:

Allerliebste Granny, vielen Dank, dass du mir das rosa Märchenbuch geschickt hast. Goldie geht es gut. Er schickt dir Küsschen. Grüße bitte Sarah und Mary und Kate und die arme Miss Bennett von mir. In meinem Garten blüht gerade ein Islandmohn auf. Gestern hat sich der Gärtner im Stall erhängt. Daddy ist im Bett, aber nicht sehr krank, sagt Mami. Rouncy lässt mich auch immer Zöpfe backen.

Viele, viele, ganz viele Grüße und Küsse von

Celia.

4

Celias Vater starb, als sie zehn Jahre alt war. Er starb im Haus seiner Mutter in Wimbledon. Er war ein paar Monate bettlägerig und es waren zwei Krankenschwestern im Haus gewesen. Celia hatte sich an das Kranksein des Vaters gewöhnt. Ihre Mutter sprach immer davon, was sie tun würde, sobald es Daddy besser ginge. Nie hätte sie es für möglich gehalten, dass Daddy *sterben* könne. Sie war eben die Treppe hinaufgegangen, als die Tür zum Krankenzimmer aufging und ihre Mutter herauskam. So hatte sie Mami noch niemals gesehen...

Später dachte sie: wie ein vom Wind getriebenes Blatt. Ihre Mutter stöhnte laut und warf die Arme hoch. Sie stieß die Tür zu ihrem Zimmer auf und verschwand darin. Eine der Krankenschwestern folgte ihr bis zum Treppenabsatz. Celia stand mit offenem Munde da.

«Was ist mit Mami passiert?», fragte sie.

«Scht, Liebes. Dein Vater ist jetzt im Himmel.»

«Daddy? Daddy tot und im Himmel?»

«Du musst jetzt ein sehr liebes, gutes Mädchen sein und deine Mutter trösten.»

Die Schwester verschwand in Miriams Zimmer.

Celia ging in den Garten. Sie war wie betäubt. Es dauerte sehr lange, bis sie begriff: Daddy war tot.

Die ganze Welt um sie herum fiel in Trümmer.

Und doch sah alles so wie sonst aus. Es war fast so wie beim Pistolenmann. Alles war ganz richtig, und dann war plötzlich *er* da... Sie betrachtete den Garten. Der Baum, die Wege – alles sah noch ganz genauso aus und doch auch irgendwie anders. Dinge konnten sich verändern – Dinge konnten geschehen...

War Daddy jetzt im Himmel? War er glücklich?

Ach, Daddy... Sie brach in Tränen aus.

Sie kehrte ins Haus zurück, zu Granny, die im Esszimmer saß. Die Jalousien waren alle herabgezogen. Sie schrieb Briefe. Hin und wieder lief ihr eine Träne über die Wange, die sie mit einem Taschentuch wegwischte.

«Mein armes, kleines Mädchen, du darfst nicht allzu traurig sein», sagte sie, als sie Celia sah. «Es ist Gottes Wille.»

Sie mochte es nicht, dass die Jalousien unten waren, das machte das Haus dunkel und fremd, als habe es sich auch verändert.

«Das ist, weil wir Trauer haben», erklärte ihr Granny.

Sie kramte ein Stück Lakritze aus ihrer Tasche. Sie wusste, dass Celia das mochte.

Celia nahm es und bedankte sich. Doch sie aß es nicht. Sie befürchtete, sie würde es nicht hinunterbringen.

Sie hielt es einfach in der Hand und sah Granny zu.

Granny schrieb – und schrieb – einen Brief nach dem anderen, auf Trauerbriefpapier mit schwarzem Rand.

5

Zwei Tage lang war Celias Mutter sehr krank. Die Krankenschwester in gestärkter Schwesterntracht murmelte zu Granny gewandt: «Die lange Anspannung – sie will es einfach nicht wahrhaben – hat den Schock noch nicht verwunden – man muss sie unbedingt herausreißen.»

Celia durfte zu Mami hinein.

Der Raum war verdunkelt. Ihre Mutter lag auf der Seite, das braune Haar mit den grauen Strähnen wirr auf dem Kopfkissen. Ihre Augen glänzten unnatürlich, und sie schaute auf etwas, das hinter Celia sein musste.

«Hier ist Ihr liebes kleines Mädchen», sagte die Krankenschwester mit ihrer hohen irritierenden Stimme, die besagte: *Ich weiß am allerbesten, was Ihnen gut tut.*

Da lächelte Mami Celia zu, doch es war kein richtiges Lächeln, sondern eines, das befürchten ließ, dass sie Celia gar nicht wahrnahm. Granny und die Schwester hatten vorher mit Celia gesprochen.

Celia sagte mit prüder Kleinmädchenstimme: «Mami, liebe Mami, Daddy ist glücklich, er ist im Himmel. Du würdest ihn doch nicht zurückholen wollen?»

«O doch, das würde ich, wenn ich könnte. Ich würde immer

und immer wieder nach ihm rufen, bis er käme, Tag und Nacht. O John, komm doch zurück zu mir!»

Sie richtete sich auf und stützte sich auf einen Ellenbogen. Ihr Gesicht war wild und schön und sehr fremd.

Die Schwester brachte Celia aus dem Zimmer, doch sie hörte sie noch sagen: «Sie müssen für Ihre Kinder da sein, vergessen Sie das nicht.»

«Ja», antwortete Mami mit ganz fremder Stimme. «Ja, ich muss für meine Kinder da sein. Ich weiß es. Sie brauchen mir das nicht zu sagen. Ich weiß es.»

Celia ging in den Salon hinunter. An einer Wand hingen zwei Farbdrucke. Sie hießen «Die verzweifelte Mutter» und «Der glückliche Vater». Von Letzterem hielt Celia nicht viel. Die steife Person auf dem Druck entsprach nicht im Entferntesten dem Bild, das sich Celia von einem Vater machte – glücklich oder nicht. Aber die verzweifelte Frau mit dem fliegenden Haar, die ihre Kinder an sich drückte – genauso hatte Mami ausgesehen. Die verzweifelte Mutter. Celia nickte zustimmend. Seltsamerweise empfand sie dabei eine leise Befriedigung.

6

Und nun geschah ziemlich viel nacheinander. Einiges davon war ziemlich aufregend; Granny ging mit ihr zum Einkaufen, weil Celia schwarze Kleider brauchte.

Die gefielen Celia sehr. Sie war in Trauer und kam sich ungeheuer wichtig und erwachsen vor. Sie stellte sich vor, wie die Leute auf der Straße zueinander sagten: «Schau mal, das Kind, ganz in Schwarz. Es hat seinen Vater verloren. Wie traurig. Armes Kind!» Und Celia würde traurig den Kopf hängen lassen. Sie schämte sich ein wenig deshalb, aber sie kam sich interessant vor, so romantisch.

Cyril kam nach Hause, sehr erwachsen geworden. Aber manchmal kippte seine Stimme um, und dann wurde er rot. Er schien sich unbehaglich zu fühlen. Manchmal hatte er Tränen in den Augen, wurde aber furchtbar wütend, wenn es jemand merkte. Er erwischte seine kleine Schwester, wie sie sich selbstgefällig im Spiegel in ihren schwarzen Kleidern betrachtete, und zeigte ihr offen seine Verachtung.

«Was hast du im Kopf? Immer nur neue Kleider?», fuhr er sie an. «Ich glaube, du bist noch viel zu klein, um zu verstehen, was passiert ist.»

Celia weinte und fand ihn sehr unfreundlich.

Cyril ging seiner Mutter aus dem Weg. Mit Granny kam er besser zurecht. Granny gegenüber spielte er sich als Familienoberhaupt auf und Granny bestärkte ihn darin. Sie beriet sich mit ihm über die Briefe, die sie schrieb, und fragte ihn bei jeder Kleinigkeit nach seiner Meinung.

Zur Beerdigung durfte Celia nicht mitkommen. Das hielt sie für unfair. Auch Granny ging nicht, nur Cyril begleitete seine Mutter.

Am Morgen der Beerdigung kam sie zum ersten Mal herunter. In ihrer Witwenhaube erschien sie Celia ganz fremd. Sie wirkte so lieb und so klein und zerbrechlich und machte einen ganz *hilflosen* Eindruck.

Cyril gebärdete sich männlich und spielte sich als Beschützer auf.

«Ich habe hier ein paar weiße Nelken, Miriam. Ich dachte, du würdest sie vielleicht gerne auf den Sarg werfen, wenn man ihn hinablässt», sagte Granny.

«Nein», antwortete Miriam leise und schüttelte den Kopf. «Ich werde nichts dergleichen tun.»

Nach der Beerdigung wurden die Jalousien wieder hochgezogen, und das Leben ging weiter.

7

Manchmal überlegte sich Celia, ob Granny ihre Mami wirklich gern hatte – und umgekehrt. Sie wusste nicht, was sie auf diese Idee gebracht hatte.

Sie fühlte sich Mamis wegen sehr unglücklich. Sie schlich lautlos durch die Räume und sagte kaum ein Wort.

Granny bekam viele Briefe, die sie in aller Ruhe las. Dann sagte sie zum Beispiel:

«Miriam, ich glaube, das sollte ich dir vorlesen. Es wird dich freuen. Mr. Pike spricht so nett und einfühlsam von John.»

Doch Celias Mutter zuckte nur zusammen und bat mit matter Stimme:

«Bitte nicht. Nicht jetzt.»

Granny zog die Augenbrauen hoch, faltete den Brief zusammen und meinte trocken:

«Wie du meinst.»

Doch wenn am nächsten Tag die Post kam, wiederholte sich die Szene.

«Mr. Clark ist wirklich ein liebenswürdiger Mensch», sagte sie dann vielleicht und schniefte ein wenig. «Miriam, du musst dir das einfach anhören. Es wird dir helfen. Er spricht so wunderschön davon, dass unsere lieben Toten immer bei uns sind.»

«Hör auf damit, hör auf!»

Dieser plötzliche Aufschrei ließ Celia ahnen, wie es in ihrer Mutter aussah. Sie wollte nur in Ruhe gelassen werden.

Einmal kam ein Brief mit einer ausländischen Marke für Mami. Sie öffnete ihn, setzte sich hin und las ihn. Es waren vier eng beschriebene Blätter. Granny beobachtete Miriam.

«Ist er von Louise?», fragte sie.

«Ja.»

Schweigen. Granny betrachtete den Brief gierig.

«Was schreibt sie?», fragte sie schließlich.

Miriam faltete den Brief zusammen.

«Ich glaube, das ist nur für mich bestimmt. Louise ... versteht mich», sagte sie leise.

Da hob Granny erstaunt die Brauen.

Ein paar Tage später verreiste Celias Mutter mit Cousine Lottie, und Celia blieb für einen Monat bei Granny.

Als Miriam zurückkam, fuhr auch Celia nach Hause.

Ein neues Leben begann; Celia und ihre Mutter waren allein in dem großen Haus mit dem riesigen Garten.

V

MUTTER UND TOCHTER

1

Die Mutter erklärte Celia, dass von jetzt an vieles ganz anders werde. Solange Daddy gelebt hatte, waren sie der Meinung gewesen, sie seien ziemlich wohlhabend; aber jetzt hatten die Anwälte herausgefunden, dass nur wenig Geld da war.

«Wir müssen ganz bescheiden leben. Eigentlich sollte ich dieses große Haus hier verkaufen und irgendwo anders ein Häuschen auf dem Lande kaufen oder mieten.»

«O nein, Mami, nein!»

Miriam lächelte. «Liebst du das Haus so sehr?», fragte sie.

«Ja, Mami, ja.» Das Haus verkaufen? Für Celia war es unausdenkbar. Sie könnte es nicht ertragen.

«Cyril sagt das auch. Klug ist es allerdings nicht... Wir müssen sehr, sehr sparsam sein...»

«Bitte, bitte, Mami!»

«Na schön, mein Liebling. Schließlich ist es ein glückliches Haus.»

Ja, es war wirklich ein glückliches Haus. Wenn Celia nach langen Jahren auf jene Zeit zurückschaute, konnte sie das uneingeschränkt bestätigen. Und es hatte sehr viel Atmosphäre. Ein glückliches Heim, in dem man glückliche Jahre verbracht hatte.

Natürlich gab es einige Veränderungen. Jeanne kehrte nach Frankreich zurück; ein Gärtner kam nur zweimal wöchentlich, um den Garten so gerade in Ordnung zu halten; Susan und das Stubenmädchen gingen, aber Roucy blieb. Sie war nicht sentimental, aber entschlossen.

«Du wirst viel mehr arbeiten müssen», erklärte ihr Celias Mutter. «Und ich kann nur noch ein Hausmädchen dazu halten, aber niemanden, der die Schuhe und das Silber putzt.»

«Das ist mir schon recht, Ma'am. Ich will nicht wechseln. Mir gefällt die Küche hier, und ich bin an sie gewöhnt.» Also keine großen Sprüche von Loyalität oder Zuneigung. So etwas hätte Rouncy nur verlegen gemacht.

Rouncy blieb also bei geringerem Lohn, und Celia wurde sich später darüber klar, dass dies für Miriam eine viel größere Belastung war, als wenn sie gegangen wäre. Rouncy hatte nämlich eine elitäre Ausbildung genossen, die ‹hohe Schule der Kochkunst› gelernt. Ihre Rezepte begannen immer mit: ‹Man nehme einen halben Liter Sahne und ein Dutzend frische Eier.› Für Rouncy war es undenkbar, einfach und wirtschaftlich zu kochen und bei den Geschäftsleuten nur kleine Mengen zu bestellen. Sie buk immer noch ganze Berge von Plätzchen für das Küchenpersonal und warf ganze Brotlaibe, die verschimmelten, in den Schweineeimer. Es machte sie stolz, in den Geschäften große Mengen guter Dinge bestellen zu können. Das warf ein gutes Licht auf den noblen Haushalt, in dem sie arbeitete. Sie litt sehr darunter, als ihr Miriam diese Aufgabe aus der Hand nahm.

Eine ältliche Frau namens Gregg übernahm die Pflichten eines Hausmädchens. Sie war früher Stubenmädchen bei der jung verheirateten Miriam gewesen. Sie hatte sofort ihre Stelle gekündigt, als sie deren Inserat in der Zeitung fand. «Und da bin ich nun», erklärte sie einfach. «So zufrieden wie bei Ihnen war ich nirgendwo.»

«Es wird aber ganz anders sein als früher», warnte Miriam sie.

Aber Gregg war wild entschlossen, für Miriam zu arbeiten. Sie war ein erstklassiges Stubenmädchen, doch diese Fähigkeiten waren nicht gefragt. Einladungen zum Abendessen gab es nicht mehr. Als Hausmädchen war sie gegen Spinnweben ziemlich gleichgültig, und Staub ließ sie kalt.

Manchmal erzählte sie Celia von den glorreichen alten Zeiten.

«Dein Pa und deine Ma hatten oft vierundzwanzig Gäste zum Abendessen eingeladen. Da gab es dann zwei verschiedene Suppen, zwei Fischgänge, vier Hauptgänge, ein so genanntes Sorbet, zwei verschiedene Süßspeisen, Hummersalat und Eisbomben!»

«Ja, das waren Zeiten», murmelte Gregg gedankenverloren, als sie die überbackenen Makkaroni hereinbrachte – Miriams und Celias Abendessen.

Miriam interessierte sich jetzt auch für den Garten. Sie verstand nichts davon, lernte auch nie etwas darüber. Sie probierte einfach nur herum, doch die Versuche waren ganz ungerechtfertigterweise immer von Erfolg gekrönt. Sie pflanzte Blumen und Blumenzwiebeln zur falschen Jahreszeit viel zu tief oder nicht tief genug und verstreute Samen nach Gutdünken. Doch alles, was sie in die Hand nahm, wucherte und blühte, dass es eine Pracht war.

«Deine Ma hat wirklich eine glückliche Hand», gab der alte Ash mit finsterer Miene zu.

Der alte Ash war der Gärtner, der zweimal in der Woche kam. Er verstand wirklich viel vom Gartenbau, hatte aber keine glückliche Hand. Was er auch anpflanzte, ging gleich wieder ein. Auch beim Beschneiden hatte er kein Glück, und vieles fiel dem ‹frühen Frost› zum Opfer. Er überschüttete Miriam mit Ratschlägen, die diese nie beherzigte.

Er setzte es sich allen Ernstes in den Kopf, den Rasen am Hang umzugraben, um ein paar schöne Beete anzulegen. Es bekümmerte ihn, dass Miriam es entrüstet ablehnte. Als sie ihm zu verstehen gab, dass ihr gerade diese unzerstörte Rasenfläche so gefiel, wandte er ein: «Aber mit Beeten würde der Garten herrschaftlicher wirken. Das werden Sie wohl nicht bestreiten.»

Celia und Miriam zogen Blumen für den Hausgebrauch, wetteiferten miteinander. Sie stellten große Sträuße aus weißen Blumen – Jasmin, herrlich duftendem Flieder, weißem Phlox – und anderen Zweigen zusammen. Miriam schwärmte für exotische kleine Sträuße, Kirschblüten und rosa Rosen.

Der Duft altmodischer rosa Rosen erinnerte Celia ihr Leben lang an ihre Mutter.

Ein wenig eifersüchtig war Celia, dass ihre eigenen herrlichen Blumengebinde nie an die ihrer Mutter heranreichten, soviel Mühe sie sich auch gab. Miriam steckte ein paar Blumen zusammen – schon war ein herrlicher Strauß fertig. Ihre Arrangements waren originell und sprengten den Rahmen des Herkömmlichen.

Der Unterricht erfolgte ziemlich sporadisch. Rechnen, erklärte ihr Miriam, müsse Celia selbst, weil sie darin nicht gut sei. Celia arbeitete gewissenhaft das kleine braune Buch durch, das sie mit ihrem Vater angefangen hatte.

Nur manchmal kam sie mit den Rechnungen nicht voran, in denen zu viele Schafe und Männer vorkamen. Die ließ sie dann einfach aus.

Miriam hatte ganz bestimmte Theorien bezüglich Bildung; sie war eine ausgezeichnete Lehrerin, die gut erklärte und jedes Thema interessant machte.

Sie hatte eine Leidenschaft für Geschichte, und unter ihrer Führung wurde Celia von einem Ereignis der Weltgeschichte zum nächsten mitgerissen. Die englische Geschichte langweilte Miriam, aber die großen Herrscher – Kaiser Karl V., Peter der Große, Franz I. von Frankreich – wurden für Celia zu richtigen, lebendigen Menschen. Sie bewunderte den Glanz des alten Roms, erlebte den Untergang Karthagos und sah Russland, das sich unter Peter dem Großen aus der Barbarei erhob.

Celia ließ sich gerne vorlesen, und Miriam wählte immer Bücher aus, die in der Zeit spielten, die sie im Geschichtsunterricht gerade durchnahmen. Doch sie ließ beim Vorlesen rigoros ganze Passagen aus. Sie hatte keine Geduld für langatmige Beschreibungen.

Geographie war mit der Geschichte eng verbunden, und so lernte Celia beide Fächer gleichzeitig. Unterricht in anderen Fächern bekam sie nicht, außer dass Miriam sich bemühte, Celias Rechtschreibung zu verbessern. Für ein Kind ihres Alters war sie schlechthin grauenhaft.

Eine Deutsche wurde engagiert, die Celia Klavierunterricht erteilte. Sie übte fleißig und voll Begeisterung und liebte die Musikstunden sehr.

Margaret McCrae wohnte nicht mehr in der Nähe, doch die Maitlands kamen einmal in der Woche zum Tee. Ellie war älter als Celia, Janet jünger. Sie spielten zusammen und erfanden viele neue Spiele.

Dann waren da noch die kleinen Pines, jünger als Celia, dick und mit Stimmen, die Nasenpolypen ahnen ließen. Dorothy und

Mable. Ihr einziges Interesse galt dem Essen. Sie aßen immer zu viel, weshalb ihnen fast immer übel war, ehe sie gingen. Manchmal aß Celia bei ihnen zu Mittag. Mr. Pine war ein beleibter rotgesichtiger Mann, seine Frau groß und eckig mit einem auffallenden schwarzen Pony. Beide waren liebenswürdig und legten ebenfalls den allergrößten Wert aufs Essen.

«Percival, dieses Lamm ist köstlich, wirklich köstlich.»

«Vielleicht esse ich noch ein wenig, meine Liebe. Dorothy, ein bisschen mehr?»

«Und du, Mabel?»

«Nein danke, Papa.»

«Nanu, was soll das denn heißen? Das Lammfleisch ist besonders zart.»

«Meine Liebe, wir sollten uns Giles gegenüber lobend äußern.» (Giles war der Metzger.)

Weder die Pines noch die Maitlands beeinflussten Celias Leben nachhaltig. Die Spiele, die sie allein spielte, waren viel wichtiger und vor allem wirklicher.

Als ihr Klavierspiel Fortschritte machte, verbrachte sie Stunden im Musikzimmer, suchte alte verstaubte Noten heraus von alten Liedern, die sie dann mit ihrer klaren, reinen Stimme sang. Sie war recht stolz auf ihre Stimme.

Als sie klein war, hatte sie immer erklärt, sie wolle einmal einen Herzog heiraten, doch Nannie hatte gesagt, dann müsse sie viel schneller essen, weil ihr sonst immer der Butler den Teller wegnehme, ehe sie satt sei.

«Wirklich?»

«Ja, in den großen Herrenhäusern macht der Butler die Runde und nimmt allen die Teller weg – ganz gleich, ob sie fertig sind oder nicht.»

Von da an schaufelte Celia ihr Essen nur so in sich hinein, um für das Leben an der Seite eines Herzogs gerüstet zu sein.

Doch jetzt stellte sie ihr Vorhaben zum ersten Mal in Frage. Vielleicht würde sie doch keinen Herzog heiraten und lieber Primadonna werden – so eine wie die Melba.

Celia verbrachte viel Zeit allein. Obwohl die Maitlands und die

Pines öfter zum Tee kamen, waren sie für Celia nie so real wie ‹die Mädchen›; Celia wusste genau, wie sie aussahen, was sie trugen, fühlten und dachten.

Ethelred Smith war groß, sehr dunkel und ungemein klug. Was sie tat, machte sie ausgezeichnet. Sie hatte auch eine ausgeprägte Figur und trug gestreifte Blusen. Ethel war all das, was Celia nicht war, was sie jedoch gerne gewesen wäre.

Annie Brown war Ethels beste Freundin, blond und schwächlich und sehr zart. Ethel half ihr bei den Aufgaben, und Annie bewunderte sie und sah zu ihr auf.

Isabella Sullivan hatte rotes Haar und braune Augen und war sehr schön, sehr reich, sehr stolz und ebenso unausstehlich. Sie dachte immer, sie würde Ethel beim Krocketspiel besiegen, doch Celia sorgte schon dafür, dass es nicht dazu kam. Manchmal kam sie sich allerdings ziemlich gemein vor, wenn sie Isabella absichtlich Bälle verfehlen ließ. Ihre Cousine hieß Elsie Green, ein armes Ding; sie hatte dunkle Locken, blaue Augen und war immer fröhlich.

Ella Graves und Sue de Vete waren erst sieben. Ella war ernsthaft und betriebsam, hatte dichtes braunes Haar und ein Allerweltsgesicht. Sie bekam Preise im Rechnen, weil sie so fleißig war. Sie war sehr fair, und Celia wusste eigentlich nie so richtig, wie sie aussah. Ihr Charakter wechselte immer wieder. Vera de Vete, Sues Halbschwester, war vierzehn, ungeheuer romantisch, strohblond und hatte vergissmeinnichtblaue Augen. Ihre Vergangenheit lag im Dunkeln. Nur Celia wusste, dass sie bei der Geburt vertauscht worden war; in Wirklichkeit war Lady Vera die Tochter eines der vornehmsten Männer im Land. Ein neues Mädchen war Lena, und eines von Celias Lieblingsspielen war Lenas Ankunft in der Schule.

Miriam wusste von all diesen Mädchen, stellte jedoch niemals Fragen. Celia war sehr froh darüber. An regnerischen Tagen gaben «die Mädchen» ein Konzert im Schulzimmer. Verschiedene Stücke wurden ihnen zugeteilt. Celia ärgerte sich fürchterlich, wenn sie sich bei Ethels Stück verhedderte, das sie unbedingt gut spielen wollte. Isabellas Stück spielte sie dagegen fehlerfrei, obwohl sie ihr immer das schwerste aufgab. «Die Mädchen» spielten auch Cribbage gegeneinander. Celia konstatierte verstimmt, dass Isabella auch hierbei unbedingt das meiste Glück hatte.

Wenn Celia bei Granny war, durfte sie mit ihr in eine Musikkomödie gehen. Sie fuhren dann im Wagen zum Bahnhof, mit der Bahn nach Victoria Station und von da aus zum Mittagessen in die Army und Navy Stores. Granny kaufte Riesenmengen Lebensmittel bei einem alten Mann, der sie dort immer bediente. Zum Abschluss gingen sie zum Essen ins Restaurant hinauf, wo Celia sogar Kaffee bekam – wenig in einer großen Tasse, so dass sie viel Milch dazugießen konnte. Dann gingen sie in die Süßwarenabteilung und erstanden ein halbes Pfund Pralinen. Und dann fuhr man wieder mit einem Wagen ins Theater. Granny genoss die Aufführungen ebenso sehr wie Celia.

Oft kaufte Granny anschließend die Noten der Stücke, die sie gesehen hatten. Damit tat sich für ‹die Mädchen› ein ganz neues Betätigungsfeld auf. Sie erblühten zu großartigen Bühnenstars. Isabella und Vera hatten herrliche Sopranstimmen. Ethel hatte eine wunderschöne Altstimme, und auch Elsie besaß ein hübsches kleines Stimmchen. Annie, Ella und Sue spielten keine wichtige Rolle, doch Sue ging allmählich dazu über, in die Rolle der Soubrette zu schlüpfen. *Das Mädchen vom Lande* war Celias Lieblingsstück. ‹Unter den Zedern› war für sie das schönste Lied, das je geschrieben worden war. Sie sang es, bis sie heiser war. Vera übernahm die Rolle der Prinzessin, damit sie das Lied singen konnte. Isabella bekam die Rolle der Heldin. *The Cingalee* war ein anderes Lieblingsstück, denn es enthielt einen guten Part für Ethel.

Miriam, die oft unter Kopfschmerzen litt und deren Schlafzimmer unter dem Schulzimmer lag, musste Celia schließlich verbieten, länger als drei Stunden nacheinander Klavier zu spielen.

2

Endlich ging Celias Wunsch in Erfüllung – sie bekam ein neues Tanzkleid mit plissiertem Rock und gehörte nun der Klasse für die Großen an.

Jetzt war sie eine der Auserwählten und brauchte nicht mehr mit Dorothy Pine zu tanzen, die nur ein einfaches Kleid trug. Die Mädchen mit den Plisseeröcken tanzten nur miteinander, außer sie waren mal besonders «freundlich». Celia und Janet Maitland bildeten ein Paar, Janet tanzte wundervoll. Der Walzer hätte für sie beide nie aufzuhören brauchen. Da Celia einen halben Kopf größer war als Janet, bekam sie zum Marsch eine andere Partnerin, weil Miss Mackintosh immer auf gleich großen Paaren bestand. Bei der Polka war es üblich, mit den Kleinen zu tanzen. Sechs Mädchen blieben dann zum Einzeltanzen zurück, doch zu ihrem großen Leidwesen blieb Celia immer in der zweiten Reihe. Gegen Janet hatte Celia nichts einzuwenden, denn sie tanzte besser als alle anderen. Aber Daphne tanzte miserabel und machte dauernd Fehler. Celia empfand das immer als sehr ungerecht. Sie kam nie auf die wahre Ursache: dass Miss Mackintosh einfach die kleineren Mädchen vorn und die größeren hinten platziert hatte.

Über die Farbe des Plisseerockes gab es zwischen Celia und Miriam ernste Diskussionen. Schließlich einigten sie sich auf ein flammenfarbenes Material, und beide waren begeistert, weil niemand sonst ein Kleid in dieser Farbe hatte.

Seit dem Tod ihres Mannes ging Miriam äußerst selten aus. Sie lud auch selten Gäste ein. Sie hielt Verbindung nur mit wenigen ausgesuchten, alten Freunden und solchen Leuten, die Kinder in Celias Alter hatten. Es verbitterte sie ein wenig, mit welcher Leichtigkeit viele alte Bekannte sie links liegen ließen. Was Geld doch für Unterschiede machte! All diese Leute, die gar nicht genug Theater um sie und John hatten machen können! Sie wussten kaum mehr, dass man existierte. Es ging Miriam nicht um sich selbst – sie war immer scheu und zurückhaltend gewesen. Sie hatte sich nur John zum Gefallen gesellig gezeigt. Er hatte gern Gäste gehabt und war auch gerne ausgegangen. Er wäre nie darauf gekommen, dass Miriam das widerstreben könnte – so gut hatte sie ihre Rolle gespielt. Sie fühlte sich jetzt zwar erleichtert, doch plagte sie das Gewissen wegen Celia. Wenn das Mädchen größer wurde, musste es unter Leute kommen.

Die Abende waren die glücklichsten Stunden für Mutter und

Tochter. Gegen sieben Uhr nahmen sie ihr Abendessen ein. Danach gingen sie beide ins Schulzimmer, wo Celia sich irgendwie beschäftigte und ihre Mutter ihr vorlas. Davon wurde Miriam schläfrig, und sie murmelte schließlich nur noch undeutlich. Ihre Stimme wurde dann seltsam und undeutlich, bis ihr schließlich der Kopf auf die Brust sank...

«Mami, du schläfst ja gleich ein», mahnte Celia dann.

«Nein, ich bin nicht müde», erklärte Miriam gekränkt. Sie setzte sich aufrecht hin und las klar und deutlich weiter. Aber plötzlich schlug sie das Buch zu und sagte: «Kind, du hast Recht.» Dann schlief sie ein paar Minuten lang. Danach fuhr sie fort zu lesen, frisch und mit neuem Eifer.

Manchmal erzählte sie auch Geschichten aus ihrem früheren Leben, etwa die, wie sie als entfernte Verwandte zu Granny gekommen war. Ihre Mutter war gestorben und es war kein Geld mehr da. Granny hatte ihr angeboten, sie zu adoptieren.

Miriams Reaktion auf diesen sehr liebevollen Vorschlag war kühl, mehr im Ton als in den Worten, wahrscheinlich deshalb, weil sie am Andenken ihrer toten Mutter zu sehr hing und sie damit eine gewisse Einsamkeit überdeckte. Schließlich wurde sie krank, und der Arzt sagte zu Granny: «Dieses Kind hat Kummer.» «Aber nein», hatte Granny im Brustton der Überzeugung widersprochen. «Sie ist ein unbeschwertes fröhliches kleines Ding.» Der Arzt hatte dazu geschwiegen, aber als Granny das Zimmer verlassen hatte, redete der alte Arzt vertraulich mit Miriam, und schließlich hatte sie zugegeben, dass sie jede Nacht lange im Bett weinte.

Granny war ganz erstaunt, als er ihr davon erzählte.

«Sonderbar, davon hat sie mir nie etwas gesagt.»

Danach war es besser mit ihr. Allein das Darüberreden schien den Schmerz gelindert zu haben.

«Und da war ja auch noch dein Daddy.» Wie weich ihre Stimme plötzlich klang. «Er war immer lieb zu mir.»

«Erzähl mir von Daddy.»

«Er war schon erwachsen – achtzehn Jahre alt. Er kam nicht oft nach Hause. Er mochte seinen Stiefvater nicht besonders.»

«Hast du dich sofort in ihn verliebt?»

«Ja, sofort. Ich bin verliebt in ihn groß geworden... Aber ich hätte nicht im Traum daran gedacht, dass er mich auch nur bemerken würde.»

«Wirklich nicht?»

«Nein. Weißt du, er hat sich immer nur mit klugen erwachsenen Mädchen abgegeben. Er verstand sich auf Frauen – und er galt als gute Partie. Ich habe immer fest damit gerechnet, dass er eine andere heiratet. Wenn er kam, war er immer furchtbar lieb zu mir. Er brachte mir Blumen, Süßigkeiten und auch mal eine Brosche mit. Aber ich war für ihn ‹die kleine Miriam›. Ich glaube, es gefiel ihm, dass ich ihm so treu ergeben war. Einmal hat er mir erzählt, dass eine alte Dame, die Mutter eines seiner Freunde, zu ihm gesagt hat: ‹John, du heiratest sicher einmal deine kleine Cousine.› Er hatte lachend erwidert: ‹Miriam? Aber sie ist doch noch ein Kind.› Zu der Zeit war er gerade in ein sehr hübsches Mädchen verliebt. Aber aus irgendeinem Grunde ist dann nichts daraus geworden. Er hat nur mich gebeten, seine Frau zu werden. Ich weiß noch, dass ich immer dachte, wenn er einmal heiratet, werde ich einfach auf dem Sofa liegen und vor Kummer sterben und niemand würde wissen, was eigentlich mit mir los ist! Ich würde einfach immer schwächer werden und dann schließlich sterben. Als ich noch ein junges Mädchen war, spukte so etwas in den Köpfen herum. Ich würde sterben und eines Tages würden sie ein Päckchen mit seinen Briefen finden, darin gepresste Vergissmeinnicht, alles mit einem blauen Band umwunden. Dann wüssten sie Bescheid. Das klingt natürlich furchtbar albern, aber diese Fantastereien haben mir geholfen...»

«Ich erinnere mich genau», erzählte die Mutter, «wie er einmal sagte: ‹Welch hübsche Augen das Kind doch hat.› Ich hielt mich immer für sehr unscheinbar und war natürlich sehr erstaunt. Also kletterte ich auf einen Stuhl und musterte mich im Spiegel. Schließlich dachte ich, dass ich tatsächlich hübsche Augen hatte...»

«Wann hat Daddy dich gebeten, ihn zu heiraten?»

«Ich war zweiundzwanzig. Er war für ein ganzes Jahr weg gewesen; ich hatte ihm eine Weihnachtskarte geschickt mit einem

Gedicht, das ich für ihn verfasst hatte. Dieses Gedicht trug er stets in seiner Brieftasche. Es war noch dort, als er starb…

Ich kann dir nicht sagen, wie überrascht ich war, als er mich fragte, ob ich ihn heiraten wollte. Ich sagte nein.»

«Warum, Mami?»

«Ach, das ist schwer zu erklären. Ich hielt mich für sehr unscheinbar und uninteressant, weil ich nicht groß und schön war. Ich dachte, er wäre nach der Heirat vielleicht enttäuscht. Ich hatte einen ausgesprochenen Minderwertigkeitskomplex.»

«Und da war doch auch Onkel Tom…», warf Celia ein, die diesen Teil der Geschichte fast so gut kannte wie Miriam.

Ihre Mutter lächelte. «Ja, Onkel Tom. Damals waren wir bei Onkel Tom in Sussex. Er war schon ein alter Mann, sehr klug und sehr gütig. Ich spielte Klavier, und er saß am Kamin. ‹Miriam›, sagte er zu mir, ‹John hat dich doch gebeten, ihn zu heiraten, nicht wahr? Und du hast nein gesagt, obwohl du ihn liebst, Miriam, nicht wahr? Er wird dich noch einmal fragen, ein drittes Mal aber sicher nicht. Er ist ein guter Mann, Miriam, wirf also dein Glück nicht weg.›»

«Und als er dich wieder fragte, sagtest du ja.»

Miriam nickte.

Sie hatte den Sternen-Ausdruck in den Augen, den Celia so gut kannte.

«Und wie seid ihr dann hierher gekommen? Erzähl es mir.»

Auch das hatte Celia schon oft gehört.

Miriam lächelte.

«Wir hatten hier eine Wohnung und zwei kleine Kinder. Deine kleine Schwester Joy, die dann starb, und Cyril. Dein Vater hatte geschäftlich in Indien zu tun, und er konnte uns nicht mitnehmen. Er meinte, die Gegend hier sei sehr hübsch und er würde ein Haus für ein Jahr mieten. Zusammen mit Granny hielt ich dann nach einem geeigneten Haus Umschau.

‹John, ich habe ein Haus gekauft›, sagte ich ihm, als er zum Mittagessen nach Hause kam. ‹*Was?*›, fragte er. ‹Ist schon in Ordnung›, erklärte ihm Granny, ‹es ist eine sehr gute Geldanlage.› Siehst du, Grannys Mann, der Stiefvater deines Vaters, hatte mir nämlich etwas Geld hinterlassen, und das einzige Haus, das mir gefiel, war dieses hier. Es sah so friedlich, so glücklich aus. Die alte Dame, der es gehörte, wollte es aber nicht vermieten, sondern nur verkaufen. Sie war Quäkerin, eine sehr gütige, freundliche Person. Ich sagte zu Granny: ‹Soll ich es von meinem Geld kaufen?›

Granny war nämlich meine Vermögensverwalterin. ‹Ein Haus ist immer eine gute Geldanlage, also kauf es›, redete sie mir zu.

Die alte Quäkerin war reizend. ‹Ich glaube, Sie werden hier sehr glücklich sein, Sie, Ihr Mann und Ihre Kinder.› Das war ein Segen.»

Das sah Miriam ähnlich. Sie traf spontan Entscheidungen.

«Und ich bin hier geboren?»

«Ja.»

«O Mutter, wir dürfen das Haus niemals verkaufen!»

Miriam seufzte.

«Ich weiß nicht, ob es klug ist… Aber du liebst es ebenso wie ich. Vielleicht ist es gut, wenn du immer etwas hast, wohin du zurückkehren kannst…»

3

Cousine Lottie kam für eine Weile zu Besuch. Sie war jetzt verheiratet und hatte ein Haus in London, brauchte aber Luftveränderung. Sie sah nicht gut aus, blieb im Bett, und es war ihr sehr übel.

Sie ließ sich vage über irgendwelches Essen aus, das ihr nicht bekommen war.

Nach ein paar Tagen, als sie immer noch krank war, meinte Celia, nun müsse es ihr aber wieder besser gehen.

Wenn man an einer Magenverstimmung litt, nahm man Rizinusöl ein und blieb im Bett. Am nächsten oder übernächsten Tag ging es einem dann besser.

Miriam sah Celia mit einem merkwürdigen Ausdruck an, mit einem halb lächelnden und halb schuldbewussten Blick.

«Liebling, ich glaube, ich sage es dir lieber. Cousine Lottie bekommt ein Baby und fühlt sich deshalb nicht wohl.»

So erstaunt war Celia noch nie im Leben. Seit dem Streit mit

Marguerite Priestman hatte sie über die Baby-Frage nicht mehr nachgedacht.

Eifrig stellte sie eine Menge Fragen.

«Aber warum wird einem davon schlecht? Wann kommt das Baby? Morgen?»

Ihre Mutter lachte. «Nein, nein. Nicht vor nächsten Herbst.»

Und dann erzählte sie ihr, wie lange ein Baby brauchte, bis es auf die Welt kam, und ein wenig von allem, was dazugehörte. Etwas Erstaunlicheres und Interssanteres hatte Celia noch nie gehört.

«Aber sprich nicht vor Cousine Lottie darüber», bat die Mutter. «Verstehst du, kleine Mädchen sollten von diesen Dingen noch gar nichts wissen.»

Am nächsten Morgen kam Celia ganz aufgeregt zu ihrer Mutter.

«Mami, Mami, ich hab geträumt, Granny wird ein Baby bekommen. Glaubst du, dass sie wirklich eins bekommt? Schreiben wir ihr, um sie zu fragen?»

Sie war erstaunt, dass ihre Mutter schallend lachte.

«Träume gehen in Erfüllung», sagte Celia mit vorwurfsvoller Miene. «Das steht in der Bibel.»

4

Die Aufregung über Cousine Lotties Baby hielt eine Woche vor. Celia hatte immer noch die Hoffnung, das Baby könne sofort kommen und nicht erst im Herbst. Schließlich konnte Mami sich irren. Dann kehrte Cousine Lottie in die Stadt zurück und Celia vergaß es. Im Herbst kam Sarah einmal in den Garten heraus, als sie gerade bei Granny waren, und sagte: «Deine Cousine Lottie hat einen kleinen Jungen bekommen. Ist das nicht reizend?»

Celia rannte sofort ins Haus zu Granny, die ein Telegramm in der Hand hatte und mit Mrs. Mackintosh, einer Freundin, sprach.

«Granny, Granny!», rief Celia. «Hat Cousine Lottie wirklich ein Baby bekommen? Wie groß ist es denn?»

Granny maß die Länge des Babys sehr gewissenhaft an ihrer Stricknadel. Sie strickte nämlich gerade Bettsocken.

«Was, so klein?» Celia konnte es kaum glauben.

«Meine Schwester Jane war so winzig, dass man sie in eine Seifenkiste legte», sagte Granny.

«Warum in eine Seifenkiste, Granny?»

«Weil niemand daran glaubte, dass sie am Leben bleiben würde», sagte Granny genießerisch und flüsterte Mrs. Mackintosh ins Ohr: «Sie war ja ein Fünfmonatskind.»

Celia saß ganz ruhig da und versuchte, sich ein so kleines Baby vorzustellen.

«Was denn für Seife?», wollte sie dann wissen, doch Granny beantwortete die Frage nicht. Sie unterhielt sich leise mit Mrs. Mackintosh.

«Wissen Sie, die Ärzte waren sich bei Charlotte gar nicht einig. Der Frauenarzt war der Meinung, man sollte die Wehen ruhig abwarten. Sie hat sich achtundvierzig Stunden lang gequält. Die Nabelschnur war um den Hals gewickelt…»

Ihre Stimme sank zu einem Flüsterton herab. Als ihr Blick auf Celia fiel, schwieg sie sofort.

Granny hatte eine sonderbare Art, sich auszudrücken. Bei ihr klang alles so aufregend. Sie sah einen auch manchmal so merkwürdig an, als könnte sie einem alles Mögliche erzählen, wenn sie wollte.

5

Als Celia fünfzehn war, wurde sie wieder fromm. Aber dieses mal sah sie die Religion in einem anderen Licht. Sie wurde konfirmiert und hörte den Bischof von London predigen. Von dem Tag an schwärmte sie auf sehr heilige Art für den Bischof, dessen Postkartenbild sie auf den Kaminsims stellte. Sie dachte sich lange und sehr edle Geschichten aus, wie er für die Ärmsten der Armen arbeitete und die Kranken besuchte, und eines Tages bemerkte er sie, und dann heirateten sie. Ab und zu wurde sie auch Nonne, denn sie hatte entdeckt, dass es auch Nonnen gab, die nicht römisch-katholisch waren. Und sie lebte in einem Kloster, wo sie sehr heilig wurde und Visionen hatte.

Nach der Konfirmation las sie eine Menge in verschiedenen

kleinen Büchern und ging jeden Sonntag ganz früh zum Gottesdienst. Es machte sie traurig, dass ihre Mutter nicht mitkommen
wollte. Miriam ging nur zu Pfingsten in die Kirche. Für sie war
Pfingsten das wichtigste Fest der christlichen Kirche.

«Der Heilige Geist Gottes», sagte sie. «Denk daran, Celia. Das
ist das große Wunder und Mysterium und die Schönheit Gottes.
In den Gebetbüchern steht kaum etwas darüber, und auch die
Pfarrer sprechen kaum davon. Sie wagen es nicht, weil sie nicht
sicher sind, was es auf sich hat mit dem Heiligen Geist.»

Miriam huldigte dem Heiligen Geist. Celia war nicht wohl bei
dem Gedanken. Miriam mochte Kirchen nicht besonders. Sie
fand, dass der Heilige Geist in einigen eher zu finden war als in
anderen. Ihrer Meinung nach hing das von den Leuten ab, die
dorthin zum Gottesdienst gingen.

Celia, die streng orthodox war, regte das ziemlich auf. Es gefiel
ihr nicht, dass ihre Mutter so unorthodox war. Miriam hatte etwas
von einer Mystikerin an sich. Sie gebärdete sich visionär, sah, was
andere nicht sahen. Das lag auf der gleichen Ebene wie ihre beunruhigende Fähigkeit, zu wissen, was man dachte.

Allmählich verblassten auch bei Celia die Visionen, dass sie die
Frau des Bischofs würde. Der Gedanke, eine Nonne zu werden,
sagte ihr besser zu.

Schließlich gelangte sie zu der Überzeugung, dass sie dies wohl
besser ihrer Mutter mitteilen sollte. Sie befürchtete, ihre Mutter
würde das ganz und gar nicht gerne sehen.

Zu ihrem großen Erstaunen nahm Miriam die Neuigkeit ziemlich ruhig auf.

«Ich verstehe, mein Schatz.»

«Es macht dir also nichts aus, Mami?», fragte Celia.

«Nein, Liebling. Wenn du einundzwanzig bist und immer noch
Nonne werden willst, kannst du selbstverständlich eine werden …»

Celia überlegte sich auch, ob sie nicht zum römisch-katholischen Glauben übertreten sollte. Römisch-katholische Nonnen
erschienen ihr realer.

Miriam sagte, sie schätze den römisch-katholischen Glauben
sehr.

«Dein Vater und ich wären fast einmal zum Katholizismus übergetreten. Es hätte nicht viel gefehlt.» Sie lächelte plötzlich. «Ich hätte ihn fast dazu gebracht. Dein Vater war ein guter Mensch und einfach wie ein Kind. Er fühlte sich in seinem Glauben ganz zu Hause. Ich dagegen machte mir ständig Gedanken über andere Glaubensrichtungen und versuchte, ihn dazu zu bringen, zu dem jeweiligen Glauben überzutreten. Ich hielt es für sehr wichtig, welcher Kirche man angehört.»

Celia war der gleichen Meinung. Das gab sie aber nicht zu, denn wenn sie es tat, würde ihre Mutter wieder mit dem Heiligen Geist kommen, und damit wusste Celia nichts Rechtes anzufangen. Vom Heiligen Geist war eigentlich in keinem der kleinen Bücher die Rede.

Celia sehnte sich jedoch weiter nach der Zeit, da sie als Nonne in ihrer Zelle knien und beten könne ...

6

Wenig später erklärte Miriam ihr, es sei nun an der Zeit, dass sie nach Paris gehe. Es war immer eine selbstverständliche Sache gewesen, dass Celia ihren «letzten Schliff» in Paris bekommen müsse. Sie war ziemlich aufgeregt bei dieser Aussicht.

In Geschichte und Literatur war sie ziemlich gut beschlagen. Man hatte ihr immer erlaubt zu lesen, was sie wollte, und sie sogar dazu ermutigt. Aus Zeitungsartikeln, die ihr Miriam empfahl, hatte sich bei ihr auch einiges an Allgemeinwissen und Aktualität angesammelt. Arithmetik hatte sie zweimal wöchentlich in der örtlichen Schule gehabt, da ihr das lag.

Geometrie, Algebra, Grammatik und Latein hatte sie nicht gelernt. Ihre Kenntnisse in Geographie waren lückenhaft und beschränkten sich auf das, was sie aus Reisebüchern wusste.

In Paris sollte sie singen lernen, ihr Klavierspiel verbessern, sich in Zeichnen, Malen und Französisch üben.

Miriam hatte ein kleines Pensionat an der Avenue du Bois gewählt, in dem zwölf Mädchen von einer Engländerin und einer Französin betreut wurden.

Miriam begleitete sie nach Paris und blieb, bis sie sicher war, dass ihr Kind sich dort wohl fühlen würde.

Nach vier Tagen hatte Celia einen heftigen Anfall von Heimweh nach ihrer Mutter. Zuerst wusste sie nicht, was mit ihr los war – dieser Kloß im Hals, diese Tränen, wann immer sie an sie dachte! Wenn sie die Bluse anzog, die ihre Mutter für sie genäht hatte, stiegen Tränen in ihr auf, wenn sie daran dachte, wie Mami daran gestichelt hatte. Am fünften Tag holte ihre Mutter sie zu einer Ausfahrt ab, und da brach sie gleich wieder in Tränen aus.

«Was ist denn, mein Kind? Wenn du dort nicht glücklich bist, nehme ich dich wieder mit.»

«Mir gefällt es dort, und ich will nicht weg, aber ich wollte dich sehen, Mami.»

Eine halbe Stunde später erschien ihr der ganze Kummer wie ein Traum. Oder wie eine Seekrankheit. Hatte man sich davon erholt, wusste man nicht mehr, wie entsetzlich man sich vorher gefühlt hatte.

Das Gefühl kam nicht wieder. Celia wartete darauf, studierte nervös ihre Gefühle. Sie liebte ihre Mutter, betete sie förmlich an. Aber wenn sie jetzt an sie dachte, hatte sie keinen Kloß mehr im Hals.

Maisie Payne, eine Amerikanerin, fragte sie in ihrem weichen gedehnten Tonfall:

«Ich habe gehört, dass du dich einsam fühlst. Meine Mutter wohnt im gleichen Hotel wie deine. Fühlst du dich jetzt wieder besser?»

«Ja, es geht schon wieder. Jetzt komme ich mir richtig albern vor.»

«Ach wo, ich glaube, das ist ganz natürlich.»

Maisies Stimme erinnerte sie an ihre Freundin aus den Pyrenäen, an Marguerite Priestman. Sie war dem großen, schwarzhaarigen Mädchen für die Anteilnahme sehr dankbar. Umso mehr, als Maisie sagte:

«Ich habe deine Mutter im Hotel gesehen. Sie ist wunderschön. Und nicht nur das – sie ist auch ausgesprochen *distinguée*.»

Celia dachte an ihre Mutter, sah sie erstmals objektiv – ihr schmales intensives Gesicht, die kleinen Hände und Füße, die winzigen Ohren und die zierliche, gerade Nase.

Ihre Mutter – auf der ganzen Welt gab es niemanden, der wie ihre Mutter war.

VI

PARIS

1

Celia verbrachte ein Jahr in Paris, und sie genoss die Zeit sehr. Sie hatte die anderen Mädchen sehr gern, obwohl ihr kaum eines davon richtig real erschien. Die einzige Ausnahme war Maisie, doch die verließ das Pensionat wenige Wochen nach Celias Ankunft. Ihre beste Freundin wurde ein dickes Mädchen namens Bessie West. Bessie bewohnte das Zimmer nebenan. Bessie redete gern, Celia war eine gute Zuhörerin und beide aßen mit Vorliebe Äpfel. Während Bessie massenhaft Äpfel verputzte, erzählte sie von ihren Abenteuern, die regelmäßig damit endeten, dass Bessie «auf den Putz gehauen» hatte.

«Ich mag dich, Celia», sagte sie eines Tages. «Du bist so vernünftig.»

«Vernünftig?»

«Du redest nicht ständig über Jungen und so. Mädchen wie Pamela und Mabel fallen mir schrecklich auf die Nerven. Immer wenn ich Geigenunterricht habe, kichern und gackern sie und tun so, als hätte ich es auf den alten Franz abgesehen oder als sei er in mich verliebt. Ich finde das gewöhnlich. Ich habe gar nichts gegen einen kleinen Flirt mit einem Jungen, aber das blöde Geschwätz im Hinblick auf die Musiklehrer hängt mir allmählich zum Halse raus.»

Celia schwärmte jetzt nicht mehr für den Bischof von London. Jetzt war Mr. Gerald du Maurier ihr Favorit, seit sie ihn in *Alias Jimmy Valentine* gesehen hatte. Doch sie verlor über diese stille Leidenschaft kein Wort.

Noch ein Mädchen mochte sie. Bessie bezeichnete es stets als «Schwachkopf».

Sybil Swinton war neunzehn, groß mit schönen braunen Augen

und dickem rotbraunem Haar, außerordentlich liebenswert und außerordentlich dumm. Alles musste ihr mehrmals erklärt werden, und stock-unmusikalisch war sie auch noch. Sie spielte katastrophal Klavier. Das Notenlesen fiel ihr schwer, und wenn sie Fehler machte, merkte sie es gar nicht. Celia saß manchmal geduldig eine Stunde neben ihr. «Nein, Sybil, die linke Hand stimmt nicht. Da steht ein d, kein dis. *Hörst* du das denn nicht?» Sybil merkte nichts. Ihre Eltern wollten unbedingt, dass sie wie die anderen Mädchen Klavier spielen lernte. Sybil gab sich wirklich Mühe, aber der Musikunterricht war der reinste Albtraum für sie – und für die armen Lehrer auch. Madame LeBrun, eine der beiden Klavierlehrerinnen, die ins Haus kamen, war eine weißhaarige, winzig kleine alte Dame mit Händen wie Klauen. Sie saß immer ganz dicht neben ihren Schülerinnen, so dass diese den rechten Arm nicht frei bewegen konnten. Sie legte großen Wert darauf, dass man gleich vom Blatt spielen konnte, und schleppte dicke Alben mit Klavierstücken für vier Hände an. Man spielte entweder den Sopran- oder den Basspart, Madame LeBrun jeweils den anderen. Wenn Madame LeBrun oben spielte, ging meistens alles gut. Dann war sie nämlich so in ihr eigenes Spiel versunken, dass es eine ganze Weile dauerte, bis ihr auffiel, dass die Schülerin mit der Begleitung schon ein Stück voraus war oder hinterherhinkte. Dann rief sie entrüstet: *«Mais qu'est-ce que vous jouez là, ma petite? C'est affreux, c'est tout ce qu'il y a de plus affreux!»*

Trotzdem hatte Celia Spaß am Unterricht. Vor allem, als Monsieur Kochter sie dann übernahm. Monsieur Kochter nahm nur begabte Schülerinnen an. Von Celia war er begeistert. Er ergriff ihre Hände, bog die Finger gnadenlos auseinander und rief aus: «Sehen Sie sich die Dehnung an! Sie haben Pianistenhände, Mademoiselle! Die Natur meint es gut mit Ihnen. Jetzt wollen wir mal sehen, was wir tun können, um sie zu unterstützen.» Er erzählte Celia, dass er zweimal pro Jahr ein Konzert in London gab. Chopin, Beethoven und Brahms waren seine Lieblingskomponisten. Meistens durfte Celia unter mehreren Stücken die auswählen, die sie spielen wollte. Er steckte sie mit seiner Begeisterung so an, dass sie bereitwillig sechs Stunden am Tag übte, wie er verlangte. Das

Üben ermüdete sie nicht. Sie liebte das Klavier. Es war immer ihr Freund gewesen.

Gesangsunterricht nahm Celia bei Monsieur Barré, einem früheren Opernsänger. Sie hatte eine ganz reine, hohe Sopranstimme.

«Ihre hohen Töne sind ausgezeichnet», lobte Monsieur Barré sie. «Sie könnten gar nicht besser sein. Das ist die *voix de tête.* Die tiefen Töne, die aus dem Brustkorb kommen, sind ein wenig schwach, aber auch nicht schlecht. Aber an der mittleren Tonlage gibt es noch allerhand zu verbessern. Diese Töne, Mademoiselle, formt der harte Gaumen.»

Er zog ein Maßband hervor.

«Wir wollen die Membran einmal untersuchen. Einatmen – die Luft anhalten – ganz plötzlich ausatmen. Fantastisch – ganz großartig! Sie haben den Atem einer Sängerin.»

Er gab ihr einen Bleistift.

«Nehmen Sie den zwischen die Zähne, da – im Mundwinkel. Achten Sie darauf, dass er beim Singen nicht herausfällt. Sie können jedes Wort aussprechen und den Bleistift trotzdem im Mund behalten. Behaupten Sie nicht, dass das unmöglich ist.»

Im Großen und Ganzen war Monsieur Barré mit ihr zufrieden.

«Aber Ihr Französisch setzt mich in Erstaunen. Es ist nicht das übliche Französisch mit englischem Akzent. Kein Mensch kann sich vorstellen, wie ich darunter leide. Ich würde schwören, dass Sie mit einem *accent méridional* sprechen. Verraten Sie mir bitte, wo Sie Französisch gelernt haben.»

Celia klärte ihn darüber auf.

«So, Ihr Kindermädchen kam also aus Südfrankreich? Das erklärt natürlich alles. Nun ja, ich werde Ihnen den Akzent schon noch abgewöhnen.»

Celia gab sich mit dem Singen wirklich alle Mühe. Ihr Gesangslehrer war zwar recht zufrieden mit ihr, doch gelegentlich störte ihn ihr Mienenspiel, der Mangel an Ausdruckskraft.

«Sie sind wie alle Engländerinnen. Sie glauben wohl, das Singen besteht ausschließlich darin, dass man den Mund so weit wie möglich aufreißt und die Töne rauslässt! Sie irren sich gewaltig. Da ist auch noch die Haut, die Gesichtshaut rings um den Mund herum.

Sie sind doch kein kleiner Chorknabe, Sie singen die Habanera aus der Oper ‹Carmen›, übrigens in der falschen Tonhöhe. Dieser Part ist für Alt geschrieben. Man sollte Opernarien immer so singen, wie es der Komponist gewollt hat. Alles andere ist eine Verfälschung und eine Beleidigung des Komponisten. Daran sollten Sie stets denken. Ich möchte, dass Sie eine Arie für Mezzosopran einstudieren. Also schön, Sie sind nun also Carmen. Sie haben eine Rose im Mund und keinen Bleistift. Sie singen eine Arie, mit der Sie diesen jungen Mann für sich einnehmen wollen, doch Sie verziehen keine Miene. Ihr Gesicht ist wie aus Holz geschnitzt.»

Am Ende dieser Stunde war Celia in Tränen aufgelöst. Da tat sie Monsieur Barré wieder Leid.

«Aber ich bitte Sie, wer wird das denn so tragisch nehmen? Diese Arie ist eben nichts für Sie. Sie singen vielleicht besser ‹Jerusalem› von Charles Gounod. Und das ‹Alléluja› aus dem Cid. Irgendwann einmal kommen wir dann wieder auf Carmen zurück.»

Bei den meisten Mädchen lag das Hauptgewicht auf dem Musikunterricht. Sie hatten am Vormittag lediglich eine Stunde Französisch, das war alles. Celia, die viel fließender Französisch sprach als alle anderen Mädchen, fühlte sich trotzdem im Unterricht immer wieder gedemütigt. Denn beim Diktat hatten die anderen Mädchen zwei, drei oder höchstens einmal fünf Fehler, sie dagegen brachte es auf fünfundzwanzig oder dreißig. Obwohl sie zahllose französische Bücher las, beherrschte sie die Rechtschreibung nicht. Sie schrieb auch viel langsamer als die anderen. Diktate waren daher der reinste Albtraum für sie.

Madame pflegte zu sagen:

«Aber das ist unmöglich – *impossible*. Warum machen Sie so viele Fehler, Celia? Wissen Sie denn nicht einmal, was ein *passé simple* ist?»

Genau das wusste Celia eben nicht.

Zweimal pro Woche hatten Sybil und sie Malunterricht. Celia murrte, weil sie in dieser Zeit nicht Klavier spielen konnte. Zeichnen und Malen waren ihr ein Graus. Die beiden Mädchen sollten lernen, wie man Blumen malte oder zeichnete.

Dieser elende Veilchenstrauß in einem Wasserglas!

«Die Schatten, Celia – mal zuerst die Schatten.»

Aber Celia sah die Schatten gar nicht. Hoffnungsvoll starrte sie auf Sybils Bild und versuchte, da etwas abzuschauen.

«Sybil, du siehst anscheinend, wo diese vermaledeiten Schatten sind. Ich nicht – ich sehe nichts als einen wunderschönen lila Farbfleck.»

Sybil war nicht etwa sonderlich begabt, doch wenn es um Zeichnen oder Malen ging, war Celia der «Schwachkopf».

Etwas in ihr sträubte sich dagegen, Dinge abzumalen, den Blumen ihr Geheimnis zu entreißen und es aufs Papier zu stricheln oder auch zu klecksen. Veilchen sollte man im Garten in Ruhe wachsen lassen oder schön in einer Vase arrangieren. Es ging Celia sehr gegen den Strich, etwas Neues hineinzugeheimnissen.

«Ich sehe nicht ein, warum ich diese Veilchen malen soll», klagte sie eines Tages Sybil ihr Leid. «Sie sind doch schon da.»

«Wie meinst du das?»

«Ich weiß nicht, wie ich mich ausdrücken soll, aber warum soll ich etwas abmalen, was schon da ist? Das ist doch Zeitverschwendung. Ich würde lieber Blumen malen, die es gar nicht gibt, neue Blumen erfinden. Das lohnt sich vielleicht eher.»

«Du meinst, du willst dir neue Blumen ausdenken?»

«Ja, aber auch das ist noch nicht das Wahre. Es wären zwar Blumen, aber sie wären eben keine echten Blumen, sondern nur Blumen auf Papier.»

«Aber Celia, richtige Bilder, Kunstwerke sind doch wunderschön.»

«Ja, natürlich – zumindest –» Sie unterbrach sich. «Findest du wirklich?»

«Celia!», rief Sybil entsetzt ob dieser Ketzerei.

Waren sie nicht erst am Tage zuvor im Louvre gewesen, um sich die Werke alter Meister anzusehen?

Celia hatte selbst den Eindruck, zu ketzerisch zu sein. Alle sprachen voller Hochachtung von Kunstwerken.

«Wahrscheinlich habe ich vorher zu viel heiße Schokolade getrunken», meinte sie, «und die Bilder deshalb als so verstaubt empfunden. Ewig diese Heiligen, die man kaum voneinander unterscheiden kann. Na ja, so ganz ernst meine ich das nicht», fügte sie hinzu. «In Wahrheit sind sie wunderschön.»

Aber das klang nicht besonders überzeugend.

«Aber die Malerei *muss* dir doch liegen, Celia – wo du Musik so liebst und selbst so musikalisch bist.»

«Musik ist anders. Musik ist ganz sie selbst, nicht Nachgeahmtes. Man nimmt ein Instrument zur Hand und erzeugt auf der Geige, auf dem Klavier oder auf dem Cello Töne – miteinander verwobene wunderschöne Klänge. Und du brauchst sie nicht zu etwas zu machen, was etwas anderem ähnelt. Sie sind ganz sie selbst.»

«Für mich ist Musik einfach misstönender Lärm. Wenn ich falsch spiele, klingt das in meinen Ohren oft viel besser, als wenn ich richtig spiele», meinte Sybil.

Celia starrte ihre Freundin ganz erschrocken an.

«Das ist doch nicht möglich. Du musst völlig taub sein.»

«Siehst du, und nach den Veilchen zu urteilen, die du heute Morgen gemalt hast, würde kein Mensch glauben, dass du in der Lage bist zu sehen.»

Celia blieb abrupt stehen und vertrat damit der kleinen *femme de chambre* den Weg, die sie begleitete und wütend schnatterte.

«Sybil, ich fürchte, du hast Recht», gab Celia zu. «Für gewisse Dinge habe ich einfach keinen Blick, ich *sehe* sie nicht. Deshalb hapert es bei mir auch so mit der Rechtschreibung. Und deshalb weiß ich auch nie, wie irgendetwas wirklich *ist*.»

«Du läufst immer mitten durch die Pfützen.»

Celia dachte nach.

«Mir ist das auch gar nicht wichtig – mit Ausnahme der Rechtschreibung natürlich. Für mich zählt nur, welches Gefühl mir etwas vermittelt, und nicht, welche Form es hat und woraus es besteht.»

«Ich weiß nicht, was du damit sagen willst.»

«Nehmen wir mal eine Rose.» Celia wies mit einer Kopfbewegung auf einen Blumenstand, an dem sie vorbeikamen. «Es ist doch ganz egal, wie viele Blütenblätter so eine Rose hat und welche Form sie haben. Aber dass die Rose sich samtig anfühlt und ganz herrlich duftet – das macht für mich die Rose aus.»

«Aber ohne ihre Form zu kennen, kannst du sie gar nicht zeichnen oder malen.»

«Sybil, hast du noch immer nicht begriffen, dass ich sie gar nicht malen *will?* Ich mag keine Rosen auf Papier. Ich mag nur echte Rosen.»

Sie blieb an dem Blumenstand stehen und erstand für ein paar Sous einen Strauß herrlich duftender dunkelroter Rosen.

«Riech mal», bat sie und hielt Sybil den Strauß vor die Nase. «Tut dir das Herz nicht vor Freude weh?»

«Du hast schon wieder zu viele Äpfel gegessen.»

«Habe ich nicht. Ach Sybil, nimm doch nicht immer alles so wörtlich. Na, riechen sie nicht himmlisch?»

«Ja, das schon. Aber davon tut mir doch das Herz nicht weh. Ich sehe auch nicht, warum man sich so was wünschen sollte.»

«Mami und ich haben uns einmal mit Botanik beschäftigt», erklärte Celia. «Aber das Buch war mir so verhasst, dass wir es weggeworfen haben. All die Blumennamen kennen und sie einordnen und katalogisieren – fürchterlich! Das ist für mich, als ziehe man die armen Blumen aus. Ich finde das einfach widerlich – und indiskret.»

«Wenn du ins Kloster gehst, befehlen dir die Nonnen, sogar beim Baden ein Hemd anzubehalten», sagte Sybil. «Das hat mir meine Cousine gesagt.»

«Und warum tun sie das?», fragte Celia entgeistert.

«Weil es nicht anständig ist, deinen eigenen Körper anzuschauen.»

Celia dachte eine Minute lang nach. «Wie machen die das nur mit der Seife? Man wird doch nicht sauber, wenn man sich durch ein Hemd hindurch abseifen muss?»

2

Die Mädchen wurden in die Oper geführt und in die Comédie Française, und im Winter durften sie im Palais de Glace Schlittschuh laufen. Celia genoss das alles, aber es war die Musik, die ihrem Leben Inhalt gab. Sie schrieb ihrer Mutter, dass sie dran denke, Pianistin zu werden.

Am Ende des Schuljahres gab Miss Schofield eine Party, und die fortgeschrittenen Mädchen durften singen und Klavier spielen. Das Singen ging recht gut, doch bei Beethovens Pathétique stolperte Celia schon im ersten Satz.

Miriam kam, um ihre Tochter abzuholen, und auf Celias Wunsch lud sie Monsieur Kochter zum Tee ein. Es gefiel ihr ganz und gar nicht, dass Celia Pianistin werden wollte, aber sie konnte sich ja anhören, was Monsieur Kochter dazu zu sagen hatte. Celia war nicht im Zimmer, als sie ihn darüber befragte.

«Ich will Ihnen die Wahrheit sagen, Madame», antwortete er. «Sie hat die Fähigkeit, die Technik und das Gefühl. Sie ist meine beste Schülerin. Aber ich glaube nicht, dass sie das nötige Temperament hat.»

«Dass sie nicht das Temperament hat, in der Öffentlichkeit zu spielen?», fragte Miriam.

«Genau das meine ich, Madame. Als Künstler muss man sich ganz abschließen können vor der Welt, und wenn Sie glauben, sie hört Ihnen aufmerksam zu, dann sollten Sie das als Aufmunterung empfinden. Mademoiselle Celia wird ihr Bestes geben für einen Zuhörer, vielleicht auch für zwei oder drei, und am besten spielt sie ganz gewiss, wenn sie ganz mit sich allein hinter geschlossenen Türen ist.»

«Werden Sie ihr das auch sagen, Monsieur Kochter?»

«Wenn Sie wollen, Madame.»

Celia war bitter enttäuscht, und sie beschloss, es dann wenigstens mit dem Singen zu probieren, meinte aber:

«Das ist einfach nicht das Gleiche.»

«Singst du nicht genauso gern, wie du Klavier spielst?»

«O nein.»

«Vielleicht bist du deshalb auch nicht nervös, wenn du singst?»

«Das kann schon sein. Mir kommt es vor, als sei die Stimme nicht man selbst. Ich meine, man kann die Stimme nicht so steuern wie die Finger auf den Tasten. Verstehst du, was ich damit sagen will?»

Monsieur Barré wurde zu Rate gezogen. «Sie hat die Fähigkeit und die Stimme, ja. Auch das Temperament. Bis jetzt fehlt ihr aber die Ausdruckskraft. Sie hat die Stimme eines Jungen, nicht die einer Frau. Es ist eine süße, reine Stimme, und auch die Atemführung ist gut. Als Konzertsängerin wird sie sicher Erfolg haben. Für die Oper ist ihre Stimme nicht kräftig genug.»

Als sie wieder in England waren, sagte Celia: «Mami, ich habe es mir überlegt. Wenn ich nicht in der Oper singen kann, will ich überhaupt nicht Sängerin werden. Du wolltest es ja sowieso nicht, oder?», fragte sie lachend.

«Nein, ich habe mir sicherlich nicht gewünscht, dass du Sängerin wirst.»

«Aber du hättest mir erlaubt, alles zu tun, was ich wollte, wenn ich es nur genug gewollt hätte?»

«Nicht alles, mein Schätzchen. Nur das, was dich glücklich macht», sagte Miriam lebhaft.

«Ich werde immer glücklich sein», sagte Celia überzeugt.

3

Im Herbst schrieb Celia ihrer Mutter, sie wolle Krankenschwester werden, weil Bessie das auch vorhabe. In letzter Zeit stand immer sehr viel über Bessie in den Briefen.

Darauf ging Miriam vorläufig nicht ein, aber am Ende des Schuljahres schrieb sie, der Arzt meinte, sie müsse den Winter im Süden verbringen und deshalb wolle sie nach Ägypten reisen, Celia solle mitkommen.

Celia kam aus Paris zurück und fand ihre Mutter bei Granny voll mit Reisevorbereitungen beschäftigt. Der Gedanke an die Ägyptenreise behagte Granny gar nicht. Celia hörte mit an, wie sie mit Cousine Lottie über die Reise sprach. Lottie war zum Essen da. «Ich verstehe nicht, wie Miriam nach Ägypten reisen kann, wo sie doch so wenig Geld hat, und Ägypten ist so teuer! Typisch Miriam! Sie kann nicht mit Geld umgehen. Und zudem war Ägypten ihr letzter Auslandsaufenthalt mit John. Wie gefühllos sie sein kann!»

Celia fand, dass ihre Mutter aufgeregt und trotzig wirkte. Sie fuhr mit Celia zum Einkaufen und kaufte ihr drei Abendkleider.

«Aber Miriam, das ist doch absurd. Das Mädchen ist ja noch gar nicht in die Gesellschaft eingeführt worden.»

«Vielleicht ist es keine schlechte Idee, sie dort in die Gesellschaft einzuführen. Die Saison in London können wir uns sowieso nicht leisten.»

«Aber Celia ist doch erst sechzehn.»

«Sie ist schon fast siebzehn. Meine Mutter hat geheiratet, da war sie noch nicht einmal siebzehn.»

«Du kannst unmöglich wollen, dass Celia auch heiratet, bevor sie siebzehn ist.»

«Nein, natürlich nicht, aber ich möchte, dass sie ihre Jugend genießt.»

Celia fand die Abendkleider furchtbar aufregend. Allerdings betonten sie noch den einzigen Wermutstropfen in Celias Leben. ‹Figur›, die Celia so sehnlichst herbeiwünschte, war noch immer nicht in Sicht. Unter den gestreiften Blusen zeichneten sich noch immer keine schwellenden Brüste ab. Celia nahm das furchtbar schwer. Sie hatte sich so sehr ‹eine Brust› gewünscht. Wäre die arme Celia zwanzig Jahre später auf die Welt gekommen, hätte man ihre Figur überall bewundert! Sie hätte nicht Diät zu halten brauchen. Sie war zwar sehr schlank, doch ausgesprochen wohlproportioniert.

Wie die Dinge nun einmal standen, bekam Celia Füllmaterial in die Mieder ihrer nagelneuen Abendkleider.

Celia hätte gern ein schwarzes Abendkleid gehabt, doch Miriam sagte nein, das werde sie erst bekommen, wenn sie älter sei. Sie bekam ein weißes Taftkleid, eines aus blassgrünem Tüll mit sehr vielen Bändchen und eines aus blassrosa Satin mit Rosenknospen an der Schulter.

Dann grub Granny aus einer ihrer unerschöpflichen Mahagonischubladen ein wunderschönes Stück türkisfarbenen Taft aus und schlug vor, die arme Miss Bennett solle ihr etwas daraus nähen. Es gelang Miriam, taktvoll darauf hinzuweisen, dass die arme Miss Bennett wohl doch kein chices Abendkleid zustande bringen würde. Man ließ also anderswo arbeiten. Dann musste Celia zum Friseur, der sie in der schwierigen Kunst unterwies, sich das Haar selbst aufzustecken. Das war ziemlich zeitraubend und kompliziert, weil das Haar vorn über eine Art Rahmen gespannt wurde und hinten in zahlreichen Locken über die Schultern fiel. Bei Celias dickem Haar, das ihr bis zur Taille reichte, ein mehr als schwieriges Unterfangen.

Celia fand das alles furchtbar aufregend. Es fiel ihr gar nicht auf, dass sich der Gesundheitszustand ihrer Mutter eher gebessert als verschlechtert zu haben schien.

Granny entging das allerdings nicht.

«Aber Miriam ist ja kaum zu bremsen, wenn es um Ägypten geht», konstatierte sie.

Viele Jahre später verstand Celia die Gefühle ihrer Mutter. Sie hatte selbst eine ziemlich ereignislose Jugend gehabt und wünschte sich für ihre Tochter nun jede Fröhlichkeit und Aufregung, die das Leben eines jungen Mädchens vergolden können. Wenn man auf dem Land lebte und nur einen kleinen Kreis von gleichaltrigen jungen Leuten in der Nähe hatte, konnte man nicht viel Aufregendes erwarten.

In Ägypten hatte Miriam jedoch von früher her viele Freunde. Um die Reise zu finanzieren, verkaufte sie, ohne zu zögern, einige Papiere. Celia sollte niemals andere Mädchen um Dinge beneiden müssen, die ihr unzugänglich blieben.

Ein paar Jahre danach vertraute Miriam ihrer Tochter noch einen weiteren Grund für die Ägyptenreise an. Sie fürchtete Celias enge Freundschaft mit Bessie.

«Ich habe es oft miterlebt, dass ein Mädchen wegen einer dicken Freundschaft zu einem anderen Mädchen kein Interesse an Männern mehr hatte. Das ist unnatürlich und nicht richtig. Und die Freundschaft mit Bessie West…»

«Bessie? Die mochte ich doch nie besonders gern.»

«Jetzt weiß ich es, doch damals wusste ich es nicht. Und dieser Krankenschwesterunsinn! Ich wollte, dass du hübsche Kleider und dein Vergnügen hattest, so wie es für ein junges Mädchen richtig ist.»

«Und das hatte ich auch», antwortete Celia.

VII

ERWACHSEN

1

Celia amüsierte sich, das stimmt, wenn sie auch durch ihre angeborene Schüchternheit benachteiligt war. Die machte sie gehemmt und linkisch und völlig unfähig zu zeigen, wenn sie sich amüsierte.

An ihr Aussehen dachte Celia selten; sie hielt sich für hübsch, groß, schlank und graziös – was sie auch war mit ihrer skandinavischen Blondheit, ihren zarten Farben und ihrer wunderschönen Haut. Doch vor lauter Nervosität sah sie immer ganz blass aus. So kam es, dass Miriam ihrer Tochter zu einer Zeit, zu der es noch als schändlich galt, sich zu schminken, jeden Abend Rouge auflegte. Sie wollte, dass Celia so gut wie möglich aussah.

Doch es war nicht ihr Aussehen, das Celia bekümmerte. Das Gefühl, dumm zu sein, bedrückte sie viel mehr. Sie war leider nicht geistreich. Wie schrecklich, nicht geistreich zu sein. Sie wusste nie, worüber sie mit ihren Tanzpartnern sprechen sollte. Sie wirkte ernst und ziemlich schwerfällig.

Miriam munterte ihre Tochter unablässig zum Reden auf.

«Es ist doch unwichtig, ob es klug oder dumm ist, was du sagst. Aber für einen Mann ist es sehr schwierig, sich mit einem Mädchen zu unterhalten, das nur ‹ja› und ‹nein› sagt.»

Niemand konnte Celias Schwierigkeiten besser nachempfinden als ihre Mutter, die auch ihr Leben lang schüchtern gewesen war.

Doch niemand wäre je darauf gekommen, dass Celia schüchtern war. Die Leute hielten sie vielmehr für hochnäsig und eingebildet. Niemand ahnte, wie klein sich dieses hübsche Mädchen vorkam – wie sehr sie sich ihrer gesellschaftlichen Mängel bewusst war.

Celia war ihrer Schönheit wegen sehr gefragt. Außerdem tanzte sie auch sehr gut. Am Ende der Saison konnte sie auf sechsundfünfzig Bälle und kleine Tanzveranstaltungen zurückblicken. Inzwischen beherrschte sie auch die Kunst der Konversation, zumindest bis zu einem gewissen Grade. Sie war jetzt selbstsicherer, längst nicht mehr so linkisch, endlich fähig, ihr Leben zu genießen, und brauchte sich nicht mehr ständig ihrer Schüchternheit zu schämen.

Das Leben war im Moment ein goldener Nebel mit Tanz, Polo, Tennis und jungen Männern, die ihre Hand hielten, mit ihr flirteten, die fragten, ob sie sie küssen dürften, die verblüfft waren, wenn sie abgewiesen wurden. Für Celia war nur ein Mann Wirklichkeit, der bronzebraun gebrannte Colonel eines schottischen Regimentes, der selten tanzte und sich kaum mit jungen Mädchen unterhielt.

Den rothaarigen Captain Gale mochte sie gern. Er tanzte immer drei Mal mit ihr – mehr wäre nicht zulässig gewesen – und erklärte ihr, Tanzen brauche man sie nicht zu lehren, eher wohl Reden.

Trotzdem war sie überrascht, als Miriam auf dem Heimweg fragte: «Wusstest du eigentlich, dass Captain Gale dich heiraten wollte?»

«Mich?», fragte Celia erstaunt.

«Er fragte mich, ob er Chancen hätte.»

«Warum hat er mich nicht selbst gefragt?», fragte Celia leicht verärgert.

«Ich weiß es nicht. Ich glaube, er fand es zu schwierig.»

Miriam lächelte.

«Aber du wirst ihn nicht heiraten wollen, Celia, oder?»

«Nein, sicher nicht. Aber fragen hätte er mich schon können.»

Das war Celias erster Heiratsantrag. Kein sehr zufrieden stellender, fand sie. Nicht, dass es eine Rolle spielte. Sie wollte nie einen anderen Mann heiraten als Colonel Moncrieff, und der würde sie niemals fragen. Also bliebe sie eine alte Jungfer, die ihn heimlich liebte.

Und sechs Monate später war der schweigsame, bronzebraune Colonel Moncrieff den gleichen Weg gegangen wie Sybil, der Bischof von London und der Liftboy Auguste.

Erwachsen zu sein, war aufregend und schwierig. Man hatte ständig Sorgen: mit der Frisur, der fehlenden Figur, der Ungeschicklichkeit im Reden. Die Leute – vor allem die Männer – sorgten dafür, dass man sich unbehaglich fühlte.

Ihre erste Wochenendeinladung vergaß Celia niemals. Im Zug war sie so nervös, dass sie im Gesicht und am Hals rote Flecken bekam. Würde man sie für dumm halten, weil sie so wenig redete? Hatte sie die richtigen Kleider bei sich? Und würde sie auch ihre Nackenhaare richtig aufrollen können? Das tat nämlich zu Hause immer Miriam für sie.

Ihre Gastgeber waren ungemein liebenswürdig. Ihnen gegenüber empfand sie keine Scheu. Das große Schlafzimmer, in dem ein Zimmermädchen ihr beim Auspacken und Ankleiden half, war wunderbar.

Zum Dinner waren sehr viele Gäste da, und Celia trug ein neues rosa Tüllkleid. Ihr Gastgeber war reizend, unterhielt sich mit ihr und nannte sie ‹Rosamädchen›, weil sie mit Vorliebe rosa Kleider trug.

Es war ein angenehmes Abendessen, aber Celia konnte es nicht richtig genießen, weil sie dauernd darüber nachdenken musste, was sie mit ihren Tischnachbarn reden sollte. Der eine war ein kleiner Dicker mit rotem Gesicht, der andere ein großer, schlanker Grauhaariger mit prüfendem Blick. Er unterhielt sich mit ihr über Bücher und Theaterstücke. Dann sprach er über das Leben auf dem Land und fragte sie, wo sie wohne. Als sie es ihm verriet, meinte er, er käme zu Ostern vielleicht in diese Gegend. Wenn sie nichts dagegen hätte, käme er sie dann besuchen. Celia sagte, das wäre sehr nett.

«Warum sehen Sie dann nicht so aus, als freuten Sie sich wirklich?», fragte er lachend.

Celia wurde rot.

«Das sollten Sie tun, zumal ich mich erst vor einer Minute entschlossen habe, dorthin zu gehen.»

«Die Landschaft ist sehr schön», sagte Celia ernsthaft.

«Aber wegen der Landschaft komme ich nicht.»

Wenn die Leute so etwas doch nicht sagen würden! Sie zerbröselte verzweifelt ihr Brot. Ihr Nachbar betrachtete sie amüsiert. Was für ein Kind sie doch noch war! Es machte ihm ausgesprochen Spaß, sie in Verlegenheit zu bringen. Er ersann die ausgefallensten Komplimente für sie.

Celia war ungeheuer erleichtert, als er sich schließlich der Dame zuwandte, die auf der anderen Seite neben ihm saß, und sie dem kleinen dicken Mann überließ. Der stellte sich als Roger Raynes vor. Bald kamen sie auf Musik zu sprechen. Raynes war Sänger, wenn auch nicht von Beruf. Aber er hatte schon des Öfteren professionell gesungen. Es machte Celia Spaß, sich mit ihm zu unterhalten.

Sie wusste gar nicht, was sie aß, doch die Eiscreme, die es zum Nachtisch gab, entging ihr nicht – eine aprikosenfarbene Säule, die mit kandierten Veilchen besetzt war.

Leider brach sie ausgerechnet vor Celia zusammen, so dass der Butler sie an einem Seitentischchen neu arrangieren musste. Und dann passierte ihm das Missgeschick, Celia zu übergehen.

Das war eine so ungeheure Enttäuschung, dass sie kaum hörte, was ihr Nachbar sagte, der sich mit einer großen Portion bedient hatte und sie sehr genoss. Es kam Celia gar nicht in den Sinn, um Eis zu bitten. Sie verzichtete enttäuscht darauf.

Nach dem Dinner wurde musiziert. Sie spielte für Roger Raynes, der eine ausgezeichnete Tenorstimme hatte. Sie begleitete ihn gut und einfühlsam. Dann musste sie singen. Das Singen hatte sie noch nie nervös gemacht. Roger Raynes erklärte liebenswürdig, sie habe eine ganz entzückende Stimme. Dann sprach er wieder über seine eigene. Er bat Celia, noch etwas zu singen, doch sie schlug ihm stattdessen vor, lieber selbst etwas zum Besten zu geben, was er bereitwilligst tat.

Als Celia zu Bett ging, war sie bester Laune. Die Gesellschaft war gar nicht so schlimm gewesen.

Auch der nächste Morgen verging sehr angenehm. Sie besahen sich die Ställe, kitzelten den Schweinen die Borstenrücken, und dann bat Roger Raynes, Celia solle doch mit ihm kommen und ein paar Lieder proben. Eines hieß «Lilien der Liebe», und er fragte sie nach ihrer Meinung dazu.

Sie sagte, sie fände das Lied grässlich. Roger Raynes gab ihr Recht und zerriss das Lied, das er erst am Tag vorher gekauft hatte. Es war der neueste Modeschlager, den er erbarmungslos zerfetzt hatte, weil er ihr nicht gefiel.

Celia kam sich sehr erwachsen und wichtig vor.

3

Abends fand der große Maskenball statt, dem die ganze Einladung galt. Celia ging als Gretchen aus dem *Faust*, ganz in Weiß und das Haar zu zwei langen Zöpfen geflochten. Sie sah sehr gretchenhaft aus. Roger Raynes vertraute ihr an, er habe die Noten zur Oper *Margarethe* dabei und sie könnten am nächsten Tag eins der Duette daraus singen.

Celia fühlte sich auf dem Ball sehr nervös und schien immer nur mit solchen Leuten tanzen zu müssen, an denen ihr nichts lag. Wenn dann die Männer kamen, mit denen sie gern getanzt hätte, waren schon alle Tänze vergeben. Wenn man aber behauptete, schon alle Tänze vergeben zu haben, kamen vielleicht auch die Männer nicht mehr, die sie mochte, und sie saß als Mauerblümchen da (was für ein schrecklicher Gedanke). Manche Mädchen arrangierten das so schlau, dass alles wie geplant lief. Celia sagte sich zum wiederholten Male, dass sie eben leider dumm war.

Mrs. Luke kümmerte sich rührend um Celia und stellte ihr alle möglichen Männer vor.

«Major de Burgh.»

Major de Burgh verneigte sich. «Haben Sie vielleicht noch einen Tanz frei?» Der große Mann mit Pferdegesicht, einem langen blonden Schnurrbart und rotem Gesicht, etwa fünfundvierzig Jahre alt, trug sich bei ihr sofort mit drei Tänzen ein und wollte sie zum Essen begleiten. Sie unterhielt sich nur nicht besonders gut mit ihm, weil er sehr schweigsam war. Dafür sah er sie ständig an.

Mrs. Luke zog sich schon zeitig zurück. Sie war nicht besonders kräftig.

«George kümmert sich um dich und bringt dich dann auch nach oben», versprach sie Celia. «Übrigens, mein Kind, Major de Burgh hast du ja im Sturm erobert.»

Das freute Celia. Sie hatte schon befürchtet, den Major unsterblich gelangweilt zu haben.

Sie tanzte jeden Tanz, und gegen zwei Uhr morgens kam ihr Gastgeber, der zu ihr sagte: «Komm, Rosamädchen, Zeit, in den Stall zurückzukehren.»

Aber dann kam sie in Schwierigkeiten. Sie kam nicht ohne Hilfe aus ihrem Kleid. Ihr Gastgeber George verabschiedete sich draußen im Korridor von anderen Gästen. Konnte sie ihn fragen? Wenn sie ihn nicht bat, ihr aus dem Kleid zu helfen, musste sie die Nacht darin verbringen. Doch sie brachte den Mut einfach nicht auf. Als der Morgen dämmerte, lag Celia in ihrem Abendkleid auf dem Bett und schlief sanft und selig.

4

Major de Burgh kam am nächsten Morgen. Er ginge heute nicht auf die Jagd, sagte er, was alle erstaunt zur Kenntnis nahmen. Er war sehr schweigsam, und Mrs. Luke, die Gastgeberin, schickte ihn mit Celia zu den Ställen. Mittags benahm sich Roger Raynes deshalb ziemlich missmutig.

Die meisten Gäste reisten am folgenden Morgen ab, aber Celia nahm erst den Nachmittagszug und verbrachte den Morgen friedlich mit ihrem Gastgeber und seiner Frau. Jemand, den sie «guten Arthur» nannten und der sehr amüsant sein sollte, kam zum Lunch. Celia fand ihn alt und gar nicht amüsant. Er sprach mit leiser, müder Stimme.

Nach dem Lunch war er für wenige Minuten mit Celia allein und missbrauchte diese Gelegenheit, Celias Fußknöchel zu streicheln.

«Oh, wie reizend!», rief er. «Sie haben doch nichts dagegen.»

Sie hatte sehr viel dagegen, doch sie duldete es, weil sie glaubte, das sei bei Wochenendbesuchen so üblich. Sie wollte keinesfalls linkisch oder unreif wirken. Sie biss also die Zähne zusammen und hielt sich stocksteif.

Dann legte ihr der ‹gute Arthur› einen sehr geübten Arm um die Taille und küsste sie. Da schob ihn Celia wütend von sich.

«Nein – nicht, bitte, bitte nicht!»

Wenn das vielleicht auch üblich war, so brachte sie es doch nicht fertig. Sie ertrug es einfach nicht.

«Was für eine entzückende Wespentaille», säuselte Arthur und näherte sich schon wieder mit dem geübten Arm.

Mrs. Luke kam wieder zurück und bemerkte Celias Miene und hochrotes Gesicht.

«Hat sich der liebe Arthur schlecht benommen?», fragte sie auf dem Weg zum Bahnhof. «Man kann ihn wirklich nicht mit jungen Mädchen allein lassen, obwohl er sonst ziemlich harmlos ist.»

«*Muss* ich mir denn unbedingt die Fußknöchel streicheln lassen?», fragte Celia.

«*Müssen?* Nein, natürlich nicht, du seltsames Kind.»

«Da bin ich aber froh», seufzte Celia deutlich erleichtert.

Mrs. Luke schien belustigt und sagte noch einmal:

«Du bist ein seltsames Mädchen!»

Sie fuhr fort: «Du hast auf dem Ball ganz entzückend ausgesehen. Ich bin davon überzeugt, dass du bald wieder von Johnnie de Burgh hören wirst. Er ist übrigens sehr wohlhabend.»

5

Am Tag nach Celias Heimkehr kam eine große rosa Pralinenschachtel für sie an. Es war kein Brief dabei. Zwei Tage darauf kam ein kleines Kästchen. Darauf war der Name «Margarete» eingraviert und das Datum des Balles.

Dabei lag eine Karte von Major de Burgh.

«Celia, wer ist denn dieser Major de Burgh?»

«Ich habe ihn auf dem Ball kennen gelernt.»

«Was ist er für ein Mensch?»

«Er ist ziemlich alt und hat ein rotes Gesicht», antwortete Celia auf Miriams Frage. «Nett, aber man kann nicht mit ihm reden.»

Miriam schrieb noch am gleichen Tag an Mrs. Luke. Die Antwort fiel sehr offen aus. Mrs. Luke war die perfekte Kupplerin.

«Er ist wohlhabend, genauer gesagt, ein reicher Mann. Er geht mit B. auf die Jagd. George mag ihn nicht besonders, aber *es gibt eigentlich nichts gegen ihn einzuwenden*. Offensichtlich ist er von Celia *hingerissen*. Celia ist ein zauberhaftes Kind – sehr naiv. Sie wird immer großen Erfolg bei Männern haben. Männer bewundern immer hübsche Blondinen mit abfallenden Schultern.»

Eine Woche später war Major de Burgh «zufällig» in der Gegend und bat Celias Mutter, seine Aufwartung machen zu dürfen.

Er durfte, war schweigsam wie immer, starrte Celia begeistert an und versuchte ein wenig unbeholfen, sich mit Miriam anzufreunden.

Aus irgendeinem unerfindlichen Grund war Miriam ganz aufgeregt, als er gegangen war. Ihre Mutter ließ unzusammenhängende Bemerkungen fallen, mit denen Celia nichts anzufangen wusste.

«Ich weiß nicht, ob es klug ist, um etwas zu beten… Ach, wie schwierig ist es doch, zu wissen, ob man alles richtig macht…» Dann sagte sie ganz plötzlich: «Ich wünsche mir, dass du einen guten Mann heiratest – einen Mann wie deinen Vater. Geld ist schließlich nicht alles – aber bequeme Umstände sind für eine Frau sehr wichtig.»

Celia nahm das widerspruchslos hin und reagierte auf die abgerissenen Bemerkungen, ohne sie im Zusammenhang mit dem Besuch von Major de Burgh zu sehen. Miriam gab solche Sachen oft aus heiterem Himmel von sich. Darüber wunderte sich Celia schon lange nicht mehr.

Miriam fuhr fort: «Es wäre mir sehr lieb, wenn du einen Mann heiraten würdest, der älter ist als du. Ein älterer Mann kümmert sich viel mehr um seine Frau.»

Da kam Celia Oberst Moncrieff wieder in den Sinn – eine schnell verblassende Erinnerung. Auf dem Ball hatte sie mit einem jungen Soldaten getanzt, der 1,90 m groß war. Sie hatte im Augenblick eine Schwäche für gut gebaute junge Riesen.

«Nächste Woche fahren wir nach London», sagte die Mutter. «Major de Burgh will uns ins Theater führen. Das wird nett werden, nicht wahr?»

«Sehr nett», versicherte Celia.

Sein Heiratsantrag kam für Celia sehr überraschend. Die Bemerkungen von Mrs. Luke und ihrer Mutter hatten bei ihr keinerlei Eindruck hinterlassen. Celia fiel wieder einmal auf, dass sie nie kommende Ereignisse voraussah, sie sah nicht einmal ihre allernächste Umgebung klar.

Miriam hatte Major de Burgh fürs Wochenende eingeladen. Er hatte sich förmlich aufgedrängt und etwas beunruhigt hatte Miriam dann die Einladung ausgesprochen.

Am ersten Abend zeigte ihm Celia den Garten. Sie hatte es nicht leicht mit ihm. Er schien überhaupt nicht zuzuhören. Wieder einmal fürchtete sie, einen Mann zu langweilen... Was sie sagte, klang natürlich furchtbar dumm. Aber schließlich konnte sie ihr auch ein bisschen *helfen*.

Dann unterbrach er sie ganz plötzlich, ergriff ihre Hände und sagte heiser mit einer Stimme, die gar nicht wieder zu erkennen war: «Margarete, meine Margarete, ich liebe Sie so! Wollen Sie mich heiraten?»

Celia starrte ihn fassungslos an. Sie wurde kreidebleich und riss die blauen Augen vor Verwunderung weit auf. Sie brachte kein Wort heraus. Irgendetwas passierte mit ihr, etwas sehr Mächtiges. Es übertrug sich von seinen zitternden Händen auf sie, die die ihren fest umklammerten. Sie wurde von einem Wirbel der Gefühle mitgerissen. Sie erschrak zutiefst und empfand das als entsetzlich.

Sie stammelte: «N... Nein... Ich... Ich weiß nicht... Nein, ich glaube nicht.»

Was für Gefühle erweckte er in ihr, dieser ruhige ältere Fremdling, den sie bisher kaum richtig wahrgenommen hatte? Es schmeichelte ihr natürlich, dass er sie so sehr mochte.

«Ach, mein kleines Liebes, ich habe Sie erschreckt. Sie sind ja noch so jung und so rein. Oh, Sie ahnen nicht, was ich für Sie empfinde. Ich liebe Sie so sehr!»

Warum entzog sie ihm nicht einfach ihre Hände? Warum sagte sie nicht wahrheitsgemäß: «Es tut mir wirklich Leid, aber solche Gefühle hege ich nicht für Sie?»

Warum stand sie stattdessen hilflos da und sah ihn an – ohne zu wissen, wie sie sich verhalten sollte?

Er zog sie zart an sich, doch sie stemmte sich – wenigstens halb – dagegen.

«Ich werde Sie nicht drängen», sagte er leise. «Überlegen Sie sich's.»

Damit ließ er sie los. Sie ging langsam zum Haus zurück, in ihr Zimmer hinauf und legte sich aufs Bett. Sie schloss die Augen. Ihr Herz klopfte stürmisch.

Eine halbe Stunde später kam Miriam zu ihr.

«Hat er es dir erzählt?», fragte Celia.

«Ja. Er hat dich sehr gern. Und was fühlst du für ihn?»

«Ich weiß nicht. Es ist alles ziemlich komisch.»

Sie fand es auch tatsächlich komisch, dass von einer Minute zur anderen aus zwei Fremden zwei Liebende werden sollten. Sie hätte nicht einmal sagen können, was sie wollte und was in ihr vorging. Am wenigsten verstand sie jedoch die Überlegungen ihrer Mutter.

«Weißt du, Liebes, ich bin nicht sehr stark. Ich habe darum gebetet, dass ein guter Mann in Erscheinung tritt, dich heiratet und dich glücklich macht... Wir haben so wenig Geld. Cyril braucht in letzter Zeit sehr viel, und wenn ich tot bin, ist für dich kaum mehr etwas da. Ich will nicht, dass du einen reichen Mann heiratest, wenn dir nichts an ihm liegt. Aber du bist so romantisch und wartest auf einen Märchenprinzen. Ein Märchenprinz kommt nicht. Nur wenige Frauen haben das Glück, den Mann heiraten zu können, in den sie romantisch verliebt sind.»

«Du hattest es, Mami.»

«Ja, das ist wahr. Aber es ist nicht immer klug, einen Mann zu sehr zu lieben. Das ist immer ein Dorn in deinem Fleisch. Viel besser ist, wenn der Mann dich mehr liebt, als du ihn lieben kannst. Du kannst das Leben dann leichter nehmen. Ich habe es nie leicht genug genommen. Wenn ich nur mehr über diesen Mann wüsste... Wenn ich nur sicher wäre, dass ich ihn mag. Vielleicht trinkt er – oder sonst irgendwas. Ich weiß nicht, ob er gut für dich *sorgen* würde. Denn wenn ich tot bin, musst du jemand haben, der gut für dich sorgt.»

Celia nahm das nicht so tragisch. Geld bedeutete ihr nichts. Solange Daddy gelebt hatte, waren sie reich gewesen, nach seinem Tod waren sie arm. Für Celia hatte es aber keinen Unterschied gegeben; sie hatte ihr Klavier, das Haus und den Garten.

Ehe bedeutete für sie vor allem Liebe – poetische, romantische Verliebtheit. Nach der Devise: und sie lebten glücklich bis an ihr seliges Ende. In keinem der Bücher, die sie gelesen hatte, stand irgendetwas über die Probleme des Lebens. Es verwirrte sie am meisten, dass sie nicht sagen konnte, ob sie Major de Burgh – Johnnie – liebte oder nicht. Wenn man sie auch nur eine Minute vor seinem Heiratsantrag danach gefragt hätte, hätte sie ganz entschieden bestritten, ihn zu lieben. Aber jetzt? Er hatte irgendeine Art, etwas Heißes, Erregendes, Undeutbares in ihr geweckt.

Miriam riet dem Major, er solle Celia zwei Monate lang Zeit zum Nachdenken lassen, und darauf war er eingegangen. Aber er schrieb, und der mundfaule Johnnie de Burgh schrieb zauberhafte Liebesbriefe, manchmal kurz, manchmal lang, aber immer waren es genau die Liebesbriefe, von denen ein junges Mädchen träumt. Nach zwei Monaten war Celia sicher, dass sie Johnnie liebte. Sie fuhr mit ihrer Mutter nach London, um es ihm zu sagen. Der Mann war und blieb ein Fremder, den sie nicht liebte. Sie lehnte seinen Heiratsantrag ab.

7

Johnnie de Burgh fand sich mit dieser Niederlage nicht so ohne weiteres ab. Er bat Celia noch fünf Mal, seine Frau zu werden. Er schrieb ihr über ein Jahr lang und begnügte sich während dieser Zeit mit ihrer Freundschaft. Er schickte ihr hübsche kleine Geschenke und legte ihr sein Herz zu Füßen. Er erwies sich als so beharrlich, dass sie fast doch noch schwach geworden wäre.

Es war ja alles so romantisch, genau so, wie Celia sich das vorgestellt hatte. In seinen Briefen und mit allem, was er sagte, traf er genau den richtigen Ton. Das war in der Tat Johnnie de Burghs größte Stärke. Er war der geborene Liebhaber. Er hatte schon viele Frauen gehabt und wusste, was ihnen gefiel. Er wusste, wo man bei einer verheirateten Frau am besten ansetzte und wie man ein junges Mädchen für sich einnahm. Fast bekam er Celia herum. Sie hätte ihn beinahe erhört, tat es dann aber doch nicht. Irgendetwas in ihr wusste genau, was es wollte, und das ließ sich nicht täuschen.

8

Um diese Zeit gab Miriam ihrer Tochter französische Romane zu lesen, um ihr Französisch frisch zu halten. Balzac und andere französische Realisten waren dabei, aber auch einige moderne Romane, die nur wenige englische Mütter ihren Töchtern in die Hand gegeben hätten.

Aber Miriam verfolgte damit einen Zweck.

Sie war entschlossen, Celia – so verträumt, so in den Wolken – nicht länger unwissend über das wirkliche Leben zu lassen.

Celia las die Bücher gehorsam, aber ohne Interesse.

9

Celia hatte andere Verehrer. Ralph Graham etwa, der sommersprossige Junge aus der Tanzstunde. Er war jetzt Teepflanzer auf Ceylon. Er hatte sich schon immer zu Celia hingezogen gefühlt, auch als sie noch ein Kind war. Bei seiner Rückkehr fand er eine Erwachsene vor und bat sie schon in seiner ersten Urlaubswoche, seine Frau zu werden. Celia gab ihm, ohne zu zögern, einen Korb. Ein Freund begleitete ihn. Der schrieb Celia später, er habe Ralph nicht in die Quere kommen wollen, aber er selbst habe sich auf den ersten Blick in sie verliebt. Ob Hoffnung für ihn bestünde? Doch weder Ralph noch sein Freund machten einen sonderlich starken Eindruck auf Celia.

Doch während des Jahres, in dem Johnnie de Burgh um sie warb, fand sie einen Freund – Peter Maitland.

Peter Maitland war ein paar Jahre älter als seine Schwestern, Soldat und seit einigen Jahren im Ausland. Jetzt war er zurückgekehrt, um in der Heimat Dienst zu tun. Um diese Zeit verlobte sich Ellie Maitland, und Celia und Janet sollten Ellies Brautjungfern sein. Auf der Hochzeit lernte Celia Peter kennen.

Er war groß und dunkel, ein wenig schüchtern, verbarg das aber unter lässigen, angenehmen Manieren. Die Maitlands waren alle nett, gutmütig, ungezwungen und gesellig. Sie ließen sich für nichts und niemanden aus der Ruhe bringen. Versäumten sie einen Zug – morgen ging ja wieder einer. Wenn sie zu spät zum Essen nach Hause kamen, nahmen sie automatisch an, irgendjemand würde ihnen schon was aufgehoben haben. Sie hatten keinen Ehrgeiz, auch keine überschüssigen Energien. In Peter waren die hervorstechendsten Eigenschaften der Familie am stärksten ausgeprägt. Niemand hatte Peter je in Eile gesehen. «In hundert Jahren ist ja doch alles vorbei», war sein Motto.

Ellies Hochzeit war eine typische Maitland-Angelegenheit. Mrs. Maitland, eine gutmütige, füllige Person, stand nie vor Mittag auf und vergaß oft, die Mahlzeiten anzuordnen. Die Hauptarbeit der Familie am Hochzeitsmorgen bestand darin, ‹Mum in ihr Hochzeitskleid zu stecken›. Da Mrs. Maitland Anproben hasste, war ihr austernfarbenes Kleid zu eng. Die Braut zupfte und fummelte an ihr herum und alles wurde mit bedachtem Einsatz einer Schere und eines Zweiges Orchideen, um das Aufgeschnittene zu verdecken, zu ihrer Bequemlichkeit geregelt. Celia fand sich schon früh im Haus ein, um zu helfen, und tatsächlich schien es an einem gewissen Punkt, als könne Ellie an diesem Tag unmöglich noch heiraten. Als sie schon längst hätte fertig sein sollen, saß sie noch im Hemd da und manikürte sich in aller Ruhe ihre Zehennägel.

«Das hätte ich ja gestern tun sollen, aber da hatte ich keine Zeit», sagte sie zu Celia.

«Ellie, die Kutsche ist schon vorgefahren.»

«Ach, wirklich? Vielleicht kann mal jemand Tom anrufen und ihm sagen, dass ich eine halbe Stunde später komme.»

«Der arme kleine Tom», fügte sie nachdenklich hinzu. «Er ist ein so lieber Kerl. Ich sähe es nicht gern, dass er zitternd in der Kirche wartet und glaubt, ich hätte es mir anders überlegt.»

Ellie war sehr groß – fast einen Meter achtzig –, ihr Bräutigam fast einen Kopf kleiner. «Er ist so lieb und gutmütig, ein richtig netter Kerl», beschrieb Ellie ihn.

Celia ging in den Garten und fand dort Captain Peter Maitland vor, der seelenruhig eine Pfeife rauchte und es für selbstverständlich hielt, dass sich seine Schwester verspätete. «Thomas ist ein vernünftiger Bursche und kennt sie», sagte er. «Pünktlichkeit hätte er von ihr gar nicht erwartet.»

Er war Celia gegenüber zunächst ein wenig schüchtern, doch wie es zwei schüchternen Menschen oft miteinander ergeht, fiel es ihnen schon bald nicht mehr schwer, sich zu unterhalten.

«Du findest unsere Familie wahrscheinlich ziemlich komisch», meinte Peter.

«Ihr habt anscheinend überhaupt kein Zeitgefühl», erwiderte Celia lachend.

«Warum soll man denn sein Leben damit verbringen, sich ständig abzuhetzen? Nur immer schön gemächlich – nur dann macht das Leben Spaß.»

«Aber bringt man es auf diese Weise denn zu irgendetwas?»

«Wer will es denn schon zu etwas bringen? Es läuft doch sowieso alles auf das Gleiche hinaus.»

Wenn Peter Maitland auf Urlaub zu Hause war, lehnte er für gewöhnlich alle Einladungen ab. Es lag ihm nicht, ‹Männchen zu machen›, wie er das nannte. Er tanzte nicht, sondern spielte mit Freunden oder seinen Schwestern Tennis oder Golf.

Nach Ellies Hochzeit schien er Celia als Ersatzschwester adoptiert zu haben. Er, sie und Janet unternahmen viel zusammen. Ralph Graham erholte sich allmählich von Celias Korb und entdeckte seine Zuneigung für Janet. So wurde aus dem Trio ein Quartett, und dann zwei Paare, Janet und Ralph, Celia und Peter.

Peter unterwies Celia im Golfspiel.

«Und denk immer daran, dass wir uns nicht abhetzen wollen. Nur ein paar Löcher, und das schön gemächlich. Wenn es zu heiß wird, setze ich mich hin und rauche eine Pfeife.»

Das kam Celia sehr gelegen. Sie hatte wenig Geschick für Spiele, was sie fast ebenso deprimierte wie die Tatsache, dass sie noch immer keine «Figur» hatte. Aber Peter gab ihr das Gefühl, dass das keine Rolle spielte.

«Du willst ja schließlich kein Profi werden und bist nicht auf einen Pokal aus. Es soll einfach nur Spaß machen.»

Peter selbst war ein ausgezeichneter Spieler, obwohl er sich nicht einmal Mühe gab. Er war von Natur aus sportlich. Er hätte es weit bringen können, wäre er nicht so faul gewesen. Aber ihm war es lieber, wie er sich auszudrücken pflegte, Spiele auch wirklich als Spiel zu betreiben und nicht tierisch ernst zu nehmen. «Man muss ja wirklich nicht gleich eine Staatsaffäre daraus machen.»

Mit Miriam kam er gut zurecht. Sie hatte die ganze Familie Maitland sehr gern, und Peter mit seinem umwerfenden, lässigen Charme war sowieso ihr Liebling.

Einmal sagte er zu ihr, als sie zusammen ausreiten wollten: «Sie brauchen sich keine Sorgen um Celia zu machen. Ich passe schon auf sie auf. Ich passe *wirklich* auf sie auf.»

Miriam wusste, wie er das meinte. Auf Peter Maitland konnte sie sich ganz und gar verlassen.

Er wusste so in etwa, wie es um Celia und ihren Major stand. Zartfühlend und behutsam gab er ihr einen Rat.

«Celia, ein Mädchen wie du sollte unbedingt einen Mann mit Geld heiraten. Einen, der dir etwas bieten kann. Das soll ja nicht heißen, dass du einen Primitivling heiratest. Nein, aber einen anständigen Burschen, der einigermaßen sportlich ist und bei dem du auf nichts zu verzichten brauchst.»

Peters Urlaub ging zu Ende. Er begab sich wieder zu seinem Regiment, das in Aldershot stationiert war. Celia vermisste ihn sehr. Sie schrieben einander lustige Briefe, ganz so, wie sie miteinander sprachen.

Als Johnnie de Burgh endgültig ihre Absage akzeptierte, fühlte sich Celia ziemlich ausgelaugt. Die Anstrengung, sich seinem Einfluss zu entziehen, hatte sie mehr Kraft gekostet, als sie ahnte. Kaum war es zum endgültigen Bruch gekommen, da fragte sie sich schon, ob sie es nicht bedauern würde. Vielleicht lag ihr doch viel mehr an ihm, als sie angenommen hatte. Seine aufregenden Briefe, seine Geschenke und die ständige Belagerung fehlten ihr.

Sie wusste nicht, was ihre Mutter von der Sache hielt. War Miriam enttäuscht oder erleichtert? Manchmal dachte sie das eine, manchmal das andere. Damit war sie nicht so weit von der Wahrheit entfernt.

Miriams erste Regung war Erleichterung gewesen, denn sie hatte Johnnie de Burgh nie besonders getraut, wenn sie auch nicht genau sagen konnte weshalb. Sicher, er war Celia treu ergeben. Seine Vergangenheit war nicht gerade rühmlich, aber Miriam war in dem Glauben aufgewachsen, dass ein Mann, der sich vor der Ehe die Hörner abgestoßen hatte, einen besseren Ehemann abgab.

Ihrer Gesundheit wegen machte sie sich die größten Sorgen. Die Herzanfälle, die früher in großen Zeitabständen kamen, häuften sich in letzter Zeit. Den ausweichenden Redensarten der Ärzte entnahm sie, dass sie zwar noch viele Jahre vor sich haben, aber auch ganz plötzlich sterben konnte. Was sollte dann aus Celia werden? Es war ja kaum mehr Geld vorhanden. Nur Miriam wusste genau, *wie* wenig es war.

So furchtbar wenig Geld.

Bemerkungen von J.L.:

Heutzutage würde man fragen: Wenn schon so wenig Geld da war, warum wurde Celia dann nicht für einen Beruf ausgebildet?

Miriam wäre das nie eingefallen. Sie war zwar, wie ich glaube, äußerst aufgeschlossen für neue Gedanken und Ideen, aber diese Idee wäre ihr nie gekommen. Und wenn, glaube ich nicht, dass sie sie in die Tat umgesetzt hätte.

Sie wusste ja, wie verletzlich Celia war. Vielleicht hätte sich das mit einer Berufsausbildung geändert, aber das glaube ich eigentlich nicht. Wie alle Menschen, die hauptsächlich nach ihren inneren Visionen leben, war Celia äußeren Einflüssen gegenüber kaum zugänglich. Wo es um die Realität des Lebens ging, war Celia mit Blindheit geschlagen.

Miriam kannte die Mängel ihrer Tochter. Deshalb, glaube ich, gab sie ihr auch Balzac und andere Franzosen zu lesen, denn die Franzosen sind große Realisten. Sie wollte, dass Celia wenigstens aus Büchern alle Höhen und Tiefen des Lebens kennen lernte, dass sie erkannte, wie gewöhnlich, sinnlich, herrlich, trübe, tragisch und wie urkomisch das Leben sein konnte. Doch das gelang ihr nicht. Celia war so, wie sie aussah – auch ihre Gefühlswelt erinnerte an die der Skandinavier. Sie hing den Heldensagen nach, den Märchen ihrer Kindheit und Maeterlinck, Fiona MacLeod und Yeats, als sie erwachsen war. Sie las zwar auch andere Bücher, doch die kamen ihr so unwirklich vor wie Märchen und Fantastereien einem Realisten und praktisch veranlagten Menschen.

Man ist eben so, wie man geboren wurde. In Celia war ein skandinavischer Vorfahr wieder lebendig geworden. Die robuste Granny, der soziale John, die lebhafte Miriam, einer von ihnen hatte diese Eigenschaft, von der sie selbst nichts wussten, an Celia weitergegeben.

Es ist interessant zu beobachten, dass Celias Bruder in ihren Erzählungen kaum in Erscheinung tritt. Trotzdem muss Cyril doch oft da gewesen sein – in den Ferien und dann im Urlaub.

Er ging zur Army und kam nach Indien, ehe Celia erwachsen war. Er spielte in ihrem Leben keine große Rolle. Auch im Leben seiner Mutter nicht. Es muss wohl sehr viel Geld gekostet haben, als er zum Militär ging. Er hat dann später geheiratet, seinen Abschied genommen und ist in Rhodesien Farmer geworden. Als Persönlichkeit verschwand er aus Celias Leben.

VIII

Jim und Peter

1

Miriam und ihre Tochter glaubten beide an die Macht des Gebetes. Zuerst betete Celia gewissenhaft und war sich ihrer Sünden voll bewusst, später wurden ihre Gebete spiritueller und asketischer. Doch sie legte niemals diese Angewohnheit ab, die sie schon als kleines Mädchen hatte – stets ein Stoßgebet zum Himmel zu schicken. So betrat sie niemals einen Ballsaal, ohne vor sich hin zu murmeln: «Bitte, lieber Gott, mach, dass ich nicht so schüchtern bin. Bitte, lieber Gott, sorg doch dafür, dass ich nicht rot werde.» Vor einer Einladung zum Abendessen seufzte sie: «Bitte, lieber Gott, mach, dass mir ein Gesprächsthema einfällt.» Sie bat Gott darum, ihr die Tänzer zu bescheren, die sie mochte, und es nicht regnen zu lassen, wenn ein Picknick geplant war.

Miriams Gebete waren intensiver, auch viel überheblicher. Sie war in dieser Beziehung eine überhebliche Frau. Für ihre Tochter *bat* sie nicht, sie *forderte*. Sie betete so eindringlich, so glühend, dass sie nie mit der Möglichkeit rechnete, Gott könne ihre Gebete nicht erhören. Wenn wir sagen, dass unsere Gebete nicht erhört worden sind, meinen wir damit wahrscheinlich, dass die Antwort *nein* gelautet hat.

Sie war nie recht sicher gewesen, ob Johnnie de Burgh die Erhörung ihrer Gebete war, aber bei Jim Grant wusste sie es bestimmt.

Jim wollte Landwirt werden, und seine Eltern schickten ihn auf ein Gut in Miriams Nähe, damit sie ein Auge auf ihn haben konnte.

Jim war mit dreiundzwanzig noch fast, wie er mit dreizehn gewesen war. Dasselbe gutmütige Gesicht mit den hohen Wangenknochen und dunkelblauen Augen, dieselben guten Manieren, dasselbe charmante Lächeln, unbeschwert und ansteckend.

Es war Frühling, Jim war jung und gesund und kam oft zu Miriams Haus, wo er Celia traf, die jung, blond und schön war. Was war da natürlicher, als dass er sich in sie verliebte?

Das heißt, für Celia war es nur eine Freundschaft ähnlich wie mit Peter Maitland, nur dass sie Jims Charakter mehr bewunderte. Sie hatte schon immer das Gefühl gehabt, dass Peter zu lässig war. Er hatte keinen Ehrgeiz. Jim nahm das Leben ernst, war ehrgeizig und hatte einen starken Willen. Sein Wunsch, Landwirt zu werden, entsprang nicht seiner Liebe zur Natur, zum Boden. Er war vor allem an der wissenschaftlichen, praktischen Seite dieses Berufs interessiert. Die Landwirtschaft musste in England ertragreicher werden. Das war für Jim lediglich eine Frage der Wissenschaft und der Willenskraft. Er besaß Bücher darüber, die er Celia lieh. Er verlieh seine Bücher gern. Er interessierte sich auch noch für Theosophie, Bimetallismus, für Wirtschaft und Christliche Wissenschaften. Celia mochte er deshalb so gern, weil sie so gut zuhören konnte. Sie las alle Bücher, die er ihr lieh, und machte intelligente Bemerkungen darüber.

Johnnie de Burgh hatte physisch um Celia geworben, Jim Grant dagegen fast ausschließlich intellektuell. In diesem Abschnitt seines Lebens barst er fast vor ernsthaften Ideen. Er wirkte fast schon besserwisserisch. Celia hatte ihn am liebsten, wenn er den Kopf zurückwarf und lachte, anstatt tierisch ernst über Fragen der Ethik zu diskutieren.

Als Johnnie de Burgh ihr seine Liebe gestand und um sie anhielt, hatte sie das wie ein Blitz aus heiterem Himmel getroffen – doch dass Jim sie bitten würde, seine Frau zu werden, wusste sie schon einige Zeit vorher.

Manchmal hatte Celia das Gefühl, dass das Leben nach einem bestimmten Muster verlief. Das Weberschiffchen schoss dem vorgegebenen Muster entsprechend hin und her. Jim, begann sie zu glauben, war ihr Webmuster, war ihr von Anfang an vom Schicksal zugedacht gewesen. Wie glücklich ihre Mutter jetzt immer aussah!

Jim war ein wahrer Schatz – sie mochte ihn sehr. Bald würde er sie bitten, seine Frau zu werden. Dann würde sie sich wieder fühlen wie bei Major de Burgh (sie dachte immer als Major de Burgh an ihn und nie als Johnnie): aufgeregt und leicht verstört. Ihr Herz würde stürmisch klopfen…

Jims Heiratsantrag kam an einem Sonntagnachmittag; so hatte er es seit Wochen geplant, und daran hielt er sich auch.

Es regnete, Celia spielte Klavier und sang, Jim hörte zu. Er mochte Gilbert und Sullivan.

Nach dem Gesang saßen sie nebeneinander auf dem Sofa und sprachen über den Sozialismus und das Gute im Menschen. Dann entstand eine Pause. Celia machte eine Bemerkung über Mrs. Besant, doch Jims Antwort passte nicht so recht dazu.

Wieder versanken sie in Schweigen. Jim wurde feuerrot und sagte: «Du weißt doch, dass ich dich schrecklich gern mag, Celia. Willst du dich mit mir verloben, oder möchtest du noch ein wenig warten? Ich glaube, wir könnten sehr glücklich miteinander werden. Wir haben doch so viel Gemeinsames.»

Er war nicht so ruhig, wie er schien, doch Celia war zu jung, um das zu erkennen. Wäre sie älter gewesen, hätte sie gesehen, wie seine Lippen bebten und wie er nervös am Sofakissen zupfte.

Da sie nicht wusste, was sie auf Jims Vorschlag antworten sollte, schwieg sie.

«Ich denke doch, du magst mich», sagte Jim.

«Oh ja, selbstverständlich mag ich dich», versicherte Celia ihm eifrig.

«Das ist das Wichtigste. Man sollte sich mögen. Das dauert an. Leidenschaft…» – dabei wurde er rot – «tut das nicht. Ich denke, Celia, wir beide wären ein ideales, glückliches Paar. Ich will jung heiraten. Vielleicht wäre es am besten, wir würden uns verloben und uns ein halbes Jahr Probezeit zugestehen. Nur deine und meine Mutter sollen davon wissen. Am Ende des halben Jahrs kannst du mir deine endgültige Entscheidung mitteilen.»

Celia dachte einen Moment nach.

«Meinst du, das ist fair? Ich denke daran, dass ich vielleicht…»

«Wenn du dann Zweifel hast, heiraten wir selbstverständlich nicht, aber ich bin überzeugt, dass alles sehr gut gehen wird.»

«Dann ist es mir recht», antwortete Celia lächelnd. Wie sicher er sich seiner Sache doch war!

Sie rechnete damit, dass er sie küssen würde, doch er tat nichts dergleichen. Nur allzu gerne hätte er sie geküsst, doch er war zu schüchtern. Sie diskutierten weiter über den Sozialismus, wenn auch möglicherweise nicht ganz so logisch wie vorher.

Dann war es für Jim Zeit zu gehen.

Eine Minute lang standen sie ziemlich verlegen voreinander.

«Nächsten Sonntag bin ich wieder da, vielleicht auch schon vorher. Und zwischendurch schreibe ich», sagte er. «Ich werde... Celia, willst du mir nicht einen Kuss geben?»

Sie küssten sich. Ziemlich unbeholfen...

Es war fast so, als küsse sie Cyril, dachte Celia, nur dass ihr Bruder nie jemanden küssen wollte.

Jetzt war sie also mit Jim verlobt.

2

Miriam war so überströmend glücklich, dass auch Celia von der Verlobung ganz begeistert war.

«Liebling, ich freue mich ja so für dich. Er ist ein so lieber, anständiger und männlicher junger Mann, er wird gut für dich sorgen», sagte sie. «Und seine Familie sind so alte Freunde und haben deinen Vater so gern gehabt. Ich kann dir gar nicht sagen, wie sehr ich mich darüber freue, dass alles so gekommen ist – ihr Sohn und unsere Tochter. O Celia, bei Major de Burgh war ich so unglücklich. Ich hatte immer das Gefühl, etwas stimmte nicht... war nicht richtig für dich.» Sie machte eine Pause und sagte plötzlich: «Und ich hatte Angst um mich selbst...»

«Wieso das, Mami?»

«Weißt du, ich wollte dich doch so gern bei mir behalten. Aus schierer Selbstsucht wollte ich nicht, dass du heiratest. Ich sagte mir, dass du ein behüteteres, umsorgteres Leben führen würdest – keine Sorgen, keine Kinder, keine Probleme. Wenn es nicht darum gegangen wäre, dass ich dir so wenig hinterlassen kann, wäre die Versuchung groß gewesen. Für eine Mutter ist es sehr schwer, Celia, nicht selbstsüchtig zu sein.»

«Ach, Unsinn!», erwiderte Celia. «Wenn andere Mädchen

heiraten und ich nicht, bist du ja doch nur schrecklich unglücklich.»

Die Eifersucht ihrer Mutter hatte Celia natürlich längst bemerkt. War ein anderes Mädchen besser gekleidet als ihre Tochter oder amüsanter, war das für sie immer eine Quelle größten Kummers. Als Ellie Maitland heiratete, war ihrer Mutter das ein Dorn im Auge. Miriam sprach nur von Mädchen freundlich, die so simpel, unscheinbar oder langweilig waren, dass sie es in keiner Hinsicht mit Celia aufnehmen konnten. Celia ärgerte sich manchmal über diesen Zug an ihrer Mutter, doch meistens wurde ihr ganz warm ums Herz. Ihre geliebte Mutter, die sich wie eine Glucke immer schützend vor ihre Tochter stellte. Unlogisch und lächerlich und doch so liebenswert. Wie alle Miriams Reaktionen und Gefühle waren auch diese sehr heftig.

Sie freute sich, dass ihre Mutter über die Verlobung so glücklich war. Es hatte sich wirklich alles bestens geregelt. Es war doch schön, in eine Familie «alter Freunde» einzuheiraten. Und sie mochte Jim ganz sicher viel lieber als irgendeinen anderen Mann ihrer Bekanntschaft – viel, viel lieber! Genauso hatte sie sich einen Ehemann immer vorgestellt. Jung, männlich, voller Ideen und voller Ideale.

Ob die Mädchen wohl alle deprimiert waren, wenn sie sich verlobt hatten? Das konnte schon sein. Es war ja auch etwas so Endgültiges, so Unwiderrufliches.

Sie nahm ihr Buch wieder auf und gähnte. Auch die Theosophie deprimierte sie. Vieles daran kam ihr dumm und albern vor…

Alles kam ihr so trübe vor – viel trüber als noch vor zwei Tagen.

3

Am nächsten Morgen fand sie auf ihrem Frühstücksteller einen Brief von Jim vor. Celia errötete zart. Ein Brief von Jim. Der erste Brief seit…

Zum ersten Mal verspürte sie Erregung. Er hatte zwar nicht viel gesagt, aber vielleicht in einem Brief…

Sie nahm den Brief mit in den Garten hinaus und öffnete ihn.

Liebste Celia, Mrs. Cray war ziemlich ungehalten, weil ich so spät zum Abendessen kam, aber der alte Mr. Cray war recht amüsant. Er erklärte ihr nämlich lachend, ich sei auf der Balz gewesen. Es sind schrecklich nette, einfache Leute und ihre Witze immer gutmütig. Ich wollte nur, sie wären für neue landwirtschaftliche Ideen etwas aufgeschlossener. Er hat anscheinend über dieses Thema überhaupt noch nichts gelesen und gibt sich damit zufrieden, das Land mit den Methoden seines Urgroßvaters zu bewirtschaften. Ich glaube, die Landwirtschaft ist immer etwas reaktionärer als irgendetwas sonst. Es ist der im Boden verwurzelte Instinkt des Landbewohners. Vielleicht hätte ich gestern, ehe ich ging, doch mit deiner Mutter sprechen sollen, aber ich habe ihr jetzt geschrieben. Ich hoffe, sie hat nichts dagegen, dass ich dich ihr wegnehme. Du bedeutest mir sehr viel, aber ich glaube, dass sie mich mag.

Am Donnerstag komme ich vielleicht, doch das hängt vom Wetter ab; sonst am nächsten Sonntag.

Alles Liebe!

Herzlichst, dein Jim.

Nach den Briefen von Johnnie de Burgh war diese Epistel nicht gerade dazu angetan, ein junges Mädchen darüber in Freudentränen ausbrechen zu lassen.

Celia ärgerte sich über Jim.

Sie hatte das Gefühl, dass sie ihn leicht lieben könnte – wenn er nur ein bisschen anders wäre!

Sie zerriss den Brief in kleine Fetzen und warf ihn einfach weg.

4

Jim war kein Liebhaber; er war zu selbstbewusst und hatte sehr bestimmte Ansichten. Außerdem war Celia nicht die Frau, die ihn voll aufweckte. Eine erfahrene Frau hätte ihn leicht aus sich herausgelockt, ihn den Kopf verlieren lassen, zu ihrem und seinem Nutzen.

Seine Beziehung zu Celia war irgendwie unbefriedigend. Sie

gingen nicht mehr so ungezwungen und kameradschaftlich miteinander um, hatten dafür aber nichts anderes dazugewonnen.

Celia bewunderte weiterhin seine Charakterfestigkeit, lauschte gelangweilt seiner Unterhaltung, ärgerte sich über seine Briefe und fand das ganze Leben ziemlich deprimierend.

Es freute sie nur, dass die Verlobung ihre Mutter so glücklich machte.

Da bekam sie einen Brief von Peter Maitland, dem sie unter dem Siegel der Verschwiegenheit ihre Verlobung mitgeteilt hatte:

Ich wünsche dir nur das Allerbeste, Celia. Er scheint ein vernünftiger Bursche zu sein. Ich hoffe, er ist nicht arm, denn das ist sehr wichtig, Liebes. Mädchen denken niemals daran, aber ich kenne Frauen, die sich halb zu Tode sorgen, weil zu wenig Geld da ist. Ich wünsche mir immer für dich, dass du wie eine Königin leben kannst. Für ein raues Leben bist du nicht geschaffen.

Im September komme ich nach Hause, und da werde ich deinen jungen Mann unter die Lupe nehmen, um zu sehen, ob er für dich taugt. Ich bin sowieso der Meinung, für dich sei gar keiner gut genug!

Altes Mädchen, mach's gut, und bleibe, wie du bist.

Immer dein Peter.

5

Merkwürdig, was Celia an ihrer Verlobung am meisten genoss: es war ihre künftige Schwiegermutter.

Sie hatte Mrs. Grant von jeher bewundert und fand sie damals wie heute reizend. Jetzt war sie ganz grauhaarig, aber noch von der gleichen königlichen Anmut wie früher, mit denselben wunderbaren blauen Augen, der klaren, angenehmen Stimme, der tadellosen Figur, einfach immer noch eine überlegene Persönlichkeit.

Mrs. Grant freute sich über die Bewunderung ihrer Schwiegertochter, wenn sie auch vielleicht mit der Wahl ihres Sohnes nicht ganz einverstanden war, denn etwas schien ihr zu fehlen. Nun, bis zur offiziellen Verlobung war noch ein halbes Jahr, und die Hochzeit sollte ein Jahr später stattfinden.

Jim betete seine Mutter an und war glücklich, dass Celia das auch tat.

Granny schien über Celias Verlobung auch ziemlich froh zu sein, doch sie erging sich in dunklen Andeutungen über die Schwierigkeiten und Schattenseiten des Ehelebens. Der arme John Godolphin habe sich in den Flitterwochen einen Kehlkopfkrebs zugezogen, und der alte Admiral Collingway habe seine Frau mit einer üblen Krankheit angesteckt und es dann mit der Gouvernante getrieben und schließlich konnte sie kein Mädchen mehr im Haus behalten, das arme Ding. Er hatte die leidige Angewohnheit, hinter Türen hervorzuspringen und sich ihnen in den Weg zu stellen – und das splitterfasernackt. Natürlich ist keine lange geblieben.

Celia fand, bei Jim war sicher kein Kehlkopfkrebs zu erwarten, er war viel zu gesund. («Aber, meine Liebe, ausgerechnet die Gesündesten kriegen solche Krankheiten», hatte Granny geunkt.) Sie konnte sich auch nicht einmal in ihren wildesten Träumen vorstellen, dass Jim wie ein ältlicher Satyr die Dienstmädchen anfallen würde. Aber Granny war etwas misstrauisch jungen Männern gegenüber, die nicht tranken und rauchten und die verlegen dreinsahen, wenn ein zweideutiger Witz erzählt wurde. Granny war eine männlichere Generation lieber. Andererseits gefiel ihr, dass Jim eine Hand voll Kies von der Terrasse aufgehoben hatte, «dort, wo deine Füße gegangen sind, Celia».

Die Erklärung Celias, dass es sich hier um reines geologisches Interesse gehandelt hatte, wollte sie einfach nicht akzeptieren.

«Das hat er dir vielleicht erzählt, mein Liebling. Aber ich kenne mich mit jungen Männern aus. Der junge Planterton zum Beispiel hat mein Taschentuch sieben Jahre lang auf dem Herzen getragen. Dabei hat er nur einmal mit mir getanzt.»

Leider war Granny indiskret, so dass die Sache von der Verlobung durchsickerte. Mrs. Luke erfuhr davon und sagte zu Celia: «Kindchen, ich bin froh, dass du Johnnie den Laufpass gegeben hast. George meinte, ich dürfe nichts gegen ihn sagen, weil er doch so eine gute Partie ist. Aber ich fand immer, dass er aussieht wie ein Schellfisch.»

Soweit Mrs. Luke.

Sie fuhr fort:

«Roger Raynes fragt immer wieder nach dir. Ich komme dann immer schnell auf etwas anderes zu sprechen. Weißt du, er ist ziemlich wohlhabend. Deshalb hat er seine Stimme wohl nie richtig ausbilden lassen. Was für ein Jammer, er könnte ein wunderbarer Sänger von Beruf sein. Aber ich glaube, du magst ihn nicht so recht. Er ist so schrecklich umständlich. Er isst Steaks zum Frühstück und schneidet sich immer beim Rasieren. Ich hasse Männer, die sich beim Rasieren schneiden.»

6

Im Juli kam Jim eines Tages sehr aufgeregt zu Celia. Ein sehr reicher Freund seines Vaters gehe auf eine Weltreise zum Studium der Landwirtschaft und wolle ihn, Jim, mitnehmen.

Jim redete eine ganze Weile auf sie ein. Er war Celia dankbar, dass sie gleich Interesse zeigte und einwilligte. Er hatte sich fast schon ein wenig schuldig gefühlt und befürchtet, sie könnte ihm sein Fortgehen übel nehmen.

Schon zwei Wochen später reiste er voller Vorfreude ab. Aus Dover schickte er Celia ein Abschiedstelegramm:

ALLES LIEBE PASS AUF DICH AUF MEIN SCHATZ STOP JIM.

Wie schön ein Augustmorgen doch sein kann …

Celia trat auf die Terrasse vor dem Haus und sah sich um. Es war noch früh am Morgen. Auf der Wiese – auf dem lang gestreckten grünen Hang, den Miriam nicht umgraben lassen wollte, damit Blumenbeete daraus wurden – lag noch Tau. Da stand die dicht belaubte tiefgrüne Buche – höher als je zuvor. Und der Himmel war so blau – tiefblau wie das Meer.

So glücklich hatte sich Celia kaum jemals gefühlt. Der altvertraute «Schmerz» überkam sie. Alles war so schön, so schön, dass es wehtat …

Was für eine wunderschöne Welt!

Der Gong ertönte. Sie ging zum Frühstück hinein.

Beim Frühstück musterte Miriam sie. «Du bist sehr glücklich, nicht wahr?», fragte sie.

«Ja, ich bin glücklich. Es ist ein so wunderschöner Tag.»

«Das auch, natürlich... Aber du bist glücklich, weil Jim weg ist?»

Bis zu diesem Moment hatte es Celia selbst nicht gewusst. Sie war erleichtert, auf wilde, überschäumende Art erleichtert. Sie musste neun Monate lang keine theosophischen und wirtschaftswissenschaftlichen Bücher lesen. Neun herrliche, wunderbare Monate lang war sie frei und konnte leben, wie sie wollte, fühlen, wie sie mochte. Sie war frei, frei, frei!

Sie sah ihre Mutter an. Miriam erwiderte den Blick.

«Du musst ihn ja nicht heiraten. Nicht, wenn du so fühlst...», sagte sie leise. «Ich wusste ja nicht....»

Jetzt brach es aus Celia heraus.

«Ich wusste es ja selbst nicht. Ich dachte, ich liebe ihn, er ist der netteste Mensch, der mir je begegnet ist, er ist großartig und... und...»

Miriam nickte traurig. Ihr Seelenfrieden war von kurzer Dauer gewesen. «Ich wusste ja, dass du ihn zuerst nicht geliebt hast, aber ich hoffte, während der Verlobungszeit würde die Liebe wachsen. Du musst keinen Mann heiraten, der dich langweilt, Kind.»

«Mich langweilen?» Celia war schockiert. «Oh, er ist doch so klug, er könnte mich niemals langweilen.»

«Aber genau das tut er.» Sie seufzte. «Er ist noch sehr jung.»

Vielleicht, überlegte sie in diesem Augenblick, wäre alles gut gegangen, wenn sich die beiden erst kennen gelernt hätten, als Jim schon älter war. Sie hatte immer das Gefühl, dass gar nicht viel gefehlt hätte, und die beiden wären ein richtiges Liebespaar geworden. Aber es sollte wohl nicht sein...

Wenn sie auch enttäuscht war und sich um Celias Zukunft Sorgen machte, so kam doch insgeheim auch Freude in ihr auf. Eine jubelnde Stimme in ihr sang: «Celia bleibt noch bei mir. Sie verlässt mich noch nicht...»

Als Celia Jim geschrieben hatte, dass sie ihn nicht heiraten könne, war ihr eine schwere Last von den Schultern genommen.

Peter Maitland, der im September kam, staunte über ihre blendende Laune und ihre Schönheit.

«Da hast du also diesem jungen Mann den Laufpass gegeben, Celia? Armer Kerl. Aber ich bin davon überzeugt, dass du schon bald einen anderen findest, der besser zu dir passt. Na, du wirst sowieso wahrscheinlich pausenlos Heiratsanträge bekommen.»

«So viele sind es gar nicht…»

«Wie viele?»

Celia überlegte.

Dieser komische kleine Mann in Kairo, Captain Gale, hatte ihr zum Beispiel einen Heiratsantrag gemacht und dann ein dummer Junge auf dem Schiff auf der Rückreise, aber das zählte wohl nicht. Dann natürlich Major de Burgh, Ralph und sein Freund, der Teepflanzer (der übrigens inzwischen ein anderes Mädchen geheiratet hatte). Und Jim. Nicht zu vergessen dieser peinliche und lächerliche Antrag, den ihr Roger Raynes erst vor einer Woche gemacht hatte.

Mrs. Luke hatte kaum von Celias Entlobung gehört, als sie auch schon telegrafierte, sie solle kommen. Roger erschien prompt. Er hatte George sowieso immer wieder gebeten, ein Treffen mit Celia zu arrangieren. Alles sah recht viel versprechend aus. Sie hatten im Salon Duette gesungen.

‹Wenn er doch seinen Heiratsantrag singen wollte – dann würde sie ihn nehmen›, dachte Mrs. Luke hoffnungsvoll.

«Warum sollte sie ihn abweisen? Raynes ist doch ein lustiger und guter Kerl», meinte George mit leisem Vorwurf in der Stimme.

Es hatte keinen Sinn, einem Mann irgendetwas zu erklären. Kein Mann begriff, was einer Frau an einem Mann gefiel – oder auch nicht gefiel.

«Allerdings ist er ein bisschen umständlich und auch nicht der Schlankste», gab George zu. «Aber bei einem Mann ist es ja nicht so wichtig, wie er aussieht.»

«So etwas kann wirklich nur ein Mann behaupten», fauchte Mrs. Luke.

«Ich bitte dich, Amy, ihr Frauen wünscht euch doch wohl keinen geschniegelten Lackaffen.»

Er ließ nicht locker. «Roger sollte eine Chance haben.»

Die beste Chance hätte Roger tatsächlich gehabt, wenn er seinen Antrag hätte singen können. Er besaß eine wunderbare Stimme, die allen sehr zu Herzen ging. Bei einem gesungenen Antrag hätte sich Celia sicher eingebildet, ihn zu lieben. Doch sobald sein Gesang verstummte, kehrte Roger zu seiner Alltagspersönlichkeit zurück.

Dass sich Mrs. Luke als Heiratsvermittlerin betätigte, machte Celia ganz nervös. Mrs. Lukes Gesichtsausdruck verriet ihr alles. Also sorgte sie geschickt dafür, dass sie niemals mit Roger allein blieb. Sie wollte ihn nicht heiraten. Deshalb musste sie unbedingt verhindern, dass er ihr einen Antrag machte.

Doch das Ehepaar Luke war wild entschlossen, Roger ‹seine Chance zu geben›. So sah sich Celia gezwungen, in dem leichten Jagdwagen zusammen mit Roger zu einem ganz bestimmten Picknickplatz zu fahren.

Die Fahrt verlief nicht sehr erfolgreich. Roger sprach von den Freuden des häuslichen Lebens, Celia fand Hotels viel amüsanter. Roger gab ihr zu verstehen, dass er schon lange davon träumte, nicht weiter als eine Stunde von London entfernt irgendwo auf dem Lande zu wohnen.

«Wo möchten Sie auf keinen Fall wohnen?», fragte ihn Celia.

«In London. In London könnte ich nicht leben.»

«Ich möchte nirgendwo anders als in London leben», betonte Celia. Sie sprach diese Lüge seelenruhig aus.

«Nun ja, vielleicht könnte ich doch in London leben», räumte Roger seufzend ein. «Zusammen mit der richtigen Frau. Ich glaube, die habe ich gefunden. Ich –»

«Ich muss Ihnen unbedingt erzählen, was vor ein paar Tagen Komisches passiert ist», unterbrach Celia ihn verzweifelt.

Sie erzählte eine Anekdote. Roger hörte gar nicht zu. Kaum war sie fertig, fing er wieder an:

«Wissen Sie, Celia, seit ich Sie das erste Mal gesehen habe –»

«Haben Sie diesen Vogel gesehen? Ich glaube, das war ein Distelfink.»

Doch Roger ließ sich nicht aus der Fassung bringen. Wenn ein Mann entschlossen ist, einer Frau einen Heiratsantrag zu machen, die entschlossen ist, das zu verhindern, so setzt er sich meistens durch. Je öfter Celia abzulenken versuchte, desto hartnäckiger beharrte Roger darauf, zur Sache zu kommen. Als Celia seinen Antrag kurz und bündig ablehnte, war er tief getroffen. Sie war wütend, weil es ihr nicht gelungen war, ihn davon abzubringen, und verärgert, weil Roger ehrlich überrascht war. Er hatte nicht mit einem Korb gerechnet. Der Rest der Fahrt verlief in eisigem Schweigen. Roger sagte dann zu George, vielleicht sei es ganz gut so und er gerade noch einmal davongekommen. Celia sei wohl launisch und unberechenbar.

All das ging Celia durch den Kopf, als sie über Peters Frage nachdachte.

«Sieben waren es, glaube ich», sagte sie. «Aber nur zwei ernst gemeinte.»

Sie saßen auf dem Golfplatz unter einer Hecke auf der Wiese. Von da aus sah man auf die Klippen und das Meer.

Peter hatte seine Pfeife ausgehen lassen. Er schnippte mit den Fingern die Köpfe von Gänseblümchen ab.

«Du weißt doch sicher, Celia, dass du auch mich jederzeit auf diese Liste setzen kannst, nicht wahr?» Peters Stimme klang seltsam angespannt.

Sie schaute ihn so erstaunt an, dass er fragte: «Ja, wusstest du das denn nicht?»

«Nein, daran hätte ich nicht im Traum gedacht! Du schienst nie, als ob du …»

«Ich wusste das schon bei Ellies Hochzeit, aber ich bin nicht der Richtige für dich. Du brauchst einen strebsamen Mann mit einem guten Kopf, keinen so lässigen Burschen wie mich. Ich werde es niemals zu etwas bringen. So bin ich nun einmal. Ich werde den Militärdienst durchstehen, bis ich pensioniert werde. Ein ziemlich unauffälliges, glanzloses Leben ohne Feuerwerk. Der Sold ist auch nicht hoch. Fünf- oder sechshundert im Jahr – davon müssten wir leben.»

«Das würde mir nichts ausmachen.»

«Das weiß ich doch. Aber mir macht es sehr viel aus, deinetwegen. Weil du nicht weißt, wie das ist. Aber ich weiß es. Du solltest das Beste haben, Celia, das absolut Beste. Du bist ein ganz reizendes Mädchen. Du könntest jeden heiraten. Ich will nicht, dass du dich an einen kleinen Soldaten wegwirfst. Kein richtiges Zuhause, ständig ein- und auspacken, einmal da, einmal dort... Ich hatte mir eigentlich fest vorgenommen, den Mund zu halten und dich den Mann heiraten zu lassen, der so ein schönes Mädchen wie du heiraten sollte. Aber wenn das nicht der Fall sein sollte, dachte ich, hätte ich eines Tages vielleicht doch noch eine Chance...»

Sehr scheu legte Celia ihre schlanke rosa Hand auf seine kräftige braune. Seine Hand umschloss die ihre fest. Wie gut sie sich anfühlte – Peters Hand...

«Ich weiß selbst nicht, warum ich ausgerechnet jetzt reden musste. Aber mein Regiment geht wieder ins Ausland. Ich wollte nur, dass du es weißt, bevor ich wegmuss. Denk dran: wenn der Richtige nicht auftaucht, ich bin da und warte – immer...»

Peter, lieber, lieber Peter. Peter gehörte für sie irgendwie zum Kinderzimmer, zum Garten, zu Rouncy und der Buche. Er verkörperte für sie Sicherheit, Glück, das Zuhause...

Mit ihrer Hand in Peters Hand saß sie glücklich auf der Wiese und sah aufs Meer hinaus. Mit Peter würde sie immer glücklich sein. Lieber, unbekümmerter, liebenswürdiger Peter.

Er hatte sie die ganze Zeit nicht angesehen. Angespannt und grimmig blickte er ins Leere. Braun gebrannt, mit finsterer Miene.

«Peter, ich mag dich schrecklich gern», sagte sie zu ihm. «Ich würde dich gerne heiraten.»

Und da wandte er sich ihr zu, ganz langsam, wie er alles tat. Er legte den Arm um sie, seine dunklen, gutmütigen Augen sahen in die ihren, und dann küsste er sie; nicht ungeschickt wie Jim, auch nicht leidenschaftlich wie Johnnie, sondern mit tiefer, überzeugender Zärtlichkeit.

«Mein kleines Liebes», flüsterte er...

8

Sie hätte Peter am liebsten sofort geheiratet, um mit ihm nach Indien zu gehen, doch Peter schlug ihr das rundweg ab.

Er machte ihr immer wieder klar, dass sie noch sehr jung war mit ihren neunzehn Jahren und dass er ihr die Chancen bei anderen Männern nicht verderben wolle.

«Celia, ich käme mir ja wie ein Schwein vor, wenn ich dich gierig für mich beanspruchen wollte. Es kann doch sein, dass du es dir anders überlegst, dass du vielleicht einem Mann begegnest, den du viel mehr liebst als mich.»

«Das werde ich nicht, niemals.»

«Das kannst du gar nicht wissen. Viele Mädchen sind mit neunzehn ganz verrückt nach einem Mann. Wenn sie dann zweiundzwanzig sind, können sie sich nicht mehr vorstellen, was sie an ihm so toll gefunden haben. Ich will dich nicht drängen. Ich will, dass du dir Zeit lässt, bis du ganz sicher bist, dass du keinen Fehler machst.»

Jede Menge Zeit. Die Maitland'sche Denkweise! Nur nichts übereilen. Und so versäumten die Maitlands Züge und Mahlzeiten und manchmal auch noch wichtigere Dinge.

Mit Miriam sprach Peter ähnlich.

«Sie wissen doch, wie ich Celia liebe», sagte er. «Ich glaube, das haben Sie schon immer gewusst. Ich weiß, Sie haben mir immer vertraut, und ich weiß auch, dass ich nicht der Bursche bin, den Sie sich für Ihre Tochter gewünscht haben.»

«Ich will nur, dass sie glücklich ist», unterbrach Miriam ihn. «Und mit dir wäre sie glücklich.»

«Ich würde mein Leben dafür geben, sie glücklich zu machen, Sie wissen das. Aber ich will sie nicht drängen. Es könnte sein, dass einer mit viel Geld kommt...»

«Geld ist nicht alles. Es stimmt, dass ich gehofft hatte, Celia würde einmal nicht arm sein. Aber wenn ihr euch gern habt – du hast genug, um davon leben zu können, wenn du sparsam bist.»

«Aber es ist ein Hundeleben für eine Frau. Immer unterwegs. Und Celia ist zu jung, um genau zu wissen, was sie will. In zwei

Jahren habe ich wieder Urlaub. Will sie mich dann noch immer, dann…»

«Ich hoffe, dass sie das tut.»

«Sie ist so schön und hat etwas Besseres als mich verdient. Ich bin keine gute Partie.»

«Sei nicht gar so bescheiden, Frauen schätzen das nicht», sagte Miriam unvermittelt.

«Damit könnten Sie Recht haben», gab er zu.

Die zwei Wochen, die er noch zu Hause verbrachte, waren sehr glücklich, und Celia schwor hoch und heilig, sie würde ihm immer treu sein und auf ihn warten. Zwei Jahre wären schnell vorbei.

«Ich will, dass du dich frei fühlst, dich nicht an mich gebunden fühlst», sagte Peter.

«Ich will mich nicht frei fühlen», erwiderte sie trotzig. «Wenn du mich wirklich liebst, Peter, würdest du mich vom Fleck weg heiraten, damit ich mit dir kommen könnte.»

«Mein kleines Liebes, mein Schätzchen, weißt du denn nicht, dass ich dich nur deshalb nicht sofort heirate, weil ich dich so liebe?»

Als sie ihn ansah, wusste sie, dass er sie wirklich liebte, dass er fürchtete, den Schatz zu fest zu halten, den er am meisten begehrte.

Drei Wochen später fuhr Peters Schiff ab.

Ein Jahr und drei Monate danach heiratete Celia Dermot.

IX

DERMOT

1

Peter war nach und nach in Celias Leben gekommen; Dermot platzte hinein.

Obwohl auch er Soldat war, konnte es keinen größeren Gegensatz geben als den zwischen Peter und Dermot.

Celia lernte ihn in York bei einem Regimentsball kennen, zu dem sie mit den Lukes eingeladen war.

Sie wurden einander vorgestellt, er schaute sie aus intensiv blauen Augen an und sagte: «Ich möchte drei Tänze haben, bitte.»

Beim zweiten Tanz verlangte er drei weitere, doch ihre Tanzkarte war voll. «Macht nichts. Wir streichen ein paar andere aus», sagte er.

Er nahm die Karte und strich wahllos drei Namen.

«Aber vergessen Sie es nicht. Ich komme rechtzeitig.»

Er war groß, dunkel und hatte lockiges Haar. Seine tiefblauen Augen waren schräg wie die eines Fauns und sahen einen an und schnell wieder weg. Er hatte eine Art, die glaubwürdig erscheinen ließ, dass er alles bekam, was er wollte – unter allen Umständen.

Am Ende des Balles wollte er wissen, wie lange sie noch in der Gegend sei.

Sie erklärte, sie reise am nächsten Tag ab. Er wollte wissen, ob sie je nach London fuhr.

Sie erzählte ihm, sie fahre nächsten Monat zu ihrer Großmutter, und gab ihm die Adresse.

«Vielleicht bin ich in der Stadt, dann komme ich.»

«Tun Sie das», forderte ihn Celia auf.

Aber sie hätte nie gedacht, dass es ihm damit ernst war. Ein Monat ist eine lange Zeit. Er holte ihr ein Glas Limonade. Sie nippte daran, und sie unterhielten sich über alles Mögliche. Dermot behauptete, man könne alles bekommen, was man wolle – man müsse es nur stark genug wollen.

Celia plagte das Gewissen wegen der Tänze, die sie ihn hatte streichen lassen, das war sonst nicht ihre Art. Aber irgendwie hatte sie nicht anders gekonnt …

Es tat ihr sehr Leid, dass sie ihn wahrscheinlich nicht wieder sehen würde.

Aber um der Wahrheit die Ehre zu geben – sie hatte ihn bereits vergessen, als sie eines Tages das Haus in Wimbledon betrat und ihre Großmutter vorfand, wie sie sich angeregt aus ihrem Sessel vorbeugte und mit einem jungen Mann unterhielt, dessen Ohren rot vor Verlegenheit waren.

«Hoffentlich haben Sie mich nicht vergessen», murmelte er.

Celia erklärte, das habe sie natürlich nicht, und Granny, die immer gern junge Männer um sich hatte, lud ihn ein, zum Dinner zu bleiben. Danach gingen sie in den Salon, und Celia sang für ihn.

Bevor er ging, machte er noch Pläne für den nächsten Tag. Er hatte Karten für eine Matinee und bat Celia, in die Stadt zu kommen und die Vorstellung mit ihm zu besuchen. Als sich herausstellte, dass er Celia allein meinte, erhob Granny Einwände. Sie glaubte, Celias Mutter wäre mit Sicherheit dagegen. Es gelang dem jungen Mann jedoch, Granny umzustimmen. Sie gab schließlich nach, nahm ihm aber das Versprechen ab, hinterher nicht mehr mit Celia zum Teetrinken zu gehen. Sie solle nach der Vorstellung sofort nach Hause kommen.

Das war also geregelt. Celia ging mit Dermot ins Theater und genoss es mehr als jedes Stück, das sie bisher gesehen hatte. Sie tranken am Bahnhofsbuffet von Victoria Station Tee. «Das zählt nicht», versicherte ihr Dermot.

Er besuchte sie noch zweimal in Wimbledon.

Am dritten Tag nach ihrer Rückkehr nach Hause war sie bei den Maitlands zum Tee, als sie ans Telefon gerufen wurde.

«Liebes, du musst nach Hause kommen», drängte ihre Mutter. «Irgendeiner deiner jungen Männer ist mit dem Motorrad hier. Du weißt, dass mir nicht wohl in meiner Haut ist, wenn ich mich mit jungen Männern unterhalten muss. Komm bitte schnell nach Hause und kümmere dich selbst um ihn.»

Auf dem Heimweg fragte Celia sich, wer dieser junge Mann wohl war. Ihre Mutter hatte gesagt, er habe ihr seinen Namen zwar genannt, doch sie habe ihn leider nicht verstanden.

Es war Dermot. Er wirkte ganz verzweifelt, wild entschlossen und elend und brachte kein Wort heraus, als Celia eintrat. Er saß nur da, stammelte einsilbig irgendetwas vor sich hin und sah nicht auf.

Das Motorrad hatte er geborgt, berichtete er schließlich. Er habe sich gedacht, es sei erfrischend, einmal aus der Stadt herauszukommen und ein paar Tage einfach nur so herumzufahren. Er habe sich ein Zimmer im Gasthof genommen und müsse am nächsten Morgen weiter. Ob sie mit ihm spazieren gehen wolle?

Am nächsten Tag war er noch immer in der gleichen Stimmung, schweigsam, elend, unfähig, ihr ins Gesicht zu sehen. Plötzlich sagte er: «Mein Urlaub ist zu Ende, ich muss zurück nach York. Aber etwas ist noch zu erledigen. Ich muss Sie wieder sehen. Ich will Sie immer wieder sehen. Ich möchte, dass Sie mich heiraten.»

Celia war so verblüfft, dass sie stocksteif stehen blieb. Sie hatte natürlich gewusst, dass Dermot sie gern hatte, doch dass ein dreiundzwanzigjähriger kleiner Offizier ans Heiraten denken würde, hätte sie nie geglaubt. Wie konnte sie auch? Sie würde Peter heiraten. Sie liebte Peter. Ja, sie liebte Peter immer noch, aber Dermot auch.

«Es tut mir furchtbar Leid, aber ich ... kann nicht ...»

Und dann wurde ihr klar, dass sie nichts sehnlicher auf der Welt wünschte, als Dermot zu heiraten.

Dermot fuhr fort:

«Ich musste Sie trotzdem unbedingt sehen. Wahrscheinlich habe ich Sie viel zu früh gefragt. Aber ich konnte einfach nicht warten ...»

«Verstehen Sie, ich bin ... mit einem anderen ... verlobt», stammelte Celia.

Er sah sie an – einer seiner raschen Blicke von der Seite, und sagte:

«Das spielt keine Rolle. Sie müssen ihn aufgeben. Sie lieben mich doch?»

«Ja, ich glaube schon.»

Ja, sie liebte Dermot mehr als sonst etwas, und lieber wollte sie mit Dermot unglücklich als mit einem anderen glücklich sein. Aber warum sollte sie mit Dermot überhaupt unglücklich sein? Es war nur so, dass sie keine Ahnung von ihm hatte ... Er war ein Fremder.

«Oh, das ist ja großartig, dann heiraten wir sofort, denn ich kann nicht warten», erklärte Dermot begeistert.

Aber ich kann doch Peter nicht so wehtun ..., überlegte sie.

Doch sie wusste, dass es Dermot gar nichts ausmachen würde, jeder Menge von Peters wehzutun. Und sie wusste, dass sie das tun würde, was Dermot von ihr verlangte.

Zum ersten Mal sah sie ihm richtig in die Augen. Er wich ihrem Blick jetzt nicht mehr aus. Die Augen flackerten nicht mehr.

Er hatte unglaublich blaue Augen.

Ganz scheu und unsicher küssten sie sich ...

2

Miriam lag auf dem Sofa ihres Schlafzimmers, als Celia hereinkam. Ein Blick in das Gesicht ihrer Tochter genügte, und sie wusste, dass etwas Außergewöhnliches vorgefallen war. Es durchzuckte Miriam wie ein Blitz: «Dieser junge Mann gefällt mir nicht.»

Sie fragte Celia: «Liebling, was hast du denn?»

«Oh, Mutter, er will mich heiraten, und ich will ihn auch heiraten!», sagte Celia.

Sie stürzte sich in Miriams Arme und begrub ihr Gesicht an der Schulter ihrer Mutter.

Miriam war das Herz schwer und sie dachte: «Nein, es gefällt mir gar nicht. Aber ich weiß, dass ich selbstsüchtig bin. Ich will sie nicht hergeben, das ist es ...»

3

Sofort gab es Schwierigkeiten. Dermot konnte Miriam nicht so um den Finger wickeln wie Celia und nicht so rasch überzeugen wie Celia. Er ärgerte sich, weil die Mutter gegen ihn war, doch er legte seinem Temperament Zügel an.

Dass er kein Geld hatte, gab er freimütig zu, denn was waren achtzig Pfund jährlich schon, die er über seinen Sold hinaus noch bekam? Er war verärgert, als Miriam ihn fragte, wovon er und Celia leben wollten. Er sagte, er habe noch keine Zeit gehabt, darüber nachzudenken. Sie kämen schon zurecht. Celia hätte nichts dagegen, arm zu sein. Als Miriam ihm vorhielt, es sei nicht üblich, dass Subalternoffiziere heirateten, entgegnete er ungehalten, ihn träfe keine Schuld an dem, was üblich sei.

«Deine Mutter reduziert alles auf Pfund, Shilling und Pence», beklagte er sich bei Celia.

Er benahm sich wie ein trotziges Kind, dem man verweigert, was es sich von ganzem Herzen wünschte, und das Vernunftgründen nicht zugänglich war.

Miriam blieb deprimiert zurück, als er gegangen war. Sie sah schon kommen, dass Celia und Dermot noch jahrelang nicht heiraten konnten und sich die Verlobungszeit endlos lange hinziehen würde. Sie hätte gar nicht erst zulassen dürfen, dass sich Celia mit diesem jungen Mann verlobte... Aber sie liebte sie so sehr, dass sie ihr keinen Kummer machen wollte.

«Mutter, ich muss Dermot einfach heiraten», sagte Celia. «Ich muss. Ich werde keinen anderen Menschen mehr lieben können. Oh, alles wird eines Tages gut werden, ganz sicher. Das glaubst du doch auch, nicht wahr?»

«Es sieht alles sehr hoffnungslos aus», wandte Miriam ein. «Und er ist noch so jung. Und ihr habt beide nichts.»

«Aber eines Tages... wenn wir lange genug warten...»

«Nun ja, vielleicht...»

«Du magst ihn nicht. Warum nicht?»

«Ich mag ihn schon. Er ist sehr anziehend. Aber ich glaube, rücksichtsvoll ist er nicht.»

Nachts lag Miriam lange wach. Konnte sie Celia vielleicht ein kleines Taschengeld aussetzen? Wenn sie das Haus verkaufte? Nein. Solche Häuser waren zu diesem Zeitpunkt nicht sonderlich gefragt. Es brauchte dringend Reparaturen, es brachte nicht genug ein.

Sie lag noch lange wach, grübelte und warf sich hin und her.

Wie sollte sie den Herzenswunsch ihres Kindes erfüllen?

4

Es fiel Celia entsetzlich schwer, Peter zu schreiben und es ihm mitzuteilen.

Ihr fielen nur lahme Entschuldigungen ein. Ließ sich der Verrat an ihm eigentlich entschuldigen?

Der Brief, der dann kam, war so typisch für Peter, dass Celia furchtbar darüber weinte:

Mach dir bitte keine Vorwürfe, Celia. Es war meine Schuld. Wir Maitlands sind eben so. Deshalb versäumen wir auch immer den Bus. Als ich dir sagte, dass du frei seist, meinte ich, dass ich dir die Chance nicht verbauen wollte, einen reichen Mann zu heiraten. Und jetzt verliebst du dich in einen, der noch ärmer ist als ich.

Es ist wohl einfach so, dass du das Gefühl hast, dass er schneidiger ist als ich.

Als du mich heiraten wolltest, hätte ich dich beim Wort nehmen und hierher bringen sollen. Ach, welch ein verdammter Narr war ich doch! Jetzt habe ich dich verloren, und es ist ganz allein meine Schuld. Dein Dermot muss wohl ein besserer Mann sein als ich, sonst hättest du dich nicht in ihn verliebt. Ich wünsche euch beiden immer alles Glück. Mach dir meinethalben keine Gedanken. Es ist schließlich meine Beerdigung, nicht deine. Ich könnte mich selbst ohrfeigen, weil ich ein solcher Narr war. Gott segne dich, meine Liebe…

Lieber, lieber Peter…

Mit ihm hätte ich sehr glücklich werden können, überlegte sie.

Aber mit Dermot wurde das Leben zum Abenteuer.

5

Celias Verlobungszeit war sehr stürmisch. Einmal bekam sie von Dermot einen Brief:

> Ich sehe schon, deine Mutter hatte Recht. Wir sind zu arm, um zu heiraten. Ich hätte dich gar nicht darum bitten dürfen. Vergiss mich so schnell wie möglich.

Aber zwei Tage später kam er auf dem geliehenen Motorrad, schloss die tränenüberströmte Celia in die Arme und erklärte ihr, er könne sie nicht aufgeben. Etwas müsse geschehen.

Es geschah auch etwas. Der Krieg brach aus.

6

Er kam für Celia wie für die meisten Leute wie ein Donnerschlag. Der österreichische Thronfolger war ermordet worden, Kriegsdrohungen in den Zeitungen – dererlei Dinge wurden ihr gar nicht recht bewusst.

Und dann traten Deutschland und Russland tatsächlich in den Krieg ein. In Belgien marschierten Truppen ein. Das Unwahrscheinliche, Unglaubliche war plötzlich eingetreten.

Dermot schrieb:

> Es sieht ganz so aus, als wären wir auch dabei, aber alle sagen, bis Weihnachten sei der Krieg vorüber. Ich bin ein Pessimist und meine, es dauert eher zwei Jahre oder länger...

Dann trat auch England in den Krieg ein, und das hieß: *Dermot konnte fallen...*

Ein Telegramm kam, ob sie und ihre Mutter nicht zu ihm kommen könnten, weil er nicht kommen könne, um ihnen auf Wiedersehen zu sagen.

Die Banken blieben geschlossen, aber Miriam besaß noch ein paar Fünfpfundnoten (Grannys Ermahnung eingedenk: «Du solltest immer eine Fünfpfundnote in der Handtasche haben, Liebes»). Am Fahrkartenschalter des Bahnhofs wurden die Banknoten nicht angenommen. Also gingen sie außen herum durch die Gepäck- und Frachtgutabteilung, mogelten sich durch und bestiegen ihren Zug. Immer wieder erschienen Fahrkartenkontrolleure. «Wie, Sie haben keine Fahrkarte?» – «Tut mir Leid, Madam, aber eine Fünfpfundnote kann ich nicht annehmen.» Immer wieder schrieben sich die Kontrolleure Namen und Adresse auf.

Was für ein Albtraum, nichts erschien Celia wirklich außer Dermot...

Dermot trug schon die khakifarbene Felduniform, ein ganz anderer Dermot – nervös, schnoddrig, mit gehetzten Augen. Schließlich war das ein Krieg, aus dem vielleicht niemand mehr zurückkam. Neue Vernichtungsmaschinen... Hoch oben in der Luft... Wer kannte sich schon im Luftraum aus...

Celia und Dermot klammerten sich aneinander wie zwei Kinder.

«Lass mich durchkommen...»

«Bitte, lieber Gott, mach, dass er zu mir zurückkommt...»

Nichts sonst zählte.

7

Die Spannung der ersten Wochen war unerträglich. Sie bekam in dünner Schrift mit Bleistift bekritzelte Postkarten von Dermot:

Darf nicht schreiben, wo wir sind. Alles in bester Ordnung. In Liebe.

Niemand wusste genau, was eigentlich geschah.

Der Schock über die ersten Listen der Gefallenen. Freunde waren darunter. Jungen, mit denen Celia getanzt hatte – gefallen...

Aber Dermot war in Sicherheit. Das war die Hauptsache.

Für die meisten Frauen bedeutet Krieg das Schicksal einer einzigen Person...

In den ersten beiden Wochen gab es zu Hause eine Menge zu tun. In der Nähe von Miriams und Celias Haus wurde ein Rotkreuz-Krankenhaus eröffnet, doch Celia musste zuerst eine Erste-Hilfe- und Krankenschwesternprüfung ablegen. In Grannys Wohnort wurden Kurse abgehalten. Celia fuhr also zu ihrer Großmutter und blieb vorläufig dort.

Gladys, das neue junge Hausmädchen, machte ihr die Tür auf. Zusammen mit einer jungen Köchin sorgte sie dafür, dass Grannys Haushalt lief. Die arme alte Sarah gab es nicht mehr.

«Guten Tag, Miss.»

«Guten Tag. Wo ist denn Granny?»

Kichern.

«Sie ist ausgefahren.»

«Ausgefahren?»

Ausgerechnet ihre nun fast neunzigjährige Großmutter, die nicht an die frische Luft ging, wenn es sich irgendwie vermeiden ließ, weil sie immer noch befürchtete, davon krank zu werden – ausgerechnet Granny sollte ausgefahren sein?

«Sie ist zu den Army and Navy Stores gefahren, Miss Celia. Sie hat versprochen, zurück zu sein, bevor Sie kommen. Ach, ich glaube, da kommt sie gerade.»

Es dauerte nicht lange, da fuhr eine altersschwache große Mietskutsche vor, der Granny, gestützt vom Kutscher, entstieg.

Mit festen Schritten kam sie die Zufahrt herauf. Sie wirkte beschwingt, ausgesprochen beschwingt. Die schwarzen Glasperlen auf ihrem Mantel glitzerten in der Septembersonne.

«Celia, mein Schatz, da bist du ja.»

Dieses liebe alte Gesicht, weich und faltig – wie welke Rosenblütenblätter. Granny mochte Celia sehr gern. Sie strickte Bettsocken für Dermot, damit er im Schützengraben keine kalten Füße bekam.

Beim Anblick von Gladys nahm Grannys Stimme einen anderen Klang an. Immer mehr bereitete es ihr einen diebischen Spaß, die Mädchen herumzuscheuchen (sie konnten sich inzwischen wehren und legten sich Fahrräder zu, ob das Granny passte oder nicht).

«Na, mach schon, Gladys», fuhr sie das Mädchen an, «geh und hilf dem Mann beim Ausladen! Aber lasst euch nicht einfallen, die Sachen in die Küche zu bringen. Sie kommen ins Morgenzimmer.»

Es war angefüllt mit Mehlsäcken, Keksdosen, Dutzenden von Sardinendosen, Reis, Sago und Tapioka. Der Kutscher erschien mit fünf Schinken, ein breites Grinsen auf dem Gesicht. Gladys schleppte auch noch ein paar Schinken. Insgesamt wurden sechzehn Schinken in Grannys Schatzkammer deponiert.

«Ich bin zwar schon neunzig», erklärte Granny, obwohl noch ein paar Jährchen fehlten, «aber von den Deutschen lasse ich mich noch lange nicht aushungern.»

Celia brach in hysterisches Gelächter aus.

Granny bezahlte den Kutscher, gab ihm ein fürstliches Trinkgeld und wies ihn an, sein Pferd besser zu füttern.

«Danke, Lady – vielen Dank!»

Er legte die Hand zum Gruß an die Mütze und fuhr ab – noch immer grinsend.

«Mein Gott, was für ein Tag», schnaufte Granny und löste die Bänder ihrer Haube. Sie schien überhaupt nicht müde zu sein. Anscheinend hatte ihr das alles großen Spaß gemacht.

«Du glaubst ja nicht, wie voll die Läden waren, meine Liebe.»

Wahrscheinlich quollen sie vor lauter alter Damen über, die in Mietskutschen Schinken abtransportierten.

9

Die Arbeit beim Roten Kreuz nahm Celia nie auf, denn es geschah einiges: Rouncy verließ das Haus, um bei ihrem Bruder zu leben. Celia und ihre Mutter machten die Hausarbeit, obwohl Gregg dies missbilligte. Krieg und Damen, die Arbeit taten, welche unter deren Würde war, konnte sie nicht gutheißen.

Dann schrieb Granny an Miriam:

Liebste Miriam, vor einigen Jahren machtest du mir den Vorschlag, ich solle bei euch wohnen. Damals mochte ich nicht, weil ich mich zu alt hielt für solche Veränderungen. Aber Dr. Holt (was für ein kluger Mann. Er weiß einen guten Witz zu schätzen. Ich fürchte, seine Frau weiß gar nicht, was sie an ihm hat) meinte, meine Augen ließen nach, und da könne man nichts machen. Das ist Gottes Wille, und ich akzeptiere es, aber ich sehe nicht ein, weshalb ich der Gnade von Dienstmädchen ausgeliefert sein soll. In letzter Zeit vermisste ich einiges, und ich traue keinem mehr. Aber erwähne nichts in deinem Brief, sie könnten ihn öffnen. Deshalb werfe ich diesen Brief auch selbst in den Kasten.

Ich glaube also, es wäre am einfachsten, ich würde zu euch ziehen. Für euch wird es auch leichter sein, weil mein Einkommen euch helfen wird. Ich will nicht, dass Celia Hausarbeit verrichtet. Das liebe Kind soll seine Kraft sparen. Du erinnerst dich doch sicher noch an Mrs. Pinchins Eva? Sie hat den gleichen Teint wie Celia. Sie hat sich überarbeitet und ist jetzt in einem Sanatorium in der Schweiz. Du und Celia, ihr beide müsst kommen und mir beim Packen und beim Umzug helfen. Ich fürchte, das wird ein fürchterliches Schlamassel...

Das war es zweifellos. Granny hatte fünfzig Jahre lang in diesem Haus gewohnt und entsprechend den Grundsätzen ihrer Generation nichts weggeworfen, was irgendwie einmal von Nutzen sein könnte.

Es gab zahlreiche große, solide Mahagonischränke und Kommoden, und sämtliche Fächer und Schubladen waren bis in den letzten Winkel mit Dingen voll gestopft, die Granny längst vergessen hatte. Seiden- und Wollstoffe, Samt und Spitzen, einfarbiges und bedrucktes Leinen, Baumwollstoffe jeder Art und Qualität, Dutzende von Nadelbriefchen mit verrosteten Nadeln, alte Kleider, Briefe, Papiere und Tagebücher, Rezeptsammlungen und Zeitungsausschnitte, fünfunddreißig Scheren und vierundvierzig Nadelkissen. Zahlreiche Schubladen waren mit Unterwäsche aus allerfeinstem Linnen voll gestopft. Doch daran hatte schon der

Zahn der Zeit genagt. Sie war völlig durchlöchert, wurde aber wegen der «schönen Stickerei» noch aufbewahrt.

Die traurigste Angelegenheit war der Vorratsschrank (Celias liebste Kindheitserinnerung). Dem Vorratsschrank war Granny nun nicht mehr gewachsen. Bis in seine Tiefen drang sie nicht mehr vor. Ganz hinten und unten drunter lagen unangetastete Vorräte. Die neuen Vorräte wurden einfach davor geschoben oder obendrauf gehäuft. Mit Mehlwürmern durchsetztes Mehl, ganz zerbröselte Kekse, schimmelige Marmelade und zerfallene eingelegte Früchte wurden ausgegraben und schleunigst weggeworfen. Granny bot einen jammervollen Anblick. Weinend lamentierte sie über die ‹schändliche Verschwendung›. «Aber Miriam, die eingelegten Früchte können doch die Dienstboten noch zum Nachtisch essen!»

Die arme Granny! Was für eine tüchtige, energiegeladene, sparsame Hausfrau sie gewesen war. Nun sah sie kaum noch etwas. Das Alter setzte ihr sehr zu. Sie sah sich gezwungen, tatenlos dazusitzen und mit anzusehen, wie Fremde Zeugen ihrer Niederlage wurden ...

Sie kämpfte mit allen Mitteln, die ihr zur Verfügung standen, um jeden ihrer in Jahrzehnten gehorteten Schätze. Die jüngere Generation hatte offensichtlich keine Skrupel und wollte alles wegwerfen, was ihr lieb und teuer war.

«Nein, nicht mein braunes Samtkleid. Das behalte ich. Madame Bonserot hat es mir in Paris geschneidert. Es ist so elegant. Alle haben mich darin bewundert.»

«Aber es ist doch schon ganz abgetragen und durchgewetzt. Außerdem sind Löcher drin.»

«Die kann man stopfen. Es lässt sich sicher wieder richten.»

Die arme Granny – so alt, der Gnade der Jüngeren schutzlos ausgeliefert, die immer verächtlich sagten: «Das taugt nichts mehr, das werfen wir weg.»

Ihr war eingetrichtert worden, dass man niemals etwas wegwarf. Eines Tages konnte man es sicher wieder brauchen. Aber diese jungen Leute wussten das natürlich nicht.

Sie versuchten allerdings, ihr entgegenzukommen. Sie gaben

immerhin soweit nach, dass sie ein Dutzend altmodischer Schrankkoffer mit alten verblichenen Stoffresten und mottenzerfressenen Pelzen füllten, alles Sachen, die garantiert nicht mehr zu brauchen waren, aber warum sollte man die alte Dame unnötig aufregen?

Granny bestand darauf, verschiedene verblichene Fotos altmodisch gekleideter Herren mit einzupacken.

«Das ist der liebe Mr. Harty. Und das ist Mr. Lord. Wir waren so ein schönes Paar, wenn wir zusammen tanzten! Alle haben darüber geredet.»

Granny verstand natürlich nichts vom Packen. Als Mr. Lord und Mr. Harty an ihrem neuen Bestimmungsort eintrafen, lag das Glas in Scherben auf den Bildern. Trotzdem bestand Granny darauf, dass sie für ihr Packen berühmt gewesen war.

Manchmal, wenn Granny glaubte, dass gerade niemand hinsah, raffte sie in aller Eile kleine Stückchen Besatz, ein paar Jettperlen, eine Rüsche oder eine kleine Häkelei an sich und stopfte diese Schätze in ihre geräumige Tasche. Die leerte sie dann heimlich in einen der großen Koffer, die in ihrem Schlafzimmer standen. Diese Koffer waren für ihre persönlichen Dinge bestimmt.

Sie litt sehr unter dem Umzug, doch sie ließ sich nicht unterkriegen. Sie hing mit aller Kraft am Leben. Dieser starke Lebenswille brachte sie sogar dazu, dass sie dem Haus den Rücken kehrte, in dem sie so viele Jahre ihres Lebens zugebracht hatte. Sie ließ sich von den Deutschen nicht aushungern – und sie wollte auch keinem Luftangriff zum Opfer fallen. Sie wollte leben und das Leben genießen, und wenn man neunzig war, wusste man erst richtig, wie schön das Leben doch war. Die jungen Menschen begriffen das einfach nicht. Sie taten so, als seien alle alten Leute schon halb tot und müssten sich hundeelend fühlen. Granny fiel ein Aphorismus aus ihren Jugendjahren ein. Junge Leute, dachte sie, hielten die alten für vertrottelt. Die alten Menschen hingegen *wussten*, dass die jungen Narren waren. Das hatte ihre Tante Caroline mit fünfundachtzig Jahren gesagt, und ihre Tante Caroline hatte immer Recht gehabt.

Von der heutigen Jugend hielt Granny jedenfalls nicht viel. Die jungen Leute hatten keine Ausdauer und keine Widerstandskraft mehr. Man brauchte sich nur einmal die Möbelpacker anzusehen – vier kräftige junge Männer –, die hatten sie doch wahrhaftig gebeten, die Schubladen ihrer großen Mahagonikommode leer zumachen.

«Sie ist aber mit vollen Schubladen heraufgetragen worden. Die Schubladen waren alle geschlossen, damit sie nicht herausfielen», wandte Granny ein.

«Sehen Sie, Madam, das ist massives Mahagoniholz. Und in den Schubladen sind lauter schwere Sachen.»

«Die waren auch schon drin, als die Kommode heraufgetragen wurde. Aber damals gab es eben noch Männer. Heutzutage gibt es nur noch Schwächlinge. So ein Theater um so eine Kommode zu machen!»

Die jungen Männer grinsten. Unter beträchtlichen Schwierigkeiten wuchteten sie die Kommode die Treppe hinunter und in den Möbelwagen.

«Na, sehen Sie, es ist gegangen», äußerte sich Granny beifällig. «Was Sie alles können, wissen Sie erst, wenn Sie es versuchen.»

Unter anderem wurden auch die dreißig Korbflaschen selbst gemachten Likörs aus dem Haus getragen. Doch am Bestimmungsort waren es dann nur noch achtundzwanzig …

Hatten sich die grinsenden jungen Männer auf diese Weise an Granny rächen wollen?

«Schurken und Banditen», entrüstete sich Granny. «Das sind die jungen Männer heutzutage. Und zu allem Überfluss behaupten sie auch noch, Alkoholgegner zu sein! Was für eine Unverschämtheit!»

Sie nahm es ihnen nicht übel und gab ihnen ein großzügiges Trinkgeld. Immerhin wussten sie ihren Likör zu schätzen.

10

Als Granny sich im Haus eingerichtet hatte, wurde als Ersatz für Rouncy eine Köchin namens Mary eingestellt, die achtundzwanzig Jahre alt war. Sie war gutmütig und schwatzte gern mit Granny über ihren Freund und die Krankheiten in ihrer Verwandtschaft. Granny schwelgte makaber in schlimmen Beinen, Krampfadern und anderen Leiden von Marys Verwandten. Sie gab Mary Fläschchen von ihrer Wundermedizin und Schals für die armen Kranken mit.

Celia dachte erneut daran, freiwilligen Kriegsdienst in irgendeiner Form zu leisten, doch Granny widersetzte sich dieser Idee auf das Heftigste. Sie prophezeite Celia die schlimmsten Leiden für den Fall, dass sich diese überanstrengte.

Granny hatte Celia von Herzen gern und warnte sie vor den zahlreichen Gefahren des Lebens. Vor allem band sie ihr auf die Seele, immer ein paar Fünfpfundnoten in Reserve zu haben; davon gab sie Celia zehn Stück mit der Meinung, dass nicht einmal ihr Mann davon etwas wissen dürfte. «Eine Frau kann nie wissen, wann sie das mal braucht. Denk dran, meine Liebe, Männern kann man nie trauen. Sie können sehr angenehm sein, aber du kannst keinem von ihnen trauen – außer er ist so ein Weichling, dass er für nichts taugt.»

11

Der Trubel des Umzugs hatte Celia vom Krieg und von Dermot abgelenkt.

Als Granny sich eingelebt hatte, begann Celia sich zu langweilen. Ständig musste sie an Dermot denken.

In ihrer Verzweiflung verheiratete sie «die Mädchen». Isabella bekam einen reichen Juden zum Mann, Elsie heiratete einen Forscher, Ella wurde Schullehrerin und heiratete einen älteren, etwas invaliden Mann, den das Geschnatter seiner jungen Frau entzückte. Ethel und Annie blieben zusammen, und Vera hatte eine morganatische Affäre mit einem königlichen Prinzen; aber beide starben auf sehr tragische Weise an ihrem Hochzeitstag bei einem Autounglück.

Die Hochzeitsvorbereitungen, die Wahl der Brautkleider und der Musik, die bei der Beerdigung von Vera gespielt werden sollte, all das lenkte sie ab, so dass die raue Wirklichkeit wenigstens zeitweilig in den Hintergrund trat.

Celia wollte etwas arbeiten. Aber das bedeutete, dass sie von zu Hause weggehen musste. Ob Miriam und Granny wohl ohne sie auskamen? Granny brauchte immer ein wenig Hilfe, und sie hatte das Gefühl, jetzt dürfe sie ihre Mutter nicht im Stich lassen.

Es war dann aber Miriam selbst, die Celia vorschlug, das Haus zu verlassen und etwas zu arbeiten. Sie begriff sehr gut, dass Arbeit, schwere körperliche Arbeit, Celia im Augenblick am allermeisten helfen würde.

Granny weinte, doch Celia ließ sich nicht umstimmen.

«Celia muss fort.»

Aber das brauchte sie dann doch nicht in Erwägung zu ziehen, denn Dermot wurde am Arm verwundet, und nach seiner Genesung wurde er als nicht felddienstfähig ins Kriegsministerium berufen. Er und Celia konnten heiraten.

X

EHE

1

Celias Vorstellungen von der Ehe waren außerordentlich dürftig. Für sie bedeutete Ehe: *Und dann lebten sie glücklich bis an ihr seliges Ende.* Genau wie in ihren Lieblingsmärchen. Sie sah in der Ehe keine Schwierigkeiten und dachte nicht im Traum daran, dass eine Ehe auch schief gehen konnte. Wenn zwei Menschen einander liebten, waren sie glücklich. Natürlich gab es auch unglückliche Ehen, aber da fehlte eben die Liebe.

Weder Grannys wortreiche Beschreibungen des männlichen Charakters noch die Warnungen ihrer Mutter, die ihr altmodisch erschienen, machten Eindruck auf Celia. ‹Grannys Männer› hatten keine Ähnlichkeit mit Dermot, der nicht zur selben Spezies gehörte. Und Miriams Warnungen fand Celia oft sogar lächerlich, besonders dann, wenn sie an die sehr glückliche Ehe ihrer Eltern dachte.

«Aber Mami, Daddy hat doch nie eine andere Frau auch nur angesehen.»

«Nein, das nicht. Er hat sich schon als junger Mann die Hörner abgestoßen.»

«Du magst Dermot nur nicht und hast kein Vertrauen zu ihm.»

«Doch, ich mag ihn. Er ist sehr attraktiv.»

«Aber kein Mann ist dir gut genug für mich, deinen kostbarsten Schatz, habe ich nicht Recht? Nicht einmal Superman höchstpersönlich.»

Miriam musste zugeben, dass dies mindestens zum Teil stimmt.

Und Celia und Dermot waren so glücklich zusammen.

Miriam gab vor sich selbst zu, dass sie wahrscheinlich ganz zu Unrecht schlecht von dem Mann dachte, der ihr die Tochter weggenommen hatte.

2

Als Ehemann war Dermot ganz anders, als Celia sich das vorgestellt hatte. Die gespielte Überlegenheit, die Kühnheit, die Unerschrockenheit fielen von ihm ab. Er war jung, zurückhaltend, sehr verliebt, und Celia war seine erste Liebe.

In gewisser Weise war er Jim Grant sehr ähnlich. Doch während Jims Zurückhaltung Celia geärgert hatte, weil sie nicht in ihn verliebt gewesen war, liebte sie Dermot um seiner Schüchternheit willen nur noch mehr.

Im Unterbewusstsein hatte sie vor Dermot etwas Angst gehabt. Er war für sie ein Fremder gewesen, von dem sie gar nichts wusste, obwohl sie ihn doch liebte.

Johnnie de Burgh hatte die körperliche, Jim die seelische Seite bei ihr angesprochen. Peter war mit ihrem Leben verwoben, doch in Dermot hatte sie das gefunden, was sie nie gehabt hatte – einen Spielgefährten.

Dermot hatte etwas Jungenhaftes an sich, das in Celia das Kind suchte und fand. Von ihren Zielsetzungen, ihren Gedankengängen, ja vom ganzen Wesen her waren sie grundverschieden, aber jeder suchte einen Spielgefährten und fand ihn im anderen.

Die Ehe war für sie ein Spiel, das sie mit Begeisterung spielten.

3

An welche Dinge erinnert man sich später? An welche Ereignisse? Nicht etwa an die so genannten wichtigen, sondern an Kleinigkeiten, an Trivialitäten. Die bleiben einem im Gedächtnis haften. Man wird sie nicht mehr los. Woran erinnerte sich Celia, wenn sie die ersten Ehejahre überdachte?

Das erste Kleid, das Dermot ihr kaufte. Sie probierte es in einer kleinen Umkleidekabine, eine ältere Frau half ihr dabei. Dann wurde Dermot herbeizitiert, um zu sagen, ob es ihm gefiel.

Das machte beiden großen Spaß. Dermot tat natürlich, als ob er so was schon oft gemacht hätte, und um nichts in der Welt hätten sie zugegeben, dass sie ein jungverheiratetes Ehepaar waren. Dermot sagte sogar: «Das ist fast der gleiche Schnitt wie das vor zwei Jahren in Monte, nicht wahr?»

Es war ein blaues Kleid aus schillernder Seide, und an der Schulter hatte es ein Sträußchen aus Rosenknospen. Celia bewahrte diese Kleid auf. Sie warf es nie weg.

4

Wohnungssuche! Sie brauchten ein Haus oder eine Wohnung, selbstverständlich möbliert. Es war ja nicht vorauszusagen, wann Dermot wieder ins Feld musste, und viel kosten durfte die Wohnung auch nicht.

Beide hatten keine Ahnung von Preisen oder Wohnlagen, und so fingen sie in aller Unschuld in Mayfair mit dem Suchen an! Dann kam South Kensington an die Reihe, danach Chelsea, Bayswater, West Kensington, Hammersmith und Battersea.

Am Ende blieben zwei Wohnungen zur Auswahl, zwischen denen sie sich entscheiden mussten. Die eine war eine abgeschlossene Etagenwohnung, die drei Guineen pro Woche kostete. Sie lag in einem Mietshausblock in West Kensington. Die Wohnung war peinlich sauber und gehörte einer Ehrfurcht gebietenden älteren Dame namens Miss Banks. Miss Banks strahlte Tüchtigkeit und Betriebsamkeit aus.

«Sie brauchen kein Geschirr und keine Bettwäsche? Das vereinfacht die Dinge natürlich. Ich würde keinem Makler je gestatten, eine Inventarliste aufzunehmen. Sie sind sicher mit mir darin einig, dass das reine Geldverschwendung ist. Wir können doch alles gemeinsam kontrollieren.»

Es war schon lange her, seit irgendjemand Celia so erschreckt hatte wie Miss Banks. Jede Frage, die sie stellte, war dazu angetan, allen vor Augen zu führen, dass Celia nicht die leiseste Ahnung von Mietwohnungen hatte.

Dermot versprach Miss Banks, dass sie wieder von sich hören lassen würden. Dann ergriffen sie die Flucht.

«Wie findest du die Wohnung?», fragte Celia atemlos. «Sie ist auf jeden Fall sehr sauber.»

Sie hatte sich noch nie im Leben Gedanken über Sauberkeit gemacht, doch nachdem sie sich zwei Tage lang billige möblierte Wohnungen angesehen hatten, ging ihr auf, dass Sauberkeit nicht von der Hand zu weisen war.

«In manchen Wohnungen hat es regelrecht *gestunken*», fügte sie hinzu.

«Ja, das stimmt. Die Wohnung ist auch ganz manierlich eingerichtet, und Miss Banks sagte, dass es in der Gegend gute Einkaufsmöglichkeiten gibt. Aber Miss Banks selber mag ich nicht. Sie mischt sich in alles ein.»

«Das kann man wohl sagen.»

«Komm, wir sehen uns die andere Wohnung noch mal an. Sie ist auch billiger.»

Sie lag im obersten Geschoss eines ziemlich heruntergekommenen Hauses, das bessere Tage gesehen hatte, doch sie kostete nur zweieinhalb Guineen die Woche. Es waren nur zwei Zimmer und eine Küche, aber die Räume waren groß und gut geschnitten und man schaute in einen Garten, in dem es doch tatsächlich zwei Bäume gab.

Es ließ sich nicht bestreiten, dass die Wohnung nicht entfernt so sauber war wie die der tüchtigen Miss Banks. Doch Celia meinte, der Schmutz sei eine sympathische Art von Schmutz. Die Tapete schien ein wenig feucht zu sein. Die Farbe blätterte ab. Die Dielenbretter mussten unbedingt gerichtet werden. Doch die Steppdecken erwiesen sich als sauber, wenn sie auch schon so verblichen waren, dass man das Muster kaum mehr erkennen konnte. Auch bestachen sie die großen, bequemen, wenn auch sehr schäbigen Lehnsessel.

Und die Frau, die im Souterrain wohnte, würde für sie kochen. Sie sah dick und gemütlich aus, und ihre freundlichen Augen erinnerten Celia an Rouncy.

«Hier bräuchten wir uns nicht nach einem Mädchen umzusehen.»

«Ja, das stimmt. Aber bist du sicher, dass du dich hier auch wohl fühlen wirst? Die Wohnung ist nicht vom übrigen Haus abgetrennt, und sie unterscheidet sich gewaltig von dem, was du gewöhnt bist, Celia. Ich meine, du hast bisher so wunderschön gewohnt, du hattest so ein herrliches Zuhause.»

Natürlich hatte sie ein schönes Zuhause, darüber wurde sich Celia jetzt klar. Zu Hause, das waren würdevolle Chippendale- und Hepplewhite-Möbel, edles Porzellan, frischer, kühler Chintz, das Dach mochte undicht sein, der Herd altmodisch und die Teppiche abgetreten, aber es war noch immer wunderschön.

«Sobald der Krieg vorbei ist, werde ich mich umsehen und viel Geld für dich verdienen», erklärte Dermot und streckte aggressiv das Kinn vor.

«Ich brauche kein Geld. Und du bist ja schon Captain. Wenn nicht Krieg wäre, hättest du noch zehn Jahre auf den Captain warten müssen.»

«Die Bezahlung ist wirklich nicht gut, und die Army bietet keine Zukunft. Ich finde schon was Besseres. Jetzt, wo ich ja für dich arbeiten muss, könnte ich alles tun, und das werde ich auch.»

Celia war gerührt und begeistert. Dermot war so ganz anders als Peter; er nahm das Leben nicht so, wie es kam, er war entschlossen, es selbst zu formen. Sie hatte das sichere Gefühl, dass er damit auch Erfolg haben würde.

Sie dachte: Ich hatte doch Recht, ihn zu heiraten. Es ist ganz egal, was die Leute sagen. Eines Tages werden sie zugeben müssen, dass ich Recht gehabt habe.

Natürlich hatte es Kritik gegeben. Insbesondere Mrs. Luke war aufrichtig bestürzt.

«Aber meine liebe Celia, dir steht ein *schreckliches* Leben bevor. Du kannst dir ja nicht einmal eine Köchin leisten. Du wirst dich in jeder Beziehung furchtbar einschränken müssen.»

Was über eine Köchin hinausging, überstieg Mrs. Lukes Vorstellungskraft. Sich keine Köchin leisten zu können, war für sie die größte Katastrophe. Celia vertraute ihr erst gar nicht an, dass sie sich überhaupt keine Hilfe würden leisten können.

Cyril kämpfte zu der Zeit in Mesopotamien. Als er von der Verlobung seiner Schwester hörte, schrieb er einen langen missbilligenden Brief. Er hielt die Verbindung mit Dermot für absurd.

Aber Dermot war ehrgeizig. Er würde Erfolg haben, davon war

Celia überzeugt. Er besaß eine Eigenschaft – eine ungeheure Antriebskraft –, die Celia spürte und bewunderte. Mit solchen Eigenschaften konnte sie nicht dienen.

«Lass uns diese Wohnung nehmen», sagte sie. «Sie gefällt mir wirklich besser. Und Miss Lestrange ist auch viel netter als Miss Banks.»

Miss Lestrange war eine liebenswürdige Frau um die dreißig mit einem schelmischen Funkeln in den Augen und einem gutmütigen Lächeln.

Wenn dieses ernsthafte junge Paar auf Wohnungssuche sie belustigte, so ließ sie sich das nicht anmerken. Sie erklärte sich mit allen ihren Vorschlägen einverstanden, gab ihnen taktvoll die gewünschten Auskünfte und erklärte der ehrfürchtig lauschenden Celia, wie der Gasbadeofen funktionierte. Celia war mit so einem Ding noch nie in Berührung gekommen.

Natürlich konnten sie nicht täglich baden, denn die Gaszuteilung war nicht sehr groß, und gekocht musste ja auch werden. Die Wohnung Lanchester Terrace 8 wurde für sechs Monate gemietet, und dort begann Celia ihre Karriere als Hausfrau.

5

In der ersten Zeit ihrer Ehe litt Celia sehr unter Einsamkeit. Dermot ging jeden Morgen ins Kriegsministerium, und Celia hatte einen langen, unausgefüllten Tag vor sich. Pender, Dermots Bursche, servierte das Frühstück, räumte die Wohnung auf und besorgte die Lebensmittelrationen. Dann kam Mrs. Steadman aus dem Souterrain und sprach mit Celia über das Abendessen.

Sie war eine warmherzige, gesprächige Person und eine willige, wenn auch nicht perfekte Köchin, die eine ‹leichte Hand mit dem Pfeffer› hatte. Bei ihr gab es offensichtlich keinen goldenen Mittelweg zwischen gänzlich ungewürzten Speisen und Gerichten, die einem die Tränen in die Augen trieben und an denen man um ein Haar erstickte.

«Das ist schon immer so gewesen», sagte Mrs. Steadman aufgeräumt. «Schon als ich noch ein junges Mädchen war. Komisch, finden Sie nicht auch? Und fürs Backen habe ich auch kein besonderes Talent.»

Mrs. Steadman kümmerte sich wie eine Mutter um Celia, die sich bemühte, sparsam zu sein, aber nicht wusste, wie sie es anfangen sollte.

«Lassen Sie mich doch einfach für Sie einkaufen. Eine junge Dame wie Sie wird leicht übers Ohr gehauen. Ihnen würde es doch niemals einfallen, einen Hering auf den Schwanz zu stellen, um zu sehen, ob er noch frisch ist. Manche Fischhändler schrecken vor keinem Trick zurück.»

Mrs. Steadman schüttelte bekümmert den Kopf.

Dass sie in Kriegszeiten lebten, machte die Haushaltsführung natürlich noch viel schwieriger. Die Eier kosteten jetzt acht Pence pro Stück, und Celia und Dermot lebten von «Ei-Ersatz», Suppenwürfeln, die, egal welche Geschmacksrichtung auch darauf angegeben war, von Dermot ‹braune Sandsuppe› genannt wurden, und von ihrer Fleischration.

Seit langem hatte Mrs. Steadman nichts mehr so erregt wie diese Fleischration. Als Pender mit dem ersten großen Stück Rindfleisch ankam, gingen Celia und Mrs. Steadman bewundernd drum herum. Mrs. Steadman machte aus ihrem Herzen keine Mördergrube.

«Ist das nicht ein herrlicher Anblick? Da läuft einem ja regelrecht das Wasser im Mund zusammen. Seit Kriegsanfang habe ich so ein Stück Fleisch nicht mehr gesehen. Das ist ja ein bildschönes Stück Fleisch. Direkt malerisch! Wenn doch Steadman bloß zu Hause wäre – ich würde ihn raufholen, damit er sich das ansieht. Natürlich nur, wenn Sie nichts dagegen haben, Madam. Er wäre hell begeistert. Ich glaube allerdings kaum, dass dieser Brocken in den winzigen Gasherd passt. Ich brate das Fleisch unten für Sie.»

Celia drängte Mrs. Steadman ein paar Scheiben von dem fertigen Braten auf, und nachdem sich Mrs. Steadman hinreichend geziert hatte, nahm sie sie gerne an.

«Nur dieses eine Mal. Aber ich möchte Sie wirklich nicht berauben.»

Mrs. Steadman war so voll des Lobes gewesen, dass Celia den Braten ganz stolz servierte.

Das Mittagessen stammte meistens aus einer nahe gelegenen Kantine. Celia wagte es nicht, die Gasration schon gleich Anfang der Woche aufzubrauchen. Da sie den Gasherd nur morgens und abends kurz anstellte und sie nur zweimal in der Woche badeten, reichte die Gasration und sie konnten noch das Wohnzimmer heizen.

Im Hinblick auf Butter und Zucker erwies sich Mrs. Steadman als unschätzbare Verbündete. Sie schleppte Vorräte an, die die knappen Rationen bei weitem überstiegen.

«Wissen Sie, die Leute kennen mich», erklärte sie Celia. «Der junge Alfred zwinkert mir schon immer zu, wenn ich hereinkomme. ‹Es ist jede Menge da für Sie, Ma›, sagt er immer. Aber er ist nicht jeder feinen Dame gegenüber so großzügig. Wir kennen uns eben.»

Da sich Mrs. Steadman um alles kümmerte, hatte Celia praktisch den ganzen Tag für sich.

Es fiel ihr immer schwerer, etwas damit anzufangen!

Zu Hause war das Klavier da gewesen, der Garten mit den Blumen, Freunde, die zu Besuch kamen oder besucht wurden, und vor allem natürlich Miriam.

Hier hatte sie niemanden. Die Londoner Freunde waren entweder verheiratet oder leisteten Kriegsdienst. Offen gesagt, die meisten waren ganz einfach zu reich, und Celia konnte bei ihnen nicht mithalten. Als Mädchen hatte man sie sehr oft zu Tanzveranstaltungen und Geselligkeiten eingeladen, nach ihrer Hochzeit hatte das alles aufgehört, denn sie und Dermot konnten es sich nicht leisten, selbst Einladungen zu geben. Die Menschen fehlten ihr nicht besonders, aber sie hatte keine Aufgabe.

Celia wollte in einem Lazarett Dienst tun, doch Dermot war dagegen. Nach langem Bitten erlaubte er ihr, einen Kurs in Kurzschrift und Maschinenschreiben zu nehmen, später auch Buchhaltung, denn wenn sie einmal einen Job brauchte, war das alles sehr nützlich.

Als sie mit Arbeit ausgefüllt war, machte ihr das Leben mehr

Spaß. Die Buchhaltung mit ihrer Systematik und Genauigkeit gefiel ihr besonders gut. Die Krönung des Tages war die abendliche Heimkehr Dermots. Sie waren beide aufgeregt und glücklich in ihrem neuen Leben.

Da saßen sie dann, ehe sie zu Bett gingen, vor dem Kamin, und konnten kaum fassen, dass sie nun für immer zusammengehörten. Dermot sagte niemals: Ich liebe dich. Spontane Zärtlichkeiten gab es selten. Wenn er seine Reserve dann einmal durchbrach und doch etwas sagte, wusste Celia das umso mehr zu schätzen. Es fiel ihm offensichtlich so unsagbar schwer, dass sie diese seltenen Ausnahmen wie einen erlesenen Schatz im Gedächtnis behielt. Trotzdem erschrak sie jedes Mal, wenn so ein Fall eintrat.

So saßen sie zum Beispiel da und sprachen über Mrs. Steadman, als Dermot sie plötzlich in die Arme zog und stammelte: «Celia, du bist so schön, so unbeschreiblich schön. Versprich mir, dass du immer schön sein wirst.»

«Du würdest mich ebenso lieben, wenn ich nicht so schön wäre.»

«Nein, nicht ganz. Es wäre nicht dasselbe. Versprich es mir. Sag, dass du immer schön sein wirst…»

6

Drei Monate vergingen, und Celia kam für eine Woche zu Besuch nach Hause. Ihre Mutter sah krank und müde aus. Granny dagegen war richtig aufgeblüht und kannte eine Menge Schauermärchen über die Deutschen.

Miriam war wie eine welkende Blume, die man ins Wasser gestellt hatte, denn am Tag nach Celias Ankunft war sie wieder frisch und ihr altes Selbst.

«Habe ich dir so sehr gefehlt, Mami?», fragte Celia.

«Ja, mein Kind. Aber sprich nicht darüber. Es musste ja einmal so kommen. Und du bist glücklich. Man sieht es dir an.»

«Ja, Mami, wir sind glücklich. Du hast dich in Dermot getäuscht. Er ist so lieb – niemand könnte netter sein. Und wir amüsieren uns blendend miteinander. Du weißt ja, wie gerne ich Austern esse. Dermot hat aus lauter Jux ein Dutzend Austern gekauft und sie in mein Bett gelegt. Das sollte dann ein Austernbett sein. Wenn man das so erzählt, klingt das eigentlich nur albern. Aber wir haben uns halb totgelacht. Er ist so ein lieber Mensch. Und so unendlich gut. Ich bin ganz sicher, dass er noch nie etwas Gemeines oder Unehrenhaftes getan hat. Pender, sein Bursche, hält unheimlich viel von seinem Captain, aber mir gegenüber ist er kritisch. Er meint wohl, für sein Idol sei ich nicht gut genug. Neulich hat er einmal gesagt: ‹Der Captain isst doch Zwiebeln so gern, aber hier scheint es nie welche zu geben.› Also aßen wir sofort Röstzwiebeln. Mrs. Steadman ist ganz auf meiner Seite. Sie möchte, dass ich immer das bekomme, was mir besonders gut schmeckt. Sie sagt immer, Männer sind ja schön und gut, aber wo komme ich hin, wenn ich Steadman immer nachgebe.» Celia saß am Bett ihrer Mutter und schwatzte fröhlich drauflos.

Es war schön, wieder daheim zu sein. Daheim! Ihr Zuhause war ja so viel schöner, als sie es in Erinnerung hatte. Hier war alles so sauber, das Silber glänzte, das Tischtuch war fleckenlos, die Gläser schimmerten vor Sauberkeit. Wie viel man doch als Selbstverständlichkeit hinnahm.

Das Essen war zwar einfach, aber delikat gekocht und liebevoll serviert.

Ihre Mutter erzählte ihr, dass sich Mary zum freiwilligen Kriegsdienst gemeldet habe. «Ich finde das ganz richtig. Schließlich ist sie ja noch jung.»

Gregg zeigte sich seit Kriegsbeginn unwahrscheinlich schwierig. Sie murrte ständig über die Lebensmittelknappheit.

«Ich bin es gewohnt, jeden Tag ein Fleischgericht auf den Tisch zu bringen. Immer diese Innereien und der Fisch – das tut einfach nicht gut und ist nicht einmal nahrhaft.»

Gregg war schon zu alt, um sich an die Kriegseinschränkungen zu gewöhnen.

«Sparsamkeit ist ja schön und gut, aber man muss sich doch richtig ernähren. Margarine habe ich noch nie gegessen und werde sie auch nicht essen. Mein Vater würde sich im Grab umdrehen, wenn er wüsste, dass seine Tochter Margarine isst – und noch dazu in einem herrschaftlichen Haus!»

Miriam lachte, als sie Celia das erzählte.

«Zuerst war ich so schwach und nachgiebig, dass ich ihr die Butter überließ und selbst nur Margarine aß. Aber eines Tages habe ich dann die Butter in das Margarinepapier eingeschlagen und die Margarine in das Butterpapier. Ich habe ihr beides vorgelegt und behauptet, das sei ungewöhnlich gute Margarine, ob sie sie nicht mal probieren wolle. Ich sagte ihr, sie schmecke ganz genau wie Butter. Gregg probierte also und zog eine Grimasse. Nein, so etwas bringe sie nicht hinunter. Da stellte ich ihr die wirkliche, in Butterpapier eingeschlagene Margarine hin und bat sie, die auch noch zu probieren. Sie probierte und sagte strahlend: ‹Ja, das ist echte Butter, das schmeckt man sofort.› Da habe ich ihr den kleinen Betrug gestanden und war sehr streng mit ihr. Seitdem teilen wir Butter und Margarine redlich, und sie macht kein Theater mehr.»

Auch Granny erwies sich in Essensfragen als sehr unnachgiebig.

«Celia, ich hoffe nur, dass du viel Butter und Eier isst. Das tut dir nämlich gut.»

«Aber Granny, man bekommt doch kaum Butter.»

«Unsinn, meine Liebe, Butter tut dir gut. Du musst einfach Butter essen. Mrs. Rileys Tochter, dieses wunderschöne Mädchen, ist gerade erst gestorben. Regelrecht verhungert. Den ganzen Tag hat sie geschuftet und sich dann nicht ordentlich ernährt. Sie bekam eine Grippe und obendrein noch Lungenentzündung. Das hätte ich ihr voraussagen können.»

Und Granny nickte heiter und widmete sich weiter ihrem Strickzeug.

Die arme Granny konnte kaum noch etwas sehen. Sie strickte mit riesengroßen Nadeln und ließ oft Maschen fallen oder machte Fehler, so dass das Muster nicht mehr stimmte. Dann saß sie da und weinte leise vor sich hin. Die Tränen liefen ihr über die welken Rosenblütenwangen.

«Diese Zeitverschwendung!», stöhnte sie. «Das bringt mich noch um den Verstand.»

Sie wurde auch immer misstrauischer.

Wenn Celia morgens in das Schlafzimmer ihrer Großmutter kam, saß die alte Dame oft weinend im Bett.

«Ich vermisse meine Ohrringe, Schätzchen, die schönen Brillantohrringe, die mir dein Großvater geschenkt hat. Dieses Mädchen hat sie mir gestohlen.»

«Welches Mädchen denn?»

«Mary. Sie hat versucht, mich zu vergiften. Sie hat irgendetwas in mein gekochtes Ei getan. Ich habe es genau herausgeschmeckt.»

«Aber Granny, in ein *gekochtes* Ei kann man doch gar nichts tun.»

«Aber ich habe es doch geschmeckt. Es war gallebitter.» Granny verzog das Gesicht. «So ein Fall stand gerade erst in der Zeitung. Da hatte ein Dienstmädchen seine Herrin vergiftet. Sie weiß, dass ich dahinter gekommen bin, dass sie mich bestiehlt. Mir fehlt schon alles Mögliche. Und jetzt auch noch meine wunderschönen Ohrringe.»

Granny brach erneut in Tränen aus.

«Bist du sicher, Granny? Vielleicht waren sie die ganze Zeit in der Schublade?»

«Mein Liebling, es hat gar keinen Sinn, dass du erst nachsiehst. Ich weiß, dass sie verschwunden sind.»

«In welcher Schublade hast du sie denn aufbewahrt?»

«In der rechten. Da ist Mary immer mit dem Tablett vorbeigegangen. Ich habe sie in meine Handschuhe gesteckt. Aber du brauchst gar nicht erst danach zu suchen. Das habe ich ja schon gemacht.»

Celia suchte gründlich und fand die Ohrringe in ein Stück Spitze eingerollt. Granny war entzückt und tat ganz überrascht. Sie nannte Celia ein gutes, kluges Mädchen, doch von ihrem Misstrauen Mary gegenüber war sie deshalb noch lange nicht geheilt.

So beugte sie sich zum Beispiel in ihrem Lehnstuhl vor und zischte aufgeregt:

«Celia, deine Tasche! Deine Handtasche, wo ist deine Handtasche?»

«In meinem Zimmer, Granny.»

«Aber sie sind jetzt da oben. Ich habe sie gehört.»

«Ja, natürlich. Sie räumen das Zimmer auf und machen sauber.»

«Sie sind aber schon ziemlich lange oben. Sicher suchen sie jetzt deine Tasche. Du solltest sie nie aus der Hand legen.»

Jetzt, wo Granny so schlecht sah, fiel es ihr auch immer schwerer, Schecks auszuschreiben. Celia musste sich dann über sie beugen und ihr sagen, wo sie anfangen sollte und wo das Papier zu Ende war.

Wenn sie den Scheck ausgeschrieben hatte, richtete sie sich seufzend auf und reichte ihn Celia, damit diese ihn bei der Bank einlösen konnte.

«Wie du siehst, habe ich einen Scheck über zehn Pfund ausgeschrieben, obwohl sich die Rechnungen nicht einmal auf neun Pfund belaufen. Merke dir, Celia, du darfst niemals einen Scheck über neun Pfund ausstellen. Das kann man nämlich leicht in neunzig abändern.»

Da Celia den Scheck ja selbst einlöste, hätte niemand außer ihr die Gelegenheit gehabt, die Summe abzuändern, doch daran hatte Granny nicht gedacht. Ihr Selbsterhaltungstrieb war so stark ausgeprägt, dass sie oft übers Ziel hinausschoss.

Noch etwas brachte sie in Rage: Wenn Miriam ihr behutsam nahe legte, dass sie sich noch ein paar Kleider machen lassen müsse.

«Weißt du, Mutter, dieses Kleid, das du anhast, ist schon ganz durchgescheuert.»

«Was? Mein Samtkleid? Mein schönes Samtkleid soll durchgescheuert sein?»

«Ja, du siehst es nur selbst nicht. Aber es sieht wirklich nicht mehr gut aus.»

Dann seufzte Granny Mitleid erregend, und Tränen kamen in ihre Augen. «Mein Samtkleid. Mein schönes Samtkleid. Ich habe es in Paris machen lassen. Mein schönes Samtkleid!»

Granny litt darunter, dass sie selbst ihre Wurzeln aus dem vertrauten Boden gezogen hatte. Nach Wimbledon fand sie das Leben auf dem Land geisttötend und trübsinnig. Nichts war los, niemand kam überraschend vorbei, und vor der frischen Luft hatte sie Angst. Sie saß ebenso wie in Wimbledon den ganzen Tag über im

Speisezimmer, und Miriam las ihr aus den Zeitungen vor. So verging für die beiden der Tag sehr langsam.

Grannys einziges Vergnügen war es, große Mengen Lebensmittel zu bestellen. Wenn sie eintrafen, gab es endlose Diskussionen darüber, wo man sie am besten verstecken sollte, um sich nicht dem Vorwurf auszusetzen, man hamstere Lebensmittel. Sämtliche Schränke waren mit Sardinen, Zunge in Dosen und Zuckerpaketen voll gestopft, und in ihren Koffern hortete sie Sirup.

«Aber Granny, du hamsterst Lebensmittel.»

«Von wegen», fauchte Granny verächtlich. «Ihr jungen Leute habt wirklich keine blasse Ahnung. Bei der Belagerung von Paris haben die Menschen Ratten gegessen. *Ratten*, stell dir das mal vor! Man muss Vorsorge treffen, Celia, das hat man mich schon als Kind gelehrt.»

Granny spitzte plötzlich die Ohren.

«Die Dienstboten sind schon wieder in deinem Zimmer, Celia. *Hast du deinen Schmuck auch gut versteckt?*»

7

Einige Tage lang hatte sich Celia nicht recht wohl gefühlt, so dass sie schließlich im Bett blieb, weil sie heftig erbrechen musste.

«Mami», fragte sie, «hat das etwa zu bedeuten, dass ich ein Baby bekomme?»

«Das fürchte ich, Liebling.»

«Wieso fürchten?», fragte Celia erstaunt. «Willst du denn nicht, dass ich ein Baby bekomme?»

«Eigentlich jetzt noch nicht. Du willst wohl sehr gern eins?»

«Nun, ich habe noch nicht darüber nachgedacht», überlegte Celia. «Wir haben auch noch nie darüber gesprochen, Dermot und ich. Auf jeden Fall möchte ich eines haben. Ohne ein Kind würde mir wohl etwas fehlen.»

Am Wochenende kam Dermot.

Es verlief nicht alles wie in den Romanen. Celia litt immer noch unter heftigem Erbrechen.

«Was glaubst du, warum dir so schlecht ist, Celia?»

«Wahrscheinlich bekomme ich ein Baby.»

Dermot regte sich darüber furchtbar auf.

«Ich wollte nicht, dass du eines bekommst. Ich komme mir wie ein Rohling vor. Ich ertrage es nicht, dass du krank bist und dich elend fühlst.»

«Aber Dermot. Ich freue mich doch darüber. Ich wäre unglücklich, wenn ich keines bekäme.»

«Ich will keines. Du denkst dann immer nur an das Baby und nicht mehr an mich.»

«Nein, das werde ich nicht tun.»

«Alle Frauen tun das. Immer sitzen sie dann zu Hause und kümmern sich um das Baby. Und ihre Männer vergessen sie vollkommen.»

«Das werde ich ganz bestimmt nicht tun. Das Baby werde ich lieben, weil es von dir ist, verstehst du das nicht? Und dich werde ich immer, immer am allermeisten lieben.»

Dermot wandte sich ab. Er hatte Tränen in den Augen.

«Ich ertrage das einfach nicht. Ich habe dir das angetan. Das hätte ich um jeden Preis verhindern müssen. Vielleicht stirbst du bei der Geburt sogar.»

«Ach wo, ich bin doch kräftig und gesund.»

«Deine Großmutter sagt, dass du sehr zart bist.»

«Ach, du solltest wirklich nicht auf Granny hören. Der Gedanke ist ihr unerträglich, dass jemand vor Gesundheit strotzt.»

Seine Sorge rührte sie tief, aber sie musste sich große Mühe geben, ihn zu trösten.

Als sie wieder in ihr eigenes Heim zurückgekehrt waren, bediente Dermot sie wie eine Königin. Er besorgte ihr Medizin gegen die Übelkeit.

«Nach dem dritten Monat soll es besser werden. Das steht in allen einschlägigen Büchern.»

«Drei Monate sind eine lange Zeit. Ich will nicht, dass du dich drei Monate so elend fühlst.»

«Mir gefällt das auch nicht, das kannst du mir glauben. Aber es ist nun mal nicht zu ändern.»

Celia fand die zu erwartende Mutterschaft sehr enttäuschend.

In Büchern las sich das so ganz anders. Sie hatte sich vorgestellt, sie nähe ununterbrochen winzige Hemdchen und dergleichen, denke immer schöne Gedanken und freue sich auf das Kind.

Wie sollte man aber schöne Gedanken denken, wenn man sich ständig fühlte wie auf einem Kanaldampfer? Celia war nichts als ein leidendes Tier.

Die Brechanfälle kamen nicht nur morgens, sondern in unregelmäßigen Intervallen den ganzen Tag. Zweimal musste sie aus einem anfahrenden Bus springen, um sich über einem Gully zu erbrechen. Unter solchen Umständen konnte man auch keine Einladung mehr annehmen.

Also blieb sie zu Hause oder machte Spaziergänge. Ihre Kurse hatte sie aufgegeben, vom Nähen bekam sie Kopfschmerzen. Sie lag in einem Sessel und las oder hörte sich die reichhaltigen einschlägigen Erfahrungen von Mrs. Steadman an.

«Ich erinnere mich noch gut an die Zeit, als Beatrice unterwegs war. Beim Gemüsehändler überfiel es mich ganz plötzlich. Eigentlich wollte ich Rosenkohl kaufen. *Diese Birne muss ich einfach haben!* Sie war dick und saftig – von der teuren Birnensorte, die reiche Leute zum Nachtisch essen. Ich habe sie gekauft und blitzschnell verschlungen. Der Junge, der mich bedient hat, starrte mich sprachlos an. Kein Wunder. Aber der Besitzer, ein Familienvater, wusste, woher meine Gelüste rührten. ‹Alles in Ordnung, mein Junge›, sagte er. ‹Kümmere dich nicht darum.› – ‹Es tut mir so Leid›, sagte ich. ‹Aber ich bitte Sie. Ich habe sieben Kinder. Als das letzte unterwegs war, hatte meine Frau ständig Lust auf Pökelfleisch.›»

Mrs. Steadman holte nur kurz Luft und fuhr dann fort:

«Ich wünschte, Ihre Mutter wäre hier bei Ihnen, aber natürlich muss sie sich auch um die alte Dame, Ihre Großmutter, kümmern.»

Celia hatte Sehnsucht nach ihrer Mutter. Ach, wenn sie nur bei ihr sein könnte! Die Tage waren ein Albtraum. Es war ein trüber Winter – Tag für Tag dichter Nebel. Es dauerte so entsetzlich lange, bis Dermot vom Dienst nach Hause kam.

Wenn er dann endlich kam, war er ganz reizend zu ihr. Und so besorgt. Oft brachte er ein neues Buch über Schwangerschaft mit, das er unterwegs erstanden hatte. Nach dem Abendessen las er ihr daraus vor.

«Während der Schwangerschaft verlangt es die Frauen manchmal nach seltsamen exotischen Genüssen. Früher hieß es, dieses Verlangen sei stets zu befriedigen. Heutzutage neigt man eher zu der Ansicht, Schwangere sollten diese Gelüste bezähmen, wenn sie schädlich für die Mutter und das Kind sind. Na, wie steht es damit, Celia? Hast du manchmal Lust auf exotische Speisen und Gerichte?»

«Mir ist egal, was ich esse.»

«Ich habe nachgeschlagen, was über den Halbschlaf drinsteht. Das scheint durchaus normal zu sein.»

«Dermot, was meinst du, wann wird mir endlich nicht mehr so schlecht sein? Das geht jetzt schon über vier Monate so.»

«Es muss ja bald aufhören. Das steht in allen Büchern.»

Trotzdem hörte es nicht auf. Es ging weiter und immer weiter.

Dermot schlug vor, sie solle doch eine Weile zu ihrer Mutter gehen.

«Den ganzen Tag allein hier, das muss ja schrecklich für dich sein.»

Doch Celia lehnte ab. Sie wusste, Dermot würde verletzt sein, wenn sie tatsächlich fuhr. Selbstverständlich würde alles gut gehen. Und sie wollte auch nicht gehen. Alles würde in Ordnung kommen. Sie würde ganz bestimmt nicht sterben, wie Dermot unsinnigerweise angedeutet hatte. Aber für den Fall, dass... schließlich kam das manchmal vor, wollte sie nicht eine Minute missen, die sie mit Dermot verbringen konnte...

So schlecht es ihr auch ging, sie liebte Dermot immer noch – mehr als je zuvor.

Er war so lieb zu ihr, und so komisch.

Als sie eines Abends zusammensaßen, beobachtete sie, wie sich seine Lippen bewegten.

«Dermot, was ist denn los? Führst du Selbstgespräche?»

Dermot sah sie ganz verlegen an.

«Ich habe mir gerade vorgestellt, dass der Arzt zu mir sagt: ‹Wir können nur entweder die Mutter oder das Kind retten.› Und ich antworte wie aus der Pistole geschossen: ‹Dann hacken Sie das Kind in Stücke.›»

«Dermot, das ist ja brutal.»

«Ich hasse ihn für das, was er dir antut, wenn es ein *Er* ist. Ich möchte lieber ein Mädchen. Es wäre schön, wenn wir eine blauäugige, langbeinige Tochter bekämen. Bei dem Gedanken an einen widerlichen kleinen Jungen ist mir gar nicht wohl.»

«Es ist bestimmt ein Junge. Ich möchte gerne einen Jungen. Einen Jungen, der dir ähnelt.»

«Ich würde ihn verprügeln.»

«Dermot, du bist wirklich schrecklich.»

«Ein Vater hat die Pflicht, seine Kinder zu verprügeln.»

Er war eifersüchtig, schrecklich eifersüchtig, wollte sie ganz für sich allein.

«Du bist so schön», erklärte er ihr immer wieder.

Sie lachte und sagte: «Ich und jetzt schön? Du lieber Himmel...»

«Du wirst bald wieder schön sein. Denk doch mal an Gladys Cooper. Sie hat zwei Kinder und ist trotzdem schön wie immer. Der Gedanke tröstet mich sehr.»

«Dermot, ich wünschte, du würdest nicht so großen Wert auf Schönheit legen. Das macht mir manchmal richtig Angst.»

«Weshalb denn? Du wirst noch viele Jahre lang sehr schön sein.»

Celia verzog gequält das Gesicht und rutschte hin und her.

«Celia, was ist denn. Hast du Schmerzen?»

«Nein, das nicht direkt, aber Stiche in der Seite. Das ist furchtbar lästig. Als ob jemand klopft.»

«Das kann doch wohl noch nicht das Baby sein. In dem Buch steht, dass erst nach dem fünften Monat damit zu rechnen ist.»

«Oh, und ich hätte immer geglaubt, das ‹Flattern unter dem Herzen› sei ein besonders schönes und erhebendes Gefühl», sagte Celia. «Das kann es nicht sein.»

Aber genau das war es.

Sie nannten «es» Kasperle. «Hat Kasperle heute heftig trainiert?», fragte Dermot, wenn er nach Hause kam.

«Ja, schrecklich. Er hat mir keine Minute Ruhe gelassen. Aber jetzt scheint er zu schlafen.»

«Wahrscheinlich wird er einmal Boxer», meinte Dermot.

«Nein, nur das nicht! Ich möchte nicht, dass ihm die Nase eingeschlagen wird.»

Celia hätte zu gerne ihre Mutter bei sich gehabt, aber Granny litt unter einer bösen Bronchitis (weil sie in ihrem Schlafzimmer ein Fenster aufgemacht hatte, wie sie behauptete), und obwohl sie liebend gern zu Celia gekommen wäre, wollte Miriam die alte Dame nicht allein lassen.

«Ich fühle mich für Granny verantwortlich und darf sie nicht im Stich lassen – wo sie doch den Dienstboten so misstraut. Ach, mein Liebling, wie gerne wäre ich jetzt bei dir. Kannst du denn nicht zu uns kommen?»

Doch Celia wollte Dermot nicht allein lassen. Ganz im Hintergrund ihres Bewusstseins hatte sich eine schattenhafte Angst eingenistet: Ich könnte ja sterben ...

Granny nahm die Sache in die Hand und schrieb Celia mit ihrer spinnbeinigen Handschrift, die sich wirr über das Papier zog, weil Granny kaum mehr etwas sah:

Liebste Celia,
ich habe darauf bestanden, dass deine Mutter zu dir kommt. In deinem Zustand ist es schlecht für dich, wenn du unerfüllte Wünsche hast. Ich weiß natürlich, dass deine liebe Mutter gerne gehen möchte, aber sie will mich nicht mit den Dienstboten allein lassen. Doch über dieses Thema will ich mich gar nicht erst auslassen. Man kann schließlich nicht wissen, wer alles meine Briefe liest.

Sieh zu, mein liebes Kind, dass du die Füße öfter hochlegst, und berühre deine Haut nicht mit der Hand, wenn dein Blick auf ein Stück Hummer oder Lachs fällt. Meine Mutter ist sich mit der Hand an den Hals gefahren, als sie schwanger war, und so kam deine Tante Caroline mit einem Muttermal wie ein Stück Lachs seitlich am Hals auf die Welt.

Ich lege eine Fünfpfundnote bei (natürlich nur die Hälfte – die andere Hälfte schickte ich dir mit getrennter Post). Kauf dir, worauf du gerade Lust hast.

Alles Liebe von

deiner dich liebenden Großmutter.

Wenig später kam Miriam zu Besuch. Sie schlief im Wohnzimmer auf dem Sofa, und Dermot zeigte sich von seiner besten Seite. Das machte nicht besonders viel Eindruck auf Miriam, wohl aber seine zärtliche Rücksichtnahme auf Celia.

«Vielleicht habe ich ihn nicht gemocht, weil ich eifersüchtig war», gestand sie ihrer Tochter. «Weißt du, Schatz, lieben kann ich ihn auch jetzt noch nicht, eben weil er dich mir weggenommen hat.»

Am dritten Tag erhielt Miriam ein Telegramm und reiste sofort zurück. Am folgenden Tag starb Granny.

Ihr letztes Anliegen bestand in der Bitte, Celia auszurichten, sie solle niemals auf einen Bus aufspringen oder von einem Bus abspringen. «Jungverheiratete Frauen denken manchmal nicht an so etwas.»

Granny ahnte nicht, dass es mit ihr zu Ende ging. Sie jammerte, weil sie mit den kleinen Schühchen nicht weiterkam, die sie für Celias Baby stricken wollte... Sie starb und ahnte nicht einmal, dass sie ihren Urenkel oder ihre Urenkelin nicht mehr kennen lernen würde.

8

Finanziell änderte sich mit Grannys Tod wenig für Miriam und Celia. Ihr Einkommen hatte zum größten Teil aus einer Leibrente aus dem Vermögen ihres dritten Gatten bestanden, und das restliche Geld wurde zur Hälfte von Legaten aufgezehrt. Was noch blieb, bekamen Miriam und Celia. Miriam war schlechter dran, denn Grannys Einkommen hatte ihr geholfen, das Haus zu behalten, aber Celia hatte nun ein jährliches Einkommen von mehr als hundert Pfund. Dermot war jedoch damit einverstanden, dass diese hundert Pfund für das Haus verwendet wurden. Mehr denn je hasste Celia jetzt den Gedanken, das Haus aufzugeben, und Miriam pflichtete ihr darin bei. Ein Haus auf dem Lande, in das Celias Kinder stets kommen konnten.

«Und wenn ich einmal nicht mehr bin, könnt ihr es für euch auch gut gebrauchen», sagte sie. «So habt ihr immer ein Refugium.»

Celia hielt Refugium für einen sonderbaren Ausdruck, doch der Gedanke, einmal mit Dermot in dem Haus zu wohnen, in dem sie aufgewachsen war, sagte ihr sehr zu.

Dermot sah die Sache anders.

«Ich weiß, dass du das Haus sehr liebst, aber ich glaube nicht, dass es uns je von Nutzen sein wird», meinte er.

«Vielleicht ziehen wir einmal in das Haus, um dort zu leben.»

«Ja, wenn wir über hundert Jahre alt sind. Das Haus liegt viel zu weit von London entfernt, als dass es einen praktischen Nutzen für uns hätte.»

«Aber nicht mehr, wenn du deinen Abschied nimmst.»

«Auch dann will ich nicht einfach nur herumsitzen und vermodern. Dann muss ich mir eine Stellung suchen. Und ich weiß nicht so recht, ob ich auch noch nach dem Krieg Soldat bleiben soll oder nicht, aber darüber brauchen wir ja jetzt noch nicht zu reden.»

Was hatte es für einen Sinn, sich jetzt schon über die Zukunft den Kopf zu zerbrechen? Dermot konnte jederzeit nach Frankreich abkommandiert werden. Er konnte fallen…

«Dann habe ich wenigstens ein Kind von ihm», ging es Celia durch den Kopf.

Aber sie war sich darüber im Klaren, dass dieses Kind Dermots Platz in ihrem Herzen niemals einnehmen konnte. Dermot bedeutete ihr mehr als irgendjemand sonst auf der Welt. Daran würde sich nie etwas ändern.

XI

Mutterschaft

1

Celias Kind kam im Juli zur Welt, und zwar im gleichen Zimmer, in dem sie selbst vor zweiundzwanzig Jahren geboren wurde.

Draußen schlugen die tiefgrünen Zweige der Buche sanft an das Fenster.

Wenn es ihm einmal gelang, seine Ängste um Celia zu unterdrücken, fand Dermot sie in der Rolle der Mutter, die ein Kind erwartete, sehr amüsant. Diese Einstellung half Celia gut über die lange, mühselige Zeit hinweg. Sie blieb stark und überaus aktiv, obwohl sie die Übelkeit immer weiter plagte.

Drei Wochen vor dem errechneten Geburtstermin ging Celia nach Hause, und für die letzte Woche hatte Dermot Urlaub genommen. Celia hoffte, das Kind möge kommen, solange er da war. Ihre Mutter wünschte, es würde bis nach seiner Abreise warten. In solchen Zeiten waren Männer, wie sich Miriam ausdrückte, eine mehr als überflüssige Last.

Die Pflegerin traf ein. Sie legte so viel überschäumende Fröhlichkeit an den Tag, die wohl tröstlich wirken sollte, dass Celia sofort geheime Ängste quälten.

Eines Tages, genau zum Abendessen, ließ Celia die Gabel fallen und rief: «Oh, Schwester!»

Die Pflegerin führte sie in ihr Zimmer und kam nach einiger Zeit wieder recht zufrieden zurück. «Eine mustergültige Patientin», verkündete sie. «Absolut pünktlich.»

«Wollen Sie nicht den Arzt anrufen?», erkundigte sich Dermot heftig.

«Ach, ein paar Stunden hat das schon noch Zeit.»

Celia kam wieder zurück und aß weiter. Miriam und die Pflegerin flüsterten etwas von Leinen und klirrten mit Schlüsseln.

Celia und Dermot saßen da und sahen sich verzweifelt an. Sie hatten gescherzt und gelacht, doch jetzt stand ihnen die nackte Angst ins Gesicht geschrieben.

«Es geht schon alles gut, ich weiß, dass alles gut geht», sagte Celia.

«Aber ja, natürlich», erwiderte Dermot heftig.

Sie starrten sich wortlos an und fühlten sich sterbenselend.

«Du bist sehr stark», bemerkte Dermot.

«Ja. Schließlich bekommen ständig irgendwelche Frauen Kinder. Praktisch wird jede Minute irgendwo eins geboren.»

Ein jäher Schmerz beutelte sie. Gequält verzog sie das Gesicht.

«Celia!», rief Dermot aus.

«Ist ja schon gut. Komm, lass uns lieber hinausgehen. Hier drinnen fühle ich mich wie in einem Krankenhaus.»

«Das liegt an der verdammten Pflegerin.»

«Aber sie ist doch eigentlich sehr nett.»

Sie gingen hinaus in den Sommerabend. Draußen fühlten sie sich ganz allein, von allem losgelöst. Im Haus wurden geschäftig die letzten Vorbereitungen getroffen. Sie hörten die Pflegerin telefonieren: «Ja, Herr Doktor. Nein, Herr Doktor. Aber ja, wenn Sie gegen zehn Uhr kommen, reicht das. Ja, ganz gut.»

Der Abend war kühl und grün. Die Blätter der Buche raschelnten...

Wie zwei einsame Kinder gingen sie Hand in Hand spazieren und wussten nicht, wie sie sich trösten sollten...

Celia sagte plötzlich: «Ich will dir nur sagen, falls etwas passieren sollte, doch ich weiß, das wird nicht der Fall sein, dass ich eine wundervoll glückliche Zeit mit dir verbracht habe. Nichts zählt mehr als das. Du hast mir versprochen, du würdest mich glücklich machen, und das hast du getan. Ich hätte mir nicht im Traum vorzustellen gewagt, dass ich je *so* glücklich sein könnte...»

«Aber was ich dir damit angetan habe...», erwiderte Dermot unglücklich.

«Ich weiß, für dich ist es schlimmer als für mich, denn ich bin unbeschreiblich glücklich darüber... Und danach werden wir einander immer und ewig lieben.»

«Immer. Unser ganzes Leben lang.»

Die Pflegerin rief vom Haus nach ihnen.

«Meine Liebe, jetzt kommen Sie wohl besser rein.»

«Ich komme schon.»

Jetzt war es soweit. Sie wurden auseinander gerissen. Das war für Celia das Allerschlimmste. Dermot durfte nicht mehr bei ihr bleiben. Sie würde die Geburt ganz allein durchstehen müssen.

Sie klammerten sich aneinander. Die ganze Angst vor dieser Trennung lag in ihrem Abschiedskuss.

Celia dachte: Wir werden diesen Abend nie vergessen, nie...

Das war am vierzehnten Juli.

Celia ging ins Haus zurück.

2

Müde... so müde... so schrecklich müde...

Der Raum drehte sich um sie, verschwommen – dann beruhigte er sich, die Pflegerin lächelte sie an, der Arzt wusch sich in einer Ecke die Hände und drehte sich nun zu ihr um; er kannte sie, seit sie ein kleines Mädchen gewesen war.

«He, Celia, meine Liebe, du hast ein Baby.»

Es schien keine Rolle zu spielen. Sie war so müde. Wahrscheinlich wollte man, dass sie etwas sagte, doch sie konnte nicht. Sie wollte nur schlafen. Aber da war doch noch etwas... jemand...

«Dermot», murmelte sie.

3

Sie war eingeschlafen, und als sie aufwachte, war Dermot da.

War ihm etwas zugestoßen? Er sah ja ganz verändert aus, gar nicht wieder zu erkennen. Irgendetwas quälte ihn entsetzlich. Vielleicht hatte er eine schlechte Nachricht erhalten oder so etwas.

«Dermot, was hast du denn?», fragte sie ihn.

Er antwortete in einem seltsamen, ganz unnatürlichen Tonfall: «Eine kleine Tochter.»

«Nein, ich rede von dir. Was ist denn geschehen?»

Da verzog er das Gesicht. Es legte sich in Falten. Kaum zu glauben – Dermot weinte!

Er sagte mit dieser unnatürlichen Stimme: «Es hat alles so furchtbar lange gedauert. Du ahnst gar nicht, wie schrecklich das war.»

Er kniete neben ihrem Bett und vergrub sein Gesicht in der Decke. Sie legte eine Hand auf seinen Kopf.

Wie sehr er sich doch um sie sorgte ...

«Liebling», sagte sie, «jetzt ist doch alles gut ...»

4

Ihre Mutter kam zu ihr. Beim Anblick ihres lieben, lächelnden Gesichts fühlte sich Celia sofort besser und viel stärker. Genau wie in ihren Kindertagen sagte sie sich, dass jetzt, wo Mami da war, nichts mehr schief gehen konnte.

«Geh nicht weg, Mami», bat sie.

«Nein, nein. Ich bleibe bei dir sitzen.»

Celia schlief ein, ohne die Hand ihrer Mutter loszulassen. Als sie wieder aufwachte, sagte sie:

«Oh, Mami, wie herrlich ist es doch, nicht mehr seekrank zu sein.»

Da lachte Miriam.

«Die Pflegerin wird jetzt gleich dein Baby bringen.»

«Bist du sicher, dass es kein Junge ist?»

«Aber ja. Ein Mädchen ist viel netter und leichter zu haben als ein Junge. Du hast mir immer viel mehr bedeutet als Cyril.»

«Ja. Aber ich war überzeugt, es könne nur ein Junge sein. Dermot wird sich freuen. Er wollte ein Mädchen. Er hat seinen Kopf also doch durchgesetzt.»

«Wie sonst auch», bemerkte Miriam trocken. «Da kommt die Pflegerin.»

Die Pflegerin kam in gestärkter Schwesterntracht, tat sehr förmlich und fühlte sich offenbar sehr wichtig. Sie trug etwas auf einem Kissen.

Celia wappnete sich. Neugeborene Babys waren hässlich – furchtbar hässlich. Sie musste auf das Schlimmste gefasst sein.

«Oh!», hauchte sie dann nur und konnte es nicht fassen.

Die Pflegerin legte ihr behutsam das Kissen in den Arm. Diese komische, winzige Indianerin mit dem dichten dunklen Haarschopf sollte ihr Baby sein? Es war ein entzückendes, anbetungswertes, wonniges Geschöpfchen.

«Achteinhalb Pfund», berichtete die Pflegerin stolz.

Wie früher sehr oft, so fühlte sich Celia auch in diesem Moment unwirklich. Sie *spielte* jetzt die Rolle der jungen Mutter.

Aber sie kam sich weder wie eine Ehefrau noch wie eine Mutter vor. Sie fühlte sich vielmehr wie ein kleines Mädchen, das nach einer aufregenden, aber sehr anstrengenden Geburtstagsparty nach Hause gekommen war.

5

Celia nannte ihre kleine Tochter Judy. Sie war ein äußerst angenehmes Baby. Sie nahm zu, wie es sich gehörte, und schrie sehr selten. Aber wenn sie schrie, dann brüllte sie wie eine in Wut geratene Tigerin.

Nach etwas mehr als einem Monat ließ Celia ihre Judy bei Miriam zurück und fuhr nach London, um eine passende Wohnung zu suchen.

Das Wiedersehen mit Dermot war eine unbeschreibliche Freude und glich ihren Flitterwochen. Insgeheim war Dermot ungeheuer befriedigt von der Tatsache, dass Celia ihre Judy verlassen hatte, um zu ihm zu kommen.

«Ich hatte solche Angst, dass du jetzt ganz häuslich werden könntest und dich dann nicht mehr um mich kümmerst.»

Als sich Dermots Eifersucht dann legte, half er ihr energisch bei der Wohnungssuche. Celia fühlte sich schon fast als alter Hase. Sie war jetzt nicht mehr der unwissende kleine Einfaltspinsel, der sich durch die Betriebsamkeit von Miss Banks hatte ins Bockshorn jagen lassen. Man hätte meinen können, sie sei schon ihr Leben lang auf Wohnungssuche.

Diesmal wollten sie eine unmöblierte Wohnung nehmen, da sie billiger war, und nahezu alles, was sie an Möbeln brauchten, konnte Celia von zu Hause bekommen.

Aber unmöblierte Wohnungen gab es nur wenige. Sie hatten fast immer einen Haken – in Form einer unglaublichen Kaution oder einer enorm hohen Ablösung. Tag um Tag verging, und Celia wurde immer deprimierter.

Mrs. Steadman rettete die Lage.

Eines Morgens kam sie zur Frühstückszeit und sagte mit geheimnisvoller Miene: «Sir, Sie entschuldigen schon, dass ich zu einer so unziemlichen Zeit komme, aber gestern kam es Mr. Steadman zu Ohren, dass direkt hier um die Ecke eine Wohnung zu vermieten ist. Erst gestern Abend wurde diese Wohnung dem Makler gemeldet. Wenn Sie also jetzt gleich hingehen würden, Madam, bevor irgendjemand Wind davon bekommt, wie man so schön sagt –»

Mehr brauchte sie nicht zu sagen; Celia sprang auf, schlüpfte in den Mantel und folgte der Spur wie ein Polizeihund.

Auch Lauceston Mansions Nr. 18 war gerade beim Frühstück, und ein ältliches Dienstmädchen meldete: «Ma'am, da ist jemand wegen der Wohnung.»

«Es ist doch erst halb neun, der Agent kann doch meinen Brief noch gar nicht haben!», war die Antwort, aber sofort kam eine junge Frau im Kimono in die Halle heraus.

«Wollen Sie wirklich die Wohnung ansehen?», fragte sie Celia, und diese bejahte eifrig. Sie wurde also herumgeführt.

Ja, die Wohnung war bestens für sie geeignet, dachte Celia. Vier Schlafzimmer, zwei Wohnräume, alles ziemlich schmutzig natürlich, achtzig Pfund Miete pro Jahr und hundertfünfzig Pfund Ablösung. Celia bot hundert Pfund als Ablösung an. Die junge Frau im Kimono lehnte entrüstet ab.

«Also meinetwegen», sagte Celia mit fester Stimme. «Ich nehme die Wohnung.»

Als Celia die Treppe hinunterging, war sie ausgesprochen froh, dass sie sich so entschieden hatte. Zwei Frauen kamen hintereinander die Treppe hinauf. Jede hatte eine Besichtigungsaufforderung des Maklers in der Hand!

Innerhalb der nächsten drei Tage bot man Celia und Dermot eine Ablösung von dreihundert Pfund an, um sie dazu zu bringen, auf die Wohnung zu verzichten.

Doch sie wollten diese Wohnung, zahlten ihre hundertfünfzig Pfund, wurden damit Mieter der Wohnung Lauceston Mansions Nr. 18. Endlich hatten sie ein eigenes Zuhause, wenn auch ein sehr schmutziges.

Einen Monat später war die Wohnung kaum mehr wieder zu erkennen. Dermot und Celia machten alles selbst. Etwas anderes konnten sie sich gar nicht leisten. Auf diese Weise lernten sie durch Erfahrung so interessante Dinge wie Farben mischen, Anstreichen und Tapezieren. Das Ergebnis konnte sich in ihren Augen sehen lassen. Sie fanden ihre Wohnung ganz entzückend. Die langen finsteren Gänge hatten sie mit billiger Chintztapete aufgehellt. Die Räume, die nach Norden gingen, wirkten sonnig, weil sie sie gelb gestrichen hatten. Die Wände der Salons dagegen waren cremefarben, ein guter Hintergrund für Bilder und Porzellan.

6

Inzwischen hatte Celia eine weitere, sehr schwierige Prüfung bestanden – die von Mrs. Barmans Büro. Mrs. Barmans Büro vermittelte Kinderpflegerinnen.

Eine sehr hochmütige, gelbhaarige Person nahm ihre Bitte zur Kenntnis. Sie musste einen Fragebogen mit vierunddreißig Antworten ausfüllen und wurde in eine Art Zelle geführt, wo sie jene Pflegerinnen erwarten sollte, welche die Gelbhaarige ihr zu schicken geruhte.

Als die erste dieser Bewerberinnen hereinkam, hatte Celia schon sehr ausgeprägte Minderwertigkeitskomplexe entwickelt. Es war eine aggressiv weißgestärkte Person mit majestätischem Benehmen.

«Guten Morgen», sagte Celia mit schwacher Stimme.

«Guten Morgen, Madam.» Die Majestätische nahm Celia gegenüber Platz. Sie starrte Celia an, ohne den Blick auch nur einmal abzuwenden, und vermittelte ihr damit das Gefühl, dass Celias Lage niemandem zusagen würde, der auch nur ein bisschen Selbstachtung besaß.

«Ich brauche eine Pflegerin für ein ganz kleines Baby», begann Celia und hatte Angst, dass sie zu amateurhaft sprach.

«Ja, Madam. Ein Kind? Oder sind noch weitere vorhanden?»

«Ein erstes Kind. Sonst sind noch mein Mann und ich da.»

«Und welchen Umfang hat Ihr Haushalt?»

«Oh, wir leben sehr einfach», antwortete Celia und wurde rot. «Ein Hausmädchen.»

«Wird das Kinderzimmer geputzt, und wie ist die Bedienung?»

«Das Kinderzimmer müssten Sie selbst besorgen.»

«Ah!» Die Majestätische erhob sich. «Ich fürchte, Madam, das ist nicht genau das, was ich suche. Bei Sir Eldon West hatte ich ein eigenes Kindermädchen zur Verfügung, und ein Hausmädchen hielt die Räume sauber.»

Heimlich verfluchte Celia die Gelbhaarige. Sie hatte doch genaue Angaben auf dem Fragebogen gemacht, warum schickte man ihr dann eine Person, die höchstens die Rothschilds gelten ließ?

Als Nächste erschien eine strenge, schwarzhaarige, finstere Frau.

«Ein Baby? Einen Monat alt? Sie müssen wissen, Madam, dass ich das Kind *ganz übernehmen* würde und nicht dulde, dass sich jemand einmischt.»

Sie stierte Celia an.

«Ich werde es die jungen Mütter lehren, mir ins Handwerk pfuschen zu wollen», besagte dieser Blick.

Celia gab ihr zu verstehen, sie fürchte, das sei nicht ganz das Richtige.

«Ich liebe Kinder wirklich, Madam. Ich bete sie förmlich an. Aber ich kann es nun mal nicht haben, wenn sich die Mutter immer einmischt.»

Die Nächste war eine schlampige alte Frau, die sich selbst als «Nannie» bezeichnete.

Celia erkannte, dass sie weder sah, hörte, noch begriff, worum es ging.

Diese Kinderschwester war ein Witz.

Als Nächste erschien eine übellaunig wirkende junge Frau, die nur die Nase rümpfte, als sie hörte, dass sie das Kinderzimmer selber sauber halten sollte und sich auch um die Babywäsche kümmern müsste. Die Nächste in der Reihe war ein liebenswertes, rotbackiges Mädchen, das bisher als Hausmädchen gearbeitet hatte und der Meinung war, sie käme besser mit Kindern zurecht.

Celia wollte schon verzweifeln, als eine sehr saubere Frau mit Brille und gutmütigen blauen Augen, etwa fünfunddreißig Jahre alt, hereinkam.

Sie habe nichts dagegen, für das Kinderzimmer selbst zu sorgen.

«Ach, das macht mir nichts aus. Nur den Feuerrost möchte ich nicht so gern reinigen und sauber halten. Davon bekommt man raue Hände. Man sollte ein Baby nicht mit rauen Händen anfassen. Ansonsten kümmere ich mich gern um alles. Ich habe in den Kolonien gelebt, daher ist mir nichts mehr fremd.»

Sie zeigte Celia Fotos der ihr anvertrauten Kinder. Celia versprach, sie zu engagieren, falls ihr ihre Referenzen zusagten.

Mit einem Seufzer der Erleichterung verließ Celia das Büro von Mrs. Barman.

Mary Denmans Referenzen erwiesen sich als sehr zufrieden stellend. Sie war eine fürsorgliche, sehr erfahrene Kinderschwester.

Nun brauchte Celia nur noch ein Dienstmädchen, und das war noch schwieriger zu finden, denn es gab keine. Die Mädchen arbeiteten alle in Munitionsfabriken oder in Lazaretten oder bei der Army im Büro.

Celia sah ein Mädchen, das ihr gefiel. Eine dickliche, gut gelaunte Jungfer namens Kate. Sie tat ihr Möglichstes, um Kate zu überreden, zu ihr zu kommen.

Wie auch die anderen, so scheute Kate vor dem Kinderzimmer zurück.

«Ich habe nicht etwa was gegen das Baby, Madam. Gott behüte! Ich spreche von der Kinderschwester. Nach meiner letzten Stellung habe ich mir vorgenommen, nirgends mehr hinzugehen, wo es eine Kinderschwester gibt. Mit Kinderschwestern gibt es immer Ärger.»

Celia stellte Mary Denman als Inbegriff sämtlicher Tugenden hin, doch es half nichts. Kate gab ihr nur immer wieder zu verstehen:

«Wo eine Kinderschwester ist, da gibt es Ärger. Das weiß ich aus Erfahrung.»

Schließlich gab Dermot den Ausschlag. Celia wandte sich Hilfe suchend an ihn, damit er Kate weiterhin bekniete. Dermot war es gewohnt, seinen Willen durchzusetzen. Und er hatte auch diesmal Erfolg. Kate erklärte sich bereit, die Stelle anzutreten, es zumindest zu versuchen.

«Obwohl ich wirklich gar nicht weiß, warum ich das noch einmal mache. Ich habe mir geschworen, nie wieder da zu arbeiten, wo eine Kinderschwester ist. Aber der Captain hat so nett mit mir geredet. Außerdem kennt er das Regiment, bei dem mein Freund in Frankreich ist. Und überhaupt. Also habe ich ihm zugesagt, es zu versuchen.»

An einem herrlichen Oktobertag zogen Celia, Dermot, Mary Denman, die Kinderschwester, Kate, das Dienstmädchen und Judy im Haus Lauceston Mansions Nr. 18 ein. Das Familienleben begann.

7

Merkwürdig: Dermot fürchtete sich vor Judy. Wenn Celia versuchte, ihm das Kind in den Arm zu legen, schreckte er verängstigt zurück.

«Ich kann das Ding nicht halten», erklärte er.

«Früher oder später wirst du sie doch einmal nehmen müssen», sagte Celia. «Und sie ist kein Ding.»

«Es wird besser, wenn sie älter ist, reden und laufen kann. Dann mag ich sie ganz bestimmt. Jetzt ist sie nur so grässlich fett. Glaubst du, dass sie jemals normal wird?»

Er lehnte es einfach ab, Judys Speckröllchen und Grübchen zu bewundern.

«Ich will sie dünn und knochig haben.»

«Sie ist doch erst drei Monate alt. Sie wird schon dünner werden. Wir beide sind doch sehr schlank.»

«Der Gedanke, ein fettes Kind zu haben, ist mir unerträglich.»

Mrs. Steadman dagegen ging immer wieder um das Baby herum und bewunderte es so, wie sie eine besonders schöne Lammkeule bewundert hätte.

«Ah, ganz der Captain!», rief sie. «Richtig hausgemacht. Ah, Verzeihung, das habe ich nicht bös gemeint, man sagt eben so.»

Celia fand, alles in allem, die Häuslichkeit recht unterhaltend, weil sie nichts daran ernst nahm. Mary Denman war eine ausgezeichnete Pflegerin, die das Baby sehr liebte, und sie war auch sonst eine sehr angenehme und fleißige Person.

Als der ganze Haushalt eingerichtet war und lief, zeigte Denman die andere Seite ihres Charakters: sie hatte ein ziemlich heftiges Temperament; nicht im Umgang mit Judy, zu der sie reizend war, sondern mit Celia und Dermot. Alle Arbeitgeber waren ihre natürlichen Feinde. Die unschuldigste Bemerkung Celias rief einen Entrüstungssturm hervor. So sagte Celia zum Beispiel: «Sie hatten gestern Nacht das Licht brennen. Ich hoffe, dass dem Baby nichts gefehlt hat.»

Sofort fuhr Mary Denman auf.

«Ich darf doch wohl das Licht mal anknipsen, um zu sehen, wie spät es ist. Man behandelt mich zwar wie eine schwarze Sklavin, aber alles hat seine Grenzen. In Afrika habe ich selbst Sklaven gehabt, arme, unwissende Heiden – aber auch denen habe ich das Nötige niemals verweigert. Wenn Sie glauben, dass ich Strom vergeude, so sagen Sie es doch frei heraus.»

Kate kicherte in ihrer Küche, wenn sie Mary Denman von Sklaven reden hörte.

Kate war ein richtiger Trost. Sie war gutmütig, ruhig, und unberührt von allen Stürmen machte sie ihre Arbeit: kochen, sauber machen – und sie verlor sich gern in Erinnerungen an frühere Stellungen.

«Ich werde meine erste Stellung nie vergessen – nie im Leben! Ich war noch ein ganz junges Ding – noch nicht einmal siebzehn! Die haben mich fast verhungern lassen. Mittags bekam ich einen Räucherhering und sonst nichts. Und immer Margarine statt Butter. Ich bin so dünn geworden, dass man meine Knochen regelrecht aneinander klappern hören konnte. Meine Mutter hat sich furchtbar aufgeregt.»

Celia konnte es kaum glauben, wenn sie das robuste Mädchen ansah, das zu allem Überfluss immer dicker wurde.

«Kate, ich hoffe, dass Sie hier genug zu essen kriegen.»

«Machen Sie sich keine Sorgen, Madam, alles ist in bester Ordnung. Und Sie selbst sollten keine Hausarbeit machen. Dabei machen Sie sich nur die Hände schmutzig.»

Inzwischen hatte Celia eine etwas schuldbewusste Leidenschaft fürs Kochen entwickelt. Sie hatte entdeckt, dass man sich nur an die Kochrezepte zu halten brauchte, und so stürzte sie sich kopfüber in diesen Sport. Kate beobachtete sie dabei misstrauisch, und so verlegte sie ihre Kocherei vorwiegend auf Kates freie Tage. Dann veranstaltete sie eine Orgie in der Küche und produzierte für Dermots Tee und Abendessen aufregende Köstlichkeiten.

Aber wie das Leben so spielt, kam Dermot bei solchen Gelegenheiten sehr oft mit einer Magenverstimmung nach Hause und verlangte dünnen Tee und trockenen Toast statt Hummer und Vanillesoufflés.

Kate kochte einfach, wie sie es bei ihrer Mutter gelernt hatte. Sie hielt sich nie an ein Rezept, weil es ihr widerstrebte, die Mengen abzuwiegen.

«Ein bisschen hiervon und ein bisschen davon», sagte sie. «Meine Mutter macht es auch so, und sie kocht sehr gut. Eine gute Köchin wiegt und misst nichts ab.»

«Vielleicht sollte man es aber doch besser tun», wandte Celia ein.

«Ein gutes Augenmaß ist alles, was man braucht», berichtigte sie Kate. «Das habe ich meiner Mutter abgeguckt.»

Celia fand das häusliche Leben sehr befriedigend.

Sie hatte ein eigenes Haus beziehungsweise eine eigene Wohnung, einen Mann, ein Kind und Personal.

Sie hatte nun endlich das Gefühl, erwachsen zu sein – eine reale Person. Sie lernte jetzt sogar den richtigen Umgangston. Sie hatte sich mit zwei jungen Frauen im Haus angefreundet, die sehr ernsthaft über die Qualitäten guter Milch sprachen, darüber, wo man den billigsten Rosenkohl kaufte, und über die Unzulänglichkeiten des Hauspersonals.

«Ich habe ihr direkt ins Gesicht gesehen und gesagt: ‹Jane, ich lasse mir solche Unverschämtheiten nicht bieten!› Die hat mich vielleicht angeschaut.»

Andere Themen kamen für die Frauen offensichtlich nicht in Frage.

Celia befürchtete, dass sie niemals richtig häuslich werden würde.

Dermot machte es zum Glück nichts aus. Er gab ihr immer wieder zu verstehen, dass ihm häusliche Frauen ein Graus waren. Bei ihnen sei es immer so ungemütlich, fand er.

Da schien auch wirklich etwas dran zu sein. Frauen, die über nichts als über ihre Dienstboten sprachen, mussten sich von diesen anscheinend immer wieder ‹Unverschämtheiten› bieten lassen. Ihre ‹Perlen› warfen dann im ungeeignetsten Augenblick alles hin, und es blieb der Hausfrau überlassen, selbst zu kochen und die Hausarbeit zu machen. Und Frauen, die den ganzen Vormittag damit verbrachten, einzukaufen und Lebensmittel zu beschaffen, schienen weit schlechteres Essen aufzutischen als andere, die viel weniger Zeit damit zubrachten.

Celia fand, es werde viel zu viel Theater um diese Häuslichkeit gemacht.

Leute wie sie und Dermot hatten viel mehr Spaß am Leben. Sie war nicht Dermots Haushälterin, sie war seine Spielgefährtin.

Eines Tages würde Judy herumlaufen und sprechen und ihre Mutter lieben, wie Celia ihre Mutter liebt.

Und im Sommer, wenn es in London zu heiß wurde, würde sie Judy nach Hause bringen. Judy würde dann im Garten spielen und sich Geschichten über Prinzessinnen und Drachen ausdenken, und Celia würde ihr all die alten Märchen aus ihrer Kinderzeit vorlesen …

XII

FRIEDEN

1

Der Waffenstillstand kam für Celia sehr überraschend. Sie hatte sich so sehr an den Krieg gewöhnt, dass es schien, er würde niemals enden. Er hatte einfach zum Leben gehört.

Und jetzt war er vorüber.

Während des Krieges hatte es keinen Sinn gehabt, Pläne zu schmieden. Man musste von einem Tag zum anderen leben und beten, dass Dermot nicht wieder nach Frankreich geschickt wurde.

Aber jetzt war das ganz anders. Dermot war voller Pläne. Er würde nicht in der Army bleiben, denn dort hatte er keine Zukunft. Sobald er entlassen war, wollte er in die City, wusste von einem Stellenangebot in einer sehr guten Firma.

«Aber in der Army hättest du doch später deine Pension», wandte Celia ein. «Wäre das nicht sicherer?»

«Ich würde stagnieren, wenn ich beim Militär bliebe. Und die miserable Pension? Ich will Geld verdienen, viel Geld. Oder willst du das Risiko nicht auf dich nehmen?»

Doch. Denn gerade die Bereitschaft, Risiken auf sich zu nehmen, bewunderte Celia bei Dermot am allermeisten. Er hatte keine Angst vor dem Leben. Er stellte sich ihm und würde ihm seinen Willen aufzwingen.

Rücksichtslos hatte ihre Mutter ihn genannt. Das war auf eine gewisse Art richtig. Er *war* rücksichtslos im Leben. Von sentimentalen Überlegungen ließ er sich nicht beeinflussen. Doch ihr gegenüber war er nicht rücksichtslos. Wie zärtlich er doch vor Judys Geburt gewesen war…

2

Dermot ging das Risiko ein. Er verließ die Army und ging in die City. Er begann mit einem mageren Gehalt, doch mit der Aussicht auf mehr Geld in der Zukunft.

Das Büroleben fand er nicht besonders mühsam oder langweilig. Er schien völlig glücklich und zufrieden in seinem neuen Leben.

Neue Dinge interessierten ihn immer.

Auch neue Menschen.

Seinen beiden alten Tanten in Irland, die ihn aufgezogen hatten, schickte er regelmäßig Geschenke und schrieb ihnen monatlich einen Brief, aber er hatte nie das Bedürfnis, sie zu besuchen.

«Hast du sie denn nicht gern gehabt?»

«Doch, natürlich, besonders Tante Lucy. Sie war wie eine Mutter zu mir.»

«Warum willst du sie dann nicht einmal besuchen? Sie könnten auch zu uns kommen und ein Weilchen bleiben, wenn du möchtest.»

«Ach, ich finde, das wäre ziemlich lästig.»

«Wieso lästig? Ich denke, du hast sie gern.»

«Ich weiß ja, dass es ihnen gut geht. Sie sind ganz zufrieden. Ich muss sie nicht unbedingt *sehen*. Wenn man erst einmal erwachsen ist, wächst man über so etwas hinaus. Dann interessieren einen die Verwandten nicht mehr so. Das ist doch ganz natürlich. Tante Lucy und Tante Kate bedeuten mir nichts mehr. Ich bin ihnen entwachsen.»

Celia fand Dermot außergewöhnlich.

Vielleicht hielt er sie auch für außergewöhnlich, weil sie so an ihrem Zuhause und an den Menschen hing, die sie von klein auf kannte.

Doch er hielt sie nicht für außergewöhnlich. Darüber zerbrach er sich gar nicht den Kopf.

Dermot dachte nie über Menschen nach. Über Gedanken und Gefühle zu sprechen, war für ihn Zeitverschwendung.

Ihm ging es um die Wirklichkeit, nicht um Ideen.

Manchmal fragte ihn Celia, was er tun würde, wenn sie stürbe oder wenn sie ihm mit einem anderen davonliefe.

Dermot konnte nicht sagen, was er in einem bestimmten Fall tun würde. Wie sollte er das wissen, bevor der Fall tatsächlich eingetreten war?

«Aber kannst du es dir denn nicht vorstellen?»

Nein, das konnte Dermot nicht. Sich Dinge vorzustellen oder auszumalen, die noch gar nicht eingetreten waren, erschien als reine Zeitverschwendung.

Das war natürlich nicht von der Hand zu weisen.

Celia dagegen lag das sehr. So war sie nun einmal.

3

Einmal kränkte Dermot Celia sehr.

Sie waren auf einer Party gewesen. Celia hegte bei solchen Partys noch immer die Befürchtung, sie würde vor lauter Hemmungen und Schüchternheit den Mund nicht aufbringen. Manchmal bewahrheiteten sich ihre Befürchtungen, manchmal auch nicht.

Bei dieser Party war aber alles gut gelaufen. Das dachte sie zumindest. Zuerst hatte sie nicht flüssig reden können, doch dann hatte sie eine Bemerkung riskiert, die den Mann, mit dem sie sich gerade unterhielt, zum Lachen brachte.

Das machte Celia Mut. Danach fiel es ihr leichter, die richtigen Worte zu finden, und sie hatte sich glänzend unterhalten. Alle hatten gelacht und sich bestens amüsiert. Celia bildete da keine Ausnahme. Sie hatte Dinge gesagt, die sie für witzig hielt und die auch andere Leute offensichtlich witzig fanden. Sie war mit sich zufrieden und strahlte immer noch vor Freude, als sie nach Hause kamen.

«Ich bin gar nicht so dumm, wie ich dachte», sagte sie glücklich.

«War das nicht eine hübsche Party?», rief sie Dermot durch die offene Tür des Ankleidezimmers zu.

«Nun, es ging», meinte er.

«Hat es dir denn nicht gefallen?»

«Ich hatte eine kleine Magenverstimmung.»

«Oh, das tut mir sehr Leid. Willst du Natron haben?»

«Jetzt geht es schon wieder. Aber was war heute mit dir los?»

«Mit mir?»

«Ja, du warst völlig anders als sonst.»

«Ich war wohl angeregt. Wieso anders?»

«Sonst bist du immer so vernünftig, aber heute hast du gelacht und geschwatzt, das sieht dir gar nicht ähnlich.»

«Gefiel dir das nicht? Ich dachte, es lief alles so gut.»

Plötzlich hatte Celia ein eisiges Gefühl in der Magengegend.

«Also, ich finde, dass du ziemlich albernes Zeug geredet hast.»

«Ja», sagte Celia langsam, «wahrscheinlich war ich wirklich albern. Aber den Leuten schien es zu gefallen. Sie haben doch gelacht.»

«Wen kümmern schon die Leute!»

«Ich habe mich so gut unterhalten. Weißt du, Dermot, ich glaube, manchmal macht es mir richtig Spaß, albern zu sein.»

«So? Na, wenn du meinst.»

«Es soll nicht wieder vorkommen, wenn es dir missfällt.»

«Ich mag es wirklich nicht, wenn du dich töricht aufführst. Törichte und exaltierte Frauen mag ich nicht.»

Das schmerzte, das tat furchtbar weh …

Eine Närrin! Sie war eine alberne Närrin. Natürlich war sie das, sie hatte es ja schon immer gewusst. Aber wider jede Logik hatte sie gehofft, dass Dermot sich nicht daran stören würde. Dass er sie zärtlich liebte und genügend Zartgefühl beweisen würde, um stillschweigend darüber hinwegzusehen. Wenn man einen Menschen liebte, liebte man ihn doch um seiner Fehler willen nur noch mehr und ganz bestimmt nicht weniger. Man erwähnte sie mit Zärtlichkeit, nicht mit Verärgerung.

Aber Männer waren wohl nicht besonders zärtlich.

Was verstand und wusste sie eigentlich von Männern? Von Dermot wusste sie in Wirklichkeit sehr wenig oder gar nichts.

«Männer!» Grannys Ausruf fiel ihr ein. Granny schien völlig überzeugt gewesen zu sein, dass sie ganz genau wusste, was Männer mochten und was nicht.

Aber Granny war ja auch nicht albern gewesen … Sie hatte zwar oft über Granny gelacht, aber albern oder töricht war Granny ganz bestimmt nicht.

Sie dagegen war ein törichtes Geschöpf. Tief im Herzen hatte sie das schon immer gewusst. Doch sie hatte angenommen, dass das für Dermot keine Rolle spielen würde. Doch es spielte eine Rolle.

Im Dunkeln strömten ihr die Tränen unkontrollierbar über die Wangen ...

Nachts, im Schutz der Dunkelheit, wollte sie sich richtig ausweinen. Von morgen an wollte sie ein anderer Mensch sein. Und nie wieder in aller Öffentlichkeit dummes Zeug reden oder albern sein.

Sie war verzogen und verwöhnt, daran musste es liegen. Alle waren immer nur nett zu ihr gewesen und hatten sie ermutigt ...

Sie wollte um jeden Preis vermeiden, dass Dermot je wieder so aussah wie in diesem schrecklichen Augenblick ...

Sein Gesichtsausdruck hatte sie an etwas erinnert, was schon lange zurücklag.

Doch ihr fiel nicht mehr ein, was es war.

Ja, sie wollte sich die größte Mühe geben, kein törichtes Zeug zu reden und nie wieder albern zu sein.

XIII

KAMERADSCHAFT

1

Es gab einiges, was Dermot an ihr nicht gefiel, wie sie entdeckte.

Jedes Zeichen von Hilflosigkeit ärgerte ihn.

«Warum soll ich immer Dinge für dich tun, die du selbst erledigen kannst?», fragte er ungehalten.

«Es ist doch so hübsch, wenn du sie für mich tust, Dermot», hatte sie geantwortet.

«Was für ein Unsinn! Wenn ich das zuließe, würde es nur immer schlimmer mit dir werden.»

«Ja, da hast du wahrscheinlich Recht», sagte Celia traurig.

«Du kannst all diese Dinge selbst tun, denn du bist vernünftig, intelligent und nicht ungeschickt.»

«Ich fürchte, das hängt mit den abfallenden Schultern zusammen», antwortete Celia. «Automatisch hat man immer das Bedürfnis, sich wie Efeu irgendwo anzuklammern.»

«Nur kannst du dich nicht an mich klammern, weil ich das nicht zulasse», erklärte Dermot lachend.

«Dermot, macht es dir eigentlich sehr viel aus, wenn ich verträumt bin und mir vorstelle, was alles passieren könnte und was ich dann täte?»

«Warum sollte mich das stören, wenn es dir doch Freude macht?»

Dermot blieb immer fair. Er selbst war sehr unabhängig und schätzte Unabhängigkeit an anderen Menschen. Er hatte über gewisse Dinge seine eigenen Ansichten, doch er ließ sich nie darüber aus und wollte sie mit keinem teilen.

Das Schlimme war, dass Celia alles teilen wollte. Als der Mandelbaum unten im Hof blühte, geriet sie darüber vor lauter Freude außer Rand und Band. Sie hätte Dermot am liebsten an die Hand genommen und ihn zum Fenster gezogen, damit er genau wie sie seine Freude daran hatte. Aber Dermot mochte es nicht, wenn man ihn an die Hand nahm. Er wollte überhaupt nicht berührt werden, außer er war unverkennbar in zärtlicher Stimmung.

Als sich Celia die Hand am Herd verbrannte und sich gleich danach einen Finger am Küchenfenster einklemmte, hätte sie liebend gern den Kopf an Dermots Schulter gelegt und sich von ihm trösten lassen. Doch sie spürte instinktiv, dass sich Dermot darüber nur ärgern würde – und hatte damit völlig Recht. Er wollte nicht, dass man ihn anfasste oder sich trostbedürftig an ihn lehnte, oder dass andere ihre Emotionen mit ihm teilten.

Celia kämpfte heroisch gegen ihr Bedürfnis des Mitteilens, gegen ihre Sehnsucht nach Zärtlichkeit, nach Nähe und einer starken Schulter.

Sie sagte sich, dieses Bedürfnis sei kindisch. Sie liebte Dermot und Dermot liebte sie. Vielleicht, meinte sie, liebe er sie sogar tiefer als sie ihn, weil er seine Liebe weniger ausdrücken musste. Er bewies ihr seine Leidenschaft und seine Kameradschaft. Konnte sie da auch noch Zärtlichkeit erwarten?

Granny hatte das besser gewusst. Die ‹Männer› waren eben anders.

2

An den Wochenenden fuhren Dermot und Celia aufs Land. Sie nahmen belegte Brote mit, fuhren ein Stück mit der Bahn, liefen ein Stück und kehrten mit Bus oder Bahn wieder zurück.

Die ganze Woche hindurch freute sich Celia darauf. Dermot war abends, wenn er nach Hause kam, sehr müde und hatte häufig Kopfschmerzen oder Magenverstimmungen. Nach dem Essen las er gern, manchmal erzählte er Celia auch, was er tagsüber getan hatte, doch meistens schwieg er. Mit Vorliebe las er technische Bücher und wollte dabei nicht gestört werden.

Aber an den Wochenenden hatte Celia ihren Kameraden wieder. Da wanderten sie dann fröhlich durch Wälder und Wiesen, und da mochte es Dermot sogar, wenn sie ihre Hand durch seine

Armbeuge schob, weil er so die Hügel hinaufrannte und sie außer Atem kam. Wenn er es als Scherz auffassen konnte, durfte Celia nach seinem Arm greifen. Auch wenn er ihr damit helfen konnte, einen Hügel leichter zu erklimmen. Da durfte Celia sogar sagen: «Dermot, ich habe dich so lieb.»

Eines Tages schlug Dermot vor, sie könnten doch Golf spielen. Er sei zwar nicht sehr gut, doch das lasse sich lernen. Celia holte also ihre Schläger heraus, reinigte sie vom Rost und dachte an Peter Maitland. Lieber Peter... Die warme Zuneigung, die sie für Peter fühlte, sollte sie ihr ganzes Leben begleiten. Peter gehörte zu ihrem Leben.

Sie fanden einen Golfplatz, wo die Gebühren nicht so hoch waren. Natürlich war sie ziemlich eingerostet, aber Dermot war auch kein großer Spieler. Sie fand es sehr vergnüglich, zusammen zu spielen.

Doch bei dem Vergnügen blieb es nicht. Dermot war beim Spiel wie bei der Arbeit ungeheuer tüchtig und gewissenhaft. Er kaufte sich ein Lehrbuch und arbeitete es gründlich durch. Er übte zu Hause Schwünge und Schläge und kaufte sich ein paar Korkbälle, um damit zu üben.

Am darauf folgenden Wochenende spielten sie keine Runde. Dermot übte Schläge, nichts als Schläge und Celia musste das auch.

Dermot sah allmählich im Golfspiel seinen ganzen Lebensinhalt. Celia versuchte nachzuziehen, doch das gelang ihr nicht. Celia wurde nicht wesentlich besser, aber Dermot machte sehr große Fortschritte. Manchmal wünschte sie sich leidenschaftlich, dass Dermot doch ein wenig Ähnlichkeit mit Peter Maitland hätte... Doch schließlich hatte sie sich in Dermot gerade wegen der Eigenschaften verliebt, die ihn von Peter unterschieden.

3

Eines Tages kam Dermot nach Hause und sagte: «Hör mal, am nächsten Sonntag gehe ich mit Andrews nach Dalton Heath. Ist dir das recht?»

Sie sagte, ihr sei es recht.

Er kam begeistert zurück.

Golf, sagte er, sei auf einem sehr guten Platz ganz großartig und sie müsse nächstes Mal unbedingt mitkommen. Frauen dürften dort an Wochenenden allerdings nicht spielen, aber sie könne ja mitlaufen.

Den billigen Golfplatz mochte er fortan nicht mehr.

Einen Monat später erklärte er Celia, er trete dem Klub in Dalton Heath bei. «Ich weiß», sagte er, «dass dies nicht billig ist, aber ich kann anderswo sparen. Golf ist meine einzige Erholung, und ich hänge nun einmal daran. Außerdem gehören Andrews und Weston auch dem Klub an.»

«Und ich?», fragte Celia.

«Es ist nicht nötig, dass du auch beitrittst. Frauen können an Wochenenden sowieso nicht spielen, und unter der Woche allein hingehen? Das wirst du nicht wollen.»

«Ich meine, was soll ich dann an den Wochenenden tun? Du spielst ja mit Andrews und allen möglichen anderen Leuten.»

«Es wäre doch völlig sinnlos, einem Golfklub beizutreten und das dann nicht auszunutzen.»

«Wir beide haben die Wochenenden aber immer zusammen verbracht.»

«Ach, das meinst du. Ich dachte, du hast doch eine ganze Menge Freunde. Du könntest mit deinen eigenen Freunden etwas unternehmen.»

«Aber ich habe hier keine Freunde mehr. Die paar Freunde, die ich in London hatte, haben alle geheiratet und sind weggezogen.»

«Doris Andrews, Mrs. Weston und andere Leute sind doch da.»

«Das sind nicht meine Freunde, sondern die Frauen deiner Freunde. Das ist nicht dasselbe. Ich fürchte, du willst mich nicht verstehen. Ich bin gerne mit *dir* zusammen, ich mochte unsere Spaziergänge, unsere belegten Brote, unsere gemeinsamen Golfsonntage und all das. Du bist die ganze Woche hindurch müde, du willst abends deine Ruhe haben, und die lasse ich dir auch. Aber auf die Wochenenden habe ich mich immer sehr gefreut.

Oh, Dermot, warum sollen wir jetzt nichts mehr zusammen unternehmen?»

Sie hielt nur mit Mühe die Tränen zurück. War sie denn wirklich so schrecklich unvernünftig? Würde ihr Dermot böse sein? War sie vielleicht egoistisch? Sie klammerte, zweifellos klammerte sie schon wieder, Efeu!

Dermot versuchte, geduldig und verständnisvoll zu sein.

«Weißt du, Celia, das halte ich nicht für ganz fair. Ich mische mich auch nie bei dem ein, was du tust.»

«Ich will aber gar nichts allein tun.»

«Ich hätte aber gar nichts dagegen, wenn du das tätest. Ich würde mich sogar freuen, wenn du mir an irgendeinem Wochenende sagtest, dass du mit Doris Andrews oder irgendwelchen alten Freundinnen ausgehen möchtest. Ich wäre glücklich darüber. Ich hätte an deiner Stelle schon längst jemanden aufgespürt und würde etwas unternehmen. Als wir heirateten, waren wir uns doch darüber einig, dass wir beide frei seien, das zu tun, was wir wollten.»

«Darüber haben wir weder gesprochen, noch waren wir uns darüber einig», entgegnete Celia. «Wie liebten einander, wollten heiraten und stellten uns vor, wir würden himmlisch glücklich sein, wenn wir zusammen wären.»

«Hm. Ja. Es ist ja nicht so, dass ich dich nicht lieben würde. Ich liebe dich so wie immer, aber ein Mann will doch einmal mit anderen Männern zusammen sein. Und er braucht auch Bewegung. Wenn ich mit anderen Frauen ausginge, hättest du Grund, dich zu beklagen, aber ich will niemals eine andere Frau als dich. Ich hasse Frauen. Ich will nur eine anständige Runde Golf spielen mit einem anderen Mann. Ich glaube, deine Einstellung dazu ist sehr unvernünftig.»

Ja, wahrscheinlich war sie unvernünftig.

Sie schämte sich.

Er konnte ja nicht wissen, wie sehr sie die gemeinsamen Wochenenden vermissen würde. Sie wollte Dermot ja nicht nur nachts bei sich im Bett haben.

Sie liebte Dermot als Spielgefährten noch viel mehr denn als Liebhaber...

War es etwa richtig, was viele Frauen behaupteten? Dass die Männer eine Frau nur für das Bett und als Haushälterin wollten?

Die ganze Tragödie einer Ehe schien darin zu bestehen, dass die Frauen Gefährten wollten und die Männer sich in dieser Rolle langweilten.

Das sagte sie zu Dermot, und er war wie immer ehrlich.

«Ich glaube, dass da etwas dran ist, Celia. Eine Frau will immer etwas zusammen mit dem Mann unternehmen, während ein Mann die Freizeit lieber mit einem anderen Mann verbringt.»

Jetzt wusste sie es. Dann hatte Dermot Recht, sie Unrecht. Das sagte sie auch, und sein Gesicht hellte sich auf.

«Du bist süß, Celia. Ich rechne fest damit, dass du noch Gefallen daran finden wirst. Damit will ich sagen, dass du sicher Menschen findest, mit denen du etwas unternehmen kannst und die gern über alles Mögliche, auch über Gefühle sprechen. Du weißt ja, dass mir das nicht liegt. Und wir sind genauso glücklich wie zuvor. Ich spiele ja nur entweder Samstag oder Sonntag, den anderen Tag gehen wir zusammen aus wie vorher auch.»

Am nächsten Samstag zog er strahlend los. Am Sonntag schlug er dann von sich aus vor, mit Celia umherzustreifen und die Gegend zu erkunden.

Doch es war nicht so wie früher. Sein Herz hatte er in Dalton Heath gelassen, denn Weston hatte ihm vorgeschlagen, er solle auch am Sonntag spielen, doch er hatte abgelehnt.

Auf dieses Opfer war er ungeheuer stolz.

Am nächsten Wochenende schlug ihm Celia vor, an beiden Tagen zu spielen. Strahlend zog er ab.

Celia dachte: Ich muss unbedingt lernen, wieder allein zu sein. Oder ich muss zusehen, dass ich ein paar Freunde finde.

Celia hatte immer ein wenig die Nase gerümpft über die allzu häuslichen Frauen und war stolz gewesen auf ihr kameradschaftliches Verhältnis zu Dermot. Diese häuslichen Frauen – sie gingen ganz in Haushalt, Kindern, Dienstbotenproblemen auf – waren froh, wenn ihr Tom, Dick oder Harry an Wochenenden Golf spielte. Keine Unordnung ins Haus brachte, «und für die Dienstboten ist es auch wesentlich leichter». Männer waren ja immer eine Unbequemlichkeit im Haus, sie sollten nur die Brötchen verdienen.

Es sah ganz so aus, als hätten diese Frauen Recht.

XIV

Efeu

1

Wie schön war es doch, zu Hause zu sein, im Gras zu liegen, sich lebendig zu fühlen; die Buche raschelte ein wenig im leisen Wind, und die ganze Welt war grün.

Judy stapfte, ein Holzpferdchen hinter sich herziehend, den grasbewachsenen Hang hoch.

Judy sah reizend aus mit ihren kurzen, dicken Beinchen, ihren rosigen Wangen und den blauen Augen. Sie hatte dichtes, lockiges kastanienfarbenes Haar. Judy war Celias kleines Mädchen, wie sie das kleine Mädchen ihrer Mutter gewesen war.

Judy mochte es nicht, wenn man ihr Geschichten erzählte, was schade war, denn Celia wusste Unmengen davon. Aber Märchen mochte Judy sowieso nicht.

Wenn Celia ihrer kleinen Tochter erzählte, dass für sie der Rasen ein grünes Meer gewesen und sie auf einem Seepferdchen darin geritten sei, dann sagte Judy nur: «Aber das ist doch Gras, Mami, und auf einem Seepferd kann man nicht reiten.»

Judy hatte wenig Fantasie. Also musste Celia in Judys Augen ein ziemlich törichtes kleines Mädchen gewesen sein.

Erst hatte Dermot es entdeckt, jetzt sah es ihre Tochter. Das war bedrückend. Judy war erst vier Jahre alt, aber ungeheuer vernünftig und nüchtern. Und Nüchternheit kann oft deprimierend sein, dachte Celia. Judys Nüchternheit hatte eine schlimme Wirkung auf sie. Um in den Augen des Kindes ebenfalls vernünftig zu erscheinen, strengte sie sich sehr an – und kam sich nun noch törichter vor.

Judy war ihrer Mutter ein Rätsel. Alles, was Celia als Kind gern getan hatte, langweilte Judy. Judy konnte nicht einmal drei Minuten allein im Garten spielen. Dann kam sie wieder ins Haus marschiert und erklärte, sie habe nichts zu tun.

Judy tat gern sinnvolle Dinge. In der Mietwohnung langweilte sie sich niemals. Sie wischte Staub, sie rieb die Möbel blank und half beim Bettenmachen. Und sie säuberte zusammen mit ihrem Vater die Golfschläger.

Dermot und Judy waren Freunde geworden. Judy war noch immer sehr rund, doch Dermot fühlte sich unendlich geschmeichelt, weil Judy gern bei ihm war. Sie sprachen sehr ernsthaft miteinander, wie Erwachsene. Gab Dermot seiner Tochter einen Golfschläger zum Putzen, so erwartete er, dass sie die Arbeit sehr ordentlich tat, und sie tat es. Wenn Judy fragte: «Ist das nicht schön geworden?» (wenn sie zum Beispiel ein Haus aus Bausteinen gebaut, einen Ball aus Wollresten geformt oder einen Löffel blank gewienert hatte), lobte Dermot sie nur, wenn er das Ergebnis für lobenswert hielt. Hatte Judy irgendwo einen Fehler gemacht oder etwas schlecht gebaut, so wies er sie darauf hin.

«Aber du entmutigst das Kind doch», pflegte Celia dann zu sagen.

Doch Judy war nicht im Geringsten entmutigt und nie gekränkt. Sie mochte den Vater lieber als die Mutter, weil er nicht so leicht zufrieden zu stellen war wie sie. Sie tat gern schwierige Dinge.

Dermot ging nicht sehr zart mit ihr um, doch eine Beule oder ein Kratzer machten Judy nichts aus. Celias lahme Spiele langweilten sie.

Nur wenn sie krank war, zog sie die Mutter vor. «Mami, geh nicht weg, bleib bei mir bitte. Ich will Daddy nicht haben. Lass ihn nicht zu mir.»

Das war Dermot nur recht; denn Kranke mochte er nicht. Kranke und Unglückliche verursachten bei ihm sehr deutliches Unbehagen.

Judy mochte auch nicht angefasst oder geküsst werden. Den Gutenachtkuss ihrer Mutter ertrug sie gerade noch, aber mehr nicht. Ihr Vater lachte sie nur breit an, wenn sie ihm gute Nacht sagte. Er küsste sie niemals.

Mit ihrer Großmutter kam Judy gut zurecht. Miriam freute sich über den Mut und die Intelligenz des Kindes.

«Sie fasst ungeheuer schnell auf», bemerkte sie. «Sie begreift alles sofort.» Sie lehrte sie frühzeitig Buchstaben und kurze Worte lesen. Großmutter und Enkelin genossen das beide.

Manchmal sagte Miriam zu Celia:

«Aber sie ist nicht du, mein Schätzchen…»

Miriam liebte die Jugend, und es begeisterte sie, wenn sie den Geist eines Kindes wecken durfte. Judy war ein dankbares Objekt und eine Quelle freudiger Erregung.

Ihr Herz aber gehörte Celia, und die Liebe zwischen den beiden war größer und stärker als je vorher. Wenn Celia kam, fand sie eine kleine, zierliche alte Frau vor, die grau und verblichen aussah, und zwei Tage später hatten ihre Wangen Farbe, und ihre Augen funkelten.

«Ich habe ja mein Mädchen wieder», sagte sie glücklich.

Selbstverständlich lud sie auch immer Dermot ein, aber sie war froh, wenn er nicht kam. Sie wollte Celia für sich allein haben.

Und Celia war glücklich, wenn sie in ihr altes Leben zurückkehren konnte, wenn sie sich geliebt fühlte, sicher und nicht töricht.

Für ihre Mutter war sie perfekt. Ihre Mutter wollte sie nicht anders haben, als sie war. Sie konnte ganz sich selbst sein. Es war so erholsam, sich selbst zu sein…

Da konnte sie sich gehen lassen – sich zärtlichen Gefühlen hingeben und *sagen*, wie ihr zumute war…

Sie konnte sagen «Ich bin so glücklich», ohne aus Angst vor Dermots Stirnrunzeln die Worte zurückzuhalten. Dermot hasste es, wenn man aussprach, was man fühlte. Irgendwie fand er es ungehörig.

Zu Hause konnte Celia so ungehörig sein, wie sie wollte.

Zu Hause erkannte sie erst richtig, wie glücklich sie mit Dermot war und wie sehr sie ihn und Judy liebte…

Nach einer solchen Orgie der Liebe und des Geliebtwerdens und dem Aussprechen all der Dinge, die ihr durch den Kopf gingen, konnte sie dann zurückfahren und wieder die vernünftige, selbständige Frau sein, die Dermot sich wünschte.

Ihr geliebtes Zuhause – die Buche, das Gras, das ihre Wangen streichelte.

Sie dachte verträumt: Es lebt – es ist ein großes grünes Tier. Die ganze Erde ist ein großes grünes Tier. Sie ist zärtlich und warm und lebendig... Ich bin ja so glücklich, so unbeschreiblich glücklich. Ich habe alles, was sich ein Mädchen nur wünschen kann...

Dermot tauchte in ihren Gedanken immer wieder auf. Er war das Leitmotiv ihrer Lebensmelodie. Manchmal vermisste sie ihn schrecklich.

«Fehlt dir Daddy?», fragte sie Judy eines Tages.

«Nein», antwortete Judy.

«Aber du hättest ihn doch gern hier, nicht wahr?»

«Ja, ich glaube schon.»

«Wie, du weißt es nicht genau? Aber du hast doch Daddy so gern.»

«Ja, das schon. Aber er ist nun mal in London.»

Damit war die Sache für Judy erledigt.

Wenn Celia zurückkehrte, freute sich Dermot sehr, und der Abend war dann voll Liebe und Wiedersehensfreude.

«Du hast mir sehr gefehlt», murmelte sie. «Hast du mich auch vermisst?»

«Ich habe nicht darüber nachgedacht.»

«Willst du damit sagen, dass du nicht an mich gedacht hast?»

«Nein, habe ich nicht. Was würde das auch nutzen? Das Nachdenken hätte dich ja nicht zurückgebracht.»

«Aber jetzt freust du dich, dass ich wieder da bin?»

Seine Antwort entsprach der Wahrheit und war vernünftig, aber manchmal hatte sie den Wunsch, Dermot möchte doch wenigstens manchmal ein kleines bisschen lügen... Wie tröstlich und herzerwärmend wäre es gewesen, hätte er gesagt: ‹Ich habe dich schrecklich vermisst›, ob es nun die Wahrheit war oder nicht.

Dermot war eben so. Ihr komischer, verheerend aufrichtiger Dermot. Judy war genau wie er...

Vielleicht war es klüger, ihnen keine Fragen zu stellen, wenn sie die Wahrheit gar nicht hören wollte.

Sie dachte ganz benommen:

Ob ich wohl eines Tages Judys wegen eifersüchtig sein werde? Er versteht sich ja mit Judy so viel besser als mit mir.

Sie konnte sich gut vorstellen, dass Judy ihretwegen manchmal eifersüchtig war. Sie hatte gern die ungeteilte Aufmerksamkeit ihres Vaters.

Das ist wirklich merkwürdig, dachte Celia, Dermot war so eifersüchtig auf sie, bevor sie auf der Welt war, und auch noch, als sie ein winzig kleines Baby war. Seltsam, dass manchmal genau das Gegenteil von dem eintrifft, womit man gerechnet hat…

Liebe Judy… mein geliebter Dermot… ihr seid euch so ähnlich, so seltsam und so liebenswert. Sie gehörten ihr. Nein, das stimmte nicht. *Sie* gehörte *ihnen.* So klang es viel besser. Das war ein ganz warmes, tröstliches Gefühl. Sie gehörte ihnen.

2

Celia erfand ein neues Spiel, eigentlich nur eine Variante der «Mädchen». An sich waren «diese Mädchen» schon dem Tod geweiht, doch sie erweckte sie zu neuem Leben, gab ihnen Kinder, Häuser mit Parks und interessante Karrieren. Allerdings nützte es nicht viel, denn «die Mädchen» weigerten sich, wieder lebendig zu werden.

Sie erfand eine neue Person namens Hazel. Sie war ein unglückliches Kind, eine arme Verwandte. Bei den Kindermädchen galt sie als finsteres Wesen, denn sie pflegte zu singen: «Es wird etwas passieren, es wird etwas passieren.» Meistens passierte auch etwas, und wenn sich ein Kindermädchen nur den Finger klemmte. Hazel galt als eine, die mit Hexen Umgang hatte. Sie wuchs mit der Erkenntnis auf, wie leicht es war, leichtgläubigen Menschen einen Bären aufzubinden… Aber sie entwickelte Hexenfähigkeiten. Celia folgte ihr mit großem Interesse in eine Welt des Spiritismus, der Wahrsagerei, Séancen und dergleichen. Hazel hatte später eine «Wahrsagerei» in der Bond Street und wurde sehr berühmt.

Dann verliebte sie sich in Owen, einen jungen Flottenoffizier aus Wales. Allmählich stellte sich heraus, dass ihre betrügerischen Praktiken Hand in Hand mit einer echten Begabung gingen.

Schließlich kam Hazel selbst dahinter und erschrak. Aber je mehr sie versuchte, die Leute zu betrügen, desto öfter erwiesen sich ihre unheimlichen Voraussagen als richtig... Die Macht hatte sie selbst in den Klauen und ließ sie nicht mehr los.

Owen, der junge Mann, war lange nicht so klar gezeichnet wie Hazel, aber schließlich erwies er sich als richtiger Schweinehund.

Wann immer Celia ein wenig Muße hatte, spann sie diese Geschichte weiter. Und eines Tages kam sie auf die Idee, sie aufzuschreiben.

Vielleicht wurde sogar einmal ein Buch daraus...

Sie kaufte sich einen Stoß billiger Hefte und zahlreiche Bleistifte, denn Bleistifte verlegte sie grundsätzlich, und dann begann sie.

Das Schreiben war nicht so einfach wie das Ausdenken. Sie war dem, was sie schrieb, immer ein ganzes Stück voraus, und erreichte sie dann die Stelle, waren ihr die richtigen Worte schon wieder entfallen.

Trotzdem kam sie vorwärts. Es wurde nicht ganz die Geschichte, die sie im Kopf gehabt hatte, aber sie hatte Kapitel und alles, was für ein Buch nötig war. Sie kaufte weitere Hefte.

Lange erzählte sie Dermot nichts davon. Erst als sie sich mit Erfolg einen Bericht über ein walisisches Wiedererweckungstreffen abgerungen hatte, bei dem auch Hazel auftrat.

Gerade dieses Kapitel erschien ihr besonders gelungen. Das machte sie so glücklich und so stolz, dass sie ihre Freude unbedingt mit einem anderen Menschen teilen wollte.

«Sag mal, Dermot, glaubst du eigentlich, dass ich ein Buch schreiben könnte?»

«Das wäre eine ausgezeichnete Idee», meinte er gut gelaunt, «und ich an deiner Stelle würde es versuchen.»

«Nun... Ich... Es ist so, dass ich damit schon zur Hälfte fertig bin.»

«Gut», sagte Dermot und nahm sein Buch über Wirtschaftskunde wieder in die Hand, das er weggelegt hatte, als Celia ihn ansprach.

«Weißt du, es geht um ein Mädchen, das mediale Fähigkeiten hat, das aber gar nicht weiß. Und sie tut mit bei einer betrügerischen Wahrsagerei und schwindelt auch bei Séancen, und dann verliebt sie sich in einen jungen Mann aus Wales. Sie geht mit ihm nach Wales, und dann passieren recht merkwürdige Dinge.»

«Es gibt doch sicher irgendeine Handlung, eine Story.»

«Ja, natürlich. Ich erzähle sie nur schlecht.»

«Weißt du denn etwas über Medien, Séancen und dergleichen?»

«Nein», sagte Celia bedrückt.

«Dann ist es doch ziemlich riskant, darüber zu schreiben, findest du nicht auch? Und du bist doch noch nie in Wales gewesen, oder doch?»

Celia verneinte.

«Wäre es dann nicht besser, du würdest über Dinge schreiben, von denen du etwas verstehst? Die in London oder hier in der Gegend spielen? Du machst es dir doch nur unnötig schwer.»

Celia senkte beschämt den Kopf. Dermot hatte wie gewöhnlich Recht. Was für ein Einfaltspinsel war sie doch! Warum um alles in der Welt schrieb sie ausgerechnet über Themen, von denen sie keine Ahnung hatte? Wie zum Beispiel diese Wiedererweckungsszene. Warum musste sie so etwas beschreiben?

Aber sie konnte Hazel und ihren Owen nicht aufgeben. Sie waren da und *wirklich*. Sie musste sich etwas einfallen lassen.

In den nächsten Wochen las Celia alles, was sie über Spiritismus, Medien, Séancen und mediale Fähigkeiten finden konnte, und dann schrieb sie langsam und gewissenhaft den ersten Teil des Buches um. Diese Arbeit machte ihr keinen Spaß. Die Sätze wirkten gestelzt, und die grammatikalischen Verwicklungen ließen sich nicht mehr entwirren.

Dermot war damit einverstanden, im Sommer den Urlaub in Wales zu verbringen, damit Celia das «Lokalkolorit» einfangen konnte, wie er sagte. Doch es ließ sich nicht einfangen. Sie hatte immer ein kleines Notizbuch bei sich, um alles aufzuschreiben, was ihr auffiel, aber von Natur aus hatte sie keine Beobachtungsgabe, und so blieben ihre Notizen recht dürftig.

Sie hatte gute Lust, Wales aufzugeben und Owen in einen Schotten namens Hector zu verwandeln, der irgendwo im Hochland lebte.

Aber das schottische Hochland kannte sie ja auch nicht, wie Dermot ihr erklärte.

In ihrer Verzweiflung gab Celia das Ganze auf; es ging einfach nicht mehr. Sie spielte auch schon in Gedanken mit einer Fischerfamilie an der Küste von Cornwall.

Amos Polridge hatte schon Gestalt angenommen.

Davon erzählte sie Dermot jedoch nichts, weil sie sich irgendwie schuldig fühlte. Was wusste sie schon über das Meer oder das Leben der Fischer? Es hatte keinen Sinn, das zu Papier zu bringen, aber es machte Spaß, sich etwas auszudenken. Auch eine alte Großmutter kam darin vor, die sehr düster und zahnlos war…

Irgendwann einmal würde sie die Hazel-Geschichte schon zu Ende bringen. Owen konnte ja auch ein gemeiner junger Börsenmakler in London sein.

Aber davon wollte Owen nichts wissen.

Owen schmollte. Sein Bild verschwamm, bis er kaum mehr da war.

3

Celia hatte sich schon ziemlich gut daran gewöhnt, dass sie arm waren und sparen mussten.

Dermot hatte die Absicht, eines Tages reich zu werden, und er war überzeugt, dass es ihm auch gelingen würde; Celia war es gleichgültig, denn sie war mit dem zufrieden, was sie hatte. Doch sie hoffte inständig, dass Dermot nicht allzu enttäuscht werden würde.

Echte finanzielle Schwierigkeiten erwarteten jedoch beide nicht. Doch die Hochkonjunktur war vorüber, und man rutschte in die Talsohle. Dermots Firma ging Pleite. Er wurde arbeitslos.

Dermot hatte jetzt fünfzig Pfund jährlich, Celia hundert; zweihundert hatten sie als Kriegsanleihe gezeichnet. Dann war da noch Miriams Haus für Celia und Judy – für alle Fälle.

Es war eine schlechte Zeit. Celia litt vor allem Dermots wegen. Dermot ertrug Missgeschicke schlecht, vor allem solche, die er für unverdient hielt, schließlich hatte er hart gearbeitet. Er wurde bitter und übellaunig. Celia entließ Kate und Mary Denman, um den Haushalt allein zu führen, bis Dermot wieder Arbeit hatte. Aber Mary Denman weigerte sich zu gehen.

«Sie brauchen gar nicht mit mir zu streiten», erklärte sie Celia, «denn ich kann auf meinen Lohn warten. Ich verlasse mein kleines Herzblatt nicht.»

Also blieb sie. Hausarbeit, Kochen und Judy wurden zwischen ihr und Celia aufgeteilt. Einen Morgen ging Celia mit Judy in den Park, Mary Denman kochte und räumte auf, am nächsten Tag war es umgekehrt.

Celia fand darin eine erstaunliche Befriedigung, denn sie war gern ausgefüllt. Sie schrieb sogar ihr Buch fertig, zog ihre Notizen aus Wales zu Rate und schickte es an einen Verlag. Vielleicht brachte es ja etwas ein. Als es postwendend zurückkam, warf Celia es in eine Schublade und machte keinen neuen Versuch.

Am schwersten hatte es Celia mit Dermot. Er nahm sein Missgeschick schwer und fasste es als persönliche Beleidigung auf. Das Zusammenleben mit ihm wurde fast unerträglich. War Celia fröhlich, dann verlangte er Rücksichtnahme auf seine Schwierigkeiten. Schwieg sie, forderte er, sie solle doch wenigstens versuchen, ihn aufzuheitern.

Celia dachte verzweifelt: wenn Dermot ein bisschen mithelfen wollte, könnten wir das alles ganz gut überstehen. Man konnte es auch von der komischen Seite betrachten. Mit Humor ging alles besser.

Doch Dermot war das Lachen vergangen. Er war tief in seinem Stolz getroffen.

Aber von diesen Dingen ließ sich Celia nicht so deprimieren wie seinerzeit von der Meinungsverschiedenheit nach der Party. Sie verstand, dass er litt, auch ihretwegen.

Manchmal kam es fast dahin, dass er aussprach, was ihm durch den Kopf ging.

Einmal sagte er zu ihr: «Warum gehst du mit Judy nicht zu deiner Mutter? Ich tauge im Moment zu gar nichts. Ich habe dir ja gesagt, dass ich unausstehlich bin, wenn ich Sorgen habe.»

Aber Celia wollte ihn nicht verlassen. Sie wollte ihm das Leben erleichtern, das schien jedoch nicht möglich zu sein.

Tag um Tag verging, ohne dass es Dermot irgendwie gelang, eine Stellung zu finden. Er verfiel immer mehr in Depressionen.

Doch als selbst Celia den Mut zu verlieren drohte und sie schon fast entschlossen war, zu ihrer Mutter zu gehen, kam Dermot eines Nachmittags völlig verändert nach Hause. Er sah wieder wie ein Junge aus, und seine dunkelblauen Augen funkelten.

«Celia, es ist großartig! Kannst du dich an Tommy Forbes erinnern? Zufällig kam ich bei ihm vorbei – und schon war die Sache perfekt, weil er gerade einen Mann wie mich suchte. Achthundert pro Jahr für den Anfang, in zwei Jahren fünfzehnhundert oder zweitausend. Komm, das muss gefeiert werden. Wir gehen aus.»

Was für ein glücklicher Abend! Dermot war so völlig verändert, so kindlich in seinem Eifer, seiner Aufregung. Er bestand darauf, Celia müsse unbedingt ein neues Kleid bekommen.

«Du siehst in diesem Hyazinthenblau einfach märchenhaft aus, mein Schatz. Ich liebe dich noch immer schrecklich, Celia.»

Ja, sie liebten sich noch immer.

In dieser Nacht lag Celia wach und dachte: Ich hoffe nur, dass sich für Dermot alles immer nur zum Besten wendet. Er nimmt Schwierigkeiten viel zu schwer.

Am nächsten Morgen fragte Judy: «Mami, was ist denn ein Schönwetterfreund? Nurse sagt, ihr Freund in Peckham sei einer.»

«Das bedeutet, wenn jemand nett zu dir ist, solange alles gut geht, aber nicht zu dir hält, wenn es Schwierigkeiten gibt.»

«Ah, ich verstehe», erwiderte Judy. «So wie Daddy.»

«Nein, Judy, Daddy ist unglücklich, wenn er Sorgen hat, aber wenn wir beide krank oder unglücklich wären, täte Daddy alles für uns. Er ist der treueste Mensch auf der ganzen Welt.»

Judy sah ihre Mutter nachdenklich an. «Ich mag Kranke nicht, sie liegen im Bett und können nicht spielen. Margaret hat gestern im Park was ins Auge bekommen und musste still sitzen. Sie sagte, ich solle mich zu ihr setzen, aber ich wollte nicht.»

«Das war aber nicht nett von dir.»

«Nein, das stimmt. Aber ich mag mich nicht hinsetzen. Ich renne lieber herum.»

«Und wenn es dir so ginge? Du hättest auch gern jemanden, der dann bei dir sitzt und mit dir spricht.»

«Ach, mir ist das egal. Übrigens war es ja Margaret, die was im Auge hatte, und nicht ich.»

XV

WOHLSTAND

1

Dermot war erfolgreich. Er verdiente fast zweitausend Pfund im Jahr. Es ging ihnen blendend, und sie verstanden sich sehr gut. Sie waren sich darüber einig, dass sie sparen sollten. Doch sie wollten damit noch ein wenig warten.

Sie kauften sich zunächst einmal ein gebrauchtes Auto.

Celia sehnte sich danach, auf dem Land zu leben. Sie meinte, für Judy sei das viel besser, und sie selbst hasste London. Früher wollte Dermot nie etwas davon wissen, schon wegen der Ausgaben. Er hätte eine Bahnfahrkarte kaufen müssen, in der Stadt war das Essen billiger und so weiter, doch jetzt gefiel ihm die Idee. Man konnte ja in der Nähe von Dalton Heath ein Haus finden.

Sie mieteten das Pförtnerhaus eines großen Besitzes, der in Bauparzellen aufgeteilt wurde. Der Golfplatz von Dalton Heath war zehn Meilen entfernt. Sie kauften auch einen Hund, einen wunderschönen Terrier namens Aubrey.

Mary Denman wollte nicht mit aufs Land. Während der schlechten Zeit war sie von engelhafter Treue gewesen, aber von Wohlhabenheit wollte sie nichts wissen. Sie gab Celia schnippische Antworten und kündigte schließlich mit der Bemerkung, es gebe Leute, die eingebildet würden, und es sei Zeit für einen Wechsel.

Im Frühling zogen sie um, und das Schönste für Celia waren die Fliederbüsche in allen Schattierungen von Malvenfarben und Lila. Wenn sie morgens früh mit Aubrey in den Garten ging, fand sie das Leben beinahe perfekt. Hier gab es keinen Nebel, keinen Staub und keinen Dreck. Hier war sie zu Hause.

Celia liebte das Leben auf dem Lande und das ausgiebige Umherstreifen mit Aubrey.

In der Nähe war eine kleine Schule, die Judy am Vormittag besuchte. Sie tauchte in den Unterricht wie eine Ente ins Wasser. Einzelpersonen gegenüber war sie scheu, aber große Menschenmengen berührten sie nicht.

«Mami, darf ich einmal in eine richtige große Schule gehen? Mit Hunderten von Schülerinnen? Welches ist die größte Schule in ganz England?»

Einige Meinungsverschiedenheiten zwischen Celia und Dermot gab es wegen der Aufteilung der Räume. Eines der oberen Vorderzimmer hatte sie als ihr Schlafzimmer bestimmt, und Dermot wollte das anschließende als Ankleidezimmer haben. Aber Celia bestand darauf, es müsse Judys Kinderzimmer sein.

Dermot war wütend. «Ich bin also die einzige Person in diesem Haus, die nie einen Sonnenstrahl ins Zimmer bekommt.»

«Judy braucht einen sonnigen Raum.»

«Unsinn. Sie ist den ganzen Tag draußen. Das Zimmer nach hinten ist so groß, dass sie darin herumrennen kann.»

«Aber das Zimmer ist nicht sonnig.»

«Und ich sehe nicht ein, dass für Judy die Sonne wichtiger sein soll als für mich.» Ausnahmsweise blieb Celia unerbittlich. Sie hätte Dermot so gern das sonnige Zimmer gegeben, aber sie tat es nicht.

Erstaunlicherweise fand sich Dermot ganz gut damit ab. Er fühlte sich als unterdrückter Ehemann und Vater, doch es war ihm nicht ganz ernst damit.

2

Die meisten ihrer Nachbarn hatten Kinder, und alle Leute waren sehr nett zueinander. Schwierig war nur, dass Dermot sich weigerte, zum Dinner auszugehen.

«Schau, ich komme müde aus London, und da soll ich mich aufputzen, um auszugehen, und vor Mitternacht komme ich dann nicht zum Schlafen. Das kann ich einfach nicht machen.»

«Natürlich nicht jeden Abend. Aber ein Abend in der Woche kann doch nicht so schlimm sein.»

«Nun – ich will einfach nicht. Wenn du unbedingt willst, dann geh eben du.»

«Ich kann nicht allein gehen. Eingeladen werden nur Paare, und es klingt komisch, wenn ich sage, du kannst abends nicht ausgehen. Schließlich bist du ja noch jung.»

«Du kannst sicher ohne mich gehen. Irgendwie schaffst du das schon.»

Doch auf dem Land ging das wirklich nicht. Man wurde als Paar eingeladen oder gar nicht. Aber insgeheim gab Celia Dermot doch Recht. Er verdiente das Geld, also bestimmte er auch. Sie lehnte daher die Einladungen ab, und sie blieben zu Hause. Dermot las seine Wirtschaftsbücher, Celia nähte manchmal, oder sie saß einfach mit verschränkten Armen da und dachte über ihre Fischerfamilie aus Cornwall nach.

3

Celia wollte noch ein Kind haben. Dermot nicht.

«In London sagtest du immer, es sei kein Platz, und wir waren auch arm», erklärte ihm Celia. «Aber jetzt verdienst du genug, und wir haben ein geräumiges Haus. Zwei Kinder machen auch nicht viel mehr Arbeit als eines.»

«Ja, aber nicht gerade jetzt. All das Getue mit den Milchflaschen, das Geschrei ...»

«Das wirst du immer sagen.»

«Nein. Ich möchte noch zwei weitere Kinder, aber nicht jetzt. Wir haben jede Menge Zeit. Wir sind ja noch jung. Wenn wir uns langweilen, ist ein Kind eine Art Abenteuer. Aber jetzt wollen wir das Leben genießen. Oder willst du etwa wieder dauernd seekrank sein? Übrigens, ich habe mir heute einen Sportwagen angeschaut. Unser alter ist schon ziemlich schäbig. Der Sportwagen hat erst achttausend Meilen drauf ...»

Oh, wie ich ihn liebe, dachte Celia. Er ist und bleibt ein Junge ... Und er arbeitet ja so viel. Warum soll er nicht den Wagen haben? Wir können das Baby auch später noch bekommen. Und ihn liebe ich mehr als alle Babys der ganzen Welt ...

Dermot lud niemals alte Freunde für längere Besuche ein, und Celia wunderte sich darüber.

«Du mochtest doch Andrews so gern», sagte sie.

«Ja, sicher. Aber man lebt sich auseinander. Man verändert sich.»

«Und Jim Lucas – ihr seid doch früher so unzertrennlich gewesen.»

«Von den Army-Leuten will ich nichts mehr wissen.»

Eines Tages bekam Celia einen Brief von Ellie Maitland. Jetzt hieß sie ja Peterson.

«Dermot, meine alte Freundin Ellie Peterson ist von Indien zurück. Ich war ihre Brautjungfer. Kann ich sie und ihren Mann zum Wochenende einladen?»

«Ja, natürlich, wenn du meinst. Spielt er Golf?»

«Das weiß ich nicht.»

«Langweilig, wenn er's nicht tut. Nun, ist ja egal. Du legst sowieso keinen Wert darauf, dass ich zu Hause bleibe und sie unterhalte. Oder?»

«Könnten wir nicht Tennis spielen?» Es gab nämlich ein paar Plätze für die Parzellenbesitzer. «Ellie war sehr gut, und Tom spielt auch.»

«Aber mir verdirbt Tennis meinen Golfschlag. In drei Wochen geht es um den Dalton Heath Cup.»

«Für dich zählt anscheinend nichts mehr außer Golf. Das macht alles so entsetzlich schwierig.»

«Ich meine doch, jeder sollte das tun, was ihm am meisten Spaß macht. Ich mag Golf, du spielst lieber Tennis. Also hol dir deine Freunde her, und spiel mit ihnen Tennis. Du weißt, dass ich dir da volle Freiheit lasse.»

Das stimmte, klang auch gut, war aber nicht leicht in die Praxis umzusetzen. War man verheiratet, wurde man nur immer als Paar mit einbezogen, man war einfach kein Individuum mehr. Das wäre ganz in Ordnung, wenn nur Ellie käme, aber sie konnte doch wohl erwarten, dass sich Dermot um Ellies Mann kümmerte.

Wenn Davis kam, mit dem Dermot fast jedes Wochenende Golf spielte, musste sie Mrs. Davis ja den ganzen Tag über unterhalten. Sie war nett, aber recht mundfaul und saß nur immer herum.

Doch mit Dermot konnte sie nicht weiter darüber reden, er hasste Diskussionen. Sie lud also die Petersons ein und hoffte das Beste.

Ellie hatte sich wenig verändert, und sie schwatzte mit Celia fröhlich von alten Zeiten. Tom war ziemlich ruhig, auch schon etwas grau, aber ein netter Mann. Er schien immer ein wenig geistesabwesend zu sein, war aber sehr angenehm.

Dermot benahm sich großartig. Er sagte, er müsse am Samstag Golf spielen, reservierte aber den Sonntag für die Gäste und machte mit ihnen eine Bootsfahrt. Celia wusste, wie sehr er so etwas hasste.

«Nun, habe ich mich nicht nobel gezeigt?», fragte er, nachdem sie abgereist waren. «Nobel» war eines seiner Lieblingsworte.

Celia lachte. «Du warst ein Engel.»

«Na also; aber verlang das nur nicht so schnell wieder von mir.»

Das tat Celia auch nicht. Sie wollte zwei Wochen später noch eine Freundin und deren Mann einladen, aber sie wusste, dass der Mann nicht Golf spielte, und wollte nicht, dass sich Dermot noch einmal aufopferte...

Wie schwierig es doch ist, mit einem Menschen zusammenzuleben, der ständig glaubt, sich aufzuopfern, ging es Celia durch den Kopf. Dermot war furchtbar anstrengend in seiner Rolle als Märtyrer. Das Zusammenleben mit ihm war viel leichter, wenn er tat, was ihm gefiel.

Dermot hielt nichts von alten Freunden. Er fand sie langweilig.

Judy war offenbar der gleichen Ansicht wie ihr Vater, denn als Celia ein paar Tage später von ihrer Freundin Margaret sprach, starrte Judy sie nur verständnislos an.

«Wer ist denn Margaret?»

«Erinnerst du dich denn nicht an Margaret? Du hast doch im Park in London oft mit ihr gespielt.»

«Nein, das habe ich ganz bestimmt nicht. Ich habe noch nie irgendwo mit einer Margaret gespielt.»

«Judy, du musst dich doch daran erinnern. Das liegt doch noch kein Jahr zurück.»

Aber Judy konnte sich an keine Margaret erinnern. Sie konnte sich an gar kein Kind erinnern, mit dem sie in London gespielt hatte.

«Ich kenne nur die Mädchen in der Schule», meinte sie gelassen.

5

Dann geschah etwas Aufregendes. Celia wurde gebeten, für eine andere Dame in letzter Minute bei einer Dinnerparty einzuspringen.

«Ich weiß, dass Ihnen das nichts ausmacht, meine Liebe...»

Es machte Celia ganz und gar nichts aus. Sie war entzückt.

Sie genoss den Abend sehr. Sie war nicht schüchtern. Das Reden fiel ihr leicht. Sie brauchte nicht darauf zu achten, ob sie «albern» war. Dermots kritische Blicke ruhten nicht auf ihr.

Sie fühlte sich plötzlich wieder wie ein junges Mädchen.

Der Mann rechts neben ihr war viel im Orient gereist. Mehr als nach allem anderen sehnte sich Celia danach, zu reisen.

Manchmal hatte sie fast das Gefühl, sie könnte Dermot, Judy und Aubrey im Stich lassen und einfach ins Blaue hineinfahren... auf und davon... Er erzählte von Bagdad, Kaschmir, Isfahan, Teheran und Schiras, und sogar in Belutschistan war er gewandert.

Ihr linker Nachbar war ein ältlicher, sehr freundlicher Herr. Das fröhliche junge Geschöpf an seiner Seite gefiel ihm ausnehmend gut. Schließlich wandte sie sich ihm mit glühenden Wangen zu. Der Glanz ferner Länder stand ihr noch im Gesicht geschrieben.

Sie entnahm seinen Worten, dass er irgendetwas mit Büchern zu tun hatte, und erzählte ihm lachend von ihrem einzigen missglückten Versuch. Er wollte das Manuskript unbedingt sehen. Sie meinte, es sei ganz bestimmt nichts, doch er bestand darauf, dass er es lesen wolle.

«Sicher, wenn Sie wollen, aber Sie sind bestimmt enttäuscht.»

Das hielt er auch für sehr wahrscheinlich. Sie sah nicht wie eine

Schriftstellerin aus. Er traute ihr nicht zu, dass sie schreiben konnte, diese junge skandinavische Erscheinung. Nur weil er sich zu ihr hingezogen fühlte, interessierte es ihn, was sie geschrieben hatte.

Celia kam um ein Uhr früh nach Hause. Dermot schlief sanft und selig. Celia war so aufgeregt, dass sie ihn weckte.

«Dermot, es war ein wunderschöner Abend. Es hat mir so gut gefallen! Ein Mann war da, der hat mir alles über Persien und Belutschistan erzählt. Auf der anderen Seite saß ein sehr netter Verleger neben mir. Nach dem Abendessen haben mich alle gebeten, etwas zu singen. Ich habe furchtbar schlecht gesungen, aber das schien den Gästen gar nichts auszumachen. Dann sind wir in den Park hinausgegangen. Ich habe mir zusammen mit dem weit gereisten Mann den Teich mit Wasserlilien angesehen. Er hat versucht, mich zu küssen – natürlich in aller Freundschaft. Ach, alles war so schön und so romantisch bei Mondschein. Ich hätte mich am liebsten küssen lassen, habe es ihm aber nicht erlaubt, weil ich weiß, wie sehr dir das missfallen würde.»

«Allerdings», bestätigte Dermot.

«Aber du nimmst es mir nicht übel, dass ich auf der Party war?»

«Ich freue mich, dass du dich so gut amüsiert hast, aber ich verstehe nicht, dass du mich deshalb aufwecken musstest», sagte Dermot freundlich.

«Weil es mir so gut gefallen hat.» Sie fügte entschuldigend hinzu: «Ich weiß ja, es gefällt dir nicht, wenn ich so etwas sage.»

«Es stört mich nicht. Ich finde es nur albern. Ich meine, es kann dir doch gefallen, ohne dass du das gleich *rausposaunst.*»

«Nein, ich kann das nicht. Wenn ich es nicht sagen kann, explodiere ich.»

«Jetzt hast du's ja erzählt», antwortete Dermot, drehte sich um und schlief weiter.

So ist Dermot nun einmal, dachte Celia ernüchtert, als sie sich auszog. Er setzte einem immer einen Dämpfer auf, aber sehr lieb…

6

Ihr Versprechen, dem Verleger das Buch zu zeigen, hatte sie schon vergessen, als er am folgenden Nachmittag kam und sie daran erinnerte.

Sie holte ein Bündel Hefte vom Dachboden und wiederholte, sie halte das alles für dummes Zeug.

Zwei Wochen später erhielt sie einen Brief mit der Bitte, ihn in seinem Büro in London zu besuchen.

Er saß an seinem sehr unordentlichen Schreibtisch, auf dem sich Berge von Manuskripten häuften, und zwinkerte ihr durch seine Brillengläser zu.

«Schauen Sie, ich war der Meinung, es sei ein komplettes Buch», sagte er, «und dabei ist es nur etwa die Hälfte. Wo ist der Rest? Haben Sie den Rest verloren?»

Ratlos besah sich Celia das Manuskript.

«Das ist doch das alte, das ich nie zu Ende schrieb! Ich habe Ihnen das falsche Päckchen gegeben.»

Sie erklärte ihm genau, wie es sich damit verhielt. Er hörte ihr aufmerksam zu und forderte sie auf, ihm die überarbeitete Version auch noch zu schicken. Er wolle das unfertige Manuskript vorerst behalten.

Eine Woche später wurde sie wieder zu ihm gebeten. Diesmal funkelten seine Augen mehr denn je. «Das zweite ist nicht gut. Dafür finden Sie keinen Verleger, was kein Wunder ist», sagte er. «Aber die Originalgeschichte ist gar nicht schlecht. Glauben Sie, dass Sie's fertig schreiben können?»

«Aber sie ist doch voller Fehler...»

«Mein liebes Kind, ich rede jetzt ganz offen mit Ihnen. Ein Genie sind Sie nicht, und ein Meisterstück werden Sie nie schreiben. Aber eines sind Sie ganz gewiss: die geborene Erzählerin. Sie sehen den Spiritismus, die Medien und die Wiedererweckungsséancen in Wales romantisch verklärt. Vielleicht sehen Sie das alles ganz falsch, aber Sie sehen es auf jeden Fall so wie neunundneunzig Prozent der Leser, die auch nichts darüber wissen. Diese neunundneunzig Prozent wollen keine sorgfältig recherchierten Fakten lesen – sie wollen etwas Fiktives, eine plausible Unwahrheit. Alles muss plausibel klingen, vergessen Sie das nicht. Das gilt natürlich auch für die Fischer aus Cornwall, über die Sie schreiben wollen. Schreiben Sie ein Buch darüber, aber fahren Sie um Himmels willen nicht nach Cornwall, und sprechen Sie mit keinem Fischer, bevor es fertig ist. Denn dann würden Sie genau die realistischen, langweiligen Fakten bringen, mit denen die Leute rechnen, wenn sie etwas über das Leben der Fischer in Cornwall lesen. Wenn Sie nach Cornwall fahren, stellen Sie vielleicht fest, dass die Fischer dort gar kein Menschenschlag für sich sind, sondern dass sie sich von irgendeinem Installateur aus Dalton Heath kaum unterscheiden. Sie könnten niemals gut über irgendetwas schreiben, wovon Sie viel verstehen. Dazu sind Sie nämlich zu ehrlich. In der Praxis können Sie nicht unehrlich sein, nur in der Fantasie. Sie können keine Lügenmärchen über etwas schreiben, wovon Sie was verstehen. Wenn Sie aber von einem Thema keine Ahnung haben, erfinden Sie die herrlichsten Geschichten. Sie müssen dichten und erfinden – über sagenhafte, fantastische Dinge schreiben oder vielmehr Dinge, die Ihnen so erscheinen, und nicht über die Wirklichkeit. So, und jetzt gehen Sie, und fangen Sie damit an.»

Ein Jahr später wurde Celias erster Roman veröffentlicht. Er hieß *Einsamer Hafen*. Die Lektoren korrigierten nur allzu augenfällige Ungereimtheiten.

Miriam fand das großartig, Dermot dagegen schrecklich.

Celia wusste, dass Dermot Recht hatte, doch ihrer Mutter war sie dankbar.

Jetzt gebe ich vor, eine Schriftstellerin zu sein, ging es Celia durch den Kopf. Diese Rolle kommt mir noch sonderbarer vor als die Rolle der Ehefrau und Mutter, die ich spiele.

XVI

Verlust

1

Miriam kränkelte. Wenn Celia sie besuchte, tat ihr das Herz weh.

Ihre Mutter sah rührend klein und Mitleid erregend aus.

Und sie war so allein in dem großen Haus. Celia drängte ihre Mutter, doch zu ihnen zu ziehen, doch Miriam weigerte sich standhaft.

«Das würde nicht gut gehen. Das wäre Dermot gegenüber alles andere als fair.»

«Ich habe Dermot schon gefragt. Er hat nichts dagegen einzuwenden.»

«Das ist sehr nett von ihm. Aber ich denke nicht im Traum daran, zu euch zu ziehen. Junge Leute sollten *für sich* sein.»

Sie sagte das ausgesprochen heftig. Celia widersprach ihr nicht.

Einmal sagte sie zu Celia: «Ich habe mich in Dermot getäuscht. Ich dachte immer, er hätte andere Frauen, deshalb traute ich ihm nicht. Ich hielt ihn nicht für ehrlich und loyal.»

«Ach, Mutter, Dermot schaut nichts anderes an als einen Golfball!»

«Da bin ich froh», meinte Miriam lächelnd. «Dann lasse ich dich wenigstens bei einem Menschen zurück, der dich gern hat und für dich sorgt.»

«Ja, das tut er. Und das wird er auch weiterhin tun.»

«Ich weiß. Das beruhigt mich sehr. Er ist sehr attraktiv. Er wirkt ungeheuer stark auf Frauen, Celia, vergiss das bitte nicht.»

«Mami, er ist doch so schrecklich häuslich.»

«Ja, zum Glück! Und er liebt Judy. Sie ist genau wie er, nicht wie du. Sie ist Dermots Kind.»

«Ich weiß.»

«Solange er gut zu dir ist… Ich hielt ihn immer für hart und rücksichtslos.»

«Das ist er nicht. Er hat ein gutes Herz, Mami. Während meiner Schwangerschaft war er ganz rührend. Er gehört nur nicht zu den Menschen, die das Herz auf der Zunge tragen. Er ist sehr verschlossen und geht kaum je aus sich heraus. Aber er ist wie ein Fels.»

Miriam seufzte.

«Ich war eifersüchtig und wollte mir seine guten Eigenschaften nicht eingestehen. Mein Liebes, ich wünsche mir so sehr, dass du richtig glücklich bist.»

«Aber das bin ich doch, Mutter.»

«Ja, das glaube ich auch.»

Nach einer Weile sagte Celia: «Ich möchte so gern noch ein Kind. Vielleicht einen Jungen. Aber das wäre im Grunde egal. Sonst wünsche ich mir nichts auf der Welt.»

Sie hatte Zustimmung von ihrer Mutter erwartet, aber Miriam legte die Stirn in Falten. «Ich weiß nicht, ob das klug ist. Du liebst Dermot so sehr, und Kinder lenken eine Frau vom Mann ab. Nein, Kinder bringen die Eltern nicht zusammen, wie man immer sagt.»

«Aber du und Vater…»

Miriam seufzte. «Es war schwierig. Ich wurde immer nach beiden Seiten gezogen. Ja, glücklich waren wir. Er liebte euch, und trotzdem hat er sich oft geärgert, dass er euretwegen so vieles aufgeben musste. Er hat euch beide liebgehabt, aber wir waren immer dann am glücklichsten, wenn wir beide ganz allein irgendwo Ferien machen konnten… Lass deinen Mann niemals lange allein, Schätzchen, vergiss das nicht. Männer haben ein sehr kurzes Gedächtnis.»

«Aber Vater hätte doch nie eine andere Frau auch nur angesehen.»

Celias Mutter erwiderte belustigt:

«Nein, das hätte er wohl nicht. Aber ich war immer auf der Hut. Wir hatten einmal ein Stubenmädchen – ein hübsches, dralles Mädchen. Ich hatte oft gehört, dass dein Vater diesen Typ sehr mochte. Einmal kam ich dazu, wie sie ihm einen Hammer und ein paar Nägel reichte. Dabei hat sie ihre Hand auf seine gelegt. Ich habe es gesehen. Deinem Vater ist das wohl kaum aufgefallen, er sah nur erstaunt aus. Er hat sich sicher nichts dabei gedacht, hat das wahrscheinlich für reinen Zufall gehalten. Männer sind ja manchmal so naiv. Ich habe dieses Mädchen jedenfalls sofort entlassen, habe ihr ein gutes Zeugnis ausgestellt und ihr gesagt, sie passe nicht zu uns.»

Celia war entsetzt.

«Aber Vater hätte dich doch nicht –»

«Wahrscheinlich nicht. *Aber ich wollte kein Risiko eingehen.* Ich habe zu viel gesehen. Die Ehefrau braucht bloß einmal krank zu werden oder längere Zeit zu kränkeln. Eine Erzieherin oder Gesellschafterin nimmt die Zügel in die Hand – ein fröhliches, junges Ding. Celia, versprich mir, dass du die Erzieherinnen für Judy sorgfältig aussuchst.»

Celia lachte und gab ihrer Mutter einen Kuss.

«Ich stelle keine drallen, jungen Mädchen ein», versprach sie. «Nur magere, alte Frauen mit Brille.»

2

Miriam starb, als Judy acht Jahre alt war. Celia war mit Dermot in Italien. Dermot hatte sich zu Ostern zehn Tage Urlaub genommen und wollte, dass Celia ihn nach Italien begleitete. Sie war nur ungern mitgekommen, denn der Arzt hatte ihr gesagt, dass es um die Gesundheit ihrer Mutter nicht gut stehe. Eine Gesellschafterin kümmerte sich um sie, und Celia fuhr alle paar Wochen hin.

Miriam wollte nichts davon hören, dass sie Dermot allein reisen lassen wollte, und so ging sie zu ihrer Cousine Lottie nach London, die damals schon verwitwet war. Judy und ihre Gouvernante kamen mit.

Das Telegramm erhielt Celia in Como, und sie fuhr mit dem nächsten Zug zurück. Sie überredete Dermot, doch zu bleiben, denn er brauche seinen Urlaub.

Sie saß im Speisewagen und fuhr durch Frankreich, als sie eine merkwürdige Kälte im Körper spürte. Da wusste sie, dass ihre Mutter tot war.

Bei ihrer Ankunft erfuhr sie, dass Miriam genau um diese Zeit gestorben war.

3

Ihre kleine tapfere Mutter…

So still und fremd lag sie da, mit einem kalten, friedlichen Gesicht zwischen den Blumen. Ihre Mutter mit ihrer Fröhlichkeit und ihren Tränen, mit ihrer treuen, beschützenden Liebe…

Jetzt bin ich allein, dachte Celia.

Dermot und Judy waren Fremde für sie.

Sie dachte: ‹Jetzt habe ich niemanden mehr, der wirklich zu mir gehört…›

Erst kam Panik über sie, dann Reue. Sie war diese letzten Jahre so erfüllt von Dermot und Judy gewesen, dass sie ihre Mutter vernachlässigt hatte. Ihre Mutter aber war immer da gewesen, wenn man sie brauchte. Für alles.

Sie hatte ihre Mutter durch und durch gekannt, genau wie ihre Mutter sie.

Seit sie denken konnte, hatte sie ihre Mutter wundervoll und großartig und tröstlich gefunden, und so war sie auch immer geblieben.

Jetzt war sie tot.

Unter Celias Füßen war der Boden weggezogen.

Ihre kleine Mutter…

XVII

Katastrophe

1

Dermot wollte nett sein. Ärger, Sorgen und Unglück waren ihm zuwider, aber er wollte nicht unfreundlich sein. Er schrieb Celia aus Paris, sie solle für ein paar Tage kommen, um sich aufheitern zu lassen. Vielleicht war es Freundlichkeit; vielleicht war es aber auch nur der Widerwille, in ein Trauerhaus zurückzukehren. Doch das ließ sich nicht umgehen.

Er kam gegen Abend an. Celia lag auf dem Bett. Sie wartete mit leidenschaftlicher Intensität auf ihn. Die Anspannung der Beerdigung war vorüber. Sie hatte sich bemüht, Judy nicht in ihre Trauer einzubeziehen. Die kleine Judy, so ein unbeschwertes Kind, immer so beschäftigt mit ihren eigenen Dingen. Bei Großmamas Tod hatte Judy geweint. Sie vergaß sie jedoch schnell. Das war auch ganz richtig so. Kinder sollten schnell vergessen.

Bald würde Dermot da sein, da konnte sie sich gehen lassen.

Sie dachte bewegt: ‹Wie schön, dass ich Dermot habe. Wenn ich ihn nicht hätte, wäre ich am liebsten tot…›

Dermot war nervös. Es war reine Nervosität, dass er ins Zimmer kam und sagte: «Nun, wie geht es? Alles fröhlich und in bester Ordnung?»

Sonst hätte Celia diese Kaltschnäuzigkeit als das ausgelegt, was sie war – als Nervosität, doch jetzt war ihr, als habe er sie ins Gesicht geschlagen. Sie brach in Tränen aus.

Dermot entschuldigte sich und versuchte zu erklären.

Schließlich schlief Celia ein mit seiner Hand in der ihren. Als er sah, dass sie schlief, entzog er sie ihr erleichtert.

Er ging zu Judy ins Kinderzimmer. «Hallo, Daddy, was wollen wir spielen?», rief sie fröhlich und winkte ihm mit dem Löffel. Sie aß gerade. Judy verschwendete keine Zeit.

«Deine Mutter schläft. Es muss ein leises Spiel sein», sagte er.
Judy nickte verständnisvoll.

2

Das Leben ging weiter, wenn auch nicht ganz so wie sonst.

Celia zeigte nach außen keine Trauer, aber sie wirkte wie eine abgelaufene, nicht mehr aufgezogene Uhr. Dermot und Judy spürten die Veränderung, die ihnen gar nicht gefiel.

Zwei Wochen später wollte Dermot Leute fürs Weekend einladen, doch Celia rief laut: «Nicht jetzt. Ich kann es jetzt einfach nicht ertragen, mich einen ganzen Tag mit einer fremden Frau unterhalten zu müssen.»

Das tat ihr sofort Leid, und sie bat Dermot, die Leute doch einzuladen. Sie kamen, doch der Besuch war kein Erfolg.

Von Ellie erhielt Celia wenige Tage später einen Brief. Der Inhalt dieses Briefes setzte sie in Erstaunen.

Meine liebe Celia, ich schreibe es dir lieber selbst, ehe du eine verstümmelte Version zu hören bekommst. Tom ist mit einem Mädchen durchgebrannt, das wir auf der Heimreise auf dem Schiff kennen lernten. Das war ein sehr schmerzlicher Schock für mich, denn wir waren sehr glücklich. Tom liebte die Kinder. Mir kommt alles wie ein schrecklicher Traum vor. Mein Herz ist gebrochen, und ich weiß nicht, was ich tun soll. Tom war ein perfekter Ehemann. Wir haben uns niemals gestritten…

Celia regte sich über das Unglück ihrer Freundin sehr auf.

«Wie traurig es doch in der Welt oft zugeht», sagte sie zu Dermot.

«Das muss ein Schweinehund gewesen sein, dieser Ehemann», bemerkte Dermot. «Du hältst mich sicher manchmal für selbstsüchtig, Celia, aber wie du siehst, gibt es weit schlimmere Dinge. Ich bin jedenfalls ein guter, aufrichtiger Ehemann, der nicht im Traum daran denkt, seine Frau zu hintergehen. Oder etwa nicht?»

Das klang gewollt komisch, und Celia küsste ihn lachend.

Drei Wochen später fuhr sie mit Judy nach Hause. Das ganze Haus musste ausgeräumt werden, und das konnte nur sie tun. Sie hatte große Angst vor dieser traurigen Aufgabe.

Ein Heimkommen ohne das liebe Lächeln ihrer Mutter erschien ihr undenkbar. Wäre nur Dermot mitgekommen!

Dermot versuchte auf seine Art, sie aufzuheitern.

«Das wird dir Spaß machen. Du wirst eine Menge Sachen finden, die du längst vergessen hast. Und um diese Jahreszeit ist es dort ja so schön. Ein Tapetenwechsel wird dir gut tun. Ich muss hier Tag für Tag im Büro schuften.»

Dermot war keine Hilfe für sie. Er ignorierte hartnäckig jedes Zeichen seelischer Belastung. Er scheute davor zurück wie ein geängstigtes Pferd.

«Du redest, als wären das Ferien für mich!», schrie ihn Celia erbost an. Das hatte sie noch nie getan.

Er wandte den Blick ab.

«Nun ja, irgendwie sind sie es ja», erwiderte er.

‹Er ist nicht liebevoll, er ist alles andere als liebevoll›, ging es ihr durch den Kopf.

Eine Welle der Einsamkeit überflutete sie. Und sie hatte Angst. Wie kalt die Welt doch ohne ihre Mutter war!

3

Die nächsten Monate waren grässlich. Sie hatte mit Anwälten zu reden und viele geschäftliche Entscheidungen zu treffen.

Ihre Mutter hatte ihr natürlich kaum Geld hinterlassen können. Sie musste sich überlegen, was sie mit dem Haus tun sollte, ob sie es behalten konnte oder verkaufen musste. Es war sehr reparaturbedürftig. Für Reparaturen war kein Geld da gewesen. Wenn das Haus nicht bald zusammenfallen sollte, musste man ziemlich viel Geld hineinstecken. Jedenfalls würde sich für das Haus in seinem derzeitigen Zustand wohl kaum ein Käufer finden.

Celia konnte sich nicht entscheiden. Sie war hin- und hergerissen.

Sie brachte es nicht über sich, sich von dem Haus zu trennen, und doch sagte ihr der gesunde Menschenverstand, dass es das Beste wäre. Wohnen konnten sie nicht in dem Haus, denn es lag zu weit von London entfernt. Außerdem sagte der Gedanke Dermot gar nicht zu, davon war Celia überzeugt. Auf dem Land interessierte Dermot lediglich ein erstklassiger Golfplatz.

Sie klammerte sich also nur aus Sentimentalität so sehr an dieses Haus. Der Gedanke war ihr unerträglich, es so einfach aufzugeben. Miriam hatte keine Mühe und keinen Kampf gescheut, um es für ihre Tochter zu erhalten. Sie selbst hatte ihre Mutter vor Jahren davon abgehalten, das Haus zu verkaufen... Um ihretwillen und ihrer Kinder willen hatte Miriam das Haus behalten.

Ob Judy wohl so sehr an dem Haus hing wie sie selbst? Sie konnte es sich eigentlich nicht vorstellen. Judy hing eigentlich an gar nichts. Sie glich Dermot sehr, was die Zurückhaltung und das Desinteresse anging. Menschen wie Dermot und Judy suchten sich ihre Häuser oder Wohnungen unter rein praktischen Gesichtspunkten aus. Doch Celia wollte sicher gehen. Sie fragte ihre Tochter. Sie hatte immer öfter das Gefühl, dass Judy mit ihren acht Jahren schon viel praktischer und vernünftiger war als sie selbst.

«Bekommst du viel Geld, wenn du es verkaufst?», wollte das Kind wissen.

«Nein. Siehst du, es ist altmodisch und weit von der Stadt entfernt.»

«Dann ist es wohl besser, du behältst es. Wir können im Sommer herkommen.»

«Bist du gerne hier oder gefällt dir unser Zuhause besser?»

«Unser Haus ist klein. Ich wohne lieber in großen Häusern.»

Celia lachte.

Was Judy sagte, war nicht von der Hand zu weisen. Wenn sie das Haus jetzt verkaufte, würde sie nicht viel dafür bekommen. Selbst vom rein geschäftlichen Standpunkt aus gesehen wäre es sicher besser, zu warten, bis Häuser auf dem Land wieder höhere Preise erzielten. Sie stellte sich die Frage, was an dem Haus unbedingt repariert werden musste. Vielleicht konnten sie es dann möbliert vermieten.

Der geschäftliche Aspekt war Besorgnis erregend, doch hielt er sie davon ab, trüben Gedanken nachzuhängen.

Das Haus musste ausgeräumt werden, und das fürchtete Celia am meisten. Es gab eine Menge Schränke, Kommoden und alte Koffer, und alle waren voll gestopft mit Erinnerungen.

4

Erinnerungen ...

Sie fühlte sich einsam, so fremd im Haus. Keine Miriam ...

Nichts als Koffer voller alter Kleider. Schubladen voll alter Briefe, Fotografien ...

Wie weh das tat – so schrecklich weh.

Da war die japanische Lackdose mit dem Storch auf dem Deckel, die ihr als Kind so gut gefallen hatte. Sie enthielt zusammengefaltete Briefe. Einer stammte von Mami. «Mein geliebtes kleines Lämmchen, mein Täubchen, mein Schatz ...» Heiße Tränen liefen ihr über die Wangen ...

Ein rosa Abendkleid aus Seide mit kleinen Rosenknospen auf der Schulter, einfach in eine Truhe gestopft für den Fall, dass es gerichtet werden sollte, und dann vergessen. Das war eins ihrer ersten Abendkleider ... Sie wusste noch genau, wann sie es das letzte Mal getragen hatte ... Was für ein dummes, linkisches Geschöpf sie da gewesen war.

Briefe, die Granny gehörten, ein ganzer Koffer voll. Die hatte sie wohl mitgebracht, als sie zu ihnen zog. Das Foto eines alten Herrn im Rollstuhl. «Ewig der deine, dein Bewunderer» und die Initialen, nur so hingekritzelt. Ihre Granny und «die Männer». Immer «die Männer», selbst wenn sie im Rollstuhl saßen ...

Sie fand einen Krug, auf dem zwei Katzen abgebildet waren. Den hatte ihr Susan zum Geburtstag geschenkt, als sie noch ein Kind war ...

Zurückblicken, immer weiter zurück in die Vergangenheit ...

Warum schmerzte es so sehr? Warum tat es so unsagbar weh?

Wäre sie nur nicht so ganz allein im Haus ... wäre nur Dermot bei ihr!

Aber Dermot würde sicher sagen: «Warum verbrennst du das nicht einfach alles, ohne es erst durchzusehen?»

Ein vernünftiger Gedanke, doch sie brachte es nicht über sich... Sie öffnete die nächste Schublade und sah nach, was sie enthielt. Gedichte in der Handschrift ihrer Mutter. Ein wenig gestelzt in der Ausdrucksweise, wie es damals modern war, aber mit erstaunlichen Gedanken, mit ungewöhnlichen Wendungen, und diese Gedichte konnte nur Miriam schreiben: *Für John zum Geburtstag*... Ihr lieber fröhlicher Vater...

Sie entdeckte eine Daguerreotypie von ihm mit feierlicher Miene, ein glatt rasierter junger Mann.

Jung zu sein und alt zu werden, was für ein erschreckendes Mysterium. Ob man in irgendeinem ganz besonderen Augenblick mehr man selbst war als in irgendeinem anderen Augenblick?

Wie würde die Zukunft aussehen?

Nun ja, Dermot würde ein wenig reicher werden, ein größeres Haus wollen, vielleicht noch ein Kind oder auch zwei, Krankheiten. Kleinkindergeschichten. Dermot würde noch ein bisschen schwieriger werden, noch ungeduldiger, wenn etwas seine Pläne zu durchkreuzen drohte... Judy würde größer werden, schließlich erwachsen sein – überaus lebendig und entschlossen. Sie sah Dermot und Judy zusammen vor sich... Sich selbst, etwas korpulenter, irgendwie welker, vom Leben enttäuscht. Die beiden behandelten sie mit wohl wollender Nachsicht... «Weißt du, Mutter, du *bist* wirklich albern...» Wenn sie nicht mehr so gut aussah, würde es natürlich noch mehr auffallen, dass sie töricht war. Plötzlich blitzte die Erinnerung in ihr auf: «Bitte, Celia, bleib immer so schön, wie du jetzt bist, versprichst du mir das?» Das war jetzt alles vorbei. Sie lebten schon so lange zusammen, dass Dinge wie ein schönes Gesicht ihre Bedeutung längst verloren hatten. Dermot steckte ihr im Blut und sie ihm auch. Sie gehörten einfach zusammen, auch wenn sie sich vom Wesen her fremd waren. Sie liebte ihn, weil er so anders war. Obwohl sie inzwischen genau wusste, wie er auf alles reagierte, konnte sie noch immer nicht sagen, *warum* er so und nicht anders reagierte. Vermutlich ging es ihm mit ihr genauso.

Dermot nahm die Dinge, wie sie waren. Er machte sich bestimmt keine Gedanken darüber. Das erschien ihm als Zeitverschwendung. Celia dachte: «Es ist richtig, völlig richtig, den Mann zu heiraten, den man liebt. Geld und andere äußerliche Dinge zählen nicht. Mit Dermot wäre ich überall glücklich gewesen, auch wenn wir in einer kleinen Hütte hätten leben müssen. Selbst wenn ich selber kochen und den Haushalt führen müsste.» Aber Dermot würde niemals arm sein. Er war ein Erfolgsmensch. Was er anfasste, gelang ihm. Er zählte nun einmal zu dieser Sorte von Menschen. Seine Verdauung, die würde schlechter werden. Er würde selbstverständlich weiterhin Golf spielen. Und so würde es immer weiter- und immer weitergehen – vielleicht in Dalton Heath oder an einem ähnlichen Ort ... Sie hatte noch nichts gesehen, keine fernen Länder – Indien, China, Japan, das wilde Belutschistan oder Persien. Schon die Namen klangen wie Musik in ihren Ohren: Schiras, Teheran, Isfahan, Persepolis ...

Oh, könnte man nur frei sein, frei ohne Verpflichtungen, ohne Mann, Kind und Haus, ohne alles, das einem das Herz festhält.

Celia dachte: ‹Am liebsten würde ich weglaufen ...›

Miriam war auch danach zumute gewesen.

So sehr sie ihren Mann und ihre Kinder geliebt hatte ... am liebsten hätte sie sich manchmal abgesetzt ...

Celia zog noch eine Schublade auf. Briefe, nichts als Briefe. Briefe vom Vater an die Mutter. Sie griff nach dem obersten, den er ein Jahr vor seinem Tod geschrieben hatte.

Liebste Miriam,
ich hoffe, dass du bald zu mir kommen kannst. Mutter scheint es sehr gut zu gehen. Sie ist bester Laune. Ihre Augen lassen sie im Stich, trotzdem strickt sie noch genauso viele Bettschuhe für ihre Verehrer!
Ich habe mich lange mit Armour über Cyril unterhalten. Er meint, der Junge sei absolut nicht dumm, nur gleichgültig und desinteressiert. Ich habe mich auch mit Cyril unterhalten und hoffe, dass er sich meine Vorhaltungen ein wenig zu Herzen nimmt.

Liebes, versuch doch bitte, am Freitag, unserem zweiundzwanzigsten Hochzeitstag, bei mir zu sein. Es fällt mir schwer, in Worten auszudrücken, wie viel du mir bedeutest und immer bedeutet hast. Du bist die liebste und zärtlichste Frau, die sich ein Mann nur wünschen kann. Ich danke Gott in Demut, dass er mich mit dir beglückt hat, mein Liebling.

Gib unserem kleinen Püppchen einen Kuss von mir

dein dich liebender Gatte John.

Wieder stiegen Celia die Tränen in die Augen.

Eines Tages würden Dermot und sie auch zweiundzwanzig Jahre verheiratet sein. Dermot würde ihr dann bestimmt nicht so einen Brief schreiben, aber tief im Innern würde er vielleicht das Gleiche fühlen.

Der arme Dermot. Wie traurig musste es für ihn gewesen sein, sie einen Monat lang so niedergeschlagen und gebrochen zu erleben. Er sah es nicht gern, wenn jemand unglücklich war.

Nun ja, wenn sie sich dieser Aufgabe erst einmal entledigt hatte, würde auch ihr Kummer allmählich versiegen. Zu Lebzeiten hatte Miriam niemals zwischen ihr und ihrem Mann gestanden. Nun, da ihre Mutter tot war, sollte das ebenso wenig geschehen ...

Dermot und sie würden weiterleben wie bisher, glücklich miteinander sein und das Leben genießen.

Ihre Mutter hätte es auch so gewollt.

Celia nahm alle Briefe ihres Vaters aus der Schublade, schichtete sie im Kamin auf und hielt ein Streichholz dran. Die Briefe gehörten den Toten. Sie behielt nur den einen, den sie gelesen hatte.

Zuunterst in der Schublade fand sie ein verblichenes, altes Notizbuch, mit Goldfäden bestickt. Darin lag ein ganz alter, zusammengefalteter Zettel. Auf dem Zettel stand:

«Geburtstagsgedicht von Miriam für mich.»

Gefühlsseligkeit ...

Heutzutage wurden Gefühle ja nur noch verächtlich gemacht ...

Aber Celia schwelgte in diesem Moment in Gefühlen, und es war wunderbar.

Celia fühlte sich krank. Die Einsamkeit zerrte an ihren Nerven.
Hätte sie nur jemanden gehabt, mit dem sie sprechen könnte! Natürlich waren Judy und Miss Hood da, aber sie gehörten einer so
völlig fremden Welt an, dass das Zusammensein mit ihnen für Celia mehr Belastung als Erleichterung bedeutete. Auf Judys Leben
sollte nicht der geringste Schatten fallen. Judy war so lebhaft, so
voller Lebensfreude. Ihr schien alles Spaß zu machen, was sie tat.
In Gegenwart des Kindes zwang Celia sich zur Fröhlichkeit. Sie
spielten anstrengende Ballspiele miteinander, auch Racket oder
Federball. War Judy dann im Bett, so fühlte sie das Schweigen des
Hauses wie eine erstickende Decke, die sich immer fester um sie
legte. Diese entsetzliche Leere...

Die gemütlichen Abende standen ihr wieder lebhaft vor Augen,
an denen sie mit ihrer Mutter über Dermot, Judy, über Bücher,
über alle möglichen Leute und Themen gesprochen hatte.

Nun gab es keinen Menschen mehr, mit dem sie hätte sprechen
können...

Dermots Briefe kamen in unregelmäßigen Abständen und waren kurz. Er machte ein paar Bemerkungen über Golf, schrieb,
dass er mit Andrews gespielt habe und Rossiter mit seiner Nichte
zu ihnen gestoßen sei. Er habe Marjorie Connell dazu gebracht,
dass sie zu viert spielten. Sie hätten in Hillborough gespielt. Das
sei ein ganz miserabler Golfplatz. Frauen seien beim Golfspiel ein
stetes Ärgernis. Er hoffe, dass es Celia gut gehe. Sie solle Judy für
ihren Brief danken.

Celia schlief immer schlechter. Ständig stiegen Bilder aus der
Vergangenheit vor ihrem inneren Auge auf, so dass sie keinen
Schlaf fand. Manchmal fuhr sie erschrocken hoch, wenn sie doch
eingeschlafen war – ohne zu wissen, was sie so erschreckt hatte. Sie
blickte in den Spiegel und sagte sich, dass sie sehr elend aussah. Sie
bat Dermot, ein Wochenende zu ihr zu kommen. Er antwortete:

Liebe Celia, die Bahnverbindungen sind so schlecht, dass sich
eine Fahrt kaum lohnt. Ich müsste entweder Sonntagmorgen

zurückfahren oder ich käme um zwei Uhr früh wieder in der Stadt an. Zurzeit nutzt mir der Wagen wenig. Er wird gerade überholt. Du weißt ja auch, wie angestrengt ich die Woche hindurch arbeite, und wenn ich am Wochenende hundemüde bin, mag ich mich nicht gerne auf die Bahn setzen.

In drei Wochen habe ich Urlaub. Deine Idee wegen Dinard ist gut, und ich werde Zimmer bestellen. Überarbeite dich nur nicht, und sieh zu, dass du das Beste herausholst.

Kannst du dich an Marjorie Connell erinnern? Sie ist die nette dunkle Nichte der Barretts. Sie hat gerade ihren Job verloren, und ich kann ihr, glaube ich, hier einen verschaffen. Sie ist sehr tüchtig. Als sie schrecklich deprimiert war, führte ich sie einmal ins Theater aus.

Ich glaube, du hast Recht, wenn du das Haus jetzt nicht verkaufen willst. Später wirst du wahrscheinlich einen besseren Preis dafür bekommen. Uns nützt es ja nicht viel, aber du hängst eben daran. Nimm dir einen Hausverwalter, und vermiete es möbliert. Mit dem Geld aus deinen Büchern kannst du die Kosten einschließlich Gärtner bestreiten, und wenn du willst, beteilige ich mich auch daran. Ich arbeite sehr viel und habe oft Kopfschmerzen, wenn ich nach Hause komme.

Viele liebe Grüße an Judy,

dein dich liebender Dermot.

Celia ging zum Arzt und bat ihn, ihr ein Schlafmittel zu verschreiben. Er kannte sie, seit sie auf der Welt war. Er stellte ihr Fragen, untersuchte sie und meinte dann kopfschüttelnd:

«Du bist zu viel allein. Du müsstest unbedingt Gesellschaft haben.»

«In einer Woche kommt mein Mann. Dann verreisen wir zusammen auf den Kontinent.»

«Ausgezeichnet! Ich will dir mal was sagen, meine Liebe. Du stehst kurz vor einem Nervenzusammenbruch. Du bist sehr unten. Du hast einen schweren Schock erlitten und dich aufgeregt. Das ist nur natürlich. Ich weiß ja, wie sehr du an deiner Mutter gehangen hast. Wenn du mit deinem Mann zusammen auf

Reisen gehst, die Umgebung wechselst, wird das wahre Wunder wirken.»

Er legte ihr tröstend die Hand auf die Schulter, gab ihr ein Rezept und entließ sie.

Celia zählte die Tage. Am Tag vor Judys Geburtstag sollte Dermot kommen. Das wollten sie feiern und dann nach Dinard aufbrechen.

Ein neues Leben anfangen, nicht mehr trauern oder trüben Erinnerungen nachhängen… An Dermots Seite der Zukunft gefasst ins Auge sehen.

In vier Tagen würde Dermot bei ihr sein…

In drei Tagen…

Übermorgen…

Heute!

6

Irgendetwas stimmte nicht… Dermot kam, aber es war nicht Dermot. Es war ein Fremder, der sie ansah – mit schnellen seitlichen Blicken – und wieder wegsah.

Etwas war mit ihm los. War er krank?

Hatte er Sorgen?

Nein. Es war etwas anderes.

Er war ein Fremder…

7

«Dermot, ist etwas passiert?», fragte sie besorgt.

«Was sollte passiert sein?»

Sie waren allein in Celias Schlafzimmer, und sie verpackte gerade Judys Geburtstagsgeschenke.

Sie hatte Angst, entsetzliche Angst. Angst. Warum? Ihr wurde übel vor Angst.

Dermots Augen, die immer zur Seite blickenden merkwürdigen Augen…

Das war nicht mehr der gut aussehende, aufrechte, lachende Dermot.

Das war eine schuldbewusste, in sich zusammengesunkene Person, die aussah... fast wie... ein Verbrecher.

«Dermot, es ist doch nichts mit Geld...?», fragte sie unvermittelt.

Wie konnte sie das nur in Worte fassen? Dermot war doch die Ehrenhaftigkeit in Person. War es möglich, dass er Geld veruntreut oder unterschlagen hatte? Was für ein wahnwitziger Gedanke! Unvorstellbar!

Aber warum dann der flackernde Blick, der ihr auswich?

Als ob sie ihm etwas verübeln könnte!

Doch er sah sie nur verwundert an.

«Geld? Oh, Geld habe ich genug.»

Celia atmete erleichtert auf.

«Der Gedanke war natürlich absurd...»

«Da ist etwas», sagte er langsam. «Du kannst es vielleicht erraten...»

Sie konnte es nicht erraten. Wenn es nichts mit Geld zu tun hatte (flüchtig kam ihr auch der Gedanke, seine Firma könne Bankrott gemacht haben), konnte sie sich nicht vorstellen, was es sein könnte.

«Sag es mir», forderte sie Dermot auf. Er konnte doch nicht krank sein, unheilbar krank? Etwa *Krebs?*

Krebs befiel manchmal auch kräftige, junge Menschen.

Dermot stand auf. Seine Stimme klang steif, kalt und fremd. «Es ist... Nun ja, es ist Marjorie Connell. Ich war in letzter Zeit häufig mit ihr zusammen und habe sie sehr gern.»

Ah, welche Erleichterung! Kein Krebs also. Aber Marjorie Connell? Hatte Dermot, der doch nie ein Mädchen anschaute...?

«Es macht doch nichts, Dermot, wenn du einmal ein bisschen flirtest.» Ein Flirt. Dermot war Flirts nicht gewöhnt. Trotzdem war sie überrascht. Überrascht und gekränkt. Sie hatte sich nach seinem Trost und seiner Gegenwart gesehnt und unter der Einsamkeit gelitten, und er flirtete mit Marjorie Connell... Marjorie war ein nettes Mädchen und recht gut aussehend. Granny hatte die Männer also doch recht gut gekannt, und *sie* wäre nicht überrascht gewesen.

«Du verstehst nicht, Celia», erwiderte er heftig. «Es ist nicht so, wie du denkst. Es ist nichts vorgefallen...»

Celia errötete.

«Natürlich nicht. Das habe ich auch nicht angenommen...»

Dermot fuhr fort:

«Ich weiß nicht, wie ich es dir klar machen soll. Es ist nicht ihre Schuld... Sie ist deswegen ganz verzweifelt – deinetwegen... O Gott!»

Er setzte sich und vergrub das Gesicht in den Händen.

Celia sagte verwundert:

«Oh, ich verstehe. Du hast sie also wirklich gern. Dermot, es tut mir so Leid...»

Armer Dermot, der sich von einer Leidenschaft mitreißen ließ! Er würde so unglücklich sein. Sie durfte ihm keine Vorwürfe machen, musste ihm helfen, darüber wegzukommen. Er war einsam gewesen, und da war es doch ganz natürlich, dass er...

«Es tut mir so schrecklich Leid für dich», sagte sie wieder.

Dermot stand auf. «Ich brauche dir nicht Leid zu tun, Celia, du verstehst gar nichts. Ich bin ein elender Schweinehund. Ich tauge nicht mehr für dich und Judy. Du streichst mich besser aus deinem Leben...»

Sie starrte ihn an.

«Du meinst, Dermot, dass du mich nicht mehr liebst?», fragte sie. «Gar nicht mehr? Aber wir waren doch so glücklich.»

«Ja, auf eine ruhige Art, das stimmt. Aber jetzt ist es ganz anders.»

«Ich finde, man kann sich gar nichts Besseres wünschen als ein ruhiges Glück.»

Dermot tat das mit einer Geste ab.

Celia fragte ungläubig:

«Dann willst du uns also verlassen? Mich und Judy nicht mehr um dich haben? Aber du bist doch Judys Vater. Sie liebt dich.»

«Ich weiß. Und sie wird mir auch schrecklich fehlen. Aber es nützt nichts. Ich bin einfach völlig unbrauchbar, wenn ich etwas tun muss, was ich nicht tun will. Ich glaube, ich wäre dann brutal.»

«Du willst also mit *ihr* von uns weggehen?», fragte Celia leise.

«Nein, natürlich nicht. Sie ist nicht diese Art von Mädchen. Ich würde ihr nie so etwas vorschlagen.»

Das klang gekränkt und beleidigt.

«Ich verstehe dich nicht. Es geht dir vorerst nur darum, *uns* zu verlassen?»

«Ja, weil ich für euch nichts mehr tauge. Es wäre einfach gemein.»

«Aber wir waren doch so glücklich – so glücklich!»

Dermot entgegnete gereizt:

«Ja, das waren wir in der Vergangenheit. Aber wir sind jetzt elf Jahre verheiratet, und nach elf Jahren braucht man einmal eine Veränderung.»

Sie zuckte zusammen.

Er sprach weiter, überzeugend, wieder wie er selbst.

«Ich verdiene ja recht gut. Ich gebe dir eine ordentliche Summe für Judy. Und du verdienst ja jetzt selbst. Du könntest reisen, all die Dinge tun, die du immer tun wolltest.»

Sie hob abwehrend die Hände, als habe er sie geschlagen.

«Du könntest viel glücklicher sein, als du es mit mir warst.»

«Hör auf!», schrie sie.

Nach ein paar Minuten sagte sie leise: «In dieser Nacht vor neun Jahren kam Judy auf die Welt. Erinnerst du dich? Bedeutet dir das gar nichts mehr? Ist denn gar kein Unterschied zwischen mir und einer… Geliebten, die man versucht abzuschieben?»

«Ich sagte dir schon, dass es mir um Judy sehr Leid tut», erwiderte er bockig, «aber wir waren uns doch schließlich darüber einig, dass wir beide frei bleiben wollten…»

«Waren wir uns darüber wirklich einig? Wann?»

«Ich bin überzeugt, dass wir das waren. Das ist doch die einzig faire Einstellung zur Ehe überhaupt.»

«Ich finde, wenn du ein Kind in die Welt gesetzt hast, wäre es nur anständig, dem Kind ein guter Vater zu sein.»

Dermot sagte:

«Für alle meine Freunde bedeutet die ideale Ehe Freiheit…»

Celia lachte verbittert. Seine Freunde. Wirklich nicht zu fassen.

Nur ein Mensch wie Dermot brachte es fertig, seine Freunde da hineinzuziehen.

Sie erklärte:

«Du bist frei, wenn du willst. Du kannst uns verlassen, wenn du das wirklich willst. Aber solltest du nicht ein wenig warten, bis du ganz sicher bist? Elf Jahre des Glücks gegen ein paar Wochen Verliebtheit... Warte lieber ein Jahr, ehe du alles wegwirfst.»

«Ich will und kann nicht warten.»

Celias Hand schoss vor und umklammerte den Türgriff.

Das alles war nicht wirklich, konnte gar nicht wirklich sein. «Dermot!», schrie sie.

Um sie herum wurde es schwarz. Als sie wieder zu sich kam, lag sie auf dem Bett, und Dermot stand mit einem Glas Wasser neben ihr.

«Ich wollte dich wirklich nicht so aufregen», sagte er.

Sie war versucht, hysterisch zu lachen, doch sie nahm das Glas und trank es leer.

«Mir geht es schon wieder besser. Du kannst tun, was du willst und musst. Geh jetzt. Aber lass Judy wenigstens morgen ihren Geburtstag.»

«Ja, natürlich... Wenn du glaubst, dass es dir wieder gut geht...»

Mit langsamen Schritten verließ er den Raum und ging in sein Zimmer. Dort machte er die Tür hinter sich zu.

Judys Geburtstag, morgen...

Vor neun Jahren waren sie und Dermot im Park auf und ab gegangen. Dann waren sie auseinander gerissen worden. Sie hatte Angst gehabt und furchtbare Schmerzen gehabt, und Dermot hatte um sie gezittert...

So grausam konnte doch kein Mensch sein, ihr ausgerechnet an diesem Tag zu sagen...

Das brachte niemand außer Dermot fertig...

Ihre innere Stimme schrie gequält:

Wie kann er nur so grausam zu mir sein?

8

Judy hatte ihren Geburtstag mit Geschenken, einem großen Frühstück, mit Picknick, Spielen und langem Aufbleiben.

«Das ist der längste Tag meines Lebens», dachte Celia. «Ich werde noch verrückt. Wenn sich Dermot doch nur ein bisschen zusammennehmen würde.»

Judy bemerkte nichts. Sie genoss ihren Geburtstag, freute sich über die Geschenke und sah, dass ihre Eltern ihr gern jeden Wunsch erfüllten.

Sie war so glücklich, so unbelastet – es schnitt Celia ins Herz.

9

Am nächsten Tag reiste Dermot ab.

«Ich schreibe dir von London aus», sagte er. «Bleibst du noch einige Zeit hier?»

«Nein, nicht hier…»

Wie sollte sie das leere Haus ertragen ohne den Trost ihrer Mutter?

Oh, Mutter, komm doch zurück zu mir.

Ach, Mutter, wenn du doch bei mir wärst…

Sollte sie allein hier bleiben? In diesem Haus, dem Haus ihrer Kindheit, mit dem sie nur glückliche Erinnerungen verbanden? In dem sie auch mit Dermot glücklich gewesen war?

«Nein, ich komme morgen nach Hause. Ich meine, wir.»

«Wie du meinst. Ich werde in London bleiben. Ich dachte, du seist gern hier.»

Sie antwortete nicht. Manchmal fehlten einem einfach die Worte. Entweder verstand er sie auch so – oder eben nicht.

Als Dermot abgereist war, erzählte sie Judy, dass sie nun doch nicht nach Frankreich fahren würden. Judy nahm diese Mitteilung gleichgültig und uninteressiert auf.

Celia fühlte sich sterbenselend. Die Beine taten ihr weh, alles drehte sich um sie. Sie kam sich vor wie eine uralte Frau. Ihre Kopfschmerzen wurden so schlimm, dass sie hätte schreien können. Sie nahm Aspirin, aber das half auch nicht. Ihr war übel und beim bloßen Gedanken an Essen wurde ihr ganz schlecht.

10

Zwei Dinge fürchtete Celia am meisten: dass sie wahnsinnig werden und dass Judy etwas bemerken könnte.

Es war gut, dass Miss Hood da war. Sie strahlte Ruhe aus und war nicht neugierig. Ob sie etwas bemerkt hatte?

Miss Hood regelte alles für die Heimfahrt. Sie schien es ganz natürlich zu finden, dass Celia und Dermot jetzt doch nicht nach Frankreich reisten.

Celia war froh, wieder zurück zu sein. Hier geht es mir schon etwas besser, dachte sie. Vielleicht verliere ich nun doch nicht den Verstand.

Ihr Kopf schmerzte nicht mehr sosehr, dafür ging es ihr physisch umso schlechter. Sie fühlte sich ganz erschlagen. Ihre Beine waren so schwach, als könnten sie sie nicht mehr tragen. Die tödliche Übelkeit ließ jeden Widerstand in ihr absterben.

Ich bin auf dem besten Weg, schwer krank zu werden, dachte sie. Dass der Geist aber auch einen so starken Einfluss auf den Körper ausübte!

Zwei Tage später kam Dermot. Ein merkwürdiger, erschreckender, völlig fremder Mensch im Körper ihres Ehemannes…

Das entsetzte Celia so, dass sie am liebsten laut geschrien hätte…

Dermot sprach steif über Äußerlichkeiten.

Wie ein Fremder zu Besuch, dachte Celia.

«Es ist doch das Beste für uns», sagte er immer wieder.

«Das Beste für wen?», fragte Celia.

«Nun, für uns alle.»

«Nicht für mich und nicht für Judy. Nur für dich vielleicht.»

«Nicht jeder kann glücklich sein», erwiderte Dermot.

«Du meinst, wenn du nur glücklich bist, können Judy und ich

gern unglücklich sein, nicht wahr? Geh doch und mach, was du willst. Aber bestehe wenigstens nicht darauf, auch noch darüber zu sprechen. Du musst dich zwischen Marjorie und mir entscheiden. Nein, so kann man das nicht nennen. Ich weiß, mich hast du satt bekommen, aber ich habe immer so fest an dich und deine Liebe geglaubt, wie ich an Gott glaube. Das war dumm von mir. Granny hätte mir das gesagt. Du musst dich zwischen Judy und Marjorie entscheiden. Und Judy liebst du doch, nicht wahr? Zwischen dir und ihr besteht ein viel festeres Band als zwischen ihr und mir. Ich liebe sie, aber verstehen kann ich sie nicht. Ich will nicht, dass du Judy verlässt, ihr das Leben verbitterst. Für mich selbst kämpfe ich nicht, aber für Judy. Es ist gemein, sein Kind im Stich zu lassen. Es bringt dir kein Glück. Lass dir doch wenigstens ein Jahr Zeit. Am Ende des Jahres kannst du tun, was du tun musst. Wenn du dann meinst, zu Marjorie gehen zu müssen, dann musst du es tun. Aber du hättest dann wenigstens das Gefühl, es versucht zu haben.»

«Ich will nicht warten», entgegnete Dermot. «Ein Jahr ist lang.»

Celia machte eine mutlose Handbewegung. Wenn ihr nur nicht so sterbensübel gewesen wäre.

«Gut. Du hast also deine Wahl getroffen. Wenn du je zurückkommen willst – wir warten auf dich und werden dir keine Vorwürfe machen. Geh. Ich wünsche dir viel Glück. Vielleicht kommst du ja eines Tages zu uns zurück… Und ich glaube, dass du uns immer noch liebst und im innersten Herzen treu und loyal bist.»

Dermot räusperte sich. Er wirkte verlegen.

Celia konnte es kaum erwarten, dass er ging. All das *Reden*… Sie liebte ihn sosehr. Es war eine Qual, ihn auch nur anzusehen. Wenn er doch nur gehen wollte, um zu tun, was er für richtig hielt. So quälte er sie nur mit seiner Gegenwart…

«Wann kann ich meine Freiheit haben?», fragte Dermot. «Darum geht es.»

«Sofort. Du kannst jetzt gehen.»

«Ich glaube, du verstehst nicht, was ich meine. Alle meine

Freunde finden, ich sollte mich so schnell wie möglich scheiden lassen.»

Celia starrte ihn entgeistert an.

«Du sagtest mir doch, es gebe keinen Grund für eine Scheidung.»

«Natürlich nicht. Marjorie ist ein anständiges Mädchen.»

Am liebsten hätte Celia schallend gelacht. Sie tat es nicht. «Na, und?», fragte sie.

«Ich habe ihr nie so etwas vorgeschlagen, aber wenn ich frei wäre, würde sie mich heiraten.»

«Aber du bist doch mit mir verheiratet.»

«Deshalb ist ja die Scheidung nötig. Es kann sehr schnell gehen. Alle Ausgaben übernehme ich.»

«Das bedeutet also, dass Marjorie eben doch der Scheidungsgrund ist.»

«Du glaubst doch wohl nicht, dass ich den Namen eines Mädchens wie Marjorie durch den Schmutz des Scheidungsgerichtes ziehe. Ihr Name darf nicht genannt werden.»

Celia sprang auf, und ihre Augen funkelten.

«Wie ekelhaft! Wenn ich einen Mann liebte, würde ich zu ihm halten – auch wenn es Unrecht wäre. Vielleicht brächte ich es sogar fertig, einer Frau den Mann wegzunehmen, aber ich glaube kaum, dass ich einem Kind den Vater wegnehmen könnte – aber sicher weiß man das natürlich nie. Aber ich würde ehrlich sein. Ich würde die schmutzige Arbeit nicht anderen überlassen und mich selbst im Schatten halten. Du und Marjorie, ihr seid widerlich! Wenn ihr euch wirklich lieben würdet und der eine nicht ohne den anderen leben könnte, würde ich euch zumindest Achtung entgegenbringen. Dann würde ich mich sogar scheiden lassen, wenn du das wirklich willst, obwohl ich nicht für die Scheidung bin. Ich will nichts zu tun haben mit Lügen und schmutzigen Geschichten.»

«Das ist doch barer Unsinn. So geht das immer vor sich.»

«Das interessiert mich nicht.»

Dermot trat ganz dicht vor sie hin.

«Schau mal, Celia, ich muss und werde mich scheiden lassen, und ich will nicht warten. Und ich lasse Marjorie nicht hineinziehen. Du wirst damit einverstanden sein müssen.»

Celia sah ihn voll an.

«Ich lasse mich nicht scheiden!»

XVIII

ANGST

1

Dermot hatte etwas falsch gemacht.

Hätte er Celia angefleht und ihr gesagt, er könne nicht ohne Marjorie leben und er bitte sie, ihn freizugeben, so hätte sie sich erweichen lassen und alles getan, was er wollte, wie schwer es ihr auch gefallen wäre. Unglücklich hätte sie Dermot nie sehen können. Sie hatte ihm immer nachgegeben, ihm nie etwas verwehrt und hätte auch jetzt nicht anders gekonnt.

Sie hatte sich gegen Dermot gestellt und sich auf Judys Seite geschlagen, aber wenn er sie richtig zu nehmen gewusst hätte, so hätte sie ihm Judy zum Opfer gebracht und sich dafür gehasst.

Aber Dermot schlug eine völlig andere Linie ein. Er beanspruchte das als sein gutes Recht, was er zu tun gedachte, und er wollte sie zwingen, seinem Willen nachzugeben.

Sie war immer so weich und nachgiebig gewesen, dass er es kaum fassen konnte, dass sie ihm jetzt Widerstand leistete. Sie aß praktisch nichts mehr, schlief kaum, und ihre Beine fühlten sich so schwach an, dass sie kaum laufen konnte. Schreckliche Neuralgien und Ohrenschmerzen quälten sie. Und doch blieb sie fest und Dermot versuchte auf jede nur mögliche Art, sie dazu zu zwingen, in die Scheidung einzuwilligen.

Er nannte sie ein ordinäres Frauenzimmer, das sich nicht schäme, sich an einen Mann zu hängen, und er schäme sich für sie. Ohne Erfolg.

Äußerlich blieb sie ruhig. Innerlich zerbrach sie daran. Dass Dermot – ihr Dermot – so von ihr denken konnte.

Sie begann sich Sorgen über ihren körperlichen Zustand zu machen. Manchmal verlor sie den Faden bei dem, was sie sagen wollte – ihre Gedanken verwirrten sich.

Nachts wachte sie mit entsetzlicher Angst auf, denn sie war sicher, Dermot wolle sie vergiften, um sie aus dem Weg zu haben. Untertags wusste sie, dass dies üble Fantasien waren. Trotzdem schloss sie das Paket mit dem Unkrautvertilger weg, das sich im Treibhaus befand. Dabei dachte sie: «Das ist ja schon nicht mehr normal – ich darf nicht überschnappen, darf den Verstand nicht verlieren...»

Nachts irrte sie ziellos im Haus umher. Sie suchte etwas und wusste nicht, was. Eines Nachts wurde ihr dann endlich klar, was sie so verzweifelt suchte. Ihre Mutter...

Sie musste ihre Mutter finden. Sie zog sich an, nahm ein Foto ihrer Mutter und wollte zur Polizei gehen, die ihre Mutter suchen sollte. Ihre Mutter war verschwunden, aber die Polizei würde sie schon wieder finden... Wenn sie ihre Mutter erst einmal gefunden hatte, war alles wieder gut... Lange wanderte sie im Regen herum, und dann wusste sie nicht mehr, weshalb sie das tat. Richtig, sie wollte ja zur Polizei. Wo fand sie nur ein Polizeirevier? Wahrscheinlich in der Stadt, nicht auf dem Land.

Sie machte kehrt und ging in die entgegengesetzte Richtung...

Die Polizisten würden nett zu ihr sein und ihr helfen. Sie würde ihnen sagen, wie ihre Mutter hieß. Wie hieß denn ihre Mutter eigentlich? Merkwürdig, dass sie sich nicht daran erinnern konnte... Und wie lautete ihr eigener Name?

Wie entsetzlich, auch daran konnte sie sich nicht erinnern...

Sie hieß doch Sybil, oder nicht? Oder Yvonne. Schrecklich, ihr fiel der eigene Name nicht mehr ein!

Sie *musste* sich daran erinnern...

Sie stolperte in einen Graben...

Einen Wassergraben...

Im Wasser konnte man sich ertränken...

Es war leichter zu ertrinken, als sich aufzuhängen. Man brauchte sich nur ins Wasser zu legen...

Mein Gott, das Wasser ist ja eisig, dachte Celia. Nein, sie konnte es nicht tun, sie brachte es nicht über sich...

Sie musste ihre Mutter finden. Ihre Mutter würde dafür sorgen, dass alles wieder gut wurde.

Sie würde sagen: Ich hätte mich fast in einem Wassergraben ertränkt.

Und ihre Mutter würde sagen: Das war sehr töricht von dir, mein Kind....

Ja, töricht. Dermot hatte sie immer für töricht gehalten – vor langer Zeit.

Das hatte er ihr gesagt, und sein Gesicht hatte sie an etwas erinnert. An was?

Natürlich! An den Pistolenmann...

Das schreckliche Bild des Pistolenmannes erstand wieder vor ihren Augen. In Wahrheit war Dermot die ganze Zeit der Pistolenmann gewesen...

Ihr war ganz schlecht vor Angst...

Sie musste unbedingt nach Hause, sich verstecken... Der Pistolenmann suchte überall nach ihr... Dermot lauerte ihr auf...

Schließlich kam sie nach Hause. Es war zwei Uhr nachts. Alle schliefen. Sie kroch die Treppe hinauf.

Wie entsetzlich – der Pistolenmann hielt sich im Haus versteckt. Er lauerte ihr hinter dieser Tür auf... sie hörte seinen keuchenden Atem... Dermot, der Pistolenmann...

Sie wagte sich nicht in ihr Zimmer. Dermot wollte sie los sein. Vielleicht schlich er sich herein.

In wilder Panik stürzte sie die Treppe hinauf. Oben hatte Miss Hood, Judys Erzieherin, ihr Zimmer. Celia platzte hinein.

«Er darf mich auf keinen Fall finden. Sie müssen das verhindern...»

Miss Hood tröstete sie rührend.

Sie brachte Celia in ihr Zimmer und blieb bei ihr.

Ehe sie einschlief, sagte Celia plötzlich: «Wie dumm von mir! Ich hätte meine Mutter ja gar nicht finden können. *Sie ist ja tot.*»

2

Miss Hood holte den Arzt, er war freundlich und energisch. Miss Hood übernahm die Pflege. Er sprach ein sehr ernstes Wort mit Dermot. Celia sei in einem schlimmen Zustand, und er könne für nichts garantieren, wenn man ihr nicht alle Belastungen fern halte.

Miss Hood war rührend um Celia besorgt und ließ Dermot nie mit ihr allein. Bei ihr fühlte sich Celia sicher. Sie war *gut*.

Einmal kam Dermot und stand neben ihrem Bett.

«Es tut mir sehr Leid, dass du krank bist», sagte er.

Der da mit ihr sprach, war Dermot und kein Fremder.

Celia hatte einen Kloß im Hals...

Am nächsten Tag erschien Miss Hood mit sorgenvoller Miene.

Celia fragte ganz gefasst:

«Er ist weg, nicht wahr?»

Miss Hood nickte. Sie war froh, dass Celia es so ruhig aufnahm.

Sie fühlte keinen Schmerz mehr, nur eine friedliche Taubheit.

Er war gegangen...

Eines Tages musste sie wieder zu leben beginnen. Mit Judy.

Es war alles vorüber.

Armer Dermot...

Sie schlief ununterbrochen zwei Tage lang.

3

Dann kam er zurück.

Dermot, nicht der Fremde.

Er sagte, es tue ihm alles so unendlich Leid. Er habe sich hundeelend gefühlt, kaum dass er weg war. Er sagte, er glaube, Celia habe Recht – er müsste weiterhin zu ihr und Judy halten und bei ihnen bleiben. Er wolle es jedenfalls versuchen... «Aber du musst gesund werden. Ich kann Krankheit und Unglück nicht ertragen. Ich habe mich nur deshalb mit Marjorie angefreundet, weil du im Frühjahr so unglücklich warst. Ich brauchte jemanden, der mit mir spielt.»

«Das weiß ich... Ich hätte ‹schön bleiben› sollen, wie du mir immer wieder gesagt hast.»

Celia zögerte, dann sagte sie: «Du – du möchtest also wirklich, dass wir es noch einmal miteinander versuchen? Ich will damit nur sagen, dass ich das alles nicht noch einmal durchstehen kann.

Wenn du es ehrlich noch mal versuchen willst – drei Monate lang. Und wenn du nach diesen drei Monaten feststellst, dass es nicht geht, dann ist eben nichts zu machen. Aber – aber ich habe solche Angst, dass ich wieder komisch werde…»

Er versprach ihr, es noch drei Monate zu versuchen. Er sagte, alles tue ihm sehr Leid und er werde Marjorie in diesen drei Monaten nicht sehen.

4

So blieb es nicht. Miss Hood war es gar nicht recht, dass Dermot zurückgekommen war.

Später gab Celia zu, dass sie damit Recht gehabt hatte.

Es fing ganz allmählich an.

Dermot wurde sehr übellaunig.

Er tat Celia Leid, aber sie wagte nichts zu sagen.

Die Lage verschlechterte sich zusehends.

Betrat Celia den Raum, dann verließ Dermot ihn.

Sagte sie etwas zu ihm, gab er keine Antwort. Er sprach nur mit Miss Hood und Judy.

Mit ihr sprach Dermot nie. Er sah sie auch nie an.

Judy nahm er manchmal auf eine Ausfahrt mit. «Kommt Mami auch mit?», fragte das Kind, und er antwortete: «Ja, wenn sie will.»

War sie dann angezogen, sagte er zu Judy: «Ich habe zu tun, ich glaube, es ist besser, wenn Mami dich fährt.»

Manchmal behauptete Celia, sie habe keine Zeit. Dann fuhr Dermot gleich mit Judy los.

Es war unglaublich, dass Judy nichts bemerkte. Celia nahm das wenigstens an.

Aber manchmal sagte sie Dinge, die sie aufhorchen ließen.

Einmal sprach Celia mit Judy darüber, dass sie sehr lieb zu Aubrey, dem Hund, sein müsse. Da antwortete Judy: «Du bist lieb, sehr lieb und gut. Daddy ist nicht lieb, aber sehr lustig.»

Einmal sagte sie nachdenklich: «Daddy mag dich nicht sehr.» Und dann mit großer Befriedigung: «Aber *mich* mag er.»

Dann sprach Celia mit ihr: «Judy, dein Vater will uns verlassen.

Er meint, er werde glücklicher, wenn er mit jemand anderem lebe. Sollen wir ihn gehen lassen?»

«Nein, ich will nicht, dass er geht. Bitte, Mami, lass ihn nicht gehen. Er freut sich, wenn er mit mir spielen kann. Und außerdem ist er mein Vater.»

«Er ist mein Vater!» Wie stolz und sicher das bei Judy klang!

Celia fragte sich: Judy oder Dermot? Ich muss mich für die eine oder andere Seite entscheiden. Aber Judy ist noch Kind, also *muss* ich mich für sie entscheiden.

‹Die ständigen Affronts von Dermot ertrage ich bald nicht mehr›, dachte sie bedrückt. ‹Er treibt mich noch zum Wahnsinn. Ich bekomme es langsam mit der Angst zu tun…›

Der ihr vertraute Dermot war wieder verschwunden. Der Fremde war an seine Stelle getreten und sah sie mit stechenden, feindseligen Blicken an…

Wie schrecklich, wenn der Mensch, den man über alles liebte, einen so ansah. Celia hätte Untreue verstanden. Aber dass sich die Zuneigung von elf Jahren über Nacht in Abneigung verwandelte, konnte sie nicht verstehen.

Die Leidenschaft mochte abnehmen und sterben, aber hatte sie denn darüber hinaus nichts verbunden? Sie hatte ihn geliebt, mit ihm zusammengelebt und ihm ein Kind geboren. Sie hatte auch Armut und schwere Zeiten mit ihm durchgestanden. Nun deutete alles darauf hin, dass er sie nie wieder sehen wollte… Was für ein entsetzlicher Gedanke – unvorstellbar…

Sie war das Hindernis. Wenn sie tot wäre…

Er wünschte ihren Tod. Sonst hätte sie nicht so unbeschreibliche Angst vor ihm.

5

Celia schloss geräuschlos die Tür des Kinderzimmers. Judy schlief fest. Celia ging die Treppe hinunter auf die Haustür zu.

Aubrey kam aus dem Salon gesprungen.

«Gehen wir spazieren? Zu dieser späten Stunde?», schien er sagen zu wollen. «Nun, ich habe nichts dagegen…»

Doch sein Frauchen schien damit nicht einverstanden zu sein.

Sie umfasste Aubreys Kopf und gab ihm einen Kuss auf die Nase. «Guter Hund! Du musst zu Hause bleiben. Heute kannst du Frauchen nicht begleiten.»

Frauchen nicht begleiten, nein, wahrhaftig nicht. Niemand konnte Frauchen dahin folgen, wohin sie gehen wollte...

Sie wusste nun, dass sie es nicht mehr ertragen konnte. Sie musste dem entkommen...

Nach der langen Szene mit Dermot fühlte sie sich total erschöpft und verzweifelt. Sie musste dem ein Ende machen...

Miss Hood war nach London gefahren, ihre Schwester zu besuchen. Dermot hatte die Gelegenheit benutzt, um ‹die Dinge zu bereinigen›.

Er hatte zugegeben, Marjorie gesehen zu haben. Er hatte zwar versprochen... aber er sei nicht fähig gewesen, sein Versprechen zu halten.

Nichts spielte mehr eine Rolle für Celia, wenn er nur aufhören würde, auf ihr herumzutrampeln. Aber er hatte nicht aufgehört.

Sie konnte sich nicht mehr an viel erinnern... grausame, harte Worte – diese fremden, feindseligen Augen – Dermot, den sie liebte, hasste sie. Und sie konnte das nicht ertragen.

Es war der leichteste Ausweg.

Er hatte ihr erklärt, er gehe jetzt, doch er werde in zwei Tagen wiederkommen, und sie hatte ihm geantwortet: «Dann wirst du mich hier nicht mehr finden.» Seine Augenlider flatterten, und das bewies ihr, dass er genau wusste, was sie damit meinte.

Er hatte rasch gesagt: «Natürlich, wenn du wegmöchtest.»

Sie hatte gar nicht darauf reagiert... Hinterher, wenn alles vorüber war, würde er allen Leuten gegenüber behaupten können (und sich das auch selbst einreden), er habe nicht verstanden, was sie damit meinte... Das würde es ihm leichter machen...

Er hatte sie genau verstanden... Und sie hatte in dem kurzen Aufflackern seiner Augen einen Hoffnungsschimmer gesehen. Vielleicht war er sich darüber selbst nicht klar. Es wäre ganz bestimmt ein Schock für ihn, wenn er sich so etwas eingestehen müsste... *aber es war da gewesen.*

Er hielt das nicht etwa für die ideale Lösung. Es wäre ihm weitaus lieber gewesen, wenn sie genau wie er für ein wenig ‹Abwechslung› plädiert hätte. Es wäre ihm sehr gelegen gekommen, wenn auch sie ihre Freiheit gewünscht hätte. Das heißt, er wollte tun, was ihm beliebte, aber dabei kein schlechtes Gewissen haben müssen. Er wollte, dass sie glücklich und zufrieden in der Weltgeschichte herumreiste und dass er sich sagen konnte: ‹Das ist doch eine wunderbare Lösung für uns beide.›

Er wollte glücklich sein, ohne sein Gewissen zu belasten. Er wollte den Tatsachen, so wie sie nun einmal waren, nicht ins Auge sehen. Alles musste ganz genau seinen Vorstellungen entsprechen.

Aber der Tod *war* eine Lösung. Er würde sich nicht etwa schuldig fühlen. Er würde ihn damit erklären, dass Celia sich schon seit dem Tod ihrer Mutter schlecht gefühlt hatte. Dermot beherrschte die Kunst, sich alles einzureden, was er wollte, bis zur Perfektion … Für einen Augenblick dachte sie wie ein Kind: «Wenn ich tot bin, wird es ihm Leid tun.»

Doch sie wusste, dass es nicht so sein würde. Wenn er sich eingestehen musste, dass er die Schuld an ihrem Tode trug, würde das über seine Kräfte gehen … Sein ganzes Wohlbefinden stand und fiel mit diesem Selbstbetrug … Er würde sich etwas vormachen …

Nein, sie würde weggehen, weg von allem.

Sie konnte nicht noch mehr ertragen. Es schmerzte zu sehr.

Sie dachte auch nicht mehr an Judy – darüber war sie hinaus … Nichts war jetzt mehr wichtig als ihre unsagbare Qual, der sie entrinnen musste …

Zum Fluss …

Vor langer Zeit war einmal ein Fluss durch ein Tal geflossen – Schlüsselblumen hatten dort geblüht –, lange, lange vor dieser schrecklichen Zeit …

Sie war schnell gegangen. Jetzt kam sie an die Stelle, wo die Straße über die Brücke führte.

Der Fluss strömte rasend schnell darunter her …

Kein Mensch war in der Nähe …

Sie dachte an Peter Maitland. Er war verheiratet. Nach dem

Krieg hatte er geheiratet. Peter wäre gütig gewesen. Bei Peter hätte sie glücklich sein und sich sicher fühlen können.

Doch sie hätte ihn nie sosehr lieben können, wie sie Dermot liebte ...

Dermot, Dermot ...

Wie konnte er nur so grausam sein ...

Die ganze Welt war grausam – grausam und verräterisch ...

Der Fluss war besser ...

Sie kletterte auf das Brückengeländer und sprang ...

Buch III

Die Insel

I

ERGEBUNG

1

Für Celia war das das Ende der Geschichte.

Alles, was danach geschah, schien nicht mehr zu zählen. Es gab einen jungen Cockney-Mann, der sie herauszog, die Polizei, Schlagzeilen in den Zeitungen, Dermots Zorn und Miss Hoods Treue, doch all das schien unwichtig zu sein und eher einem Traum zu gleichen, als sie im Bett saß und mir all das erzählte.

Sie dachte nicht daran, noch einen Selbstmordversuch zu unternehmen.

Sie gab zu, dass es schlecht und verrückt war, es zu versuchen, denn sie hatte genau das getan, was sie Dermot vorhielt – Judy verlassen.

«Ich schämte mich», erklärte sie. «Die einzige Möglichkeit, es wieder gutzumachen, war die, nur noch für Judy zu leben und nie mehr an mich selbst zu denken.»

Zusammen mit Judy und Miss Hood war sie in die Schweiz gegangen.

Dermot schrieb ihr dorthin und schickte die notwendigen Beweise für eine Scheidung.

Sie tat lange nichts in dieser Richtung.

«Sehen Sie», erzählte sie, «ich war so verstört. Ich wollte alles tun, was er wünschte, um in Ruhe gelassen zu werden, denn ich hatte Angst, es könnte mir noch mehr zustoßen. Und die Angst hatte mich seither nicht verlassen. Was sollte ich tun? Dermot dachte, ich sei gehässig, weil ich nichts tat, doch das war nicht so. Ich hatte Judy versprochen, ihren Vater nicht gehen zu lassen. Oh, wie sehr wünschte ich, er wäre mit Marjorie einfach durchgebrannt! Dann hätte ich Judy sagen können, dass ich ja gar keine andere Möglichkeit gehabt hätte.

Dermot schrieb, all seine Freunde sagten, ich benähme mich widerlich. Er sagte immer dasselbe. Ich wollte nur Ruhe haben, irgendwo sein, wo Dermot mich nicht erreichen konnte. Ich hatte solche Angst, er könnte kommen und wieder wütend über mich herziehen… Man kann nicht einfach nachgeben, weil man einge-schüchtert wird, und ich hasse Szenen, aber ich wollte alles tun, um in Ruhe gelassen zu werden. Aus Angst *konnte* ich nicht nach-geben. Ich musste die Sache durchstehen.

In der Schweiz erholte ich mich wieder. Wie schön war es, nicht immer weinen zu müssen, wenn man auf einem Hügel stand, kei-ne Übelkeit zu verspüren, wenn man Essen vor sich sah. Die fürch-terliche Neuralgie verschwand. Seelisches und körperliches Elend ist zu viel. Man kann das eine oder das andere ertragen, aber nicht beides.

Als ich mich wieder stark genug fühlte, kehrten wir nach Eng-land zurück. Ich schrieb Dermot, dass ich nicht an Scheidung glaube und für Kinder sei es immer besser, eine Ehe aufrechtzuer-halten (wenn das in seinen Augen auch altmodisch und falsch sein mochte). Ich schrieb ihm, dass die Leute einem oft weismachen wollten, es sei besser für die Kinder, wenn sich die Eltern trennten, sobald sie sich nicht mehr verstanden. Ich schrieb ihm, dass nicht dieser Meinung bin. Kinder brauchen ihre Eltern – beide Eltern –, weil sie ihr eigen Fleisch und Blut sind. Streitigkeiten oder eine angespannte Atmosphäre nehmen Kinder nicht entfernt so mit, wie sich die Erwachsenen das vorstellen. Vielleicht tut es den Kindern sogar gut. Es ist eine gute Schule für das Leben.

Mein Zuhause war zu glücklich, und ich wuchs auf wie eine Närrin. Ich schrieb ihm auch, dass wir doch nie gestritten hätten und so gut miteinander ausgekommen seien.

Ich schrieb ihm, dass Liebesaffären mit anderen Partnern nicht groß ins Gewicht fallen dürften…

Er könne frei sein, solange er zu Judy gut sei und ihr Vater blei-be. Und ich schrieb ihm noch einmal, dass er Judy mehr bedeutet, als ich ihr je bedeuten würde. Mich brauchte sie nur physisch, zum Beispiel, wenn sie krank war – wie ein kleines Tier –, aber ansons-ten gehörten er und sie zusammen. Und wenn er zurückkehren wolle, würde er von mir kein Wort des Vorwurfs hören. Ich bat ihn nur, freundlich zu sein, weil wir beide zu viel gelitten hatten.

Ich schrieb ihm, es läge ganz bei ihm. Er dürfe aber nicht vergessen, dass ich nicht für die Scheidung sei und sie auch nicht wünsche. Wenn er sich also trotzdem dafür entscheiden wolle, müsse er die Verantwortung dafür allein tragen.

Darauf schickte er mir als Antwort neue Beweise.

Ich ließ mich scheiden.

Eine Scheidung ist eine grässliche, ekelhafte Angelegenheit.

Vor fremden Leuten stehen und intime Fragen beantworten müssen – wie entwürdigend!

Es war mir zuwider. Es machte mich krank.

Es müsste möglich sein, geschieden zu werden, ohne dabei zu sein.

Ich gab schließlich nach. Dermot bekam seinen Willen. Wenn ich gleich anfangs nachgegeben hätte, wäre mir viel Kummer und Leid erspart geblieben.

Ich kann nicht einmal sagen, ob ich froh bin oder nicht, dass ich nicht früher in die Scheidung eingewilligt habe...

Ich weiß nicht einmal, weshalb ich eigentlich nachgab. Vielleicht deshalb, weil ich endlich Ruhe und Frieden haben wollte. Oder vielleicht deshalb, weil ich es als die einzige Möglichkeit sah. Oder weil ich Dermot nachgeben wollte.

Ich glaube, es war Letzteres...

Und deshalb fühlte ich mich immer schuldig, wenn Judy mich ansah.

Denn, sehen Sie, ich hatte Judy für Dermot verraten.»

2

Dermot hatte Marjorie Connell, wenige Tage nachdem das Scheidungsurteil rechtskräftig geworden war, geheiratet.

Celias Haltung zu dieser anderen Frau interessierte mich sehr. In ihrer Geschichte hatte sie kaum etwas davon erwähnt, so als habe diese Frau nie existiert. Meistens geht eine betrogene Frau doch davon aus, dass eine andere Frau ihren schwachen Ehemann verführt habe, doch Celia machte sich diese Version nie zu Eigen.

Meine Frage beantwortete Celia, ohne zu zögern, und sehr ehrlich.

«Ich glaube nicht, dass sie ihn verführt hat. Marjorie? Was ich von ihr hielt? Ich kann mich nicht erinnern. Es schien ja auch so unwichtig zu sein. Es war Dermot, der für mich zählte, nicht Marjorie. Grausam war er zu mir, und darüber kam ich nicht hinweg.»

Und hier sehe ich, glaube ich, was Celia niemals sehen wird. Sie war ihrer ganzen Art nach ungeheuer leidensfähig. Ein an den Hut gesteckter Schmetterling hätte Dermot als Kind niemals aufgeregt. Er hätte angenommen, der Schmetterling möge es so.

Diese Haltung nahm er jedenfalls Celia gegenüber ein. Er hatte sie gern, aber er wollte Marjorie haben. Im Grunde war er ein moralischer junger Mann. Um Marjorie heiraten zu können, musste er Celia los werden. Da er Celia aber gern hatte, wollte er, dass sie seinen Wunsch teilte. Als sie das nicht tat, war er böse auf sie. Er hatte ein schlechtes Gewissen, weil er ihr wehtat, und gerade deshalb kränkte und verletzte er sie noch mehr und war daher unnötig brutal. Ich kann das irgendwie verstehen, mich sogar in ihn hineindenken.

Wenn er selbst daran hätte glauben wollen, dass er zu Celia grausam sei, hätte er es nicht sein können. Wie viele brutale und ehrliche Männer war er unehrlich zu sich selbst. Er hielt sich für einen feinen Kerl und dachte sehr viel besser von sich, als er war.

Weil er Marjorie wollte, musste er sie auch bekommen. Immer hatte er das bekommen, was er wollte, und das Leben mit Celia hatte daran nichts geändert.

Ich meine, Celia liebte er ihrer Schönheit wegen und allein deshalb. Sie dagegen liebte ihn beständig und für das ganze Leben. Er war, wie sie einmal sagte, in ihrem Blut.

Also klammerte sie sich an ihn. Und Dermot gehörte zu jenen Männern, die ein Anklammern nicht ertragen. Celia war gänzlich ohne Arg, und Frauen wie sie haben wenig Chancen, sich Männern gegenüber zu behaupten.

Miriam hatte etwas, das Celia fehlte, Courage. Sie liebte ihren

John sehr; aber ich glaube nicht, dass er es immer leicht bei ihr hatte. Sie betete ihn an, doch sie forderte ihn auch heraus. Jeder richtige Mann hat so viel von einem wilden Tier in sich, dass er herausgefordert werden will.

Als sich Celia gegen Dermot auflehnte, war es zu spät.

Sie gab freimütig zu, dass sie jetzt, nachdem seine plötzliche Unmenschlichkeit sie nicht mehr erschreckte, anders über Dermot dachte. «Erst schien es mir, als hätte ich ihn immer geliebt und immer nur alles getan, was er wollte; als ich ihn dann zum ersten Mal *wirklich* brauchte und in Not war, da wandte er sich gegen mich und fiel mir in den Rücken. Das mag eine Redensart sein, doch sie drückt genau das aus, was ich empfand.

In der Bibel gibt es eine Stelle, die auf meine Situation anzuwenden ist. Sie heißt etwa so: *Denn es war nicht ein offener Feind, der mir diese Unehre angetan hat; denn das hätte ich ertragen können. Du warst es, mein Gefährte, mein Führer und mein vertrauter Freund.*

Sehen Sie, und das hat mich unendlich geschmerzt. Mein vertrauter Freund.

Wenn *Dermot* mich verraten konnte, dann konnte es jeder tun. Die ganze Welt wurde für mich ein Unsicherheitsfaktor. Ich konnte nichts und niemandem mehr trauen.

Diese entsetzliche Angst, weil nichts und niemand mehr sicher ist.

Überall, wohin ich schaute, war der Pistolenmann.

Natürlich war das meine eigene Schuld, denn ich hatte Dermot zu bedingungslos vertraut. So viel Vertrauen sollte man keinem Menschen entgegenbringen. Das ist unfair.

Die ganzen Jahre hindurch, als Judy heranwuchs, hatte ich Zeit zum Nachdenken, und ich habe viel nachgedacht. Meine Schwierigkeit war, wie ich entdeckte, in Wirklichkeit die, dass *ich* dumm war, dumm und überheblich!

Ich liebte Dermot, doch ich konnte ihn nicht halten. Ich hätte doch sehen müssen, was er mochte und brauchte, und hätte so sein sollen. Er selbst sagte mir ja einmal, dass er «eine Veränderung» brauchte. Mutter legte mir immer ans Herz, ich solle ihn nie allein lassen, doch genau das habe ich getan. Ich war so arrogant, dass ich nie mit der Möglichkeit rechnete, ich könnte nicht die einzige Person sein, die er liebte. Ja, es ist unfair, den Menschen zu viel Vertrauen zu schenken, sie zu hoch über sich selbst hinauszuheben, weil man sie auf einem Postament sehen will. Ich habe Dermot niemals richtig klar erkannt, weil ich zu arrogant war. Es war dumm von mir, zu glauben, mir könne das nicht passieren, was unzähligen anderen Frauen passiert ist und immer passieren wird.

Ich gebe jetzt Dermot nicht mehr die Schuld. So war er nun einmal. Ich hätte das wissen und auf der Hut sein müssen. Ich hätte nicht so verflixt sicher und selbstzufrieden sein dürfen. Wenn einem etwas mehr bedeutet als irgendetwas sonst auf der Welt, so muss man klug damit umgehen. Ich bin nicht klug damit umgegangen.

Das ist eine ganz gewöhnliche Geschichte und kommt alle Tage vor. Auch das ist mir jetzt klar. Man braucht nur die Zeitungen zu lesen, besonders die Sonntagsblätter, dann erfährt man, wie viele Frauen den Kopf in den Gasofen stecken, wie viele eine Überdosis Schlaftabletten schlucken. Die Welt ist nur deshalb so voll Brutalität und Schmerz, weil die Menschen so dumm sind.

Ich war auch dumm. Ich lebte in meiner eigenen Welt. Ja, ich war unendlich dumm.»

II

FLUCHT

1

«Und was haben Sie in der Zwischenzeit getan?», fragte ich. «Es ist doch einige Zeit vergangen.»

«Ja, zehn Jahre sind es. Nun, ich habe Reisen gemacht, mir all die Länder und Städte angesehen, die ich sehen wollte, ich habe viele Freunde gewonnen und Abenteuer erlebt. Ich glaube, ich habe das Leben auf meine Art genossen.»

Dennoch schien für sie über allem eine Art Nebel zu liegen.

«Da waren natürlich die Ferien mit Judy. Ihr gegenüber hatte ich immer ein schlechtes Gewissen. Judy schien das auch zu wissen. Obwohl sie nie etwas sagte, gab sie wahrscheinlich allein mir die Schuld, dass sie ihren Vater verloren hatte. Und, sehen Sie, damit hatte sie Recht. Einmal sagte sie zu mir: ‹*Dich* hat Daddy nicht gemocht, *mich* schon.› Ich habe bei ihr versagt. Eine Mutter sollte so sein, dass der Vater ihres Kindes nicht aufhört, sie zu lieben. Das gehört zur Aufgabe einer Mutter. Mir war das nicht gelungen. Judy war manchmal unbewusst sehr grausam, aber das war gut für mich. Sie war kompromisslos ehrlich.

Ich weiß nicht, ob ich bei Judy versagt habe oder einen Erfolg verzeichnen kann.

Ich weiß nicht, ob Judy mich liebt oder nicht. Ich habe sie mit allem Materiellen versorgt, doch das, was für mich wichtig war, konnte ich ihr nicht geben, weil sie dies nicht will. Ich habe das getan, was ich konnte. Weil ich sie liebe, lasse ich sie in Ruhe. Ich habe nie versucht, ihr meine Ansichten und Überzeugungen aufzuzwingen. Sie weiß aber, dass ich da bin, wenn sie mich braucht. Aber sehen Sie, sie brauchte mich ja nicht. Leute wie ich sind für Leute wie sie gar nicht gut oder nur für materielle Dinge. Ich liebe sie, wie ich Dermot geliebt habe, doch ich verstehe sie nicht. Ich habe mich redlich bemüht, ihr in jeder Beziehung ihre Freiheit zu lassen, aber niemals aus Feigheit nachzugeben. Ich werde wohl nie erfahren, ob ich ihr von Nutzen sein konnte. Ich hoffe es, denn ich liebe sie sehr…»

«Wo ist sie jetzt?»

«Sie ist verheiratet. Deshalb kam ich hierher. Ich meine, vorher war ich ja niemals frei. Ich musste mich doch um Judy kümmern. Mit achtzehn hat sie geheiratet. Er ist ein sehr netter Mann, ein Stück älter als sie, ein aufrechter, freundlicher, gütiger Charakter, sehr wohlhabend – also alles, was ich mir für sie wünschen konnte. Ich meinte, sie sollte noch warten, aber das wollte sie nicht. Gegen Menschen wie sie und Dermot kann ich nicht kämpfen, sie müssen ihren eigenen Weg gehen. Und wie soll ich für einen anderen Menschen urteilen können? Ich könnte mich irren und sein Leben verderben, statt ihm zu helfen. Man sollte sich niemals einmischen…

Sie ist in Afrika. Manchmal schreibt sie mir kurze, glückliche Briefe. Sie gleichen denen Dermots, berichten nur Tatsachen, aber man kann das Gefühl haben, dass alles in Ordnung ist.»

2

«Und dann kamen Sie hierher. Warum?»

«Ich weiß nicht, ob ich Ihnen das verständlich machen kann. Einmal sagte ein Mann etwas zu mir, das Eindruck auf mich machte. Ich erzählte ihm ein wenig von mir, und er war ein sehr verständnisvoller Mensch. ‹Was werden Sie nun mit Ihrem Leben anfangen?›, fragte er mich. ‹Sie sind noch jung.› Ich sagte, da sei ja Judy, ich könne reisen und so weiter.

Er meinte, das sei nicht genug. ‹Sie müssen sich entweder einen oder mehrere Liebhaber nehmen. Und Sie müssen sich für eines davon entscheiden.›

Das hat mich entsetzt, weil ich wusste, dass er Recht hatte…

Manchmal sagen gedankenlose Leute zu mir: ‹Eines Tages wirst du wieder heiraten, einen netten Mann, der dich für alles entschädigt.›

Heiraten? Ich hätte Angst davor. Niemand kann einen so verletzen wie ein Ehemann. Niemand ist einem nahe genug.

Ich hatte nicht die Absicht, noch einmal etwas mit Männern anzufangen.

Aber dieser junge Mann hat mich erschreckt... Ich war ja noch nicht alt... zumindest noch nicht alt genug...

Ein Liebhaber? So erschreckend wäre er nicht wie ein Ehemann, man wird auch nie so abhängig von ihm. Mit einem Ehemann teilt man hundert kleine Intimitäten, und wird man von einem Ehemann weggerissen, so geht ein ganzes Stück von einem selbst mit in Trümmer. Mit einem Liebhaber kommt man dann und wann zusammen. Das tägliche Leben hat man für sich...

Liebhaber. Die Mehrzahl wäre am besten. Man könnte sich bei vielen am sichersten fühlen.

Ich hoffte jedoch, dass es so weit nicht kommen würde. Ich habe versucht, allein zu leben. Ich hoffte, ich würde es lernen.

Ja, versucht habe ich es.» Diese paar Worte sagten eine Menge.

«Und?», fragte ich.

«Als Judy fünfzehn war, lernte ich einen Mann kennen, der viel Ähnlichkeit mit Peter Maitland hatte. Gütig, nicht sehr brillant, und er liebte mich.

Er sagte mir, was ich bräuchte, sei Güte, und er war sehr gut zu mir. Seine Frau starb beim ersten Kind, und auch das Baby starb. Sehen Sie, weil er auch unglücklich war, verstand er mich.

Wir schienen vieles zusammen genießen zu können, und er hatte nichts dagegen, dass ich *ich selbst* war. Ich will damit sagen, ich hatte wieder Freude am Leben und konnte mich für etwas begeistern, ohne dass er mich gleich für töricht hielt... Es ist seltsam und klingt absurd, wenn ich sage, er war wie eine Mutter zu mir. Nicht wie ein Vater. Er war sehr zart, sanft und gütig.»

Celias Stimme klang ganz sanft. Sie sah aus wie ein glückliches, vertrauensseliges Kind...

«Ja?»

«Er wollte mich heiraten. Ich sagte, ich könne nie wieder heiraten, ich hätte nicht mehr den Mut. Auch das verstand er.

Das war vor drei Jahren. Er war ein wundervoller Freund. Er

war immer da, wenn ich ihn brauchte. Es ist ein schönes Gefühl, sich geliebt zu wissen...

Nach Judys Hochzeit bat er mich noch einmal, ihn zu heiraten. Er meinte, nun könne ich ihm doch vertrauen und er wolle für mich sorgen. Er wollte mit mir nach Hause gehen. Dorthin, wo *ich* zu Hause war. Die ganzen Jahre her war nur ein Verwalter dort, ich konnte es nicht ertragen, hinzugehen. Aber ich wusste, dass das Haus auf mich wartet. Er sagte, wir wollten dort leben, und alles Elend werde dann nur noch ein böser Traum sein.

Ich wollte es auch. Aber gleichzeitig wusste ich, dass ich es nicht tun konnte. Ich schlug vor, wir könnten einander lieben, wenn er das wolle, denn Judy war verheiratet, und es machte nichts aus, wenn wir zusammenlebten. Wenn er frei sein wolle, könne er mich so jederzeit verlassen, ich würde ihm nie etwas in den Weg legen. Er brauche mich also auch nie zu hassen, weil ich ihn daran hinderte, wenn er eine andere heiraten wolle...

Das wollte er nicht, und dabei blieb er auf seine gütige Art. Er war ein ziemlich bekannter Arzt. Er war Chirurg. Er sagte mir, ich müsse diese Albträume einmal überwinden. Wenn ich verheiratet sei, wäre sicher alles in Ordnung.

Schließlich sagte ich ja...»

3

«Ich war glücklich, sehr glücklich, mit mir selbst im Frieden, als sei ich sicher.

Und dann geschah es, am Tage vor der Hochzeit.

Wir waren aus der Stadt hinausgefahren zum Abendessen. Es war sehr heiß, und wir saßen in einem Garten am Fluss. Er küsste mich und sagte, ich sei schön... Ich war neununddreißig, müde und verbraucht, aber er sagte, ich sei schön.

Und dann sagte er etwas, das mich entsetzte und mich aus meinem Traum herausriss. Er sagte: Du darfst niemals aufhören, schön zu sein... Er sagte das mit derselben Stimme, wie Dermot es gesagt hatte...»

«Ich erwarte nicht, dass Sie das verstehen. Niemand würde das verstehen ...

Es war wieder der Pistolenmann ...

Da ist endlich wieder alles in Ordnung, und plötzlich hat man das Gefühl, *er* ist wieder da ...

Es kam alles wieder hoch – der ganze Schrecken. Ich konnte nicht noch einmal so etwas durchstehen ... jahrelang glücklich sein, dann vielleicht krank werden ... und das ganze Elend von vorne.

Dieses Risiko konnte ich nicht mehr eingehen.

Und ich konnte den Gedanken nicht ertragen, Angst zu haben, dass mit jedem Tag dieselbe Erfahrung näher rückte, jeder Tag des Glückes würde es noch schlimmer machen ...

Deshalb ergriff ich die Flucht ...

Ich glaube nicht, dass Michael weiß, weshalb ich ging. Ich erfand eine Ausrede, verließ das kleine Gasthaus und lief zum Bahnhof, wo ich zufällig sofort einen Zug bekam.

In London ging ich nach Hause, holte meinen Pass und saß an der Victoria-Station bis zum Morgen. Ich hatte Angst, Michael könnte mich finden und mich überreden. Ich hätte mich vielleicht überreden lassen, weil ich ihn ja liebte. Er war immer so unendlich gütig zu mir.

Aber ich kann den Gedanken nicht ertragen, noch einmal alles durchstehen zu müssen.

Ich kann einfach nicht ...

Es ist grässlich, immer Angst zu haben.

Und es ist schrecklich, kein Vertrauen mehr zu kennen.

Ich konnte *keinem* mehr vertrauen, nicht einmal Michael.

Für ihn wäre es eine Hölle geworden, genau wie für mich ...»

«Das ist nun ein Jahr her.

Ich habe Michael nie geschrieben.

Ich gab ihm nie eine Erklärung.

Ich habe ihn gemein behandelt.

Aber es ist mir egal. Seit Dermot bin ich hart geworden. Mir war es gleichgültig, ob ich Menschen kränkte oder nicht. Wenn man selbst sosehr verletzt wurde, ist es einem egal.

Ich bin viel gereist und habe versucht, mein eigenes Leben zu leben.

Es ist mir nicht gelungen.

Ich kann allein nicht leben. Ich kann auch keine Geschichten über Menschen mehr erfinden. Nichts fällt mir mehr ein.

Und so bin ich selbst in einer Menge immer allein.

Mit einem anderen Menschen kann ich nicht leben, weil ich so unbeschreibliche Angst davor habe.

Das Leben hat mich geschlagen.

Ich kann auch den Gedanken nicht ertragen, noch weitere dreißig Jahre leben zu müssen. Sehen Sie, ich bin gar nicht tapfer...»

Celia seufzte. Sie schloss die Augen.

«Da fiel mir dieser Ort ein. Ich kam mit einer bestimmten Absicht her, weil es hier so schön ist...

Das ist eine sehr lange, sehr dumme Geschichte... Ich habe viel geredet... Es muss ja schon Morgen sein...»

Celia schlief ein.

III

NEUBEGINN

1

Da stehen wir nun also – mit Ausnahme des einen Vorfalls, von dem ich zu Beginn meiner Erzählung gesprochen habe.

Die Frage ist nun – ist er wichtig oder nicht?

Wenn ich Recht habe, dann führte Celias Lebensweg in gerader Linie in genau diesem Augenblick zu seinem Höhepunkt.

Es geschah, als ich mich auf dem Schiff von ihr verabschiedete.

Sie war todmüde. Ich hatte sie aufgeweckt und ihr gesagt, sie solle sich anziehen. Ich wollte sie so schnell wie möglich von dieser Insel wegbringen.

Sie war wie ein müdes Kind, gehorsam, sehr lieb und recht verwirrt.

Ich dachte – ich kann mich auch geirrt haben –, die Gefahr sei vorüber.

Und dann, als wir uns verabschiedeten, schien sie aufzuwachen. Da *sah* sie mich zum ersten Mal.

«Ich weiß nicht einmal Ihren Namen», sagte sie.

«Der ist unwichtig», antwortete ich. «Sie kennen ihn nicht. Früher einmal war ich ein ziemlich bekannter Porträtmaler.»

«Und das sind Sie jetzt nicht mehr?»

«Nein. Mir ist im Krieg etwas zugestoßen.»

«Was?»

«Das.»

Ich stieß ihr den Stumpf entgegen, wo die Hand hätte sein sollen...

2

Die Schiffsglocke läutete, und ich musste laufen.

Ich habe also nur meinen Eindruck…

Er ist sehr klar.

Erst Horror – dann Erleichterung.

Erleichterung ist ein armseliges Wort, denn es war mehr, viel mehr. *Erlösung* ist viel besser.

Siehst du, es war wieder der Pistolenmann, ihr Symbol für Angst.

Der Pistolenmann hatte sie all die Jahre hindurch verfolgt…

Und diesen Pistolenmann hatte sie nun von Angesicht zu Angesicht gesehen.

Doch er war nur ein ganz gewöhnliches menschliches Wesen.

Ich…

3

So sehe ich die Sache.

Ich bin fest davon überzeugt, dass Celia ins Leben zurückkehrte, um neu anzufangen.

Mit neununddreißig Jahren begann sie, erwachsen zu werden.

Ihre Geschichte und ihre Angst ließ sie bei mir zurück.

Ich weiß nicht, wohin sie ging. Nicht einmal ihren Namen weiß ich. Celia nenne ich sie deshalb, weil der Name zu ihr passt. Vielleicht könnte ich sie finden, wenn ich mich in den Hotels umschaute. Das kann ich aber nicht tun.

Ich glaube, ich werde sie niemals wieder sehen…